U0927399

美国编剧大师兼悬疑小说家的惊世佳作

亚马逊畅销书榜首　好莱坞年度重点电影拍摄计划

THE TWO MINUTE RULE

生死2分钟

洛杉矶银行劫案之谜

〔美〕罗伯特·克莱斯（Robert Crais）著

余瀛波　冯亚彬　译

重庆出版集团
重庆出版社

版贸核渝字 (2007) 第 84 号

图书在版编目 (CIP) 数据

生死 2 分钟 /〔美〕克莱斯著：余瀛波　冯亚彬译．—重庆：重庆出版社，2008.2

书名原文：THE TWO MINUTE RULE

ISBN 978-7-5366-9298-5

I. 生… II. ①克…②余… III. 长篇小说 - 美国 - 现代

IV. I712.45

中国版本图书馆 CIP 数据核字 (2007) 第 186979 号

生死 2 分钟

SHENGSI ERFENZHONG

〔美〕罗伯特·克莱斯　著　余瀛波　冯亚彬　译

出 版 人：罗小卫　　　　策　　划：中资海派·广东宏图华章
执行策划：黄　河　桂　林　　责任编辑：温远才　朱远洋
责任校对：温远才　　　　版式设计：袁　涛

重庆出版集团
重庆出版社　出版

重庆长江二路 205 号　邮政编码：400016　http://www.cqph.com
深圳大公印刷有限公司制版印刷
重庆出版集团图书发行有限公司发行
E-MAIL: fxchu@cqph.com　邮购电话：023-68809452
全国新华书店经销

开本：787×1092mm　1/16　印张：18　字数：328 千
2008 年 2 月第 1 版　2008 年 2 月第 1 次印刷
定价：26.80 元

如有印装质量问题，请向本集团图书发行有限公司调换：023-68809955 转 8005

谨以此书献给巴吞鲁日 (Baton Rouge) 警察局
小特里·莫朗松侦探 (Terry Melancon Jr.)

2005 年 8 月 10 日

英雄。

“感谢你，警察先生。”

序

马琴科和帕森斯已经在银行周围逡巡了16分钟，他们不停地往眼镜上喷克瑞朗牌（Krylon）的墨蓝色漆。马琴科相信，在他们进入银行后，墨蓝色能使他们的眼睛看起来充满野性。墨蓝，那是专属于勇士的色彩。此刻，帕森斯正自得其乐，嘴唇将套在脸上的那层尼龙面罩吹得嗡嗡作响，好像自己已完全隐匿在这层薄膜后，超然于整个世界之外。

突然，马琴科猛击一下手掌，他那张轮廓鲜明的乌克兰人的脸已涨得通红。帕森斯知道，行动马上就要开始了。

马琴科尖叫一声："伙计，开始行动！"

帕森斯猛拉了一下那支M4来复枪的枪栓，将子弹推上膛。马琴科突然转向，将那辆偷来的花冠轿车驶入银行门口的停车场。帕森斯竭力让自己保持镇定，小心不让食指碰到扳机。在马琴科发话之前，他必须保证手里拿的家伙不走火。马琴科是他们这个小团队的头儿，帕森斯对他一直恭敬有加。因为正是依靠马琴科，他们俩才变成了百万富翁。

他们在下午3点过7分开车进入银行的停车场，并把车停在大门附近。他们和此前的12次一样，戴上黑色的滑雪面罩，彼此击拳，以示团队精神。此刻，他们再次以惯常的方式表明他们的团结：

"来吧，伙计，好戏开始了！"

然后，看起来就像两只黑熊的两个家伙推开了车门。马琴科和帕森斯两人浑身上下一套黑色装束，靴子、手套，以及面具；他们身上穿的背心鼓鼓囊囊，里面装着从eBay购买的齿轮装置，还有一些用来掩饰枪支的杂志，这些使得他们原本就滚圆的身材看起来更加臃肿。此外，帕森斯还背着一个巨大的尼龙袋，那是他们专门为装钞票而准备的。

晴空朗朗，马琴科和帕森斯走进银行时，看起来像世界摔跤联合会的摔跤选手，随意地进入比赛场地。

在帕森斯的脑海里，从未有过警察出现在他们面前，或他们被抓的情景。头两次抢劫银行时，他还曾有过担心，但这已经是他们第 13 次全副武装地抢劫了。在他们看来，没有什么比打劫银行更容易拿到钱了；那些受到惊吓的银行职员，一个个只能乖乖地交出柜台里的钱，而所谓的保安都形同虚设；银行从不花钱雇警察来从事保安工作，因为那样开销实在是太大了——所以，你接下来唯一要做的就是，穿过一道道门，然后取走你想要的钱。

当他们走进银行时，一个穿着制服的女人正往外走。她惊愕地看着他们，当她发现他们身上有枪以后，连忙转身往回走。但马琴科从身后一把扳住她的脸，抬脚飞踹她的双腿，将她撂倒在地板。随即举起来复枪，提高嗓门大吼一声：

“打劫啦！现在我们接管这家银行！”

在接到帕森斯的暗示后，他举枪朝天花板“砰砰”连射两枪，子弹将上面的顶灯击得粉碎。弹片、灯片以及爆裂的墙皮纷纷扬扬散落了一地。来复枪枪膛里迸发出刺耳的呼啸声，宛如疯狂的盛宴上觥筹交错的银碗相撞的声音。在如此狭小的空间里，瞬间发出的这声巨响让所有人都猝不及防，帕森斯甚至连银行出纳员的尖叫声都没有听到。他们的第 13 次银行抢劫就此拉开了帷幕。时钟仍在滴答滴答地响。

林恩·费尔普斯，一位正在柜台前排队等候的女士，在听到突如其来的枪声后也像其他人一样震惊，她随即趴到地上。与此同时，她抓住站在她身后的另一个女子的双腿，迅速把她拽倒，然后仔细观察银行大厅里的形势。此刻，她手腕上的精工表显示的时间是下午 3 点过 9 分。空气凝滞，充满杀机。

费尔普斯夫人今年 62 岁，身材肥胖，貌不惊人，她曾经是加州里弗赛德县的一位治安官。退休后，她随自己的现任丈夫史蒂文（洛杉矶市的一位退休警官），搬到了卡尔弗城。她 8 天前刚刚在这家银行开户。虽然她赤手空拳，没带武器，但她根本就不需要那样去做。林恩一下子就看出这两个家伙绝非职业劫匪，因为他们把时间都浪费在开枪和制造混乱上了，而不是直奔他们的目标——抢夺钱财。如果是职业劫匪的话，那他们就应该立即抓住银行的经理，然后要挟出纳员打开抽屉；如果是职业劫匪的话，他们应该知道速度就是生命；如果是职业劫匪的话，他们会更关心钟表的指针。看起来，这两个家伙所做的一切都显得那么的业余。更糟的是，他们荷枪实弹的架势显得更加业余。真正的职业劫匪想的是如何逃生，只有业余劫匪才会张牙舞爪、夺人性命。

费尔普斯再次抬头看了一下时间，下午 3 点 10 分，又过去了整整 1 分钟，而那两个白痴还在那里挥舞着手里的枪支。业余的就是业余的。

◆ ◆ ◆

马琴科把一名拉丁男子推进柜台里，因为那里的桌面上堆满了储蓄单据。那拉丁男子又矮又黑，身上的工作制服松松垮垮，早已吓得面如死灰。而且，他的双手也是黑一块白一块的。帕森斯琢磨，这家伙在来银行之前可能刚修补完墙皮。更惨的是，这个可怜的家伙可能不懂英语，但现在他们已经没有时间来为他补习功课了。

马琴科尖叫道："你他妈的给我趴下！"

话音未落，马琴科就用手中的枪托狠狠地向那家伙砸去。此时，那可怜的小男人也许正后悔自己的个头实在是太矮了，枪托不偏不倚，正好砸到他的头上。他的头随即便裂开一道口子，身体踉踉跄跄跌伏在柜台上，但并没有倒下，于是马琴科上前又给了他一下，这次他终于趴到了地上。马琴科扫视了一下四周，扯着嗓子又开始吼叫起来，眼睛鼓得好像就要挤破头上的面罩一样。

"全都给我趴下。谁出声，谁死！过来，你这肥婆！"

帕森斯的工作非常简单。他只须盯着大厅内的每一个人，同时观察门口的情况。如果还有人走进来，他就如法炮制，把他们一一撂倒。如果有警察进来，那就把他干掉。这就是他们的行事方式。而在马琴科找柜台抽屉的钥匙时，他还要负责去翻出纳员的口袋。

银行通常会把现金放在两个地方——出纳员的抽屉或者内室的保险库。保险库会上锁，而钥匙则放在经理身上。

在马琴科命令那些银行顾客趴下的同时，帕森斯迅速打开了他的尼龙袋，走向出纳员。银行大厅有四个出纳员，全部都是年轻的亚洲和中东女子，在这些出纳员身后的办公桌旁还有一个年纪稍长、身体肥胖的女人，她也许就是银行的经理。在这些出纳员的两张公用办公桌的另一侧，还坐着一个银行职员，可能是信贷官或经理助理。

帕森斯一边向出纳员们走去，一边像马琴科那样扯高嗓门，手里还挥舞着他的枪。那家伙的确管用，把这群失魂落魄的小职员吓了个半死。

此时，一个出纳员已经受不住惊吓哭泣起来，并瘫软跪在地上。帕森斯穿过柜台，一边用枪托撞她一边叫道：

"站起来，蠢猪！"

在他身后，马琴科已经把柜台后面的一个职员放倒，并朝那个经理模样的人吼道：

"谁有钥匙？该死的，谁是经理？滚出来！"

坐在这些出纳员身后办公桌旁的那个女人往前迈了一步，表明她就是经理。

她举起双手亮出掌心，慢慢走向前。

“钱全部给你们。我们不会反抗的。”

马琴科一把推开已经被他打倒的那个职员，然后在出纳员们身后的过道上昂首阔步，异常得意。

“他妈的这就对了，我们就是要钱。”

在马琴科注意他那边的同时，帕森斯命令其他出纳员向前走出他们的座位，并且警告他们不要按响柜台下面的警报器。他命令他们拉开自己办公桌的抽屉，掏出里面的所有东西。他右手拿着来复枪，左手递出袋子，命令他们把现金统统放进袋子里。这些可怜的小职员只得哆嗦着照做，每个人浑身上下都在发抖。他们的恐惧让帕森斯愈发趾高气扬起来。

但帕森斯现在遇到了一点小麻烦，那个被他骂作蠢猪的女出纳一直瘫倒在地上，即使帕森斯一再朝她咆哮，她也站不起来。她已经无法控制自己的双腿，直到下一个出纳员主动把抽屉掏空为止，帕森斯真想跳过柜台去打那个女人。

帕森斯朝旁边一个女出纳大叫道：“快把抽屉掏空，然后走过来把钱给我！”

正当那个无助的女出纳往帕森斯的袋子里装钱时，一个灰白短发、皮肤粗糙的男人走进了银行。直到看见一个出纳员眼神中流露出惊愕的表情时，帕森斯才发现这位不速之客。而当帕森斯向门口方向望去，那个男人已然转身离去。

帕森斯猛地一拉枪栓，好像使出了全身的力气，随即“啪”的一声，短促而尖利，在银行的女出纳们的尖叫声中，那名男子应声倒下。帕森斯没有丝毫的犹豫，他扫视了一下倒地的那个人，确信再没有第二个人进来后，又扭头转向出纳们。

“该死的，快把钱给我。”

刚才那名出纳员刚把手中的钱放入他的口袋，这时候马琴科也从保险库返回来了。他手里的袋子也装得满满的。面额大的钞票总是放在保险库里的。出纳们见此，一个个全都呆若木鸡。

帕森斯得意地说：“我们够酷吧？”

马琴科藏在面具后面的脸明显也露出了微笑。他手中的提袋重得就像装着铁块。

他说：“我们发了。”

帕森斯拉上了口袋的拉链。如果此时一个破裂的染色袋落在上面，那么这包钱就全毁了，但这个尼龙袋能保护里面的钞票不被染上颜色。有时那些染色袋被放在定时器上面，有时它们被混在钞票中，一旦你离开银行它们便被引爆。如果一个染色袋爆裂，警察就会循着那无法拭掉的彩色墨水痕迹找到劫匪。

拎着手中那塞得满满的提袋，他们站到了一起，看着刚刚被他们打劫过的战场，以及趴在地上的那些人。

像以往一样，马琴科又开始了他那番标志性的“临别赠言”。

“不要起身，不要张望。如果你们胆敢抬头，我保证你再也别想睁开你的眼睛。”

说完之后，他转身向门口走去，帕森斯紧随其后，甚至连倒在他枪口下的那个人都没看一眼。他们盼望的是赶快走出门，回家清点他们的“战利品”。当他们走到门口时，帕森斯转身最后又看了一眼，确信所有人都还呆在原处。然后，像往常一样，他们相视一笑。

因为，打劫银行是他妈的如此容易！

然后，他便紧随马琴科消失在街头。

林恩·费尔普斯在两个劫匪走出银行后看了一下手表。时间是下午3点18分，也就是那两个穿着一身黑拿着长枪的愣头青闯入银行后的第9分钟。职业的劫匪应该知道两分钟法则在抢劫银行时有多么重要。只要你撞开银行的大门，就该知道留给自己的只有两分钟时间，也就是说，在两分钟之内完成抢劫然后跑掉。因为，两分钟是银行职员从反应过来到启动警报器所要花费的最短时间。警报器与保安公司内部相连,一旦银行出现情况,警察便会立即作出反应。所以说，超出两分钟后的每一秒，都会增加劫匪被捉住的机会。而任何一名有经验的劫匪，只要看到时间到了两分钟，不论要抢劫的钱财到没到手，都会立即逃之夭夭。林恩从这两个家伙如此慷慨地在银行浪费时间上看，已经判断出这两个家伙非常业余。也就是说，他们迟早会落入法网。

林恩·费尔普斯仍旧伏在地上静静等待。时钟仍在滴嗒滴嗒地响，10分钟过去了。她对自己咕哝了一句。此时，林恩并不清楚外面的情况，但她已经有了一个好主意。

帕森斯在两个人中负责断后，他要确保他们刚刚洗劫过的那群人没有尾随他们出来。可是，他光顾着张望后面，一头撞到了马琴科的身上，那家伙在他前面几步远的地方突然停了下来，这时只听见扩音器的喊声从停车场对面传来。

“警察！不许动！站在那里不要动！”

帕森斯看到这幅场景，心中不禁怦怦乱跳：两辆没有任何特征的轿车横在停车场的对面，一辆黑白色的警车堵在停车场的出口。还有一辆破旧的福特系列的依克诺莱恩大货车停在那辆黑白警车的后面。几个穿着便装面色威严的人站在车后，他们手里的手枪、猎枪、来复枪全都指着他俩。两名穿着制服的警官正举着扩音喇叭分立于警车两端向他俩喊话。

帕森斯低叫一声："哦！"

他此时竟未感觉到一丝的恐惧或惊讶，尽管他的心脏已经在狂跳不止。马琴科毫不犹豫，举起手中的来复枪朝对面就射，持枪的样子活脱脱一个"OK"字型。帕森斯当然也要开火。他们手中那改良的M4来复枪威力十分了得，不断喷射出连发的子弹。帕森斯隐约感觉自己的胃部、胸部还有左大腿可能是中弹了，可他根本顾不得低头细看。他双手不停地忙着，一梭子弹打光，立马再换上一梭，他在疯狂中不停地扣动扳机。他把枪口瞄向那辆黑白相间的警车，猛射一通后，再调转枪头指向后面那两辆轿车继续扫射，这时候他看见马琴科倒下了。然后，马琴科一动不动地伏在地上，既没有呻吟也没有扭曲，就像一个断了线的木偶般毫无反应。

帕森斯的大脑一片空白，除了不停地扣动扳机，他不知道自己还能去哪里，还能做些什么。他朝马琴科的身体旁边挪动了几步，然后发现在那两辆轿车的后面伸出一支来复枪，跟他自己手里的那支几乎一模一样。帕森斯连忙拉动枪栓，但已经晚了。连发的子弹穿透他的汗衫，他踉跄了几步，眼前的世界突然变得昏黑一片，模糊不清，他的脑袋嗡嗡作响，但那种感觉与迪厅里的重金属音乐的感觉完全不同。帕森斯不知道发生了什么——他的右肺被打穿，右动脉破裂了。他一屁股重重地坐在了地上，对这些已经浑然不知。他的身体向后倒下，却已感觉不到脑袋与水泥地面之间的撞击。此时的他，唯有一念头流过脑际：完蛋了，自己要为前面的所作所为付出最惨痛的代价，可他却仍旧不能相信自己即将死去。

迷糊中，一些模糊的人影浮现在他的头顶，但他不知道他们要做些什么，他也关心不了。此时的帕森斯，腹腔周围已然鲜血淋漓，血压不断降低，而他的脑子里竟然还在想着钱。他在生命的最后一刻仍在想着钱，想着钞票，想着他们偷来抢来的那些花花绿绿的美金，每1块钱都代表着他们曾经的一个希望，一份梦想。现在这些尚未实现的梦想全都化为了泡影，正在渐渐离他远去。帕森斯早就知道抢劫银行的罪名不小，可他已经身陷其中，不能自拔，确切地说，他迷上了那种感觉。马琴科要用这种方法使他们变得富有，然后他们也的确有了很多钱。

帕森斯看到了他们的钱。

而那些钱就在那里等着他们去拿。

一直都是这样。

终于，帕森斯的心脏停止了跳动，他的最后一缕气息也化得无影无踪。至此，他的百万富翁梦彻底消散在洛杉矶那灼热而明丽的街头。

正是在那两分钟之后，帕森斯和马琴科浪费了太多时间，并为此葬送了他们的梦想与性命。

第一部分

86 天以后

1

“你还不太老。在现在这个年代，46 岁并不算老。你赶上了一个可以尽情享乐的好时候。”

霍尔曼没有回答。他正琢磨着该怎么把行李打包。他的全部私人物件摆放了一桌，全都干干净净地叠好：4 件白 T 恤，3 条 Haines 牌子的内裤，4 双白色短袜，2 件短袖衬衫，1 条卡其布长裤，以及所有他在 10 年 3 个月零 4 天前因抢劫银行罪而被逮捕后穿过的衣服。

“马克斯，你听到了吗？”

“我正准备把这些衣服包起来。我想问你件事儿，你认为我还需要保留来这之前的旧衣服吗？我不知道将来是否还会再穿那条裤子了？”

威利·菲格，也就是负责这家社区矫正中心（一种为长期监禁者设立的重返社会前的训练所）的主管，走到跟前看了看那条裤子。他把它捡了起来，递给霍尔曼。那条乳白色的休闲裤上仍旧保留着磨损过后的痕迹，那是 10 年零 3 个月前警察在这座电影城的西太平洋银行里拘捕霍尔曼时留下的厮打痕迹。威利对它的质地可是喜爱有加。

“这可是上好的剪裁，伙计。什么牌子，意大利货？”

“阿玛尼。”

威利点了点头，表示同意。

“我会保留它的，我明白你的意思。丢掉这么好的料子的确可惜。”

“只不过现在跟过去比起来我的腰粗了 4 英寸。”

当年，霍尔曼可是个“大人物”。他偷盗轿车、抢劫货车，还打劫银行。迅速到手的钱财使他挥霍无度，日日以毒品和兴奋剂为食，在麻醉药品的刺激下醉生梦死，而对饮食毫无兴趣。如今在经历了 10 年的牢狱生涯后，他已经开始发福了。

威利替他叠好那条裤子。

“不，是我，我想留下它。你很快就又会做个自由人了。你还是再买新的吧，把这条裤子留在这里。”

霍尔曼把裤子递给了威利。威利的个头看上去要比他小一圈。

“你最好把过去的一切都忘掉。”

威利的确很喜欢那条裤子，他看了看霍尔曼，眼神中带着几分失落与感伤。

“喔，你知道我要它不是给自己。我们是不能接受从这里出去的人的任何东西的。我会把它送给住在这里的其他人，或者把它捐给慈善机构。”

“随你便吧。”

“你有什么建议吗？我应该把它送给谁？”

“不，没有，随便谁都可以。”

“那好吧，就这么定了。”

霍尔曼转身盯着桌上的那堆衣物。他的大衣箱是艾伯森牌的手提袋。严格根据法律意义来讲，此刻的马克斯·霍尔曼仍是在坐监，不过1小时之后他就将重获自由。当一个犯人在联邦监狱服满刑期，政府不会立即将其从“X”档案上一笔划掉，使他们成为断线的风筝。所以，获释犯人在重返社会前都要经历一个分步骤的过渡期。他们先要在密集监禁中心呆上6个月时间，在那里接受重返社会所必需的行为指导，如果有吸毒史的话，还要接受戒毒治疗。在顺利通过这个阶段后便会进入社区矫正中心，在那里可以与社区居民一起生活和工作。在最终获释前的最后一段时间，霍尔曼已经在加州的威尼斯海滩社区度过了3个月。今天，霍尔曼即将刑满获得监督释放，在度过10年的牢狱生涯后重获新生，恢复他的自由之身。

威利说：“好吧，马克斯，我去把你的证明给你取来。我为你感到骄傲，今天可是个值得庆祝的日子，我真替你高兴。”

霍尔曼把衣服都装进手提袋里。盖尔·马内利是他在监狱局过渡期间的监督人，在盖尔的帮助下，他在一家汽车旅馆租下一间客房，又谋到了一份工作。那间屋子每星期租金是60美金，而他的税后周薪有172.5美金——足够他维持基本的生活。这的确是个值得庆贺的日子。

威利轻轻拍了拍霍尔曼的背。

“无论你打算什么时候出去，我都会在这间办公室等着你。嘿，你明白我的意思吧，你现在就要走吗？”

霍尔曼看了他一眼。

“什么？”

威利从口袋里拿出一张名片递给霍尔曼。上面印着一幅古董表的图片，下面是萨尔瓦多·希梅内斯，修表匠，精美名表回收及出售，卡尔弗城，加利福尼亚州。霍尔曼边看，威利边向他解释着。

“我妻子的表弟在这座城里做点小生意，他是修表的。我想既然你已经找到工作，无论如何，你都需要把手上的那块旧表修理一下吧。如果你想见萨利的话就告诉我，我保证他会给你一个公道的价格。”

霍尔曼把威利递过来的卡片随手放进口袋里。他手上戴着一款“天美时”手表，但它在20年前就已经歇工了。往事不堪回首，在他威风八面的那些年，霍尔曼可是曾经戴过价值1.8万美金的百达翡丽牌高档手表的。那是他从一个汽车交易黑市上偷来的，表的主人叫奥斯卡·雷耶斯，他在与雷耶斯就一辆偷来的保时捷跑车进行交易时，那小气鬼不停地跟他杀价。失之东隅，收之桑榆，无所不能的霍尔曼怎会吃亏，他卖车之余顺手牵羊，把那块名表变成了“添头”。时过境迁，说话间那已是多年以前的旧事了。如今，霍尔曼随身一直带着这块“天美时”手表，尽管他的双手已经不那么灵便。但这块表对于霍尔曼来说，其意义也许要远超普通的计时器。因为，它曾属于他的父亲。

“谢谢你，威利，非常感谢。我正有此意。”

“一块时间不准的手表对你是没多大用处的。”

“可在我心里它自有意义，所以它还有用。”

“那好啊，你要修理它的话随时告诉我。我保证不会让你花费太多的。”

“好啊，谢谢！可以让我独自在这里整理一下行李吗？”

威利离开后，霍尔曼继续收拾着他的包裹。他把所有的衣服，自己在坐监期间所挣的312美金，以及他父亲的那块表都装了起来。他既没有车，也没有驾照，甚至没有家人或朋友前来接他离开。威利原打算开车送他去那家汽车旅馆，但被霍尔曼谢绝了，他更愿意自己一个人拎着行李乘坐洛杉矶的公交车重返外面的世界。

霍尔曼把衣服装进手提袋里，然后到威利的办公室去取他儿子的照片。他儿子里奇的照片是他来到这里后存放在办公室的第一件物品，现在它又是在霍尔曼临行前最后一个被放进包里。照片上，8岁的里奇还是个豁牙露齿的小家伙，黝黑的皮肤，一双童真的眼睛。照片上，小家伙正快乐地骑在霍尔曼的颈端。霍尔曼上一次见他还是在这孩子12岁生日时，当时霍尔曼刚把从圣地亚哥偷来的两辆雪佛兰轿车卖掉，他兴奋地数着赚来的钞票，然后像以往一样又喝个烂醉。就在这一次，孩子的母亲唐娜伤心地带着他给的2 000块生活费和孩子一起离去。而在那之前，他几乎从未对孩子付出过什么。在霍尔曼入狱的第二年，唐娜把儿子的照片寄给他，因为她不想孩子去探监，不想他们通电话和通信。总而言之，她要竭力使自己的孩子远离霍尔曼的生活。尽管如此，霍尔曼并不怨恨唐娜。因为他知道，她之所以这样做，是因为自己从未尽过一个父亲的责任。

正因为如此，他的儿子学会了独立，霍尔曼为他感到骄傲。

霍尔曼把那张照片平放进包里，然后小心翼翼地在上面盖上衣服。他扫视了一眼整个房间，这里看起来与 1 小时前他刚开始收拾时并没多大区别。

他喃喃自语："哦，我想也就这样了。"

他告诉自己应该离开了，却始终迈不开步子。于是，他在床边又坐了下来。这天是个值得纪念的日子，可他感觉异常沉重。他即将搬到他的新居，到他狱外的监督人那里报到，然后试着去找到唐娜。在收到她的最后一封短信后，已经整整两年没有她的消息了。不但她再未以任何方式与霍尔曼有过联络，而且就连霍尔曼给她寄出的 5 封信也都被原封不动地退回，她把地址也更换了。霍尔曼猜想唐娜可能是结婚了，她丈夫也许不想她的前任男友再去打扰他们的生活。霍尔曼也不想为此而责怪唐娜。他们没结婚，虽然他们拥有共同的骨肉。就冲着这一点，无论她怎样恨他，这段感情都不能被抹杀。霍尔曼现在想的就是向唐娜道歉，让她知道自己的确已经痛改前非。如果她已经有了新的生活，那么好，他会祝福她，并平静地面对她身边的一切。倘若在八九年前，只要霍尔曼一想到重获自由的这一天，他知道自己肯定会疯狂地跑出这道该死的门的。但是现在，他却平静地坐在床边，甚至当威利再次走回来时，他仍旧一动不动。

"马克斯？"

威利站在门口，他好像很怕走进来，脸色苍白，始终在用舌尖噙湿着双唇。

霍尔曼有些心不在焉，一脸不解地问："怎么了？威利，心脏病又犯了？"

威利关上门。他瞄了一眼挂在门后的留言板，似乎上面有什么东西他没看清楚一样。他的身体明显地抖动了一下。

"威利，你怎么了？"

"你有一个儿子，对吗？他名叫里奇？"

"是的，没错。"

"他全名怎么称呼？"

"理查德·戴尔·霍尔曼。"

霍尔曼停住了。显然他对威利那局促不安的表情，以及不停舔舐嘴唇的动作感到诧异。

"你知道我有个男孩，你看过他的照片。"

"是的，他还是个孩子。"

"他现在应该已经有……唔，23 岁了。你怎么想起问这些？"

"马克斯，你听我说，他是一名警官，对吗？而且就在洛杉矶？"

"是的。"

威利走了过来，用手轻轻拍了拍霍尔曼的肩膀，轻得就像口中吐出的一缕气息。

“真糟糕，马克斯。我现在有个不太好的消息要告诉你，我希望你先有个心理准备。”

威利努力注视着霍尔曼的双眼，仿佛要从那里找到什么，霍尔曼点了点头。

“好的，威利，出什么事了？”

“他昨天晚上被杀了。我很难过，伙计。我真的感到很遗憾！”

霍尔曼默默地听着，他看到从威利的眼神中透出的苍白，他能够感受到威利对他的关心，但是此刻，不管是威利还是这个房间，甚至整个世界，就像一辆从沙漠中的高速路上疾速驶过的车一样，远离在他的身后，霍尔曼如同一脚踏上了刹车般愕然惊诧。而威利的那番话对他而言，就像踩到底的油门一样疯狂而绝望，霍尔曼眼睁睁看着这个世界离他远去，如风一般的速度瞬间逝去。

终于，他如梦方醒，一屁股重重地跌坐到地上，随之而来的是钻心的痛。

“发生了什么？”

“我也不清楚，马克斯。刚才我去取你的那些文件时，监狱局打来电话。他们没有多说什么，他们甚至不敢肯定你现在是否还在这里。”

霍尔曼再一次坐下，而这次威利也坐到了他的身边。霍尔曼原本一直想在与唐娜谈过以后去看看他们的儿子。在儿子13岁那年，霍尔曼因抢劫银行被判刑的两个月前，他们父子经历了那场痛心的“诀别”后，就彼此再未见过面。至今霍尔曼仍旧依稀记得当时的情形：当自己驾车从唐娜家离开，那孩子发疯似地跟着车奔跑，并且不停地咒骂着，让他滚蛋。这个场面对他来说是如此震撼，以致多年以后那情景仍会时时浮现于他的脑海。那一天，他如同往常一样又喝个烂醉如泥，他已记不得在那之前他去了哪里，他的脸是怎么擦伤的，唯一令他久久不能忘怀的就是突如其来的那个场面，他再一次开车从家里离开，那孩子发疯似的随着车奔跑，他的眼睛已经哭红，愤怒地狠狠瞪着他，叫嚷着骂他是个“混子”，扯着嗓子叫他滚蛋。时至今日，每每霍尔曼合上双眼，那孩子的声音仍然会在脑中响起。

这一刻，霍尔曼和威利两人都陷入沉默，身外的世界瞬间变成一个巨大的空洞。过去的10年在霍尔曼的脑际如流星般闪过，而他就像大海中一艘迷航的船一样随风摇曳。

威利终于打破沉默：“想哭就哭吧。”

但霍尔曼并没有哭。他只想知道是谁干的。

◆ ◆ ◆

亲爱的霍尔曼：

我之所以给你写这封信，是因为我想让你知道理查德已经有了出息，尽管他拥有你的血统。理查德已经进入了洛杉矶警察局工作。在刚刚过去的这个星期日，他从道利奇体育馆附近的警察学院毕业了，这可真是件大事。市长去讲了话，还有很多直升飞机在低空飞行。理查德现在是一名警官了。他很强壮也很优秀，但是不像你。我为他感到自豪。他长得很帅气。我想他在用自己的方式证明那句古话“有其父必有其子”并不总是正确的。

唐娜

这是霍尔曼收到的唐娜的最后一封来信，那时他还在隆波克的监狱里。霍尔曼想起了唐娜这封信中最后那句否定的话“有其父必有其子”。当他读到这些话的时候，他的感觉并不是窘迫或者羞耻，他感到的是一种解脱，一种释然。他记得自己不停地在心中默念着：感谢上帝！感谢上帝！

他写过回信，但那些信都被退了回来。他把信寄到儿子工作的洛杉矶警察局，甚至只是一封简短的祝福儿子的信笺，但他却从未收到过回音。他也不知道里奇是否收到了那些信。但无论如何，他都不想难为那孩子。于是，他便再未给他写过信。

2

“我该怎么办呢？”

“你有什么打算？”

“我不知道该对此做些什么。还有什么我想看到的人吗？还有什么我想要去做的事吗？”

霍尔曼的青少年时代是苦涩的，他 17 岁以前所度过的全部好时光，加起来也不过 9 个月。在他 18 岁成人那年，便有 6 个月的时间是用来学习偷车的。在这之前的 16 个月的回忆是入室行窃，而此后的 3 年则是不断地抢劫和盗窃。

总而言之，霍尔曼成年以后 1/3 的时光都是在加州和联邦的监狱中度过的。他早已习惯了别人告诉他做什么，去哪里。而威利似乎也看出了他的困惑。

“你只管做你现在做的，我想。他是一个警察。天哪，你怎么从来没告诉过我他是个警察呢？这真是太令人惊讶了！”

“他们是怎么安排的？”

“我不知道。我想洛杉矶警察局会料理好他的后事的。”

霍尔曼尽量揣摩着负责任的人遇到这事时会作出的反应，但他真的从未有过这样的经历。他母亲在他很小时就离开了人世，而父亲在霍尔曼第一次入室行窃被判刑期间也撒手人寰了。对于他们的葬礼，霍尔曼可以说是一无所知。

“他们肯定死者不会是另外一个里奇·霍尔曼吗？”

“你想去见见与此案相关的律师吗？我们在这里就能找到知情人。”

“我不需要律师，威利。我只是想知道到底发生了什么？你告诉我我儿子死了，但我想知道更多关于他的事。你不能只是告诉一个人他的孩子被杀了，然后就袖手不管了。我的上帝啊！”

威利见此，连忙双手轻拍霍尔曼的肩膀，竭力使他保持冷静，但霍尔曼显然并不是真的乱了方寸。他只是不知道此刻该做什么，该说什么以及该向谁述说，除了眼前的威利还有谁能帮他呢？

霍尔曼叹道："天哪，唐娜一定感觉天都塌了，我得赶紧跟她谈谈。"

"好吧。我能帮上什么忙吗？"

霍尔曼既不知道唐娜住在哪里，也不知道怎样才能联系上她。她大概是又结婚了，但这也仅仅是猜测而已。

"我不知道。但警察肯定知道怎样能找到她。既然他们给我打了电话，他们也会给她打电话的。"

"让我看看我能找到点什么吧。我告诉过盖尔，在见到你以后我会回去找她的。她就是接到洛杉矶警察局那个电话的人。"

盖尔・马内利，是霍尔曼在出狱前过渡期间时的监狱方面的监督人，是个商人模样的年轻女子，丝毫没有幽默感，可霍尔曼喜欢她。

"好吧，威利。"霍尔曼说，"就照你说的办吧。"

威利去了盖尔那里。是她事先通知他们霍尔曼可以从里奇在加州查茨沃斯城德文郡警察局的上司那里了解一些关于里奇的情况。20 分钟后，威利驾车带着霍尔曼离开威尼斯向北驶上 405 号公路，开往圣费尔南多峡谷的方向。大约 30 分钟后，他们的车停在一幢四周洁净平坦的大楼前，看上去与其说这是一座警察局，不如说它更像是一座现代的城郊图书馆。这里的空气闻起来略微有点铅笔芯的味道。霍尔曼搬到社区矫正中心居住已经有 12 周的时间了，但他还从未走出过威尼斯半步，由于那里毗邻水域，空气总是格外清新。住在那里就像住在一条拴狗的短项圈上一样狭窄，处于出狱前过渡期的囚犯们习惯将此称作庄园。而这些处于过渡期的囚犯则彼此称呼对方为过渡室友。当你身处这个圈子里，几乎每一样东西都有它特有的称谓。

威利走下车，感觉就像进入了一碗热汤里。

"我的上帝，这里简直热死了。"

霍尔曼则一言不发。他喜欢这种热，并享受着皮肤被炙烤的感觉。

他们在接待室里互报了自己的姓名，要求见利维警长。据盖尔说，利维一直是里奇的上司。霍尔曼从前曾被洛杉矶警察局的 3 个分局分别逮捕过，但他还从未到过德文郡警察局。尽管如此，大楼里那刺眼的灯光和威严的徽标给他的感觉却与以前没什么两样。警察局、法庭、监狱管理局，这些自从霍尔曼 14 岁起便成为了他生活中的一部分。他对这些早已习以为常。他在狱中的管教曾经告诫过他，霍尔曼这样的职业罪犯要想像常人一样地进入这种地方是非常困难的，因为犯罪和刑罚已经成为贴在他们身上永久的标签。霍尔曼现在便亲身验证了这句话。很快他的周围便布满了荷枪实弹的警察，而他对此一点也不以为然。他甚至对自己有点失望。他原以为自己面对这种情势至少会感到一点害怕，但他现在的感觉却与站在超级市场里没什么两样。

一个与霍尔曼年龄相仿穿着制服的警察走出来，接待窗口的警察向他们挥挥手。那人一头银色的短发，肩章上挂着好几颗星，于是霍尔曼判断他应该就是利维。那人打量了一下威利。

“霍尔曼先生？”

“不，我是沃尔特·菲格，是社区矫正中心的教官。”

“我是霍尔曼。”

“我是利奇普·利维，理查德的上司。跟我来吧，我会尽我所能，告诉你一些你想知道的事情。”

利维身材不高，肌肉紧凑，看起来像个上了年纪的体操运动员。他跟霍尔曼握了一下手，这时霍尔曼注意到他胳膊上戴着一块黑纱。坐在桌子后面的两个警察也同样如此，还有一个警察正在往公告板上张贴通知：夏令营！给你的孩子报名！

“我只想知道发生了什么。我想,我应该知道你们打算怎么安排他的后事。”

“这里走，从正门旁边绕过去，我们慢慢聊吧。”

威利则留下来在接待室等他们。霍尔曼穿过那道金属探测器，随着利维走过大厅，进入一间会客室。另一位穿制服的警官已经站在里面等候他们了。

利维介绍说：“这位是戴尔·克拉克。戴尔，这是理查德的父亲。”

克拉克伸手与霍尔曼紧紧地握了一下，这令霍尔曼心里宽慰了许多。与利维不同的是，克拉克看起来更关心他的感受。

“我是理查德的当班警官。他是一个非常出色的年轻人，是我们这里最优秀的警察。”

霍尔曼咕哝了一声谢谢，但他不知道接下来该说些什么；他想到这些都是与他儿子一起工作的人，但他却对自己的孩子一无所知。一想到这些就令他感到无所适从，他多么希望威利能在身边陪伴他。

利维让他在一张小桌旁边坐下。警官们都与霍尔曼保持着一段距离，好像不管他说什么都无足轻重。霍尔曼隐约感到他们的眼神有点迷离，因为他们正在思考，在尽力琢磨该怎样向他解释所发生的事情。利维的表情也没什么不同。

“我们给你来杯咖啡？”

“不，谢谢。”

“要不来杯水或者饮料？”

“不，不用了。”

利维正对着他站在那里，双手交叉放在桌子上。克拉克拿来一把椅子放在霍尔曼的左边。利维脚尖向前伸出，两只手臂放在桌子上，克拉克背靠椅子坐着，双臂抱于胸前。

利维终于打破沉默："好吧。在我们交谈之前，我需要先核实一点事情。"

立刻，霍尔曼明白了他们是在扯开话题。因为监狱局事先已经向他们汇报过他要来，而现在他们却要核实他的身份。

"马内利女士没跟你们说吗？"

"这仅仅是个形式。每当有这样的事情发生，经常会有一些人从我们这里走进走出，声称与己有关。"

克拉克看着他，脸上没有任何表情。

"有些人常常会浑水摸鱼，耍一些类似骗保险金的把戏。"

霍尔曼感觉到自己的脸开始发热，甚至是当他去拿那些证明的时候。

"我不是来要什么的。"

利维仍旧不温不火地抛出一句："这仅仅是个形式而已，请。"

霍尔曼把他获批监督释放的文件，以及州政府颁布的身份证都拿出来给他们一一过目。这时，他想起关在威尼斯的许多室友直到释放时连这种证明都没有，政府只是给他们出示一张类似驾照的带有照片的证件。利维扫了一眼那张卡片，然后交还给他。

"好的，没问题。我很抱歉你必须用这种方式证明你自己，但是我们确实不了解你。"

"什么意思？"

"在我们警察局的个人档案中并没有你的名字。在里奇个人档案中的'父亲'一栏中，并没有填写父亲的姓名。"

霍尔曼感到自己的脸变得更烫了，但他眼睛盯着克拉克的背影，克拉克正起身去卫生间。像他这样的年轻人通常喜欢把大部分时间泡在球场上，新陈代谢旺盛得很。

"如果你不知道我，又是怎么找到我的？"

"理查德的妻子。"

霍尔曼沉默了一下。里奇结婚了，而无论是里奇还是唐娜此前从未告诉过他。利维和克拉克一定都看懂了他的心思，因为利维清了一下嗓子。

"你在监狱里呆多久了？"

"10 年。现在即将出狱。今天我就要被释放了。"

克拉克问了一句："你因为什么入狱？"

"打劫银行。"

"哦，所以你最近与你儿子一直没有联系？"

霍尔曼厌恶地把眼睛转向一边。

"我现在希望谈点正事，因为我已经出来了。"

克拉克若有所思地点点头。

“你在矫正中心期间已经给他打过电话，是吗？那里能够给予你们足够多的自由。”

“我仍在服刑期间，不想打电话。即使他想跟我联系，我还不想向狱方打报告申请呢。我只想让他看到一个把牢房远远甩在身后的自由自在的我。”

现在看起来，似乎轮到利维感到尴尬了，于是霍尔曼抛出他的问题。

“你能告诉我里奇的妈妈现在在做什么吗？我想知道。”

利维看了一眼克拉克，意思是让他来回答。

“我们通知了理查德的妻子。我们的第一反应首先是她，这一点你应该明白，她不是他的配偶吗？如果她再通知他的母亲，或者其他人的话，她也不会告诉我们的，这全看她的。是霍尔曼夫人——理查德的妻子——告诉了我们你的情况。她不知道你住在什么地方，所以我们才联系了监狱局。”

利维接过话茬。

“我们会慢慢告诉你我们所知道的情况，但是并不多。当时他正在帕克中心外处理一起抢劫杀人案。我们知道的全部，就是理查德是今天凌晨遇害的4名警员之一。我们相信他们是遭到了劫匪的伏击，但目前还不敢肯定。”

克拉克接过一句：“大约是在凌晨1点50分，还差一点儿就是凌晨2点的时候发生的事情。”

利维继续向霍尔曼讲述着这起案件的经过，好像他根本没理会克拉克的话。

“当时两名警员正在执勤，两名警员刚刚换岗——理查德已经下班。而他们呆在一起——”

霍尔曼突然打断他的话。

“所以他们就被枪杀了，还是怎么死的？”

“如果你是问他们是否发生了枪战，我们现在还不清楚，但在我得到的报告中并没有提到这点。他们当时聚在了一个非正式的场合。我不知道应该怎样向你描述……”

“我不需要描述。我仅仅想知道发生了什么？”

“四名警员聚在一起休息——也就是我所说的非正式的意思。他们都在车外，身上佩带的枪支还都在枪套里，也没用对讲机向局里报告当时有犯罪发生。我们相信对方使用的枪械是散弹猎枪。”

“我的天啊。”

“你明白吧，这件事仅仅是在几个小时之前发生的。我们警方也是刚刚集结出动，探员们正在调查发生了什么事情。我们会随时通知你最新的进展情况，但是现在我们只知道这么多。调查仍在进行中。”

霍尔曼活动了一下身体，他的椅子发出一丝细微的吱嘎声。

“你知道是谁干的吗？在你心里有怀疑对象吗？”

“现在还不知道。”

“也许是当他正向某个方向张望的时候，有人向他开了枪。也许是从后面。我也只是推测，具体情况我现在也不清楚，只是猜测当时的情形而已。”

“我们知道的就这么多了，霍尔曼先生。我知道你还有许多疑问。相信我，我们也同样希望尽快查明事情的真相。我们一直在努力调查。”

霍尔曼感觉自己仍是一头雾水，与刚到这里时没什么两样。他越是竭力地去想，脑子里就越是不断地浮现出当年那孩子随着他的车一路奔跑，大骂他“混子”的画面。

“他死前很痛苦吗？”

利维迟疑了一下。

“今天早上我一接到电话就开车去了案发现场。理查德是我手下的警员，他和另外 3 名遇害者一样都是属于德文郡的警员，所以我必须去看看。霍尔曼先生，我不知道——我想告诉你的是，我也不知道你这个问题的答案。我猜想他死前没有遭受痛苦，但事实到底怎样我真的不清楚。”

霍尔曼看着利维，感激着这位警长的真诚。他感到内心冰冷，但这样的感觉他从前已经有过。

“我需要了解有关他葬礼的情况。我都需要做些什么呢？”

克拉克答道：“局里会和他的妻子一道把葬礼安排好。但是，现在日期还没有定下来。我们还不知道他们的尸体何时能从验尸官那里领回来。”

“好吧，我明白了。能把她的电话告诉我吗？我想跟她谈谈。”

克拉克身子又靠向椅背，利维也再次把手指放到了桌子上。

“我不能给你她的电话号码。你可以把你的信息留下，我们会转告她，告诉她你想跟她见面。如果她想与你联系的话，那是她的事情。”

“我只是想跟她谈谈而已。”

“我不能把她的号码给你。”

克拉克接着说：“这涉及隐私问题。我们首要的责任是要保护警员的家庭。”

“可我是他父亲。”

“但在他的个人档案中并没有填你的名字。”

霍尔曼缄默不语。他还想说点什么，但他告诉自己放轻松些，就像他在狱中的时候，其他犯人想刁难他一样。你必须学会习惯这些。

霍尔曼看着地面。

“好吧，我明白了。”

“如果她想和你见面的话，她会给你打电话的。你还是等等看吧。”

“好的。”

霍尔曼还没记住他将要入住的那家汽车旅馆的电话号码。利维又带着他回到接待室，威利把旅馆的电话告诉了他们，利维也答应只要案子一有进展就电话通知他。霍尔曼很是感谢了一番，然后只好先回去。

正当利维转身向警局里面走去时，霍尔曼突然又叫住了他。

“警长？”

“什么事，先生？”

“我儿子是一名好警察吗？”

利维点点头。

“是的，先生。他是一名好警察，一个优秀的年轻人。”

霍尔曼注视着利维走开。

威利忙问：“他们都说什么了？”

霍尔曼转过身去不作回答，直奔他们的车走了过去。在他等候威利上车的时候，他看到很多警察从大楼里走出来，然后离开。他抬头仰望湛蓝的天空，那片忧郁的蓝色一直蔓延到北面的群山附近。他尽量让自己感觉像个自由人，但无论如何，他始终还是生活在原来那个加州小镇的感觉，霍尔曼暗想，也许这就是自己想要的感觉吧。他一生中的大多时间都是在监狱中度过的，所以他体会更深的是，怎样才能在狱中过得更好。

3

霍尔曼的新家位于卡尔弗城华盛顿林荫大道上的一幢 3 层独体楼房中，两侧分别有一家汽车修理厂和一家便利店，彼此之间都用铁栏杆隔开。当初在霍尔曼寻找出狱后的住处时，这家“太平洋花园汽车旅馆公寓”是盖尔·马内利向他推荐的 6 处地点之一。这里既干净又便宜，而且还有公交车直通他的工作单位。

威利一直把车开到门前，停下来。之前，他们又回到了社区矫正中心，让霍尔曼最后签好各项证明，取出他的行李。霍尔曼现在正式被监督释放了，他自由了。

威利开口说道：“伙计，重新开始你的生活吧，不要背负着这样的消息开始你新的一天。听我说——你想在那里住多久就住多久，我们出去以后可以继续探讨这个话题。你可以去看看你的监督人。”

霍尔曼打开车门，但却没有下车。他知道威利在为他感到担心。

“我会尽快安顿好的，然后就打电话给盖尔。我还是想今天就去公寓附近的汽车管理处看看，我想尽快搞辆车。”

“伙计，这个消息对你来说实在是个打击。你一重返自由的新生活，就要马上解决这样棘手的问题。别让它击倒你，伙计。不要向黑暗屈服。”

“没人想要屈服。”

威利注视着霍尔曼的眼睛，寻求着肯定的回应。于是，霍尔曼尽力让他看起来放心，但威利似乎并不满意。

“你马上就要面临一段灰色的时光，马克斯——这种漆黑的感觉就像你被关在一个密不透风的大箱子里。你将度过一段艰难的时光，这些阴郁的时刻会经常在你的脑子里浮现。如果你感到难受的话，就打电话给我。”

“我很好，威利。你不必担心。”

“你要记得还有人在牵挂着你。并不是每一个人都体验过你生活中的这些经历，事实证明了你是一个拥有坚强性格的人。你是个好人，马克斯。”

“我要走了，威利。还有许多事情等着我去做。”

威利伸出手。

“打电话给我，247。”

“谢谢，兄弟。”

霍尔曼拎起他的行李从后座上起来，钻出车门，然后向威利挥挥手与他道别。霍尔曼已经预订好他的住处——太平洋花园汽车旅馆的 8 套公寓中的一间房子。住在那里的其他 6 个租户中有 5 个是普通市民，还有一个跟霍尔曼一样，也是监督释放的身份。现在，霍尔曼很想知道，住在这里的其他租户是否会因为与曾经的犯罪分子做邻居而感到不安。不过霍尔曼转念又想，这些人既然也要栖身于此，说明他们的情况也好不到哪里，或许头顶上能有个挡风避雨的棚子就已经满足了。

突然，一滴湿乎乎的东西落到了他的脖子上，霍尔曼仰头看看。太平洋花园没有中央空调。悬在过道两侧上端的窗子正往地上滴水。这时又不停有水滴打在霍尔曼的脸上，他连忙向前迈出几步闪避一旁。

旅馆的经理是一位上了年纪的黑人，名叫佩里·威尔克斯，在看到霍尔曼走进来后向他摆了摆手。虽然“太平洋花园”被称作汽车旅馆，可连个像样的旅馆前台都没有。这栋建筑是佩里的私产，他就住在这里的一层。他在公寓门口的拐角处放置了一张桌子作为柜台，坐在那里能够随时看到出入这里的人。

佩里打量了一眼霍尔曼手中的那个提包。

“嘿，那是你的行李吗？”

“是的，就是。”

“哦，那好吧，你现在就是这里的正式住户了。这是你房间的两把钥匙。它们可都是纯金属质地的钥匙，所以一旦你丢失了一把，我就要从你的钥匙押金中扣除。”

霍尔曼此前已经填写好了入住房屋租契，并且提前预付了两个星期的租金、100 美金的卫生费和 6 美金的钥匙押金。当初霍尔曼第一次来看房时，佩里就向他宣读了这里各种各样的规矩：不要大呼小叫、不要深夜扰民、室内不能随意吸烟等，并且按照约定，房租要两个星期一付，在每个星期固定的时间提前预付。每一条都规定得相当具体，所有这些霍尔曼都必须严格遵从才能搬进去，不过对于盖尔·马内利和监狱局方面，这也正合他们的心思。

佩里从中间的抽屉里掏出两把钥匙递给霍尔曼。

“你的房间是 206，就在这前面的楼上。我们现在又有了一间空房在后面的 3 楼，但是你最初看的房间是 206——这是最好的房间。如果你还想看看另外那间的话，我可以带你去看看。”

“从这个房间能看到街景吗？”

“当然。那间屋子就在你的头顶。视野相当不错。”

“过道上那些空调的滴水滴到了人身上。”

“我以前就听说过这事儿了，但我还没来得及修呢。”

霍尔曼上楼去看了他的房间。那是一间很简陋的屋子，黄色的墙壁肮脏不堪，一张陈旧的双人床，两把鼓鼓囊囊的椅子，上面套着俗不可耐的印花布罩。在这间公寓里，霍尔曼有一间单独的盥洗室，一间被佩里称为厨房的小屋，里面只有一个加热炉，摆放在一个只有一半空间可利用的冰箱上。霍尔曼把他的衣袋放在床脚下，然后打开冰箱，里面是空的，但还算干净，空气也还新鲜。浴室也很卫生，有股浓浓的甲酚皂溶液的味道。霍尔曼打开水龙头，双手作杯状喝了起来，然后透过镜子打量着自己。在他的两眼下浮起了一双软塌塌的眼袋，两边的眼角处布满细密的纹路。他的一头灰色短发上面满是灰尘。他已经记不起当年在隆波克小镇时自己的样子。他看起来已经不再像个孩子，或许从来就没有过那种感觉。他甚至感觉自己简直就像个直立起来的木乃伊。

霍尔曼就着凉水洗了一把脸，但直到这时他才想起来自己没有毛巾，没什么可用来擦脸的，于是他只好用手把脸上的水抹去，离开那间湿漉漉的盥洗室。

他坐在床边，翻开钱夹查找着电话号码，然后打电话给盖尔·马内利。

“我是霍尔曼。我正在自己的房间里。”

“马克斯，我很遗憾听到你儿子的消息。你现在还好吗？”

“我能承受得住。我们的关系没那么融洽。”

“可他毕竟是你的儿子。”

随即是一阵沉默，因为霍尔曼不知该说些什么。最后他还是勉强说了几句，因为他明白对方的心思。

“我现在必须集中精力。”

“那就对了。你已经走过了一段漫长的人生旅途，现在没时间再走回头路了。你跟托尼通话了吗？”

托尼是霍尔曼的新老板，全名叫托尼·吉尔伯特，他经营着哈丁广告牌公司。霍尔曼在过去的 8 个星期里一直在这家公司做兼职，接受公司的培训，从明天开始他即将成为这家公司的全职员工。

“还没呢。我刚刚才上楼。威利带我去了查特沃思。”

“我知道。我刚才跟他通过话了。那些警官跟你说了些什么？”

“他们什么也不知道。”

“我一直在关注这条新闻。真是太恐怖了，马克斯。我真的很遗憾。”

霍尔曼扫了一眼他的新家，但是没看到有电视或收音机。

“我必须要查清事情的真相。”

“警察对你有帮助吗？他们对你的态度还好吗？”

“他们还可以。”

“好了，现在听我说，如果你需要为此事请一两天假，我可以帮你安排。”

“不，我宁愿立即就开始工作。我想忙起来的感觉会好些。”

“如果你改变主意，随时告诉我。”

“你听我说，我想去汽车管理处。现在天色已经不早了，我还不清楚这里的公交线路。我得拿到驾照，以便我能重新开上车。”

“好吧，马克斯。你知道你可以随时打电话给我。你有我的办公室电话和我的寻呼机号码吗？”

“你听我说，我是真的想去汽车管理处。”

“很遗憾你不得不面对这个糟糕的消息。”

“谢谢你，盖尔。我也是。”

盖尔挂断电话之后，霍尔曼打开了他那个衣袋。他把最上面那层床单撤去，然后取出他儿子的照片。他盯着里奇的脸。霍尔曼不想用图钉破坏照片上儿子的头部，所以一直用当初从隆波克木艺店买的一个枫木相框镶着儿子的照片，照片用胶固定在一张硬纸板上。监狱里不允许犯人携带玻璃，因为玻璃有可能被当成武器。使用破碎的玻璃，你可以自杀或伤害别人。霍尔曼把这张照片放在那两把破旧椅子中间的小桌上，然后下楼去找佩里。

佩里靠在他的椅背上，就好像正等着霍尔曼下楼来找他。他的确是在等他。

佩里说：“你出门时一定要把门锁死。我能够听到你没有锁好门。这里不是社区矫正中心。如果你不锁门的话，就可能会有人进到你的房间里偷东西。”

霍尔曼甚至根本就没想过要锁门。

“这可是一条很有用的建议。经过这么多年以后，你可能已经忘了。”

“我知道了。”

“听着，我楼上需要几条毛巾。”

“我没有给你留吗？”

“没有。”

“你查看壁橱了吗？在搁板上面的那个？”

霍尔曼几乎脱口而出：为何毛巾要放在壁橱而不是放在盥洗室里？

“不，我没想过要去那里找。我会去看一下的。此外，我还想要一台电视机。你能帮我吗？”

“我们没装有线（电视）。”

“只要电视机就行。”

“我试试看吧，如果能找到的话。不过每月你要另付 8 美金，再加上 60 美金的风险抵押金。”

霍尔曼的口袋里并没有太多积蓄。他能够解决那每月的 8 美金，但风险抵押金却令他有些犯难了。他琢磨着自己可能还需要些现金另做他用。

“这听起来有些不太合理，风险抵押金？”

佩里耸了耸肩。

“是你提了个棘手的问题，我有什么办法呢？我知道这需要花费不少钱。你可以去那些打折的地方看看，或许能买到一台价值 80 美金的新电视。那都是韩国廉价的劳工生产出来的。这笔钱你必须先付，不过每月那 8 美金可以等些日子再说。而且，你会看到更好的画面效果，我这里原来的那批旧电视图像都不是很清晰了。”

霍尔曼可没时间浪费在去商店买一台韩国电视机上。

他问道：“那么等我交还电视的时候，你会把那 60 美金退给我吧？”

“当然。”

“好吧，就这么定了。等我自己买一台新的之后就把它退还给你。”

“随你的便吧。”

迈克·福勒警官是一位有着 26 年军龄的老兵，曾经是战场上的高级军官，他死时，撇下了老婆和 4 个孩子。帕特里克·梅隆和查尔斯·华莱士·阿什两位警官分别有着 8 年和 6 年的工龄。梅隆死时，撇下老婆和两个年幼的孩子。而阿什则尚未结婚。霍尔曼盯着他们的照片：福勒面庞消瘦、肤色如纸；梅隆是个黑人，阔眉、宽额，看起来一副很能打的样子；阿什则正好相反，长着花栗鼠一样的面颊，纤细的头发黄得有些发白，还有一双令人感觉神经质的眼睛。照片上的最后一位警官便是里奇。霍尔曼以前从未见过儿子成年以后的照片。照片上，那孩子有着与霍尔曼一样的瘦脸庞和薄嘴唇。霍尔曼感觉到儿子与自己在监狱时所见到的那些警官的表情一样的坚毅，他和他的狱友们正是整日在这种表情下饱受煎熬。霍尔曼突然感到气愤，甚至觉得这是一种报应。他折起报纸掩住儿子的脸，然后继续看着上面的报道。

这篇文章描写的犯罪现场与利维此前向他描绘的大致相同，几乎没有多少他不知道的信息。霍尔曼有些失望。他甚至在记者们匆忙赶回报社交稿前就已经知道了这些。

这些警官的车停在第四号公路大桥下的洛杉矶河道旁，他们显然是遇到了伏击。利维此前告诉霍尔曼，说 4 个警察的枪都还在枪套里，但报纸上说梅隆警官的枪已经拔了出来，尽管还未来得及开火。一位警方发言人透露，现场的高级警官福勒曾经在对讲机里向总部汇报，他们当时正在茶歇，但此后便杳无音信，再无声息。霍尔曼轻叹一口气——想不到 4 个训练有素的警察，竟在这样短的时间内遭受如此重击，甚至都来不及还击或打电话寻求援助。文章中并没有介绍开火的枪数以及这些警官身上中弹的数目，但霍尔曼猜测现场至少应该有两名枪手。原因很简单，一个人要想在这么短的时间内结果 4 名警察，而且令他们毫无反应，其难度可想而知。

霍尔曼正满腹疑云，这些警察为何要跑到桥下，这时他读到一位警方发言人否认了在现场的一辆警车中找到一箱已打开的 6 瓶装啤酒。霍尔曼断定，这些警察此前肯定是下车喝酒去了，但奇怪的是，他们怎么会选择在河边开派对呢？话说当年，霍尔曼也曾驾着摩托车跌入到那条河里，当时他仍是带着满身酒气。河道的水泥挡板高得根本用手够不到，所以他只能借助岸边的闸门门闩爬上更高的防护墙。霍尔曼猜想警察身上或许有开那扇门的钥匙，可是他始终想不通，为什么他们要费那个麻烦，仅仅为了找个清闲的地方喝酒。

霍尔曼看完了报纸上的这篇文章，然后撕下里奇的照片。他现在用的钱包还是当年因抢劫银行而被逮捕入狱时身上带的那个。在霍尔曼被转到社区矫正中心时，狱方把它交还给霍尔曼，但是此时，钱包里的一切都早已过期。霍尔曼把里面所有过去的物件全都丢掉，腾出空间以作新用。他把里奇的照片放进钱包，然后走上楼回到房间。

霍尔曼又坐在电话旁边，想了想，然后拨响电话。

“请问是洛城查号台吗？”

“这里是加州洛杉矶。”

“您要查哪里？”

“唐娜·巴尼克，B-A-N-I-K”

“很抱歉，先生。号码簿里没有这个名字的记录。”

如果唐娜已经结婚并取了另一个名字的话，那他就没办法知道了。如果她已经搬到另外一座城市，那他同样也不可能知道了。

“那你再帮我查另外一个名字吧，理查德·霍尔曼！”

“抱歉，先生。”

霍尔曼在绞尽脑汁想着一切可能的线索。

“当你说洛杉矶的时候，州码是 310，区号是 213 吗？”

“是的，先生。”

“帮我试试查特沃思的 818 好吗？”

“对不起，我在查特沃思的电话簿里找不到这个号码，是不是其他地方的号码呢？”

“好吧，谢谢。”

霍尔曼放下电话，既有些生气又有些焦急。他又走进盥洗室洗了把脸，然后走到窗子旁，站在空调前。他想看看是否还有水珠滴下来。他再次打开钱包，里面的积蓄还有300美金。他想去银行开个户头，查一下账户以表明他又回到了正常人的世界，虽然盖尔告诉他在接下来的两个星期内随时都可以。他翻着钱包里的那些钞票，突然在角落里发现了被他撕毁的唐娜给他寄的最后一封信。那上面是他寄信的地址，为的是能收到她的回信。他看了看，然后又把它夹在了钞票中间。

他这次离开房间时，记住了把门锁死。

当他走到一楼的楼梯口时，佩里冲他点点头。

“你要出去吧。我这回听到了你的锁门声。”

“佩里，你听我说，我需要去汽车管理处，我要走很远的路。我能问你借辆车吗？”

佩里的笑容一下子收住，皱了皱眉头。

“可你甚至连个驾照都没有啊。”

“我知道，可我要走很晚，先生。你知道这里公交线路的情况。现在差不多已经是中午了。”

“你犯什么傻啊？如果你被查到怎么办？你忘记盖尔的话了吗？”

“我不会被查到的，我也不会告诉他们是你租给我的车。”

“我他妈才不会把车租给任何人呢。”

霍尔曼盯着佩里，眉头也皱了起来，他知道那家伙正在考虑这件事。

“我仅仅需要几个小时而已。只要能到汽车管理处就行。我明天就要上班了，你知道，我这样子很难出行。”

“的确如此。”

“或许我能在这里的其他租户那里寻求一点帮助。”

“所以现在困境中的你想要得到帮助？”

“我仅仅需要几个轮子。”

“我倒是乐意帮你这个忙，但不能让盖尔知道这事儿。”

“好吧，先生，看着我。”

霍尔曼伸出双手，盯着佩里。

佩里的身子从椅子的靠背上向前挪动了一下，拉开中间的抽屉。

“是的，我有一辆旧车，可以让你用，那是辆‘水星’(Mercury，文中所提到的搅拌机指代水星)。虽然现在不是很漂亮了，但还能跑。20美金吧，只要你保证能完整地把它送回来。”

“上帝，那太贵了。20美金就开两个小时？”

“20美金。如果你使坏不把它带回来的话，我就报警说你偷了它。”

霍尔曼递过去20美金。这时，他距被正式监督释放才过去4个小时。这是他的第一次违反纪律。

4

佩里的这辆“水星”轿车看起来，简直就像是一堆脏兮兮的废铁落在几个轮子上。一踩油门就会从“屁股”后面扑扑地冒出黑烟，并且发动机会发出搅拌机一样令人无法忍受的轰鸣声。所以霍尔曼一路上大部分时间都在担心会有警察找他的麻烦，因为汽车排出的空气明显超标了。

按照唐娜的地址，霍尔曼一路开车来到杰斐逊公园的一座粉红色围墙的花园公寓，这里位于圣莫尼卡高速公路以南，处在这座城市平原地带的已被废弃的中心。这是一幢看起来很土气的两层楼房，炽烈的阳光暴晒已经使墙皮几乎褪成了白色。当看到那破烂不堪的屋檐和杂草丛生的灌木丛，霍尔曼感到有些沮丧。他原以为唐娜可能会住在一个漂亮的地方，就算没有希伦特伍德或者圣莫尼卡漂亮，但至少应该有能让人看到希望、感到舒服的环境吧。当初唐娜总是不停地抱怨没钱花，但是她那时还是有一份非常稳定的工作，专做老年客户的私人护士。霍尔曼想知道是否里奇在当上警察后，已经帮助母亲搬到一个更好一点的地方生活。霍尔曼在心里始终认为，里奇会那么做的，尽管他自己的生活并非一帆风顺。

这座公寓楼的外形就像一个长长的 U 字，豁口处面对着街道，而在两侧公寓的中间有一排灌木丛将人行道隔开。唐娜过去就住在这栋楼里的 108 号房间。

这套建筑外没有安装大门。任何人都可以随意走上门口的人行道，但霍尔曼不想冒冒失失地闯进庭院里面。他站在过道上，心里难免有些紧张，不住地提醒自己，只需走进去敲敲门，然后问一下这里住的新租户，是否知道唐娜现在的住址就可以了。其实，走进这个庭院并不违法，敲响这里的一扇门对于已被释放的他来说也不算破坏公共安全，但霍尔曼着实犯难了，难以抑制地感觉到自己就像一个犯人。

霍尔曼最后还是鼓足了勇气，走向108号房间。他敲了敲门，但立即就失望了，没有人回应。他再次敲门，敲得更响一点，这时候门开了，一个身形消瘦、秃顶的男人露出头来。他的手紧把着门，全然一副准备关门的架势，硬生生地突然冒出一句。

“你打扰了我的工作，先生。你要干嘛？”

霍尔曼连忙把双手缩回口袋，以示他没有恶意。

“我在寻找一位旧时的朋友。她名叫唐娜·巴尼克。她过去就住这里。”

那人这才放宽心，把门开得更大。他作出一副鹤立鸡群的姿势站在那里，右脚靠在左膝上，下身穿着一条宽松的短裤，上身穿着一件纯白色的背心，两只脚都光着。

“很抱歉，我帮不了你。”

“她大约在两年前住在这里，唐娜·巴尼克，黑色头发，大约有这么高。”

“我住到这里，嗯，有四五个月了吧？我连上一家住在这里的人都不认识，更何况两年前的事了。”

霍尔曼打量了一眼周围的住宅，寻思着或许应该再找个邻居问问。

“您是否知道还有别人，那时候住在这里吗？”

那个面色苍白的老头随着霍尔曼的目光看了看，然后皱了皱眉，好像了解邻居对他来说是件烦心事儿。

“不，先生，抱歉，这里的人来来走走，经常更换。”

“好吧。很抱歉打扰了你。”

“没关系。”

霍尔曼转过身，然后突然想起了什么，但那人已经把门关上。霍尔曼只好又敲，门立即被打开。

霍尔曼说：“抱歉，先生。这栋公寓的经理住在这里吗？”

“是的，就在那边的100号房间。是你进来时路过的第一间公寓，靠着北边。”

“他叫什么名字呢？”

“他？她是一位女士。巴特勒夫人。”

“好的，谢谢。”

霍尔曼沿着走廊返回到100号房间，这次他毫不犹豫地敲响了房门。

巴特勒夫人看上去是个相当强悍的女人，一头灰发紧紧地盘在脑后，身上穿着一条松散的睡裙。她打开门，看着眼前的景象。霍尔曼自我介绍了一番，然后解释他正在寻找这栋公寓里108号房间从前的住户——唐娜·巴尼克。

“唐娜和我，我们曾经是夫妻，但那是很久以前的事了。我们分开以后，就再也没有联系。”

霍尔曼琢磨着，感觉说自己与唐娜曾是夫妻，要比解释自己是个浑蛋，让唐娜怀了孕，然后又抛下她一个人抚养他们的儿子容易得多。

巴特勒夫人的表情放缓了一些，似乎对他已不那么陌生，然后把门又打开了一些。

“天哪，我的上帝，你一定是理查德的父亲，霍尔曼先生？”

“是的，没错。”

霍尔曼猜想或许她已经看到了里奇死亡的那条消息，但随即便反应过来她并不知道里奇死亡的消息。

“理查德是个非常不错的小伙子。他时常会来看她妈妈。他穿着制服的样子可真帅。”

“是的，谢谢！您能告诉我唐娜现在住哪儿吗？”

她的目光变得更加温和。

“你不知道吗？”

“我已经很久没有见过里奇和唐娜了。”

巴特勒夫人把门开得更大了一些，她的眼中充满忧伤。

“我很抱歉！你还不知道。我真抱歉！唐娜已经去世了。”

霍尔曼感觉自己怔了一下，就像当初刚吸完毒一样的感觉。此刻他的心脏，他的呼吸，以及他血管中流淌的血液，全都像一部留声机被突然拔掉了电源一样，瞬间停了下来。先是里奇，现在又是唐娜。他一言不发，巴特勒夫人忧伤的眼神看出了这一切。

她彻底推开房门，双臂抱在胸前。

“你还不知道这些。哦，我很遗憾，你还不知道。我很抱歉，霍尔曼先生。”

霍尔曼从刚才的瞬间惊呆中渐渐缓过神来，随后转为一种空荡荡的感觉。

“发生了什么事？”

“都是那些车惹的祸。他们在高速路上把车开得飞快，这就是为什么我讨厌出门的原因。”

“她死于车祸？”

“那天晚上，她正在回家的路上。你知道她是一位护士，是吧？”

“是的。”

“当时她正在回家的路上。这事儿离现在至少有两年了吧。那时对这起事故的解释是，有人开车时失去控制，然后更多车辆失去控制，其中的一辆车里就坐着唐娜。我很抱歉告诉你这个消息。我真为她，还有那可怜的理查德感到伤心。”

霍尔曼想要离开。他想离开唐娜过去住过的这座公寓，这个她死后被运回的地方。

他说：“我要去找里奇。你知道我在哪儿能找到他吗？”

"你称呼他为里奇可真甜哪。当初我见他时，叫他理查德。唐娜总是这么称呼他。他是个警官，你知道。"

"你有他的电话号码吗？"

"哦，没有。我只是在他来探望他妈妈的时候才能见到他，你知道。我想我从未记过他的电话。"

"那么你也不知道他住在哪儿了？"

"哦，是的。"

"或许你在唐娜的租房合同上能找到里奇的地址吧？"

"我很抱歉。那事以后我就把那些旧字据扔掉了，一旦我有了新租户，就没有理由再去保留那些了。"

霍尔曼突然想把里奇的死讯也告诉她，他心里寻思着自己说出这话后可能发生的情形，告诉她里奇也已追随唐娜而去的消息，但霍尔曼最终还是没有勇气说出这话。他感觉自己的生命已经枯竭，就像从前他所付出的，以及永远也不可能再付出的一样，所有的一切都变得毫无意义、虚无缥缈。

霍尔曼正准备向她言谢，突然又有一个想法冒了出来。

"她被葬在哪里？"

"在巴德温山那边，巴德温公墓。那是我最后一次见到理查德，那次他没穿制服。我想他或许是不想在人们面前太张扬吧,他穿了一身漂亮的黑色西服。"

"有很多人参加她的葬礼了吗？"

巴特勒夫人伤心地耸耸肩。

"不，没有多少人。"

霍尔曼心情沉重地走回佩里的那辆"搅拌机"，然后径直往西开去，消失在暮色的夕阳中，消失在如织的车流里。这一回，他花了差不多 40 分钟才走完几英里的路程，返回到卡尔弗城。霍尔曼把车停在汽车旅馆后的停车点，然后从正门走了进去。佩里仍旧坐在柜台后面，身边一个微型收音机在来回滚动播放着广告。霍尔曼把钥匙递过去，佩里把收音机的声音调低。

"你的第一天自由之旅怎么样啊？"

"狗屎，真是糟透了！"

佩里又靠回椅背，拧大收音机的音量。

"只会越来越好的。"

"有人打电话找我吗？"

"不知道。你有寻呼机吗？"

"我给一些人留了你的电话。"

"留你自己的号码，不要留我的。难道我像个传话的机器？"

"一位名叫利维的警长和一位年轻女士。他们都没来电话吗？"

“没有。我不是说了吗？我已经在这儿呆一天了。”

“你给我准备好电视了吗？”

“我一整天都呆在这里，明天去给你搬回来。”

“你有电话簿吗？还是也要等到明天才能拿回来？”

佩里从柜台后面举起一本电话簿。

霍尔曼带着电话簿回到楼上，查找着巴德温公墓的电话。他抄下地址，然后把那本子扔到堆满衣服的床上，陷入到对唐娜的思念中。过了一会儿，他拿起了父亲的那块表。指针一动不动地停在那里，自从父亲死后它就一直如此。他拔出调节时间的旋钮，调起了指针。他盯着分针、秒针绕着表盘欢快地奔跑，但他知道这是自己跟自己开的一个玩笑。指针再度停下。时间只是对别人来说还在前进。霍尔曼迷失在过去的时空中了。

5

第二天霍尔曼起了个早，在楼下的便利店买了一品脱巧克力奶，6个小面包圈和一份《泰晤士报》。他在房间里一边吃早餐一边看报纸。关于他儿子的谋杀案的调查还是头条新闻，警察局长声称已找到证人，搜查范围也已经缩小。除了一条关于抓到开枪的罪犯给5万美金的奖金外，没什么特别的新闻。霍尔曼认为警察什么也没查到，所谓的证人也不过是个诱饵来引诱真正的证人罢了。

霍尔曼吃着“多纳圈”，希望能有台电视机收看早间新闻报道。在昨天的那份报纸隔了一夜之后，这案子可能又有了许多新的进展。

霍尔曼喝完早餐的巧克力奶，冲了个澡，然后穿戴上一身新的衣服准备去上班。他需要赶上上午7点10分的公交班车，在8点钟之前到达工作地点。乘坐公交车经过一段漫长的路程，然后在傍晚再这样回来，这种生活从此将日复一日，霍尔曼每天所做的就是重复这些：在固定的时间行走在固定的线路上，他的余生可能就这样一直持续下去。

在他即将动身之前，他给查特沃思警察局打了个电话，通报姓名后，他说想与利维警长通话。他不知道利维能否这么早就去上班，如果他不在的话，他唯一指望的就是能给利维留个信，但利维接了电话。

“警长，我是马克斯·霍尔曼。”

“你好，先生。我没有什么新情况可以告诉你的。”

“好吧，嗯，我有一个新号码想告诉你。我暂时还没有寻呼机，因此如果随时有什么情况的话，你可以打我的办公室电话。”

霍尔曼念了一遍自己的办公室电话号码。

“还有一件事。您有机会与里奇的妻子交谈吗？”

“我经常跟她通话，霍尔曼先生。”

“如果您能把我的这个办公电话告诉她的话，我将非常感激。如果她试着给我住的那家旅馆打电话的话，我不敢肯定自己能知道这个消息。”

利维慢慢地答道：“我会把你的办公电话转告给她的。”

“请再次转告她，我很希望能尽快跟她通话。”

霍尔曼很纳闷为什么利维会迟疑一下，他正准备询问是否有什么问题，这时候利维打断了他。

“霍尔曼先生，我会为你传这个话的。但是我要直截了当地跟你谈这件事，你可能不喜欢我将要说的这些话。”

利维慢吞吞地说着，好像对他来说要说出这些话，与霍尔曼要听到这些话一样困难。

“我是理查德的部门长官。我希望尊重他的意愿，以及他妻子的意愿，但是我也是一位父亲——让你继续等待一些根本不会发生的事情是不对的。理查德希望一切与你无关。他的妻子，她的世界已经被彻底颠覆。别再等待她的电话了，你明白我的意思么？”

“我不明白。你告诉我是她对你讲述了我的事情。还是你给监狱局打电话的原因。”

“她想你应该知道这事儿，但是这改变不了理查德的想法。我不想左右为难，但事实就是如此。不管你和你儿子之间发生了什么事情，都与我无关，但是我要尊重他的意愿，也就是说我要尊重他妻子的意愿。在这件事情中，我不是个家庭调解员。我们的立场你明白了吗？”

霍尔曼看着自己的手。它放在大腿上，就像一只翻了壳的螃蟹，挣扎着扭动着“身躯”。

“很久以前我就不再指望什么了。”

“你明白就好。我会把你的新号码转告给她，但我不会去劝说她。无论如何，我都会在这里尽我所能，回答你任何关于调查结果的问题。而且，只要这案子报出任何进展，我都会打电话通知你的。”

“葬礼怎么样了？”

利维没有做声。霍尔曼没再多说，挂了电话，然后下楼在大厅里等了一下，这时佩里出来了。

霍尔曼说：“我还得借用一下你那辆车。”

“你还有 20 美金吗？”

霍尔曼把卷起的钞票递过去，就像一根加长的中指。佩里立即把钞票收了起来。

“把它完整地开回来，告诉你，我昨晚、今早都没检查过车，但我想它还能开。”

“我需要电视机。”

“你看起来有点不对劲啊。如果是因为昨晚没有电视机导致你疯了的话，我很抱歉！但它就在商店里摆着，我上午就去把它搬回来。”

“我不是因为电视机发疯的。”

“那你的脸色为什么不好看呢？”

“快给我那该死的钥匙吧！”

霍尔曼取出佩里的“水星”，然后一路向南驶往工厂。乘坐公交车会更轻便，但霍尔曼有许多路要走。他从不超速行驶，对其他司机也总是小心避让。

霍尔曼提前10分钟就到了，然后把车停在离大楼稍远一点的地方，因为他不想让他的老板——托尼·吉尔伯特看到他是驾车来上班的。吉尔伯特对雇佣的员工都很熟悉，他知道霍尔曼还没有驾照。

霍尔曼为哈丁广告公司服务，他的工作地点是在公司下面一个印制广告牌的工厂。生产出来的印刷品被印在巨大的墙纸状的背板上，然后裁切并收卷起来，最后被运送到整个加州、内华达州和亚利桑那州的各地。当它们被运到指定的广告牌时，会有专业的工人打开卷轴，把它们张贴在背板上。在过去的两个月里，霍尔曼作为兼职工人在这里接受培训，成为印刷厂的一名裁切工人。他的工作是把长达5尺、6尺，甚至8尺宽的纤维织品放进印刷机，确保纤维制品与机器咬合得平整，以及确保自动修剪器在工序的最后能够裁切工整。即使是一个傻瓜也能完成这项工作。霍尔曼只用了20分钟左右就学会了这项工作程序。但他能得到这份工作已经算很幸运了。

他正点来到工厂，他看了看吉尔伯特，目的是让他知道自己准时出现在他的面前。吉尔伯特正和印刷车间的技术员查看当天的工作流程，那人负责调整色彩并修改需要重新印制的制品。吉尔伯特是个又矮又粗的秃顶老头，走起路来大摇大摆。

吉尔伯特说：“好，你现在正式成为一个自由人了。恭喜你！”

霍尔曼道了一声谢，但他们之间的谈话仅此而已。他没有打扰办公室的接线员或其他任何人，告诉他们里奇的妻子可能打来电话。在他和利维的早间谈话后，他猜想她不会给自己打来电话了。

整个上午霍尔曼都接到同事们的祝贺和欢迎，祝贺他被释放并成为这里的一名全职员工，尽管他已经在这里工作了两个月。霍尔曼在工作时眼睛一直盯着时钟，盼望着休息时间早点到来，他好吃午饭。

霍尔曼在上午11点10分去了一趟卫生间。当他站在便池跟前，另一个名叫马克·李·皮切斯的也在这里工作的前狱友站在他的旁边。霍尔曼不喜欢皮切斯，所以他在此前两个月的培训期间一直尽量避开他。

皮切斯说："10年时间真是漫长啊。欢迎归来！"

"在过去的两个月里，你每星期都有5天能见到我。我哪儿也没去。"

"他们仍旧在考核你吗？"

"离我远点。"

"我只是说说而已。我可以给你出个主意，你要是想离开这里的话，有一些办法可以让他们放了你。"

霍尔曼方便完毕，从便池往后退了一步。他转过脸看着皮切斯，但那家伙仍旧瞅着眼前的墙壁。

"撒你的尿吧，离我远点！"

"如果你需要的话，我可以给你介绍一些方法：吃药、睡个得艾滋病的马子、打架、看色情电影，这些随便什么都行。"

皮切斯接着说："我仅仅是想帮助兄弟而已。"

皮切斯仍旧嬉皮笑脸，霍尔曼转身走了出去，然后看到了吉尔伯特。

托尼问了一句："怎么样啊，你（自由后）的第一天？"

"很好。你听我说，我有点事想问你，我需要去汽车管理处参加一个考试，但等到下班后就太晚了。你能在午饭时间准我一小时假吗？"

"他们星期六上午不办公吗？"

"你必须得预约，他们都是提前3个星期就预约。我真想今天去，托尼。"

霍尔曼能看得出吉尔伯特对他这个请求很不高兴，但最后他还是答应了。

"好的，但是如果出现什么问题的话，你要打电话给我，别趁机耍滑。这可不是个很好的开始，在你成为正式员工的第一天就请假。"

"谢谢，托尼！"

"下午两点钟。我希望你在下午两点钟之前能赶回来。给你的时间已经不少了。"

"好的，托尼。谢谢！"

吉尔伯特并没有提到里奇，而霍尔曼也不想主动提起。盖尔也没有打来电话，这正合霍尔曼之意。他不想没完没了地解释里奇的事情，从里奇再谈到唐娜，以及把他的生活搞得一团糟的整件事情的前前后后。

吉尔伯特最后转身离开，消失在他的眼前，霍尔曼也走回车间，继续摆弄着那堆印刷机器，这时离中午还有一会儿。

6

巴德温公墓坐落在莱德拉高地对面广袤起伏的山坡上。霍尔曼穿过办公楼内的一道道门，迅速通过大厅，希望没有人看到他那辆“蹩脚”的汽车。佩里的那辆“水星”实在是太寒碜了点，随便什么人看它一眼，都会以为开着它来这里的是一名修剪草坪的环卫工。出发前，霍尔曼特意去买了一束红色的玫瑰花，他想自己应该更庄重一点。

公墓管理处是一间非常宽敞的大屋子，中间由一个柜台隔开。柜台的一边摆放着两张办公桌和几个文件柜；另一边在一张巨大的桌架上放着公墓的地形示意图。当他走进大厅时，一位坐在办公桌后头发花白的老太婆瞅了瞅他。

霍尔曼上前打了声招呼：“我需要找到一个人的墓地。”

这女人站起来，走到柜台跟前。

“好的，先生。墓主叫什么名字呢？”

“唐娜·巴尼克。”

“巴尼克？”

“B-A-N-I-K。她大约两年前被葬在这里。”

女人走到一排档案柜跟前俯身开始翻查起来，档案柜在霍尔曼眼里就像是一副厚重且有些磨损的棺材。她一页一页查询的同时，嘴唇也在不停地动着，咕哝着名单上的逝者：巴尼克、巴尼克、巴尼克……

她终于找到了那个条目，她在一张标签上写了点什么，然后从柜台后面走出来，把霍尔曼领到墓地示意图跟前。

“这里，我可以告诉你怎样找到那个地方。”

在这位女士比画着地图的同时，霍尔曼一直紧随她身后。她又看了一眼写在字条上的地址，然后在一片相同的小图标上指出一个很小的长方形，每一个长方形上面都贴着数字标签。

“她就在南面的这个位置。我们办公室在这里，所以你要从停车场向右转，沿着公路走到叉路口，然后再左转。她的位置就在那片陵墓前。你按排数，从靠街数第三排，倒数第六块墓碑就是了。你不会找不到的，万一找不到，尽管回来，我再领你去。”

霍尔曼盯着那块很小的蓝色长方形标志，上面标着难以辨认的数字。

“这就是我老婆。”

“哦，我很遗憾。”

“唉，她已经不是我老婆了，那是很久以前的事了。我们俩很久没有见过面了。我甚至直到昨天才知道她已过世。”

“哦，如果你需要帮助的话，尽管跟我说。”

霍尔曼看着那女人又重新回到柜台后的座位上，很明显她对唐娜与他是什么关系毫无兴趣。霍尔曼在那一瞬间感到一丝愤怒，但他从来没指望过谁与他一起分担他的情感。在他过去呆在隆波克的10年里，他很少会提起唐娜和里奇。他提这些干什么呢？难道与像皮切斯那样的浑蛋罪犯们交流家庭故事？只有生活中的人们才会与同类人群谈论他们的家庭，可霍尔曼既无正常人的生活，也无正常人的朋友。从前他抛弃了自己的家庭，现在他又永远地失去了家人。他突然觉得需要有个人能够听他倾诉，听他与唐娜的故事，但唯一的选择却是这样一个毫无兴趣的陌生人。他这种诉说的渴望越是强烈，就愈发感到难言的孤独与悲哀。

霍尔曼钻进“水星”里，朝唐娜的墓地开过去。他看到一个写着唐娜名字和生卒日期的小铜板嵌在地上。铜板上只有一个简单的铭文：“Beloved Mother”（我心爱的母亲）。

霍尔曼把那束玫瑰放到墓前的草地上。他在心里曾经上千次排练着要对唐娜说的话，但是现在她却已离开人世，一切都太迟了。霍尔曼不相信死后升天的说法，不相信她会在天堂里注视着自己。但他在看着地上的那束玫瑰花、看着那块毫无表情的墓碑的时候，还是决心要把这一切说给唐娜听。

“我是个没用的浑蛋！你曾经咒骂我的一切都不过分，我甚至更坏。你不知道我坏到了什么程度。我过去感谢上帝，你不知道这些，但现在我感到羞耻！如果你早一点知道这些，你就会放弃我，那么你就可能另嫁一个好人，改变你的人生。我多么希望你早点知道这些，不是为了我，而是为你自己。那样，你就不会浪费这段人生了。”

霍尔曼回到车里，然后驾车返回墓地管理处。当霍尔曼走进房间时，那女人正向一对中年夫妇比画着地图，于是他在门口等了一会儿。在骄阳下曝晒过后重新回到这间凉快的大屋子里，感觉还算不错。几分钟后，那女人走了过来，身后那对夫妇在讨论着墓葬地点。

“你找到了吗？”

“是的，谢谢！你使我很容易就找到了它。听我说，我想问你点事情。你还记得是谁安排了她的后事吗？”

“她的下葬？”

“我不知道是她的姐妹、丈夫还是别的什么人，但我还是愿意分担她的费用。我们在一起生活了很长时间，然后我离开了，总之我对此不闻不问是不对的。”

“她的费用已经付过了。在来到这里安葬时就已经付过了。”

“我知道，可我还是想承担一些，至少一部分吧。”

“你想知道是谁为她下葬的吗？”

“是的，夫人。如果您能给我一个电话号码，或者地址之类的话，我希望能够承担她的一些费用。”

那女人看了一眼另外那两位客人，但他们仍在就地点的问题争论不休。她走过柜台回到自己的办公桌，冷眼旁观着这场无聊的争辩，直至他们讨论出个结果，她才能找到那个墓葬的准确地点。

“是巴尼克，对吗？”

“是的，夫人。”

“那我还得再替你查查，我必须要找到它的记录。你能留个电话吗？”

霍尔曼在她的便签簿上写下了佩里的电话号码。

她说：“您很慷慨。我相信她的家人一定会为此而感到高兴的。”

“谢谢，夫人，希望如此。”

霍尔曼随即告辞，驾车驶向城里。他根据交通情况算了一下时间，估计在下午两点钟之前能够赶回办公地，然后便把车上的收音机打开，把所有台都调了个遍。电台正播放着滚动新闻，报道称：在 4 名警察被谋杀的案子中，已有一名犯罪嫌疑人的姓名被公布出来，目前警方已签发通缉令，正式通缉该名嫌疑犯。

霍尔曼调大音量，忘了原本要做的事情。他立即开始四处寻找电话。

7

霍尔曼驾着车一路寻觅着电话，直到他看到一家很小的运动酒吧，酒吧的前门是敞开着的。于是他把车驶入一块红色区域，他进门后迟疑了一下，四处巡视了一遍，终于看到一台电视机。霍尔曼上一回进这种地方还是在被逮捕前的一个星期，如今再次光顾，感觉丝毫没有什么变化，一个长着连鬓胡子的年轻调酒师，还有五六个客人在享用着午餐。电视里正播放着 ESPN 体育台的节目，但却无人观看。霍尔曼走了进去。

“你介意我看一下新闻吗？”

吧台后的那个年轻调酒师四处看了一下，好像这是个非常艰难的决定。

“随您的便。要来点什么吗？”

霍尔曼看了一眼旁边的两位小姐，她们也正盯着他看。

“嗯，苏打水吧。看看新闻好吧？”

调酒师往带冰块的杯子里加了几滴现榨的酸橙汁，搅拌均匀，把杯子放到吧台，然后把电视节目换了一个频道，画面上两个脑袋正在谈论着中东形势。

霍尔曼问道：“没有地方新闻吗？”

“我不知道这会儿是否能找到新闻，除了“肥皂剧”，很少有别的。”

旁边的那两个女士接过话茬：“看一下 5 频道或者 9 频道吧。”

调酒师找到一个正在播新闻的地方频道，几位警察局的高级警官正在主持一个新闻发布会。

调酒师不解地盯着屏幕：“又发生什么了？还是关于那几个警察被谋杀的事吧？”

“是的，他们找到了凶手。我们听听吧。”

另一个女人又冒出一句：“出什么事了？”

霍尔曼不耐烦地答了一句："我们能听一会儿吗？"

前面那个女人说道："我今天早上看这条新闻了。没什么新的进展。"

霍尔曼非常不耐烦地回了一句："让我听听他们在讲什么，好吗？"

那女人哼了一声，然后气呼呼地冲霍尔曼翻了个白眼，好像他根本不存在。调酒师把音量调大，这时电视里一位名叫唐纳利的助理警长正在叙述整个犯罪过程，介绍着霍尔曼早已知道的情况。被谋杀的警官的照片在屏幕上滚动出现，唐纳利逐一介绍他们的身份，里奇排在最后一位。照片与霍尔曼在报纸上看到的是同一张，但此时再看到这张照片却令霍尔曼如坐针毡，心烦意乱。好像里奇正盯着屏幕前的自己一样。

坐在酒吧远端的一名男子说了一句："真希望他们早点抓住那个浑蛋。"

第一个女人又开始抱怨："我们就不能换个台吗？整天看这件谋杀案真让人厌烦！"

霍尔曼有些恼火："你老实听着吧！"

那女人转向她的朋友，好像她们在聊着什么私人话题，但嗓门却丝毫不减。

"就那么个死人的消息，竟然还会有人看。"

霍尔曼压抑不住怒火，骂了一句："闭上你的臭嘴，听着！"

画面重新切回到唐纳利，他指着身体右边的另一张照片继续讲述。

唐纳利说："我们已经签发了一张通缉令缉拿此人，沃伦·阿尔伯托·苏亚雷斯，我们怀疑他是谋杀 4 名警官的嫌疑犯。"

那女人转过身来对着霍尔曼。

"你不能对我这么无礼。你怎么能用这么粗俗的字眼对我讲话？"

霍尔曼根本没有时间去理会她，眼睛始终紧盯着唐纳利。

"据警方掌握的情况，苏亚雷斯，家住在赛普里斯公园。此人有众多犯罪前科，其中包括伤人、抢劫、非法藏匿枪支，另外他还是黑帮组织的成员……"

那女人没完没了："别装作你没听见的样子！"

霍尔曼尽量仔细听着唐纳利的讲述，但还是有几句没听清楚。

"……请按照屏幕上的电话与我们联系。不要……我再重申一遍……不要试图独自捉拿这个人。"

那女人还在叫嚷："我在跟你说话哪，该死的家伙！你怎么能说那么恶心的话，对我使用那种字眼！"

霍尔曼朝调酒师点点头。

"这杯苏打水多少钱？"

"两美金。"

"你这有公用电话吗？"

"在洗手间的后面。"

霍尔曼在吧台上放下两美金，然后顺着调酒师手指的方向朝公用电话走去，身后那女人仍在喋喋不休地骂他。霍尔曼走到电话旁边，他翻出随身带的电话簿，查找着德文郡警察局利维警长的电话号码。利维的电话正在占线，他不得不等了一会儿，然后再拨过去，这一回拨通了。

霍尔曼开门见山："我听到消息了。"

"该知道的你都知道了。帕克中心不到一个小时前刚刚接到电话。"

"还要等多久呢？"

"霍尔曼先生，他们刚刚签发了通缉令。只要一抓到那家伙，当地警方会立即向我通报的。"

霍尔曼难抑情绪，身体开始颤抖起来，好像已经服了一个星期的毒品一样。但他不想打断利维，于是做了两下深呼吸，强迫自己冷静下来。

"好吧，我明白了。他们知道事情的原因了吗？"

"据目前掌握的情况来看，这是一场苏亚雷斯与福勒警官之间的私人仇杀。福勒去年逮捕了苏亚雷斯的弟弟，而他的弟弟在狱中死了。"

"那里奇跟苏亚雷斯有什么关系？"

"与他无关。"

霍尔曼等着利维继续讲下去，他想知道 4 名警察都要为此丧命的原因，但利维停了下来。

"等等……等等……这个浑蛋杀死 4 名警察仅仅就是为了福勒一人？"

"霍尔曼先生，你听我说。我知道你给我打电话的目的，你想知道它的幕后原因。我当然也很想知道，但有时根本没有什么内幕。理查德与苏亚雷斯的逮捕一点关系都没有。据我所知，梅隆和阿什也都与那件案子无关。我不能百分之百地肯定，但这就是我从此案调查警官那里得到的消息。或许以后我们还会知道更多，迟早会有个结论的。"

"那家伙还有同谋吗？"

"据我掌握的情况，他是一个人作案。"

霍尔曼感觉自己的声音再一次颤抖起来，于是尽量平息自己愤怒的情绪。

"我知道这令人难以置信。我很遗憾！"

"他们确信凶手就是苏亚雷斯吗？"

"他们已经确定了。调查人员将苏亚雷斯的指纹与现场发现的弹壳上的指纹进行了对比。据他们报告，还有证人那天晚上早些时候在现场听到了苏亚雷斯对几位警官的数次威胁。他们今天早些时候试图去苏亚雷斯家里逮捕他，但那家伙已经逃掉了。听着，我现在要接其他电话了。"

"现在逮捕情况进展如何了？"

"我不知道。现在我真的要……"

“最后一件事，警长先生，请原谅。我在新闻里听说，那家伙是黑帮分子。”

“是的，没错。”

“你掌握了他的黑帮背景吗？”

“我不清楚，先生。我现在真的必须挂了。”

霍尔曼道了一声谢，然后走回吧台，换了一美金的零钱。那个大嗓门的女人狠狠瞪着他，但这次什么也没说。霍尔曼拿着零钱回到电话旁边，给盖尔·马内利打了个电话。

“嗨，我是霍尔曼。你有时间吗？”

“当然，马克斯。我正准备给你打电话呢。”

霍尔曼猜测她是想告诉自己警方通缉嫌疑犯的事情，但他并未言语。

“记得你说过，如果我需要几天假的话，你会与吉尔伯特打招呼的？”

“你需要请一段时间假吗？”

“是的。许多事情要处理，盖尔。比我原来想的要麻烦一些。”

“你今天与警方通话了吗？”

“我刚挂断利维警长的电话。你能帮我向吉尔伯特请几天假吗？那家伙在工作中对我一直还不错。”

“我现在就给他打电话，马克斯，我相信他会理解的。现在你听我说，你愿意去看一下辅导员吗？”

“我现在很好，盖尔。我还不需要辅导员。”

“现在还不是你完全独立的时候，你知道这些的，马克斯。用好你现有的这些工具。别硬要做一个铁人，以为靠自己可以应付一切问题。”

霍尔曼想问她是否愿意倾听自己内心那种犯罪感和耻辱感。他对人们对自己的态度已经感觉厌倦，好像他们都怕得要死，自己即将爆炸似的，但他还是在心里提醒自己，盖尔只是在履行自己的职责而已。

“我只是需要时间，这就是全部。关于辅导员的事如果我改变主意的话，我会告诉你的。”

“我只是想让你知道我在这里。”

“我知道。听我说，我得走了。谢谢你帮我请假。告诉托尼我这两天会给他打电话的。”

“我会的，马克斯。照顾好你自己。我知道你现在很难过，但现在最重要的是要照顾好你自己。你的儿子也会这样想的。”

“谢谢，盖尔。我会去看你的。”

霍尔曼挂断电话。盖尔以为霍尔曼这会儿最需要的是休息，但在霍尔曼心里，有更重要的事情要做。对于罪犯的内心世界，他再熟悉不过，他知道如何去利用。

8

罪犯是没有朋友的。在他们的世界中，只有社团、幕后老板、黑市、娼妓、嫖客、交易者、合伙人、同谋者、牺牲品以及老大，任何人都可能出卖和被出卖，在这条道上没有信义可言，没有人值得信任。霍尔曼在隆波克的10年间所遇到的大部分人都狡猾得很，他们之所以能被逮捕、被证明有罪，基本上只有两种可能：要么是因为运气不好，碰到了迪克·特雷西（一位美国人家喻户晓的传利奇英雄）和夏洛克·福尔摩斯这样的神探；要么是被他们所认识和信任的人出卖。警察需要做的仅仅是坐收渔翁之利。此刻霍尔曼想要做的，就是去找个可能出卖沃伦·苏亚雷斯的人。

那天下午，外号叫做“L'Chee”的加里·莫雷诺说：“你要找的那个哑巴似的外国佬，曾经就站在我两尺远的地方。”

“告诉我你爱我，兄弟。”

“这就是我在告诉你的，霍尔曼。为什么你当时不走呢？ 10年来我一直在不停地问，你这该死的家伙。”

“你不必等10年，利奇。你可以到隆波克来看我。”

“这就是他们抓你的原因，想想吧，该死的霍尔曼！我嘛，从银行直接就跑去了萨卡特卡斯（墨西哥中部一州），就像屁股上撒了辣椒粉一样。哦，这就是生活，给兄弟点爱吧。”

利奇从他在东洛杉矶开的小店的柜台后走出来。他紧紧地抱住霍尔曼，这是他们10年后第一次见面——那天，利奇在银行外面放风，等着霍尔曼出来，然后警察和FBI就赶到了；于是，按照他们从前的约定——利奇驾车逃离了现场。

霍尔曼与利奇的初次相遇是在加州少年拘留所中，当时他们都还只有14

岁；霍尔曼是由于入店和入室行窃的罪名被捕，利奇是因为第二次偷车。利奇个子很小，但却毫无惧色，当时他在大院里被3个家伙暴打，这时候霍尔曼出现了，他的身材实在是太魁梧了，甚至只是用他那结实的肩膀，就把那群家伙打得鬼哭狼嚎，趴倒在地。之后的几天，利奇基本上什么也做不了，而他的那几个亲戚也好不到哪去。利奇是怀特·范斯家族第5代男丁，是加州帕科依玛臭名昭著的吉娃娃兄弟的侄子，那是70年代两个原本毫不起眼的危地马拉人，他们靠偷车到黑市上交易狠发了一笔横财，在洛杉矶当地名声大噪。当年，霍尔曼总是会给利奇偷回的那些保时捷和Vettes加满油，尽管这些车在他们手中基本上开不了多久，因为利奇常常是驾着它们去抢劫银行。每一次，霍尔曼都知道，两个人从来都是心照不宣，但目的只有一个，就是为了能够逍遥法外，两个亡命之徒必须以最快的速度逃离作案现场。

此刻，利奇往回退了一步，霍尔曼从他的眼神中看出一丝惊觉。霍尔曼当然知道这对他意味着什么；它背后隐藏着往日的那些经历。

"妈的，见到你可真好，兄弟！妈的，你疯了还是怎么了？你怎么可以站在这里，你又犯什么事儿了？"

"我已经从联邦监狱中释放出来了，回家了。这可不是什么假释。他们没说我不能跟谁来往。"

利奇看起来仍旧满腹疑云。

"真的吗？"

"当然。"

利奇无疑对联邦制度的反复无常心有芥蒂。

"跟我到后面来吧，这里太吵了。"

利奇带着霍尔曼来到柜台后的一个小办公室。当年，这里便已经成为利奇为他的叔叔们销赃的改装中心，他们把偷来的汽车在这里拆卸成零件。现在，利奇年龄大了，比以往更精明了，他的叔叔们也早已不在人世了。利奇成为了这里合法的继承人，他雇用他的儿子和侄子们经营着这家店铺。霍尔曼慢慢地打量了一下这间店房。

"它看起来真是大不一样了。"

是不一样了，是家了。我的女儿每星期在这里工作三天。她不想看到墙上贴的那些露乳画。你要瓶啤酒吗？

"我还没醉呢。"

"真的？哦，是吗，兄弟，那可太好了！妈的，我们都老了。"

利奇一边笑着，一边坐到椅子上。在他咧开嘴笑的时候，他那颤动的粗糙皮肤上的伤疤和刺青仿佛又回到了从前黑帮的那些岁月。现在他仍是怀特·范斯家族的成员，一个标签式的名字，只是已结束街头生涯。利奇那张纹理分明的老脸突然变得悲伤起来，他的双眼失落地看着前方，直至最后才落到霍尔曼身上。

“你需要钱吗？我会为你安排好的，让你安顿下来。我的意思是，你不必再还我。”

“我想找个名叫沃伦·阿尔伯托·苏亚雷斯的家伙。”

利奇在椅子上转了一下身子，从桌面上一堆乱糟糟的物件中翻出一个厚厚的电话本。他翻过几页后，在一个名字上画了个圈，然后把这个本子推到桌子的另一端。

“这就是。你记去吧。”

霍尔曼扫了一眼那页纸——沃伦·阿尔伯托·苏亚雷斯。上面记着赛普里斯公园的一个地址和一个电话号码。当霍尔曼抬起头时，利奇正盯着他，好像霍尔曼是个傻子一样。

“你知道他去哪儿了么？”

“你为什么以为我就会知道这种事儿？”

“因为你是利奇。你总是无所不知。”

“那些日子早就过去了，兄弟。我现在是莫雷诺先生，你看看这里，我已经不再像过去那样生活了。我合法纳税。我还得了痔疮。”

“可你还是怀特·范斯。”

“我发誓，我可以告诉你——要是我知道那家伙在哪儿的话，我就被钉死50次——我真的已经再不是怀特·范斯了，他的一切都留在了青蛙城——这条河的上游，现在的我早就跟他毫无关系了，除了屁股上还有点疼。今天我这里的一半伙计都告了病假，他们都得靠我养活，我的店铺已经搞得一团糟了。”

说着利奇摊开他的双掌，做出一副爱莫能助的样子，然后继续他的“演说”。

“忘掉那扯淡的悬赏吧，霍尔曼。我告诉你，我会给你一笔钱的，你需要它。”

“我不是为了钱。”

“那为什么？”

“被他杀死的警察中有一个是我儿子。里奇长大后做了警察，你想不到吧？我的儿子。”

利奇的眼睛立刻瞪得溜圆，俨然带着一种奉若神明的敬畏。利奇曾见过那孩子几面，第一次是在利奇3岁时。当时霍尔曼说服唐娜，让自己带着儿子到洛杉矶的圣莫尼卡码头玩了一趟摩天轮。霍尔曼和利奇约好一同前往，但到了地方却又把利奇托付给利奇的女朋友，因为他和利奇在停车场看上了一辆“巡洋舰”。

“原来如此，我真遗憾。”

“那是他妈妈的功劳，利奇。我一直为他祈祷。让他别像我这样，让他像他妈妈。”

“上帝果然应验了。”

“警察说苏亚雷斯杀了他。他们看见苏亚雷斯杀了4名警察，仅仅是因为其中一名叫福勒的警察，有人说是他杀了苏亚雷斯的弟弟。”

“我不知道这件事，兄弟。不管怎样，那些都已经过去了。”

“无论如何，我都要找到他。我想找出是谁在帮他，找出背后的所有人。”

利奇活动了一下身下的座椅，发出“吱吱”的响声。他用自己粗糙的手擦拭了一下面颊，嘴里咕哝了一句，又似在琢磨着什么。拉丁帮的名字一般都取自于他们周边的环境，比如：欢乐谷帮、骰子街、加里蒂·洛马斯(Lomas为智利一铜矿地名)。青蛙城这个名字是源自于洛杉矶河的过去，那附近的居民一直都是伴着“咕咕”的蛙鸣声进入梦中，直到后来城市规划用水泥修出河道，这里的青蛙才就此绝迹。苏亚雷斯是“青蛙城帮”的一名成员？霍尔曼心里始终这样怀疑。因为那4名警察就死在这条河边。

利奇的双眼又慢慢盯住了霍尔曼。

“你要杀了他？那就是你想要做的吗？”

霍尔曼并不确信自己是否会那样做。他甚至都搞不清楚自己怎么又会同利奇坐在了一起。全洛杉矶的警察都在寻找沃伦·苏亚雷斯。

“霍尔曼？”

“他是我儿子。如果有人杀了你儿子，你也同样不能就这么坐视不理。”

“可你不是个杀手，霍尔曼。是的，那的确是个十恶不赦的浑蛋，但你一定要去做那个杀手吗？现实一点吧，我从未在你身上看到过杀手的本色。相信我，我曾见过许多冷血杀手，杀完一个孩子然后再把他的肢体吃掉，但那不是你。而且就算你杀了那小子，然后呢，坐着杀人犯的囚车被重新送回监狱，想想吧，这样做值得吗？”

“那你会怎么办呢？”

“直接杀了那浑蛋，砍下那小子的脑袋，挂在我的车后让所有人都能看见，然后沿着加里蒂大道一直开过去。你要做这样的事吗？你能吗？”

“不。”

“那就让警察去做吧。他们失去了4个自己人，他们肯定在玩命地找那小子。”

霍尔曼知道利奇说的没错，但心中的郁愤之气还是不吐不快。

“那些警官，他们只会在案发后在警局里翻找家属表。他们在利奇的档案里，看到父亲一栏里是空白。他为我感到羞耻，甚至不愿承认我——所以才在父亲的一栏里留下了空白。但我不能，利奇。我是他父亲。我必须为他做点什么。”

利奇又坐了回去，静静地听着霍尔曼继续往下讲。

“我不能把这件事留给别人。现在，他们说是苏亚雷斯干的这件事。你说说看吧，利奇，哪来的小子这么厉害，能一个人就解决掉 4 个全副武装的警察，甚至快到连让他们拔枪还击的时间都没有。”

利奇耸了耸肩。

“有些家伙是从伊拉克回来的，兄弟。如果那小子在国外接受过训练，那他对这种事情就可能很在行。”

“这就是我想知道的。我需要知道这一切是怎么发生的，找到这到底是哪个浑蛋干的。我不是在跟警察赛跑，我只是想找到这个浑蛋。”

“好吧，你会得到一些帮助的。在他赛普里斯公园的房子外面，看上去就像警察们正在那里开会。我老婆和女儿午饭时刚刚开车路过那里，竟然他妈的有成群的人在门口把守！他老婆跑出去躲了起来。我已经把他家的地址给了你，不过那里现在是空的。”

“他老婆躲到什么地方去了？”

“我怎么可能知道这种事情，霍尔曼？那小子又不是我们怀特·范斯家族的人。如果他是我们家族中的成员，又杀了你儿子的话，我会亲手宰了他。但他与青蛙城那伙人有关系的。”

“利奇？”

在从前的两次抢劫银行过程中，都有目击证人看到霍尔曼钻进车后，都还有另外一个家伙在开车。所以在霍尔曼落网后，FBI 曾向他施压，让他交代同伙的姓名。但不管他们怎么问，霍尔曼始终守口如瓶。

霍尔曼接着说：“在我被捕以后，你睡过多少安稳觉呢？是不是担心我会把你供出去？”

利奇又重新变得面无表情。

“从来没有，连一个晚上都没有失眠过，说实话。”

“为什么？”

“因为我知道你是个硬汉。你是我兄弟。”

“那现在变了吗？还是与以前一样？”

“一样，我们还是兄弟。”

“那就帮我，利奇。我在哪儿能找到那女人？”

霍尔曼知道利奇肯定不喜欢这样，但利奇并没有犹豫。他拿起了电话。

“你自己倒点咖啡吧，兄弟。我要打几个电话。”

1 小时后，霍尔曼走了出来，但利奇却并没有随他一起。10 年后，有些事仍旧未变，但有些事已完全不一样了。

9

霍尔曼决定先开车去苏亚雷斯的家，看看警察的聚会。尽管利奇警告过他，警察已经控制了现场，但霍尔曼还是很好奇。三辆新闻报道车和一辆洛杉矶警察局的黑白条警车停在一座小平房的前面。卫星传送装置遍布采访车的四周，就好像细长的棕榈树，一些身穿制服的警官和新闻记者正站在过道上聊着。打眼一看，霍尔曼就知道苏亚雷斯再也不会回这里了，即使警察们已经离去。一小撮住在周围的人隔着马路呆呆地看着，房子外那一排排停着的车让霍尔曼感觉就像正路过 405 高速公路上的一起致命车祸一样。谁知道苏亚雷斯的老婆会跑到哪去?

霍尔曼没有停下来，他开着车迅速离开。

利奇打听到玛丽亚·苏亚雷斯已搬到她在银湖的表兄弟家，那里位于中美洲人聚居的富人区南部山边。霍尔曼猜测警方可能也知道她的下落，甚至有可能正是警方帮助她转移到媒体的视野之外的；如果她是自己隐藏起来的，那么警方应该早就对外宣布她的出逃，并签发通缉令。

利奇提供的地址把霍尔曼带到一个靠近公路边上的陡峭小山，在山上一排疏疏落落的柏树后露出一个箱子似的木板屋。霍尔曼暗想这屋子看起来倒真是一个藏身的好去处。他在路边通往山上的两个路障旁停下车，然后在脑中勾画着接下来的事情。门关着，阴影拉得很长，一切都与大多数民房没什么两样。而霍尔曼想知道，苏亚雷斯在不在房子里面。的确存在这种可能，霍尔曼清楚有很多家伙犯了事以后，习惯躲在他们的仓库里，因为他们实在没有别的去处。罪犯们在外面惹了祸之后，总是会回到他们的女友、老婆、母亲、他们自己的房子或车子里。他们会跑到一切能让他们感觉安全的地方，或亲人身边。如果以前霍尔曼有家的话，他也可能会被警察堵在家里。

霍尔曼突然想起警察也知道这点，他们应该会来这里检查的。想到这里，他赶紧扭头看了看附近的车辆和房屋，但没发现什么异常。他下了车，向那个小屋的门口走去。他已经做好了任何应对的准备，除非里面无人应答。不过，如果真没人应答的话，他决定绕着房子四周看看，实在不成就“破门而入”。他敲响了房门。

霍尔曼没指望里面能迅速有人回答，但一个年轻女人却立刻把门拉开。她看上去也就20出头，甚至比里奇还要年轻一些。但她的长相却不敢让人恭维：扁平的鼻子、凸出的龅牙、一头油腻的黑发随意地梳在脑后，蓬松地穿过两侧的鬓角。

那女子突然问道：“他还好吗？”

她把霍尔曼误认为是警察了。

霍尔曼随口问了一句：“玛丽亚·苏亚雷斯？”

“告诉我他还好吧。你们不是在找他吗？告诉我他还没死。”

霍尔曼已不需再问，她已经把他想知道的一切都说出来了。显然，苏亚雷斯并不在这里。警察此前已经来过这里，她与警方很配合。霍尔曼朝她轻松地笑了一下。

“我还需要问你几个问题。我可以进来吗？”

她把门打开，往后撤了两步，霍尔曼跟着走了进去。一台电视正在播放着电视网络集团的西班牙语节目，但音量调得很低，屋子里很安静。他仔细听了听，看看是否屋后还有别人，但仍没有一丝动静。他透过厨房的窗子能看见一扇后门，门是关着的。屋子里混杂着一股熏肉和芫荽叶的味道。门厅直通里面，能看见里面的客厅和主卧室，往里走也许还有一间盥洗室和两间小卧室。霍尔曼想知道那两间卧室里是否有人。

他问道：“这里还有别人吗？”

她的眼睛不解地眨了两下，霍尔曼明白自己犯了个明显的错误。他提出的这个问题已经引起了她的怀疑。

“我姑姑。她躺在床上休息呢。”

他一把抓住她的胳膊，拽着她朝里面走去。

“让我看看。”

“你是谁？你是警察吗？”

霍尔曼知道，许多家庭主妇在这种时候会像职业杀手一样迅速地给你致命一击，甚至比你想象的更快，于是他紧紧地攥住她的胳膊。

“我只想知道沃伦在不在这里？”

“他不在这里。你知道他不在这儿。你是谁？你不是警局的侦探。”

霍尔曼挟持着她沿着走廊向内室走去，先是盥洗室，然后是前面的一间卧室。一个老太太浑身裹在披肩和毯子里，坐在床上，皮肤干瘪得像葡萄干。她操着西班牙语说着什么，但霍尔曼听不懂。他只是朝她歉意地微微一笑，然后就拖着玛丽亚朝另一间卧室走去，并随手关上了身后老太太那个房间的门。

玛丽亚朝他叫嚷着："别往里走了。"

"沃伦不在这里，是吗？"

"那是我的孩子，她正在睡觉。"

霍尔曼把苏亚雷斯的老婆架在自己身前，推开那扇房门。屋子里光线昏暗，隐约可以看到一个模糊的小孩子的身影躺在一张大床上，看上去大概是个三四岁的小女孩。霍尔曼站在那儿又听了听，他猜想苏亚雷斯会不会藏在床底下或者壁橱里，但并不想惊动那个小姑娘，他听见了那孩子发出浅浅的鼾声。从那孩子身上霍尔曼突然想到小时候的里奇，那是一种天性赋予的童真。霍尔曼竭力在记忆中搜索了一遍，想知道自己是否曾这样静静地看过熟睡中的里奇，但结果令他失望。回忆之所以没有浮现，是因为他们从来就不曾存在过。他从来没有这样长时间地守候在小里奇的身边，看着他熟睡的样子。

霍尔曼关上门，把玛丽亚拉进客厅。

玛丽亚又问道："既然你不是警察，那么我想知道你到底是谁？"

"我叫霍尔曼。你听说过我的名字吗？"

"快给我滚出去！我不知道他在哪里，我已经把这些都告诉给警察了。你是什么人？你没有向我出示你的证件。"

霍尔曼把她按倒在沙发上，然后自己俯身紧贴着她，四目相对，他指着自己的脸厉声喝道。

"看着这张脸，你以前在新闻中没有看到过这张脸吗？"

玛丽亚尖叫起来。她不明白他在说什么，她被吓坏了。霍尔曼感觉到自己情绪有些失控，但他此刻已经控制不住自己。在此之前，他说话时还一直都是轻声细语。这一瞬间的失声，宛如他当年在银行破门而入的那一刻。

"我叫霍尔曼。那几个被杀的警察中，也有一个叫霍尔曼。你那该死的丈夫杀死了我儿子。你明白吗？"

"不！"

"他在哪儿？"

"我不知道。"

"他去墨西哥了吗？我听说他去过河边。"

"他不会那么做的。我已经告诉过警方，他那会儿和我们在一起。"

"那他现在在哪儿呢？"

"我不知道。"

"告诉我谁把他藏起来了。"

“我不知道。我已经告诉过他们了，他一直和我们在一起。”

霍尔曼在此之前从未想过这种方式带来的后果，而现在他终于感觉到，他已经落入自己亲手设下的陷阱。出狱前，辅导员曾反复告诫他，不要指望人们能够或者愿意接受他们这种人的处事方式。人们将之称作“冲动控制缺失”。霍尔曼突然卡住她的喉咙，双手掐住她的脖子，好像心里真的这么想一样。但事实是，他虽然卡住她的脖子，但却不知自己在做什么，为什么这样做……

然后，她呼吸急促，喉咙里发出将要窒息的咯咯声，霍尔曼突然清醒过来。他松开手，往后退了两步，脸上羞得滚烫。

一个小女孩的声音突然响起：“妈妈！”

那孩子站在老太太屋外的门厅，个子小得就像个微型人。霍尔曼真想跑掉，他为那孩子刚刚可能看到的那一幕感到羞耻。

玛丽亚对那孩子平静地说：“没事儿，我的宝贝。快回到床上去，我一会儿就过去陪你，现在就回屋去。”

小女孩回到了她的房间。

霍尔曼轻轻地说了声：“对不起。你没事吧？”

玛丽亚瞪着他，沉默不语。她摸了摸自己的喉咙，那是霍尔曼刚才掐过的地方。她把披散在脸前的一缕卷发向后整理了一下。

霍尔曼已经彻底冷静下来：“听着，我很抱歉。我太伤心了，他杀了我儿子。”

她也从失魂落魄中恢复过来，她摇了摇头。

“那天是我女儿的生日，也就是前天。他和我们一起为女儿过的生日。他没有杀过那些警察。”

“你女儿的生日？刚才那孩子？”

“我能够证明他是清白的，我已经给警察看过录像带。沃伦是跟我们在一起的。”

霍尔曼摇着头，一边痛苦地与自己进行着思想斗争，一边试图说服自己接受她正在述说的这些。

“我怎么知道你说的是真是假。你为那女孩开生日派对了吗？你请客人了吗？”

不管她说出谁的名字，也不管警察是什么态度，霍尔曼都不会轻易相信她的话，但是，她朝电视的方向挥了挥手。

“沃伦给我们带来一台录像机，这里是我的家。我们把她吹蜡烛以及我们一起庆祝的过程全都录了下来，也就是前天发生的事情。”

“那什么也不能证明。”

霍尔曼不知道她正在讲述的这些能证明什么。

“那些警官是在凌晨 1 点 30 分左右遇害的。”

“对！这盘带子是从凌晨1点开始的。电视里记录的是沃伦正在陪女儿玩的镜头，你可以去看录像带。”

“你们在三更半夜为你女儿开派对？”

“沃伦当时身上有官司，你知道吗？他出入的时候必须很小心。我父亲在看过这盘录像带之后，告诉我它可以证明沃伦当时是在家和我们在一起的。”

她似乎对自己正在讲述的这些很有信心，她相信这些已足以为丈夫洗脱罪名。如果这盘录像带是在地铁上播放的话，你必须做的是打电话到电视台，询问它发生的具体时间。

“好吧，让我看看。把它给我。”

“警察把它拿走了，他们说那是证据。”

霍尔曼终于明白了她正在讲述的一切。警察拿走了录像带，但很明显，他们并不相信这就能洗脱沃伦的罪名，所以他们公布了通缉令。霍尔曼已经很清楚她对自己丈夫的忠诚，于是他猜想她说自己不知道丈夫的行踪应该是事实。

那小女孩轻轻喊了一句：“妈妈。”

小女孩背靠墙站在门厅。

霍尔曼问她：“你多大了？”

小女孩低着头，眼睛瞅着地上。

玛丽亚对她说道：“告诉他，玛丽亚。把你的礼貌展示出来好吗？”

小女孩举起手，伸出三根手指。

玛丽亚接着说道：“我很遗憾你儿子的遇害，但那并不是沃伦干的。我知道此刻你心里的感受。可即使你杀了他，你心里的痛也一样不会消失的。”

霍尔曼把目光从小女孩身上收回来。

“我很抱歉，刚才对你失礼了。”

霍尔曼走出她的家门。昏暗的房间之外，是令人眩目的阳光。他朝着佩里的那辆“搅拌机”走去，感觉就像失去了舵的小舟，在湍流中全然迷失了方向。他无处可去，不知道自己该做什么。他想了半天，似乎也只有回去工作赚钱了。除此之外，他再想不出还有什么事可做。

霍尔曼直到回到车里，仍在犹豫不决。他把钥匙插进去，突然之间，他身后被猛击了一下，瞬间失去了呼吸。他像喝醉了一般跌倒在车旁，身下的双脚被人踹了一下，他们把他撂倒在坚硬的马路上，一群全副武装的警察全部把枪口对准了他。

当霍尔曼抬起头，一个红头发戴着太阳镜的便衣掏出了证件。

“你被逮捕了。”

霍尔曼闭上眼睛，冰凉的手铐戴在了他的手腕上。

10

一共有 4 名便衣参与了这次抓捕行动，但只有其中的两人将霍尔曼押解到帕克中心，红头发的警官叫武科维奇，另外一名拉丁裔警官叫福恩特斯。霍尔曼被洛杉矶警察局指派在 5 个蹲守点之一的特警逮捕了，在霍尔曼一生被逮捕的每一个案子中，除了最后一个（当时拘捕他的是一个名为凯瑟琳·波拉德的 FBI 探员）以外，他曾先后被洛杉矶警察局的 19 个分局逮捕过。他亦曾被关押在县男子监狱两次，联邦男子拘留中心 3 次，但他还从未被送到过帕克中心。当霍尔曼被带到帕克中心的时候，他知道自己又陷入麻烦堆里了。

帕克中心是洛杉矶警察局的总部所在地：那是一幢高高的、白色的玻璃建筑，里面设有国内刑事案件调查组、各种民事案件管理局、重大抢劫杀人案调查组，后者旗下又分别设有杀人案、抢劫案和强奸案特别调查组。总部下面的 19 个分局都有负责杀人、抢劫和性犯罪案件的侦探，但那些探员只在各自负责的区域内工作，而在总部的抢劫杀人案调查组工作的警员则负责全城范围的案子。

武科维奇和福恩特斯把霍尔曼带进三楼的审讯室，足足审了他 1 个多小时，此后另一队警员接下去继续审。霍尔曼对警局的这套程序再熟悉不过。警察们总是反复地问着同样的问题，从中看你的回答是否发生改变。如果你的回答前后不一，就说明你在撒谎，所以霍尔曼把这件事的前前后后全都交待清楚，不过省略了涉及利奇的那一段。当那个红头发警察武科维奇问道，他是如何得知玛丽亚·苏亚雷斯的下落时，霍尔曼告诉他们自己是从一个酒吧听到的，有几个青蛙城的小混混正在酒吧里吹牛，一个家伙说玛丽亚初中时就与他发生过性关系，那妞那时就是个荡妇，他还称沃伦之所以要杀警察，也很可能是与那婊子有关。他之所以编造出这样一段谎言，完全是为了掩饰涉及自己与利奇的那一段接触，现在它成了霍尔曼唯一的谎言。因为只有这么一段谎言，所以他在不停地应付警察的提问时才会始终保持清醒，尽管在谈到他时心里还是不免有点害怕。

那天晚上 8 点 40 分，霍尔曼仍被关在审讯室里，他已经被一波连着一波地审讯了 6 个多小时，既没有向他提供律师，也没把他登记在案。晚上 8 点 41 分，审讯室的门再一次被打开，武科维奇和一副新面孔走了进来。

新来的这个人看了霍尔曼一会儿，然后伸出了手。霍尔曼盯着他，心里想着这人看上去有点面熟。

“霍尔曼先生，我是约翰 · 兰登。我很遗憾你儿子的去世。”

兰登是第一位向他伸手的警官。他穿着一件长袖白衬衫，系着领带，没穿外套，一枚金色的警盾别在他的腰带上。兰登拉过一把椅子坐在霍尔曼的对面，武科维奇靠墙站着。

霍尔曼说：“我受到什么指控了吗？”

“武科维奇警官没有向你解释为什么把你带到这里来吗？”

“没有。”

霍尔曼突然想发女女发起来为何兰登如此面熟了。自己在酒吧电视里看到的那个警方新闻发布会中见过此人。他虽然不知道兰登的名字，但却认出了他。

兰登说：“当警方追踪你的车时，他们发现有 32 次尚未缴纳罚金的违章停车记录，另有 9 次明显的交通违章记录。”

霍尔曼惊讶万分：“天哪！”

武科维奇笑了笑。

“是的，当我们到汽车管理处调查时，发现你并不是这辆车的主人，它的主人是一个 64 岁的黑人男子。我们猜你是开错车了，伙计。”

兰登接着说：“我们已经跟佩里先生通过话了。他证明了你的清白，尽管你一直是在无证驾驶。现在让我们把话题转回苏亚雷斯夫人那里，你为什么去找她呢？”

这个同样的问题霍尔曼之前已经被问了 36 遍。他再一次给出同样的解释。

“我在找她丈夫。”

“对她的丈夫你了解多少？”

“我在电视上见过你。你也在找他。”

“你为什么要找他？”

“他杀了我儿子。”

“你是怎么找到苏亚雷斯夫人的？”

“他们的地址都在电话簿上。我去了他们家但那里到处都是人。我跑到他们家附近的酒吧里去打听，发现有几个家伙正在谈论他们，恰好我听到了银湖这个地名，而那个家伙也说自己认识她。他告诉我他和她的表兄弟们混在一起，我猜他说的是真的。因为，我的确在那里找到了她。”

兰登点了点头。

“他知道她的地址？”

“电话里的接线员给我的地址。我遇到的那个家伙只是告诉我她正跟谁呆在一起。这并不是什么交易，大部分老百姓都不会有未登记的号码的。”

兰登笑了笑，仍旧看着他。

“哪一家酒吧呢？”

霍尔曼与兰登对视了一下，然后又往武科维奇那边扫了一眼。

“我不知道那个地方的名字，只记得它在银湖大道西边的两处路障附近，是在北边。我清楚地记得它有个墨西哥语的名字。”

霍尔曼那天早上开车时曾路过那里，一排好几家都是墨西哥语的地名。

“哦，那么你能带我们再去一趟吗？”

“嗯，好的，当然可以。我三四个钟头前就告诉过武科维奇警官，我可以带你们去那里。”

“告诉你地址的那个人，如果你再见到他的话，你还能认出来吗？”

霍尔曼再次与兰登对视了一下，但这回放松了许多，丝毫没有在意。

“当然。如果他这会儿还在那里的话。”

武科维奇又笑了，他说：“嘿，你在耍我吗？”

兰登没有理会武科维奇。

“那么告诉我，霍尔曼先生，我是很严肃地问你这个问题，玛丽亚·苏亚雷斯告诉你什么能够帮助我们找到她丈夫的消息了吗？”

霍尔曼突然发现自己喜欢上兰登了。他喜欢这个人对找到沃伦·苏亚雷斯的炽烈欲望。

“没有，先生。”

“她不知道她丈夫藏在哪儿吗？”

“她说不知道。”

“她告诉你她丈夫谋杀警察的理由了吗？或者关于这件案子的其他内幕？”

“她说他丈夫是无辜的。她告诉我，当那场谋杀案发生的时候她丈夫和她们在一起。他们有个小女儿，她说那天刚好是她女儿的生日，他们录下一盘录像带能够证明当时沃伦是同她们呆在一起。她说已经把那盘录像带交给你们了。就是这些。”

兰登接着问道：“她承认确实不知道她丈夫的下落吗？”

“她一口咬定。我不知道还有什么能告诉你的了。”

“当你离开她那里时打算接下来怎么办？”

“和我以前做的一样，找人问问是否我还能发现一些线索。但随后我就碰到了武科维奇先生。”

武科维奇笑了起来，顺便挪动了一下他靠墙的姿势。

霍尔曼说：“我能问个问题吗？”

兰登耸了耸肩。

“问吧，我不能保证一定会回答你，先说出来听听。”

“真有那盘录像带吗？”

“她是给了我们一盘带子，但那并不能证明她所说的那些。问题是我们不能确定那盘录像带拍摄的时间。”

武科维奇接过话题：“他们不必在星期二的夜里凌晨 1 点录下这盘录像。我们找分析专家看过了那盘带子。她相信他们录下了那段时间的谈话现场，然后在录像机上回放给我们看。可是从那段录像上面，你看不出这段画面最初发生的时间，它只是一段没头没尾的录像。我们更相信它是在那天凌晨的谋杀案发生之后拍摄的。”

霍尔曼皱了皱眉。他明白像这样一盘录像带是怎样制成的，但他心里仍记得当自己掐住玛丽亚的脖子时她眼中流露出的恐惧。他以前在偷车和抢银行时曾多次面对面地瞅着那些受到惊吓的人们，所以这给他留下一种直觉，她没有撒谎。

“等一等。你是说难道她与她丈夫合谋？”

兰登似乎没想好该怎么回答这个问题，于是停顿了一下。他看了一眼手表，然后站起身来好像如释重负。

“这个问题暂时无法回答，还在调查中。”

“好的，我还有另一个问题。里奇的上司告诉我这个案子只是因为苏亚雷斯和其中一个叫福勒的警察之间的私人恩怨。这件事属实吗？”

兰登朝武科维奇点点头，示意让他来回答。

“没错。他们之间的恩怨始于 1 年以前。福勒和他手下的一名实习生在街上巡逻时拦住一名交通肇事者。那个人叫贾伊米・苏亚雷斯，是沃伦的弟弟。苏亚雷斯生性刚猛好斗。当时福勒知道他喝多了，把他从车里拽了出来，此后从他的裤兜里掏出了几块石头。当然了，苏亚雷斯声称福勒殴打了他，但他还是被判了 3 年监禁。在他入狱后的第二个月，在狱中的黑人和拉美人之间发生了一场争斗，贾伊米被打死了。于是沃伦就把这笔账记到了福勒头上。整个加州东部都知道他要让福勒为他弟弟的死付出代价。他的这种挑衅完全是公开的，毫无秘密可言。我们有两页纸的证人都曾听到过他威胁的话。”

霍尔曼默默地听着。他完全能够想象得出苏亚雷斯杀死那个他声称的害死他弟弟的仇人的场面，但这并没有破坏他的情绪。

“你们目前还有其他嫌疑人吗？”

“没有别的嫌疑人了。苏亚雷斯是唯一的一个。”

“这听起来有些不合情理，苏亚雷斯一个人实施的谋杀。他怎么知道他们当时在河边的？他是怎么找到他们的？一个街头流氓怎么可能干掉4个全副武装的警察，甚至没让他们射出一枪？”

霍尔曼无意间提高了嗓门，但马上他就后悔了。兰登似乎对此非常反感。他撇了撇嘴唇，然后又看看表，好像在焦急地等着约会。他主意已定，将目光又投回霍尔曼。

“他从东边桥底下偷袭他们，这就是他得手的原因。当他朝他们开火时，距离不足30英尺，这个射程足以枪枪致命。况且他使用的是贝内利自动式散弹步枪，可以连续发射12枚大口径子弹。你知道什么叫大口径子弹吗，霍尔曼先生？”

霍尔曼点点头。这句话让他感觉很别扭。

“两名警官被击中背部，他们根本来不及判断偷袭的方向。第三名警官可能还坐在他的车里。等他跳下车，转身的一瞬间被击中了。最后一名警官已经尽力去拔枪了，但很可惜在扣动扳机之前也中弹身亡了。不要问我哪一个是你的儿子，霍尔曼先生。我不会告诉你的。”

霍尔曼感觉冰冷。他的呼吸变得急促。兰登再次看了看表。

“我们知道有且只有一名枪手，因为所有的弹壳都是从同一支枪膛射出。这个人就是苏亚雷斯。这盘录像带只是为了掩盖他的罪行作出的伪证。至于你，我们会还你自由的。虽然不是所有人都同意这一点，但你可以走了。我们会把你送回到你的车那里。”

霍尔曼起身，但他仍旧有疑问，这是他有生以来头一回不急着离开警察局。

“你们都到哪些地方找那兔崽子了？你们找到线索了吗？”

兰登看了武科维奇一眼，武科维奇毫无表情。兰登又回过头来看着霍尔曼。

“我们已经找到他了。在今天傍晚6点20分，沃伦·阿尔伯特·苏亚雷斯被发现开枪自杀了。”

武科维奇摸着自己的下巴。

“跟谋杀你儿子用的是同一支枪。子弹直接从自己的脑袋穿过，死的时候那把枪还紧握在手里。”

兰登再一次张开了手臂。这个消息来得太突然了，霍尔曼感觉自己还没有反应过来，但他还是不自觉地紧握了一下手。

“我很遗憾，霍尔曼先生。我很遗憾4名警官就这样失去了他们的生命。这他妈的真是一种耻辱。”

霍尔曼没有吭声。他们把他关在这里整整一个傍晚，而苏亚雷斯就在这段时间死了。

霍尔曼说："那你为什么还要问我他老婆知不知道他的下落和我的下一步行动？"

"看看她是否在向我撒谎。你知道那是怎么回事儿。"

霍尔曼感觉自己被激怒了，但他强压怒火。兰登打开了房间的门。

"让我们把这件事说清楚，不要再回去找苏亚雷斯夫人了。她丈夫也许是死了，但她仍旧是我们调查的对象。"

"你认为她也参与到这起谋杀当中？"

"她在试图帮他开脱，她是不是在之前就知道事情的真相，还有待调查。不要再卷入到这案子里来了。我们现在放你是因为你失去了儿子，但我们的宽容到此为止。如果让我们下次再把你请到这个屋里来的话，霍尔曼，我可就要起诉你了。我们彼此都听清楚了吧？"

霍尔曼点点头。

"放宽心吧，霍尔曼先生。我们已经逮到那浑蛋了。"

兰登没等霍尔曼回应便转身离开了房间。武科维奇从墙边走过来，轻轻地拍了拍霍尔曼的后背，就好像两个患难与共的兄弟。

"来吧，老兄。我带你回你的车那里。"

霍尔曼随着武科维奇走出房间。

11

霍尔曼一路上琢磨着在自己被警方抓走以后玛丽亚·苏亚雷斯会做些什么。霍尔曼四处打探还有没有被留下来监控的警察，但他一个警察都没看见。

武科维奇开口说："他已经告诉你了，我们正在调查那女人，霍尔曼，离她远点儿。"

"你们说他们伪造了那盘录像带，我心里也是这么想的，但她在我面前似乎没有撒谎。"

"谢谢你为我们提供的专家意见。现在我想请教你，在你准备抢劫那些银行的时候，你脸上的表情是无辜呢还是有罪？"

霍尔曼没有理他。

武科维奇笑笑："我得1分，霍尔曼零分。"

他们把车停在路边，霍尔曼打开车门。

"谢谢你送我！"

"或许我应该送你回家，而不是让你继续开车。你根本就没有驾照。"

"我在被释放后听到的第一件事就是里奇的死讯，我脑子里还来不及考虑汽车管理处的问题。"

"好吧，我可没想管这闲事儿。你还是悬崖勒马吧，别再给自己找麻烦了。"

"放心吧，我明早一起床就去车管处。"

霍尔曼站在街头，看着武科维奇开车离开。他看了看玛丽亚·苏亚雷斯的房子。窗前的灯是亮着的，可能是她的表兄弟在家里。霍尔曼很想知道他们正在谈些什么，他想知道警方是否已经通知她她丈夫的死讯。霍尔曼告诫自己别管闲事儿，他知道那个小屋只会给他带来烦心的痛苦。他钻进车里，踩动油门向家的方向驶去。

霍尔曼回到汽车旅馆，把佩里的车停在了门口的马路边。当霍尔曼走进大厅，佩里已经起身在等他了。他身后靠着柜台，抱着双臂，两腿交叉，紧绷着脸。他已经因为霍尔曼被警察教训了一顿，此刻正等着冲这个从身边走过的家伙狠狠地发泄怒火呢。

佩里开口了："你他妈的干的好事。你知道我被罚了多少钱吗？"

霍尔曼此时的心情当然也好不到哪去。他擦肩走过，突然停在佩里的桌边。

"去你妈的罚款！你别告诉我我开着的那东西还叫一辆车。你租给我的简直就是一堆狗屎，还差点又把我送回大牢。"

"去你妈的！我可从来不认识那些票子（给违反交通规则者发出的传票）！像你这样用过它的家伙可从来没跟我说过这些。现在我手里的可他妈的是张大单子——两千……四百……一十八美金！"

"你应该告诉他们留下它，那是一堆狗屎。"

"他们因为你那辆破车揍了我一顿，还把我拘留了。我在城里的高峰时段面对着那堆废铁。"

霍尔曼知道佩里肯定会往死里敲打他，以偿还那笔罚款的代价。但他也知道佩里同样也忌惮他的"杀手锏"——如果事情闹到盖尔·马内利那里，让她知道佩里明知故犯，非法把车租给没有驾照的司机，那这家伙从此就会失去监狱局给他送来的房客。

霍尔曼稍微平息了一下怒气："妈的，实在是谢谢你那辆狗屎车了。你今天给我搬回来电视没有？"

"在你楼上的房里。"

"它最好没有被偷走。"

"你真像个娘们儿。看看去吧，它就在楼上。不过你可能得用耳朵看了，接收不到画面信号。"

霍尔曼准备上楼了。

"嘿，等等。我这儿有两个信儿是捎给你的。"

霍尔曼马上站住了，他竖起了耳朵，猜想那会不会是里奇的妻子给他打来的。他来了个180度转身，回到柜台跟前，佩里正冷冷地看着他。

"盖尔给你打来的，她叫你回来后给她回个电话。"

"另外一个电话呢？"

佩里正拿着一张纸条，但霍尔曼看不到上面写的是什么。

佩里说："现在听着，你跟盖尔说去吧，记着别告诉她那辆该死的车的事。你不应该开车，我也不该把车租给你。我们谁都不想惹那种麻烦。"

霍尔曼接过那张纸条。

"我什么都不会说的。另一个电话是谁打来的？"

霍尔曼打开佩里递过的纸条。

“是一个女人从公墓那里打来的电话。她说你知道是怎么回事儿。”

霍尔曼看着那张便条。那是一个地址和一个电话号码。

Richard Holman

42 Berke Drive #216

LA CA 99999

213-555-2817

霍尔曼早就猜到是里奇花钱给他母亲料理的后事，现在只不过是重新确认了这点。霍尔曼有些失望，但仍心有不甘，他低声地问了一句：

“还有其他人打来电话吗？我一直在等着另一个电话。”

“就这些。除非是他们打来电话的时候我出去给你付那些该死的罚款了。”

霍尔曼把那张纸条放进口袋里。

“我明天还要用你的车。”

“看在上帝的份上，什么也别对盖尔说。”

霍尔曼没有等他接着往下说。他走上楼，打开电视机，等着晚上 11 点的整点新闻。那是一台早在 20 年前就过时的杂牌电视机，画面像雾中的幽灵一样不停抖动。霍尔曼费了半天劲去调天线，试图将那些“幽灵”赶走，但他们根本驱不散，反而变得愈发严重。

12

第二天早晨，霍尔曼 5 点 15 分就从床上爬起来。他的后背被那糟糕的床垫弄得生疼，让他觉得整晚都没睡好。他决定要么在床垫与弹簧之间加上一层木板，要么干脆就把床垫搬到地上去睡。相比起来，隆波克的床睡着更舒服。

他下楼要了一份报纸和一杯巧克力奶，然后回到房间阅读昨晚关于此次事件的最新报道。

报纸上说，三个男孩在赛普里斯公园的一座废弃房屋里发现了苏亚雷斯的尸体，而现场距他的家不足一英里远。报纸上刊登了那三个男孩和几个警官一起指着身后一座废屋的背景照片。其中的一位警官看起来像是兰登，但照片上的图像实在是太过模糊，霍尔曼难以确认。据警方宣称，住在那座废屋附近的一位邻居在那起谋杀案次日一早听到一声枪响。霍尔曼不明白为什么那位邻居在听到枪响后不马上给警察打电话，而是过了那么久才想起来报警。凭借个人经验，他知道听到异常响动的人通常是不会报警的，而沉默是贼人最好的朋友。

报道综述了现场的那几个孩子和警察对苏亚雷斯的描绘：他坐在地上，后背靠着一面墙，右手抓着一支可连发 12 枚子弹的散弹步枪。验尸报告称死因为子弹从死者的面门穿过致使头部留下一个巨大的伤口，简言之，即以爆头的方式瞬间死亡。霍尔曼从兰登那里知道那是一把短枪，所以苏亚雷斯可以很容易地把枪架在自己的下颚。霍尔曼看着报纸上的尸体，想象着苏亚雷斯当时手指扣动扳机的景象。子弹从颅顶炸响，很可能大半张脸都已血肉模糊。霍尔曼虽然能够很容易地在脑中勾勒出这幅画面，但始终有些事情令他疑惑不解，他也说不清为什么。于是他继续往后读下去。

这篇报道用了相当长的篇幅来解释沃伦·苏亚雷斯与迈克尔·福勒之间的那场私人恩怨，但除了霍尔曼从兰登和武科维奇那里了解到的之外，几乎没有任何新鲜内容。霍尔曼在监狱服刑期间也曾认识一些人，他们都是因为替自己的兄弟姊妹复仇而夺人性命。像这类人根本就不会为自己的行为而感到后悔，因为他们心中的信念并不需要别人的认同。霍尔曼心里正想着这些，这时他突然意识到一直萦绕在自己心头的那团迷雾——苏亚雷斯的死因。自杀这种行为与霍尔曼在录像中看到的那个人似乎并不相符。兰登曾经怀疑，苏亚雷斯和他老婆是在那天凌晨的谋杀案之后拍摄的那段录像。如果兰登是对的，那就说明苏亚雷斯的确是杀人凶手，他在行凶之后的次日凌晨故意回家给女儿过生日，并把这段场面录下来，然后又跑到那所废弃的房屋，在那里由于情绪极度低落而拔枪自杀。可是，既然精心布置了与女儿尽享天伦之乐的那出戏，为何又要自杀呢？难道苏亚雷斯是想借着替弟弟报仇而得到族人的尊敬，同时他的女儿也将像女王一样受到他们的保护？总之，录像里的那个人完全没有必要自杀，即使他不得不在牢狱中度过余生，也还是可以活着。

霍尔曼的心中仍旧在不停地提着这些疑问，这时候早晨 6 点的整点新闻开始了，仍旧是关于这个案子。霍尔曼把报纸放在一边，看着电视中播放的昨晚自己被禁闭期间警方召开的一个新闻发布会。警察局长助理唐纳利仍在重复以往的大部分内容，但这次霍尔曼认出了站在后面的的确是兰登。

霍尔曼正在专心致志地看着电视，突然电话铃响了起来。突如其来的铃声吓了他一跳，他本能地向一旁闪了一下，似乎受到了惊吓。这是他自从 10 年前入狱以来接到的第一个电话。霍尔曼拿起话筒，细声问道。

"你好！"

"兄弟！我还以为你被关进监狱了，竟然在家啊！我听说你被警察带走了。"

霍尔曼迟疑了一下，然后明白了利奇的意思。

"你是说昨天晚上？"

"狗娘养的霍尔曼！你以为我在说什么？那附近住的所有人都看见你被警察抓走了，你这家伙！我猜他们肯定踢爆了你的屁股！在里边都发生了什么？"

"我只是说去找了那个女人。法律没规定不能敲别人家的门。"

"狗狼养的家伙！我真应该过去踢死你，简直把我急疯了！幸好你回来了！"

"我很好，兄弟。他们只是随便跟我谈了谈。"

"你需要律师吗？我可以帮你。"

"我没事，哥们儿。"

"你杀了她的男人？"

"我什么都没做。"

"我想肯定是你，你这家伙。"

"他是自杀的。"

“我才不信那狗屁的谎言呢。我猜一定是你把他干掉的。”

霍尔曼不知道该怎样解释了，于是他换了个话题。

“嘿，利奇，我这两天一直在租一个家伙的车，一天要花 20 美金，它差点没害死我。你能帮我弄辆带轮子的家伙吗？”

“当然可以，兄弟，没问题。”

“可我没有驾照。”

“我可以帮你搞定，唯一需要的就是你的照片。”

“是汽车管理处的真家伙吗？”

“放心吧，兄弟。”

当年，利奇曾为他的舅舅们伪造过驾照、绿卡、社会安全卡等各种各样的证件。很明显，他的手艺现在还没有丢。

霍尔曼跟利奇约好，叫他办完后再给自己打过来，然后就挂断电话。他冲了个澡，穿戴完毕，然后把脱下的那身脏衣服塞进一个杂物袋里，打算找个洗衣店。早晨 6 点 50 分，他走出房间。

里奇的住址是加利福尼亚大学洛杉矶分校附近西坞区威尔希尔大道南面的一座四层独院公寓。不过这个地址是差不多两年前为唐娜举行葬礼时留下的，霍尔曼几乎整夜都在担心着里奇是否已经搬家。他心里反复权衡着，是否要先打个电话，但里奇的妻子始终没有给他打过电话，很显然她不想跟他联系。如果霍尔曼现在给她打电话，她也许会拒绝与他见面，甚至还会打电话报警。霍尔曼左思右想，觉得最好的办法还是直接去找她，而不事先提醒她自己要登门造访。当然，如果她仍然住在那里的话。

这栋楼的大门是一扇需要钥匙才能打开的玻璃安全门。门外街边有一些邮递信箱，旁边还有一个安全电话，为的是访客能与楼内的租户取得联系。霍尔曼走到信箱跟前，查找了一下公寓的门牌号码，希望在第 216 号能找到他儿子的名字。

他的确找到了。

HOLMAN。

霍尔曼在安全门外等了将近 10 分钟，直到一个背着书包的亚裔年轻人从里面开门出来，他大概是去上课。霍尔曼在门尚未被关上前赶紧一把抓住，随即走了进去。

楼内的大厅并不很宽敞，但却摆满了鹤望兰盆花。楼内有数条过道都能直通一座公共电梯，旁边还有楼梯。霍尔曼选择了爬楼梯。他爬上二楼，然后看着门牌号码找到 216 号房间。他轻轻地敲了敲门，然后再用力敲。此时他的大脑由兴奋而紧张，由紧张而麻木，而这种麻木则是出于对自我情感的一种保护。

门开了，一位年轻的女人走出来，霍尔曼从麻木中醒来。

她的面色专注而凝重，似乎她此刻正专心于某件比开门更重要的事情。她身材纤细，黑眼睛，瘦脸颊，一双十分凸出的耳朵。她下身穿着粗纹棉布料的短裤，上身穿一件淡绿色衬衫，脚踏便鞋。她头发湿漉漉的，似乎刚洗完澡不久。霍尔曼心想，她看起来像个孩子。

她盯着霍尔曼，眼神中既带着几分好奇，又显得漠不关心。

“你找谁？”

“我叫马克斯·霍尔曼，是里奇的父亲。”

他等待着对方的回答，为自己卸下包袱。他甚至企盼着她能痛斥自己是个臭流氓，是个多么卑劣的父亲，但结果却令他有些“意外”。那种冷漠的表情消失了，她侧了一下脑袋看着他，一副初次相识的样子。

“哦，我的上帝。哦，这真让人尴尬！”

“我心里也很是不安。我还不知道你的名字。”

“伊丽莎白·莉丝。”

“如果你不介意的话，我想跟你谈谈。这对我来说将很重要。”

她突然把门打开。

“我必须向您道歉。我本来想给您打电话，但我只是……不知道该说些什么，请进来吧。我正准备去上课，但现在还有几分钟时间。家里有咖啡……”

霍尔曼从她身边走了进去，在客厅里等着她把门关上。他告诉她不用麻烦了，但她还是去厨房取来了两个杯子。

“这实在是太突然了。我真是很抱歉。我没往咖啡里放糖，还是给您加一点吧……”

“不用了，黑咖啡就好。”

“哦，对了，我这还有脱脂奶。”

“黑咖啡就行了。”

这是一间很大的公寓，里面包括客厅、用餐区、厨房……分别都很宽敞。霍尔曼突然意识到这是在里奇的家里。他告诫自己来这是为了正事儿，仅仅问完几个问题后就走，但是现在自己的儿媳妇在房间里走来走去，使自己愈发无所适从。他稍微环顾一下房间内的摆设，想让自己对这里更熟悉一下：一张错了位的沙发椅，对面的墙角地柜上放着一台电视机，靠墙立着一个 CD 架，上面散乱地摆放着一些 CD 和 DVD，还有一个燃气壁炉嵌在墙壁里，而在壁炉挂饰上则挂着一排排交错相邻的照片。霍尔曼不由自主地想让自己感觉更亲近些。

“这是一个很不错的地方！”他说。

“它的房租让我很吃力，只是因为它离学校比较近。我正在攻读儿童心理学硕士学位。”

“那真是太好了。”

此刻霍尔曼感觉自己就像个哑巴，他真希望自己能想到个更好一点的话题说出口。

“我刚出狱。”

“我知道。”

这样的对话实在乏味。

那些照片有些是里奇和莉丝的合影，有些是单人照，还有些是和其他夫妇的合影。有一张照片上显示的是他们在一条小船上；另一张则是他们穿着裘皮大衣在雪地里；还有一张是他们在野餐时的情景，每个人都穿着洛杉矶警察局的 T 恤。霍尔曼发现自己在看这些照片时始终面带微笑，但是当他看到一张里奇和唐娜的合影时，他的笑容瞬间凝固，然后就消失得无影无踪。唐娜的年龄要比霍尔曼小，但从照片上看她却是那么的苍老。她的头发几近斑白，她的脸庞被岁月的刻刀划出道道印痕。霍尔曼转过身，掩饰住那份年轻的回忆和心头突然间泛起的羞愧。还好，他发现莉丝正在自己的身旁拿着咖啡。她递过杯子，霍尔曼接住。他耸耸肩环顾了一下整个房间。

“你有个很不错的住处。我喜欢这些照片。就好像我正在逐渐了解他。”

她的双眼从未移开，现在霍尔曼感觉到她的注视。她正在攻读心理学硕士，霍尔曼不知道她否是正在分析自己。

她突然把托在胸前的杯子放下。

“你和他长得很像，他比你稍微高点，但是不多，你比他要重一些。”

“我变胖了。”

“我不是这个意思。理查德喜欢跑步，所以我才那么说。”

然后她的眼中噙满泪水，霍尔曼不知该如何是好。他伸出手，想拍拍她的肩膀，但又怕她受到惊吓。幸好这时她恢复过来，用另一只闲着的手拭去泪水。

她又擦了擦眼睛，然后伸出手。

“很高兴终于见到你了！”

“你真的认为我们长得很像？”

她淡淡地笑了笑。

“克隆。唐娜常常喜欢用这个词来描绘同样的事情。”

霍尔曼随即转换了话题。如果他们开始谈论起唐娜，霍尔曼知道自己也要控制不住哭出来了。

他说：“你听我说，我知道你马上要去上课了，但是我能问你几个问题吗？放心，不会耽误你太多的时间。”

“他们找到了那个杀人凶手。”

“我知道了。我只是想……我和兰登侦探谈过。你见过他吗？”

她点点头。

“是的，我和他通过电话。我每天都要和利维警长通话。他是理查德的长官。”

“是吗。我也和他谈过，但我仍然对这个案子有几个疑问。”

“苏亚雷斯因为他兄弟的事用言语攻击过迈克。你了解那件事吗？”

“是的，报纸上都写了。你知道福勒警官吧？”

“迈克是理查德的训练警官，他们同时也是非常亲近的朋友。”

“兰登告诉我，自从他兄弟死后，苏亚雷斯曾三番五次地对迈克发出过威胁。迈克曾为此担心过吗？”

她皱了皱眉头，好像在考虑这件事，竭力去回忆，然后摇了摇头。

“迈克从未表露过对任何事情的担心。我并不经常能见到他，差不多要两个月左右才能见上一回吧，但是他似乎对这类事情从未担心过。”

“里奇在你面前提到过迈克的担心吗？”

“我第一次听说这起黑帮事件就是通过警方公布的消息。理查德从来没提起过，他也不会说那些事情。他从不把此类事情带回家。”

霍尔曼猜想是不是有人也口出狂言，向理查德发出威胁，然后他才前去赴约的呢？他既可以让那家伙直接吃枪子儿，也可以把他抓回警局，但不管怎样他都应该有办法应付。霍尔曼怀疑是否那天夜里 4 名警官正在河边商讨对付苏亚雷斯的计划，然后苏亚雷斯突然跳了出来袭击了他们。看起来是有这种可能的，但理查德并不想把这个想法告诉伊丽莎白。

霍尔曼接着说道：“福勒大概是不想让其他人担心吧。像苏亚雷斯那种家伙时常会威胁警察的，警察们总是会遇到这些麻烦。”

伊丽莎白点点头，但她的眼圈又开始变红了，霍尔曼知道自己又说错话了。此刻，她脑子里想的可不只是那些威胁。事实上，这次已经让苏亚雷斯这恶棍得手了，现在她的丈夫永远地离开了她。霍尔曼赶紧岔开这个话题。

“让我一直不解的另一件事是，兰登曾告诉我那天晚上并不是里奇当班？”

“是的，他之前是在家里，当时我在学习。他有时是会出去跟同事聚聚的，但从来没有那么晚出去过。他告诉我他必须去见他们，这就是他临走前所说的全部。”

“他说过要去那条河边吗？”

“没有。我只是猜想他们可能会到酒吧碰面。”

霍尔曼挑起这个话题，但仍旧没有发现什么线索。

“我想困惑我的始终还是苏亚雷斯到底是怎么找到他们的，警方始终不能对此给出解释。要想尾随别人闯入那条河的附近而不被发现是非常困难的。因此，我一直猜想会不会是他们经常到那里——我的意思是说他们把那里作为一个定期碰头的地点——或许苏亚雷斯是探听到这个情况后才找到他们的。”

“我真的不知道。我无法相信他们总是会去那里，他也从来没告诉过我，那里太远了。”

霍尔曼点头以示赞同。他们完全可以找个能坐下的地方边喝边谈，但却去了那么一个偏远的、不见人烟的地方。这说明他们不想被人看见，当然霍尔曼也知道警察跟平常人一样。他们之所以走到河边，可能就是为了像惊险小说描写的那样，找个无人打扰的地方，就像小孩子们破门而入闯进一间空屋子，或者爬到好莱坞山上那些巨大的标志牌上去。

霍尔曼正在想着这个问题，突然又想起伊丽莎白刚才提到的一件事，于是他开口问道。

“你说他几乎从未那么晚出去过，但是那晚他却出去了。那天晚上有什么异常吗？”

她看上去一脸诧异，但随之脸色便沉了下来，额头上留下一条“汽车单行线”。她把目光移开，然后又把视线落到霍尔曼身上，好像心里在琢磨他说这番话的动机。她虽然面色未变，但霍尔曼能够感觉到在她那双眼睛背后所强压着的剧烈反应，似乎她心里也在激烈地挣扎。

她说：“你。”

“我不明白。”

“你在第二天就要被释放了。那便是那夜与往常的不同，我们俩都知道这点。我们知道你在第二天就要出狱了。理查德从未与我谈论过你。你介意我跟你说这些事吗？这就是为何刚才我们感觉尴尬的原因。我不想让这种感觉变得更糟。”

“是我问的你，我想知道。”

她点点头，仍然站在那里，一脸的平静。

霍尔曼此刻感觉头脑晕眩，浑身发冷。

“他说过什么吗？这件事怎么让他心烦了？”

她再次把头昂起来，然后把手中的杯子放下，转过身。

“来看吧。”

霍尔曼跟着她来到一间卧室，里面被布置成一间办公室。两张办公桌放在那里，一张是理查德的，另一张是她自己的。第一张办公桌是她的，上面堆着一些教科书、装订器以及笔记本。理查德的桌子则靠着一个墙角，有几块写字板靠墙固定在一起。板面上放着一些剪报、粘贴板以及几张零碎的纸条。莉丝把霍尔曼领到理查德的办公桌旁，指着那些剪报。

“看看吧。”

三家银行一日内同遭抢劫，劫案以枪战结束，劫匪遭遇阻击，旁观者在抢劫中丧命。

霍尔曼浏览的这些文章是关于两个名为马琴科和帕森斯的精神错乱的银行

抢劫犯的。霍尔曼还在隆波克的监狱时就听说过他们。马琴科和帕森斯装扮成突击队的样子，在实施完抢劫离开银行前肆意开火、大开杀戒。

她说："他对银行抢劫案变得着迷。他从报纸上剪、从因特网上搜，把他在家的全部时间都花在银行抢劫案上。这可不是一位博士在研究课题。"

"是因为我？"

"他想了解你。这是一种不用真正走近你，却可以间接了解你的方式，我猜。我们知道你离被释放的日子不远了，但是我们不知道你是否会试图与我们联系，或者我们是否应该主动联系你，或者该对你做些什么。很显然他一直因为你而苦闷不已。"

霍尔曼内心涌出一股酸楚，那是负罪的感觉，他希望莉丝猜错了。

"他说过这些吗？"

伊丽莎白没有看他。她的眉头紧锁，对着那堆剪报，双臂紧抱。

"他没有。他从来没和我，或者他妈妈谈论过你，但是当他告诉我他要去见那些同伴之前，整晚都坐在这里。我想他是需要与他们谈谈。他是不可能跟我谈这些的，现在看来……现在看来……"

她的脸由于生气而变得更加生冷坚硬。霍尔曼看了一眼她的眼神，便不敢再看她。

他说："嗨……"

她摇了摇头，霍尔曼知道这是一种回应——似乎她可能感觉到了他想安慰自己——但霍尔曼感觉更糟了。由于气愤，她的脖子、胳膊上的青筋都被绷得凸现起来。

"该死，他必须得去。他必须去。该死……"

"或许我们应该回到客厅去。"

她闭上眼睛，然后仍旧是摇头，但是这次她是告诉霍尔曼自己没事。她在同内心的悲痛进行了一番苦苦的争斗后，最终还是理智战胜了冲动。她最终还是睁开双眼，恢复了刚才的平静。

"有时男人与男人之间吐露内心的痛楚要比向一个女人倾诉来得更容易，就像掩饰远比坦白更容易。我想这就是他那夜选择出去的原因，这也就是他为何会死的原因。"

"他们谈论我了？"

"没有，不是你，不是具体的某个人——是所有的银行抢劫案。那就是他谈论你的方式。这项工作就像上帝额外分配给他的责任。他想成为一名侦探，并正在朝着这个方向努力。"

霍尔曼扫视了一下里奇的案儿，但是他并未因此而感觉到舒服。一堆看似警察的卷宗和案件文档的材料散乱地堆在桌面上。霍尔曼瞥了一眼封页，马上意识到里面讲的是关于马琴科和帕森斯的案件。一幅很小的城市地图被别在写字板上，用线与几册“X档案”连在一起，上面标注的序号从1到13。里奇甚至把他们抢劫的地点都已在地图上标了出来。

霍尔曼突然很想知道是否里奇和莉丝相信，自己过去就很像这两个贼人。

他说：“我也抢劫过银行，但我从未做过他们那种事情。我从未伤害过任何人。我跟这些家伙不一样。”

她的表情柔和了一些。

“我不是这个意思。唐娜告诉过我们你是怎么被抓的。理查德知道你不像他们。”

霍尔曼打心眼里感激她的宽慰。但墙上满是关于那两个“变态”的剪报，他们仗着手中的枪滥杀无辜。它们可不是什么博士的研究论文。

莉丝说：“我不想失礼，但我必须赶紧准备了，我快赶不上去上课了。”

霍尔曼很不情愿地转过身，但随即他犹豫了一下。

“他在出门以前一直在这里呆着吗？”

“是的。他整夜都守在这里。”

“其他几个警察也都在研究马琴科的案子吗？”

“也许迈克是吧。他跟迈克谈论过许多。别人我就不清楚了。”

霍尔曼点点头，最后看了一眼他已经过世了的儿子的工作室。他想把里奇桌上的每一页纸都仔细地看一遍。他想知道为何一个只工作了两年的警察就参与到这样复杂的调查中，他想知道他的儿子为何在午夜离开家。他来到这里本来是为了寻找答案的，但是现在他却有了更多的问题。

霍尔曼转过身，这是最后的一次。

“他们还没告诉我他的后事，我是指他的葬礼。”

他憎恨再次看到那副坚硬的表情出现在自己儿媳的脸上。但这还是触动了她的伤处，她又摇起了头。

“他们将于这周六在警察局为他们4个举行一个追悼会。警方还没有下通知为他们举行葬礼。我想他们还在……”

她的声音越来越弱，但霍尔曼已经听懂了她的意思。这些警察是被谋杀的，法医大概还要检查他们的尸体以搜集证据，因此他们在这些化验完成和实情调查结束前，还不能被安葬。

伊丽莎白突然触摸了一下他的胳膊。

“你会来的，是吗？我希望你能参加。”

霍尔曼感觉如释重负。他一直担心她可能会竭力回避自己。利维和兰登没有事先告诉他这个追悼会，但现在对他来说那也不是什么损失了。

“我会的，莉丝，谢谢你！”

她盯着他看了一会儿，然后翘起脚吻了霍尔曼的面颊。

“我多么希望这一切都没有发生。”

霍尔曼在监狱里度过的 10 年中，也一直希望这一切都没有发生。

他在临走之前再次向她道谢，然后回到了车里。他想知道兰登是否会参加这个追悼会，霍尔曼的脑子里有很多疑问，他期待兰登会给自己答案。

13

追悼会仪式的举行地点设在洛杉矶警察局查维兹峡谷（洛杉矶当地的一个地区）警察学院的礼堂里，这个礼堂建在通往道利奇球场的体育场路入口外的两座小山之间。数年前，道利奇人在体育场和警察学院之间的小山上竖起了他们自己的好莱坞式标志。标志牌上写着两个大字：THINK BLUE(思索蓝色)，道利奇的颜色就是蓝色的。当霍尔曼那天早晨看到这个标志时，它却显得格外刺眼，这让他想起了那4名死去的警官。因为，蓝色同样也是洛杉矶警察局的颜色。

莉丝邀请霍尔曼以及她的家人同行去送别仪式现场，但霍尔曼拒绝了。她的父母和姐姐刚从旧金山湾区飞到洛杉矶，但霍尔曼不愿和他们在一起。莉丝的父亲是一位医师，母亲是一位社会工作者。他们都是受过高等教育的体面人，生活富足、举止得体，这一切既让霍尔曼羡慕，但同时也提醒了自己的一无所有。当霍尔曼走过道利奇体育场大门，他回想起当年他和利奇常常会在比赛期间在这里的停车场一带转悠以寻找合适的“猎物”。莉丝的父亲这一生的记忆大概都是日夜不息的研究会议，官员首脑们的高层聚会，以及霓裳华服的鸡尾酒会，但霍尔曼所能记起的最好的时光则全部停留在那些惊心动魄的劫盗岁月。霍尔曼是答应了莉丝参加这个送别仪式，但他决定自己驾着佩里的那辆“搅拌机”到警察学院。

霍尔曼在学院外的场地把车停好，然后走上学院大道，朝着莉丝告诉他的那个礼堂方向走去。此时警察学院两侧路边的停车场地已经停满了各式车辆，前来参加追悼会的人们走入学院礼堂。霍尔曼扫视了一下这些人的面庞，希望能够发现兰登或武科维奇。他已经给兰登打过3次电话，为的是了解更多他从莉丝那里听到的情况，但兰登一直没回他的电话。霍尔曼猜想兰登是把自已晾在一边了，但霍尔曼对这种置之不理很不满意。他仍旧有许多问题期待得到答案。

来之前，莉丝告诉霍尔曼自己会在礼堂外的石头园接他。他随着大队人马穿过学院的中央大厅，来到那个花园，已经有一大群人陆续地聚在那里。拿着相机的人在不停拍照，新闻记者则在采访地区警察和洛杉矶警察局的高层官员。霍尔曼感觉自己有点局促不安。尽管莉丝借给了他一套里奇的深色西装，但裤腰实在太紧了，霍尔曼的皮带下面显得空空荡荡的。还没到这个小公园，他浑身上下便已大汗淋漓，现在他感觉自己活像个穿着旧衣服的酒鬼。

霍尔曼看到莉丝和她的家人正同里奇的上司利维警长在一起。利维向霍尔曼挥挥手，然后带着他们去见其他人的家属。莉丝似乎看出霍尔曼的不适，便趁着利维在前面带路穿过人群的时候叫住他。

“你看起来很不错，马克斯。我很高兴你能来！”

霍尔曼勉强挤出一丝微笑。

利维几分钟后转了回来，他拍拍莉丝的手臂，随后带着他们走进礼堂敞开的双层门。现在是就座的时间了，礼堂的地板上已经摆满座椅。会场布置得庄严肃穆，中央竖起了演讲台，两侧是美国国旗映衬下的 4 位警官的巨幅照片。霍尔曼在门口处稍微迟疑了一下，回身看了看后面的人群，兰登和其他 3 个人正在人群边上。霍尔曼立即转身朝他们走去，没想到刚走一半就被武科维奇拦住了去路。武科维奇身穿一套深色的海军服，戴着太阳眼镜，使得别人看不到他的眼睛。

武科维奇率先开口：“今天可是个伤心日，霍尔曼先生。你还在无证驾驶，是不是？”

“我给兰登打过 3 次电话，但他一直没有给我回话。对于那夜发生的事情，我还有一些问题。”

“我们已经知道了那天夜里发生的一切，我们告诉过你。”

霍尔曼又瞥了一眼武科维奇身后的兰登。兰登与他对视了一下，随后便又继续与身边的人聊起来。霍尔曼扭头再看武科维奇。

“你们告诉我的不全面。里奇是不是正在调查马琴科和帕森斯的那个案子？”

武科维奇盯着他看了一会儿，然后转身走开。

“在这稍等一下，霍尔曼先生。我去看看我们长官是否有时间跟你谈谈。”

说话间已经到了就座的时间。岩石公园里的人们纷纷步入礼堂，只有霍尔曼站在原地未动。武科维奇向兰登和另外那 3 个人走去。霍尔曼猜测他们可能都是警局里面的高官，但他既不认识也不关心。当武科维奇走到他们身边后，兰登和其中的两个人回过身来看了霍尔曼一眼，但随即就转过身去继续他们的谈话。过了一会儿，兰登和武科维奇走了过来。兰登看起来不是很高兴，但还是伸出手。

“我们到那边去吧，霍尔曼先生。那边更方便讲话。”

霍尔曼跟随他俩走到花园边上，兰登和武科维奇分别站在他的两侧。霍尔曼感觉自己好像正在被他们搜身一样。

此时他们已经远离了其他人，兰登抱起了双臂。

“好吧，我知道你有一些问题不明白。”

霍尔曼把他和伊丽莎白的谈话，以及他从里奇的办公桌上发现的大量有关马琴科和帕森斯的材料描述了一遍。他至今对警方给出的苏亚雷斯的死因解释仍然存有怀疑。在他看来，如果里奇果真涉及了对银行抢劫案调查的话，那么他的死更加可能与这件事有关。霍尔曼在漫无边际地推想着他的理论，但兰登不等他说完就开始摇起了脑袋。

“他们并未介入对马琴科和帕森斯的调查。马琴科和帕森斯已经死了，那桩案子在 3 个月前就已经结案了。”

“里奇告诉过他妻子他被分配了一项额外的任务。而且她认为迈克・福勒可能也参与了这件案子的调查。”

兰登看上去已经失去了耐心。礼堂中坐满了人。

“如果你儿子当时正在调查马琴科和帕森斯的案子的话，那么他或者是出于兴趣，或者是他在警队课堂上接受的一项新任务，仅此而已。他还只是个穿制服的巡逻警。巡逻警察不是侦探。”

武科维奇点点头。

“他以什么样的身份研究那件案子又有什么区别呢？反正都已经结案了。”

“里奇那天晚上在家。整个傍晚他都呆在家里，直到他接到一个电话，然后在凌晨 1 点钟出门去见他的朋友们。如果我是他，我的伙伴们那么晚给我打电话，而为的仅仅是出去喝一杯酒的话，那么我会选择推辞的。但，如果我们正在从事一份警察的工作，那么或许我会去的。如果他们当时在桥下是因为马琴科和帕森斯，那这件事或许跟他们的死有关了。”

兰登还是摇头。

“现在不是谈论这个的时候，霍尔曼先生。”

“我一直在打电话找你，但你始终没有给我回话。所以现在对我来说好像是个不错的机会。”

兰登看起来心里正在琢磨。霍尔曼猜想这个家伙一定是在尽量调动神经对付自己，就像当初自己被拘押在警局时他将自己假想成嫌疑犯一样。他最后还是点了点头，似乎得出了自己不愿意看到的某种结论。

“好吧。看看，你知道对他们不利的坏消息是什么吗？他们走到河边是去喝酒。我本打算现在就告诉你一些事情，但如果你还是没完没了地在这个问题上纠缠不休，那我将否认我所说过的。武科维奇？”

武科维奇点点头，表示赞同他的说法。

兰登撇了一下嘴唇，似乎他准备说的将不是什么好事儿，他压低了声音。

“迈克·福勒是个酒鬼。多年以来他一直都是这样，他的这种嗜好在警局无人不知。”

武科维奇有点不安地看了一眼周围，确保没有人能够听到。

“放松点儿，长官。”

“霍尔曼先生需要明白这点。福勒在无线电设备中说他要去休息一会儿，但是没想到他是去喝酒，并且召集那些年轻的警察和他一起去那种偏僻之地。我希望你自己知道这件事就行了，霍尔曼，因为福勒是他们的主管。我们猜测作为负责这片区域的巡逻警，他们都需要得到他的帮助，但他却决定在工作时间去喝酒。梅隆当时也正在执勤，他很清楚这点，但他只是一名普通警察。此外，他当时也不在自己负责的那片服务区。阿什倒是下班了，但他也不是‘年度优秀警官’的候选人。”

霍尔曼感觉到兰登的气势咄咄逼人，但他不明白为什么他会这样，他也不喜欢这种讲话的方式。

“你到底是想告诉我什么呢，兰登？这些跟马琴科和帕森斯的案子有什么必然的联系吗？”

“你不是一直在追问那些警官为何会在桥下的原因吗？所以我现在就是在告诉你。我责怪迈克·福勒的过失，是因为他是4个人当中的主管，但是没有一个人到那里是为了解决那桩世纪大案。他们是一群带有不良记录和消极态度的问题警察。”

霍尔曼感觉自己的脸红了起来。他的脾气开始有些按捺不住。

“你是说里奇是个劣等警察吗？这就是你要告诉我的吗？”

武科维奇伸出一根手指以示警告。

“放松点儿，兄弟。你是提问题的人。”

兰登冷冷地回答：“先生，我本不想告诉你这些事。我希望我没有说过这些。”

此时霍尔曼心中的怒火已经燃遍周身，肩膀和手臂都禁不住地颤动，他握紧了拳头。在他的内心深处真想一拳把兰登和武科维奇打倒，因为他们“诋毁”了里奇。但现在的霍尔曼毕竟已不同以往。他告诫自己不能再那样蛮干。他强压怒火，慢吞吞地说道：“里奇正在做着一些与马琴科和帕森斯的案子有关的事情。我想知道他为什么非要在凌晨1点去和福勒谈论这件事情？”

“你需要做的就是安排好你自己在释放后的生活，别插手我们的工作。这次谈话到此为止。霍尔曼先生。我建议你稳定一下情绪，在这个地方表现出你的敬意。”

兰登没再多说便转身离去，随人群一起走进礼堂。武科维奇陪着霍尔曼又呆了一会儿，然后也走了进去。

霍尔曼站在原地没动。他感觉自己好像已经被这突如其来的愤怒击得粉碎。他想扯开嗓子大喊一声；他想去抢一辆保时捷，然后以最快的速度冲出这座城市；他想打开一瓶最好的龙舌兰酒一饮而尽，然后在深夜里惊声尖叫，就像一条狗那样嚎叫……

霍尔曼走到那扇双层门跟前，但却无法迈步向前。他眼前是一片黑压压的落座者，但在他的眼中却并没有他们。他看到那巨幅照片上的 4 位亡灵正直直地盯着自己，他感觉到里奇的那双空洞的眼睛。

霍尔曼转身走开，疾步走回他的车内，他浑身在燥热中已经湿透。他脱掉里奇的夹克衫和领带，解开衬衫的扣子，含在眼圈中的热泪大滴大滴地落了下来，好像它们正从自己心中被碾碎一样。

里奇不是个劣等警察。

他决不会像他的父亲。

霍尔曼擦了一把鼻涕，然后把车开得更快。他不相信这个事实。他不愿让自己相信这一切。

霍尔曼对自己发誓，他要证明这一切。他已经问过了最后一个，也是他唯一有希望寻求到帮助的人，现在他只能等着，等着听伊丽莎白的消息。他需要她的帮助。他需要她，他祈祷她能够答应帮助自己。

第二部分

14

FBI特别探员凯瑟琳·波拉德(现已离职)站在她在锡米谷家中的厨房里，看着下水池上方的时钟。当她屏住呼吸，整个屋子里都显得异常寂静。她看着时钟上的秒针悄悄地滑向12点的位置，分针安稳地指向11点32分。秒针到了12点的位置，分针像被针刺了一下，向前跳到11点33分……

滴答!

时钟突然的撞击声打破了屋内的宁静。

波拉德拭去脸上流淌下来的一缕汗水，此时她正考虑着厨房里那片纷乱的"战场"：一堆酒杯、果汁纸盒、开箱的"咔嚓船长"(Captain Crunch，美国著名的麦片品牌)，以及那堆残留着凝固了的牛奶的碗。波拉德住在锡米谷，当天的气温,确切的说是差27分钟到正午时分的气温,已经达到了华氏104度(合摄氏40度)。她的空调已经停用6天了，并且在短期内也不大可能修好——凯瑟琳破产了。如今她正饱受炎热之苦，她又准备以此为借口给母亲打那个令人赧颜的求助电话了，因为自己没有钱。

滴答!

波拉德一直使用马蒂死后的抚恤金度日，但近来她已越来越需要从母亲那里寻求帮助，这是一件让人颜面尽失、倍感挫折的事，现在她家里的电已经被断了差不多一个星期了。再过1小时26分钟，她的孩子们，戴维和莱尔(一个7岁一个6岁)，就要从学校回来了，等待她的是他们对家里的燥热没完没了的抱怨。波拉德不停地从脸上往下擦着汗，终于抓起了无绳电话，然后拿着它朝她外面的车子走去。

正午的阳光炽烈地烘烤着她，感觉就像靠在一把熊熊燃烧的火炬跟前。凯瑟琳拉开她的那辆斯巴鲁车门，开启冷风，并立即摇下车窗。车内的温度已经将近 150 华氏度(约合 65 摄氏度)。她把冷风调至最大，直至能够感受到吹出的阵阵冷气，然后再摇上车窗。她让这冰凉的冷气直扑面颊，然后撩起 T 恤衫，让冷气能够直接吹到皮肤上。

等她感觉自己已安全避开热浪的冲击后，她拿起电话，按响母亲的号码。没有让她失望，母亲接起了她的电话，此时她正在家中电脑上玩着在线扑克。

“妈妈，是我，快接起来吧，你在吗？”

母亲的声音从电话的另一端传来。

“出什么事儿了吗？”

这是她母亲在电话中惯用的答话方式，它立即会让波拉德产生一种敏感，好像在暗示自己的生命中那没完没了的危机和变故。波拉德很清楚没必要绕弯子，还是长话短说的好。她扶着方向盘，直接抛出了话题。

“我们的空调坏了。他们要 1 200 美金的修理费。我拿不出这么多钱,妈妈。”

“凯瑟琳，你打算什么时候再找个男人啊？”

“我需要 1 200 美金，妈妈，不是另一个男人。”

“我以前没有说过吗？”

“没有。”

“所以，你知道我活着就是为了帮助你和那些孩子们，可是有时候你必须也要学会自助，凯瑟琳。那些孩子们现在都已经长大了，你也已经不再年轻。”

波拉德放低电话，她的母亲仍在喋喋不休，但波拉德听不清楚她在讲些什么。波拉德看见邮车慢慢驶近，然后看到邮递员把当天的一大叠单子投进她的邮箱。这位邮递员头上戴着头盔，眼前罩着墨镜，下身穿着短裤，看起来就像狩猎远征队员一样。等他开车离开，波拉德再次举起了话筒。

她说：“妈妈，我先向你提个问题好吗。如果我回去工作的话，你愿意照看孩子们吗？”

“做什么工作？别再跟 FBI 扯上关系了。”

波拉德一直在考虑这个问题。如果她重返联邦调查局，要想在洛杉矶分局找到一个位置是不可能的。洛杉矶可是个炙手可热的地方，谁都想去那里工作，申请人的数量远比实际岗位要多得多。波拉德或许有可能在比较偏僻的地方谋份工作，但她不想总是在各地飘来飘去。凯瑟琳·波拉德过去在联邦调查局下属的银行调查组工作了 3 年，专门负责在这座世界性的银行大厦所发生的银行抢劫案。她真希望自己从未离开过银行调查组。她错过了那次行动,错过了金钱,错过了她能够感受到的有生以来最好的日子。

“我或许能够从银行业或者类似克罗尔那样的私企谋求一份安全顾问的职业。我在银行调查组干得不赖，妈妈。现在那里仍然有很多朋友记得我。”

她母亲又犹豫了一下，这次她的声音变得将信将疑。

“我们谈了多长时间？我还在等孩子们呢。”

波拉德再次把话筒放低，心想现在是不是刚刚好呢？她看见邮递员的车停到隔壁的邻居家，然后是下一家。这时她重新举起电话，她母亲正在不停地召唤她。

“凯瑟琳？凯瑟琳，你在吗？是我掉线了吗？”

“我们需要钱。”

“我当然会出钱给你修空调。我怎么会让我的外孙们住在……”

“我正在说我要回去工作，但唯一的前提是你得帮我照看孩子们……”

“这事儿我们可以商量，凯瑟琳。我赞成你回去工作的想法。你或许应该再找个伴儿……”

“我必须打电话给修理工了。呆会儿再跟你说。”

波拉德挂断电话。看着邮递员在这条街上继续跑着，她走到家门口去取她的邮件。她边往车内走，边慢慢拆开这些信件，不出所料，里面是维萨卡和万事达卡寄来的欠费账单，另外还有一封邮件让她很意外——那是一个棕色的马尼拉纸信封，来信地址是联邦调查局在西坞区的地址，那是她过去办公的地方。这些年以来，凯瑟琳还从未收到过来自西坞区银行调查组方面的来信。

她重新回到车内坐稳后，撕开信封发现里面还有一个白色信封。看起来它是在被拆过以后又封的口，因为按照FBI的规矩，所有给现任或前任职员发出的信件都要接受检查。一封打印出来的信附在一张黄色的信签上，其上标有大写的声明：**本邮件已经检查，证实无生化毒素成分，可以再次邮递。谢谢**。

第二个信封上标注的地址正是她过去在西坞区的办公室。上面同时还标有卡尔弗城的回寄地址，但她没有留意。她撕开信封，从里面掏出一张剪报以及一页折好的手写书信，她读起上面的文字……

马克斯·霍尔曼
太平洋花园汽车旅馆公寓
斑鸠城，CA90232

当她看到上面的名字时她停了下来，嘴角露出一丝微笑，脑中浮现出在银行调查组时那段往事的回忆。

“哦，我的上帝！马克斯·霍尔曼！”

她继续往后读下去……

亲爱的波拉德警探：

我希望这封信能够顺利到达您的手中，并希望您在看到我的名字后仍然能够把它读下去。是的，我就是马克斯·霍尔曼，那个当年因抢劫银行被您逮捕的人。请相信，此刻在我的心中早已没有怨恨，我至今仍万分感激您在联邦检察官面前替我说话。如今，我已经顺利服满刑期，目前已获监督释放，并且找到了工作。在此，我再次向您表示感谢，感谢您的善良宽怀，感谢您为我说话，希望您现在还能记得这些。

凯瑟琳记得霍尔曼，作为一名曾经在FBI工作过的探员，她当然还记得当年那个轰动一时的“江湖大盗”，那家伙可是一共抢了9家银行。不过，对于他的那些作案经历，她可毫无兴趣，令她兴奋的是，她在他第9次作案时怎样将他擒获的经历。马克斯·霍尔曼打劫银行的方式曾经名噪一时，甚至连FBI银行调查组的资深侦探也为之挠头。

她继续往下看……

我的儿子理查德·霍尔曼是一名洛杉矶警官，这一点您可以从信封里的文章中读到。我儿子和另外三名警官被谋杀了。我现在写这封信给您，就是想求得您的帮助，我希望您能听我把这件事说完。

波拉德摊开信纸。她马上意识到这封信与最近那4名警察在河边饮酒时被谋杀的案子有关。波拉德在晚间新闻中看到过对这个案子的报道。

她可没有耐心再去把那些剪报从头至尾读一遍，但她看了看那四名殉职警官的照片。其中的最后一张被标明是理查德·霍尔曼警官，在照片的周围还被划上一个圈，旁边写了两个字：MY SON(吾儿)。

波拉德不记得霍尔曼还有个儿子，甚至就连霍尔曼长得什么样她也记不清了。但当她仔细审视那张照片时，她又重新拾回了那段记忆。是的，她看得很清楚——薄薄的嘴唇和那粗壮的脖子。霍尔曼的儿子看起来跟他父亲一模一样。

她的胃口被吊了起来……

警方相信他们已经确认了凶手的身份，但我仍有一些疑问找不到答案。我相信警方仍然把我视为一名触犯了刑律的罪犯，这就是他们对我的话充耳不闻的原因。您是一位联邦调查局的警探，我恳请您能帮我找到这些答案。这就是我的心愿。

我儿子是个好人。他一点也不像我。如果您愿意帮助我的话，请给我打电话。当然，您也可以与我的狱外监督人联系，他可以为我证明。

您的，

马克斯·霍尔曼

在他的名字下面，霍尔曼留下了他的家庭电话，也就是那个太平洋花园汽车旅馆公寓的电话，以及他工作地点的电话号码。在电话号码下面，他又留下自己从联邦监狱释放后的监督人的名字和电话号码。波拉德又看了一眼那张剪报，脑子里突然闪现出她自己的孩子们，他比他们的年龄要大一些，她希望自己永远不要得到马克斯·霍尔曼现在的这个消息。当年她在被通知关于马蒂的消息时就已经觉得相当糟糕，尽管当时他们的婚姻已经破裂，即将面临着离婚的境地。在那一刻，他们曾经有过的所有不快都烟消云散，她感觉就像自己失去了生命中的一部分。更何况对霍尔曼来说，失去的是自己的儿子，那感觉一定更糟。

波拉德突然感到一股愤怒的冲动，这感觉让她把信和剪报扔到了一旁，也燃起了她对霍尔曼以及当年自己亲手将他绳之以法的那段岁月的怀念。在波拉德的心中，相信所有警察最后都会相信的一个真理，犯罪分子天生就是害群之马。你可以逮捕他们，关押他们，教化他们，劝诫他们，但罪犯永远不会改变，所以几乎可以肯定，这是霍尔曼耍的一个小把戏。

波拉德彻底被激怒了，她拿起电话和那些信用卡的账单，然后把汽车熄火，顶着酷热跑回她家的房子里。她一直为自己开口向母亲借钱而感到羞耻，此刻她为自己再一次落入霍尔曼编造的伤心故事中而感到耻辱。现在她得央求那些邋里邋遢的修理工来把那堆“废铁”拉走，赶紧让这噩梦似的房间变得凉爽起来。波拉德主意打定，给修理工人打过电话，然后放下电话，回到车里，重新找回马克斯·霍尔曼那封悲悲凄凄的“扯淡信”。

她给修理工人打了电话，但是随后她又给盖尔·马内利——霍尔曼释放后的监督人打了电话。

15

霍尔曼在洛杉矶东部利奇的店里找到他，当时利奇正同一个漂亮的年轻女孩在一起，霍尔曼进屋时那女孩冲他害羞地笑了笑。利奇的脸上也挤出一道道的微笑，他那满是黄渍的牙齿说明他刚喝过早上的咖啡。

利奇说："嗨，兄弟。这是我的小宝贝，玛丽莎。甜心，跟霍尔曼先生打个招呼。"

玛丽莎向霍尔曼打了招呼。

利奇说："宝贝，劳尔已经来了，是不是？在我的办公室。来，兄弟，进来吧。"

玛丽莎用一部内部对讲机招呼劳尔，告诉他霍尔曼正跟利奇一起走进办公室。利奇走在后头，随手把门关上，把她挡在了外面。

霍尔曼朝他笑了笑："真是个漂亮姑娘，利奇。恭喜你！"

"你笑什么，兄弟？你最好别打什么坏主意。"

"我在笑臭名昭著的 L' Chee 叫他的女儿'甜心'。"

利奇走到办公桌前拉开一个抽屉，掏出个照相机。

"女孩儿就是我的心肝，兄弟，不管是她还是别的人。每一天我都感谢上帝，让我能够闻到她呼出的空气，能够踩着她脚下的土地。嗨，你就站在那儿，看着我。"

"你帮我安排好汽车没有？"

"我不是利奇吗？我们还是先来搞定你的驾照吧。"

利奇让霍尔曼在一面深蓝色的墙前摆好姿势，然后调着相机的镜头。

"这可是数码的，宝贝——绝对的艺术品。该死，霍尔曼，这又不是枪口，你别看起来像要杀了我一样。"

霍尔曼笑了笑。

“扯淡。你看起来就像要朝我扔石头。”

随着闪光灯一闪，有人在敲门。一个矮个子、大眼睛的小伙子走了进来。他的胳膊和脸上都满是在车间工作时蹭上的油污。利奇还在研究着他的数码相机，然后很不情愿地把相机扔给屋里的另外那个人。

“加利福尼亚，洛杉矶，签发日期就写今天吧，这个没有限制。你不要戴眼镜，好吗？霍尔曼，现在告诉我你的年龄！”

“随便填吧。”

“嗯，好吧。”

劳尔看了一眼霍尔曼。

“我们需要一个地址，你的出生日期，个人信息，以及一个签名。”

利奇从办公桌里拿出一本便签簿和一支钢笔递给霍尔曼。

“在这上面把你的身高和体重也写下来。另外单独地在一页纸上签上你的名字。”

霍尔曼照他说的做了。

“我还要等多久才能拿到驾照？我有个约会。”

“等会随车跟你一起离开，兄弟。不用等多久的。”

利奇用西班牙语跟劳尔简短地交流了几句，随后霍尔曼便跟着他走出办公室，穿过车间走进一个停车场，那里已经有一排车在等候他们了。利奇仔细打量了一下霍尔曼开来的那辆破车。

“哥们儿，真不敢想象你是怎么挤在那里边的。那上面的所有零件都得标上‘作废’的字样了。”

“你能找人替我把它弄回汽车旅馆吗？”

“好的，没问题。这里我已经帮你把车准备好——一辆漂亮的福特系的‘金牛座’或者丰田车的新款‘陆地巡洋舰’，随便哪一辆都能带给你最流行的中产阶级的风格。这些车我这儿都有在保险公司注册的手续，你不必担心，它们什么都不缺，不像你开来的那堆废铁。你稍等一会儿，我把车借给你。就这么简单。”

霍尔曼此前还从未见过这款“巡洋舰”。黑色的车身闪闪发亮，底盘很高，下面是 4 条大轮胎。还没坐进去，他就已经感受到即将到来的那种感觉。

“就那辆‘巡洋舰’吧，我想。”

“美妙的选择，黑色、皮饰、敞篷。兄弟，你整个看起来就像个正在赶往 Whole Foods(美国一家天然和有机食品经销商)的雅皮士，快坐进去试试吧。我再为你添置点新玩意儿，让你重返世界的生活变得更加多彩。你到车里打开储物箱看看吧。”

霍尔曼并不知道 Whole Foods 是什么地方，但他的确厌倦了自己现在的这幅穷酸相，他实在不想让人知道自己刚刚蹲过10年监狱，自从他出狱之后就一直在为这个问题烦恼。他爬进自己的新车，打开储物箱，里面放了一个移动电话。

利奇脸上一副得意洋洋的表情。

“送你一个移动电话吧，兄弟。现在已经不是10年前了，不用再站在公用电话前，或者电话亭的格间里费劲地拨号了，你可以一天24小时都开机。它的说明书和电话号码都在里面。你把那条线插进电源就可以充电了。”

霍尔曼回头看看利奇。

他说：“还记得你曾跟我说过要给我一笔钱吗？我讨厌这样做，哥们儿，你如此慷慨地送了我这辆车和这部电话，但我还是要回到那个话题，我需要一包。”

一包是1 000美金。银行为面值20美金的钞票打捆时，通常将50张钞票捆为一包，也就是1 000美金。

利奇的眼睛一眨不眨。他看着自己的这位朋友，然后摸了摸自己的鼻子。

“你想要什么都可以，哥们儿。可是我还是要问，你怎么又回到以前的火爆脾气了？我不想帮着你自取其辱。”

“根本不像你想的那样。我找到人帮我调查里奇的死因了，一位专业人士。兄弟——她对自己的行动肯定一清二楚。我需要为这案子做好准备，这就得花钱。”

霍尔曼在给FBI特别调查组的探员波拉德寄去那封信以后，心里是既兴奋又不安。他知道波拉德有可能会通过马内利联系自己，尽管他没抱太大希望能收到她的来信，但心里面终究还是存有一丝幻想。而这位“妄想狂”也的确如愿，她先与社区矫正中心的马内利和威利·菲格联系了解了他的情况，然后给他打了电话，电话中她虽然拒绝给他留下电话号码，但霍尔曼却并未抱怨。因为她最终还是同意了在西坞区的一家星巴克咖啡店与他见面，听他陈述案情。这个地点对于霍尔曼来说并不陌生，因为它与FBI的办公地点就隔着一条街，当年霍尔曼被捕后就是在那里接受的她的审讯笔录。

利奇斜眼瞅着他。

“你这句话是什么意思，她是谁？什么专业人士？”

“当初逮捕我的那个联邦调查局的侦探。”

利奇的眼睛瞪得溜圆，挥舞着他的双手。

“兄弟！霍尔曼，你疯了吗？你这家伙！”

“她对我很公正，利奇。她为了我去和联邦检察官进行理论，兄弟。她帮助我减轻了罪名。”

“那是因为你他妈的几乎已经放弃了，你这该死的蠢货！我可是记得那婊子冲进了银行，霍尔曼！是她逮捕了你，伙计！你竟然说是这婊子放了你！”

霍尔曼决定不提波拉德已经不是联邦调查局探员的事情。当她告诉他这个消息时，霍尔曼的确感到失望，但是他相信她还有一些关系，仍旧可以帮助自己找到问题的答案。

他说：“利奇，听着，我得走了。我必须去见她。你能够帮助我解决那笔钱吧？”

利奇再次挥了挥手，发泄着他的厌恶。

“是的，我会给你那笔钱的。不要跟她提我的名字，霍尔曼。不要让我的名字通过你的嘴让她知道，伙计。我不想她知道我还活着。”

“当年在他们拷问我时我都没有供出你，伙计。我干嘛现在还要提你呢？”

利奇显然非常不悦，在离开时又挥了下手臂。

霍尔曼试了一下那辆巡洋舰，然后又在等待的间歇尽量了解如何使用移动电话。等利奇回来，他递给霍尔曼一个普通的白信封和驾驶执照。这是一本相当精致的加州司机驾照，上面注明了7年的有效期，并在霍尔曼的照片上盖着州政府的印章。在他的家庭住址和个人介绍下面，也就是这张塑料卡片的最底部，是他的缩小版本的个人签名。

霍尔曼说道：“妈的，这看起来跟真的一样。”

“谢了，哥们儿！”

“把你一直开的那堆‘废铁’的钥匙给我吧，我叫两个孩子把它弄回去。”

“谢谢你，利奇。真的很感谢你！”

“别在那警察面前提我的名字，霍尔曼。别把我扯进去。”

“不会跟你扯上关系的，利奇。这件事从头到尾都与你无关。”

利奇把双手放在“巡洋舰”的车门上，把头探进窗子，眼神里透着愤怒。

“我再说最后一遍，别相信那个女人，霍尔曼。她会再一次把你扯进麻烦中的，兄弟。不要相信她。”

“我得走了。”

利奇身子退了回来，仍旧以厌恶的眼神瞅着霍尔曼，霍尔曼听到他嘴里仍在咕哝着。

“侠盗，你这该死的浑蛋！”

霍尔曼踩下油门驶入街头如织的车流中，心中还在念着自己已经有很多年没有被人叫过“侠盗”了。

16

霍尔曼提前 15 分钟就到达了约定的地点，他挑了一个面对门口的座位坐下来。霍尔曼自己也不确定见面后是否还能认出波拉德探员来，但更重要的是他希望对方一进门，就能立即看见自己。他希望能让她有一种安全感。

正如他所料想的，这家星巴克咖啡店里坐满了顾客，但霍尔曼明白这也正是波拉德选择在这里见面的原因之一。坐在人群之中，她或许感觉更安全，而更可能的原因是，她相信这里能给霍尔曼带来一种震慑作用，因为他们约会的地点就在联邦调查局大楼的旁边。

霍尔曼落座后，估计波拉德可能会稍晚一点来。之所以会这样判断，是因为她要以此来树立自己的权威形象，并让霍尔曼明白在这种情势下，她是居高临下的一方。霍尔曼对这些可不在意。那天早晨他刻意去理了头发，为了清洁胡须刮了两遍脸，并把皮鞋也擦得铮亮。此外，在前一天晚上他还自己把衣服洗干净，又花了两美金从佩里那儿租了熨斗和熨衣板。总之，他希望自己尽可能体面些，以博得对方的好感。

在霍尔曼盯着门口等候了 12 分钟后，波拉德侦探终于如约出现。在最初的那一瞬间，他还是不敢确定对方是否就是波拉德。在霍尔曼的记忆中，当年逮捕他的那个女侦探应该是身材消瘦、棱角分明，长着窄窄的脸庞，留着一头细碎的短发。而面前的这个女人则已经明显发福，一头乌黑的披肩发以及雪白的皮肤。一头长发看上去很漂亮。她身穿一件长度过腰的浅黄色夹克衫，里面是一件黑色衬衫，眼睛上还戴着一副镶边的太阳镜，从上到下一身休闲装束。然而，她脸上的表情还是出卖了她。那一脸的严肃表情已牢牢刻上了联邦特工的烙印。霍尔曼不动声色地看着她走进来，观察着她的一举一动。

霍尔曼并不急于拨响电话或者站起来。他双掌向下平放在桌面上，等待着她的注意。

她终于看到他，霍尔曼微微一笑，但她俨然还是一副冷竣表情。她从人群中的过道一路穿过，走到霍尔曼对面的那个空位子。

她开口道："霍尔曼先生。"

"嗨，波拉德警官。我如果站着你觉得合适吗？那虽然很礼貌，但我可不想你怀疑我要攻击你。我为您点一杯咖啡，怎么样？"

霍尔曼的双手仍放在桌上，让她可以清楚地看到。她仍旧既无笑意，也没有伸手示好。她坐了下来，开门见山，毫无客套。

"你不必站着，我也没时间喝咖啡。我希望你清楚现在的形势，我很高兴你服满了刑期，并找到一份工作，开始新的生活，祝贺你！我的意思是，霍尔曼先生，祝贺你！但是我希望你明白，尽管马内利女士和菲格先生已经为你做出证明，我在这里也向你的儿子表示敬意，但如果你以任何方式辱没了这种敬意的话，我会随时告辞。"

"好的，夫人。如果您能信任我的话，那太好了！"

"如果我不相信你的话，今天我就不会来了。我再一次为你儿子感到遗憾。这真是个重大的损失。"

霍尔曼心里明白他没有多少时间来谈论这个案子了。此时，波拉德已经有些心不在焉，或许是在同意来见他后就已经心有不快了吧。警察是从来不会再与他们抓过的罪犯联系的。没有理由，这就是这个行当的潜规则。大多数罪犯，即使是真正的精神病患者，心里也一清二楚，要找到当初逮捕过他们的警察，而少数的能够实现这一目的的人，通常的结果也只有两种：要么重入牢房，要么丢掉性命。而他们此前也只是通过电话联系，波拉德在仔细研究了警方对这起谋杀案的描述，并分析了他们把沃伦·苏亚雷斯圈定为凶手的结论合乎情理后，才尽量相信了霍尔曼。但是她也只是在过往的经历中对与本案有关的情况知道一点，而根本无法回答霍尔曼那接二连三的问题，她来也是想看看他到底收集了多少证据。

最后，她还是很不情愿地同意了解一下有关此案的新闻报道，并允许霍尔曼就本案进行一番个人陈述。霍尔曼知道波拉德原本不同意与自己见面，是因为她不相信警方的做法是错误的，而她最终选择来见自己也是为了帮助一位痛失爱子的父亲。波拉德大概是对霍尔曼产生了同情，所以才给了他这次见面的机会，而一旦见面也就意味着她已经考虑成熟。霍尔曼知道自己只有一次机会，所以他把最致命的"武器"留到了最后，他希望一旦出手，对方就无法抵抗。

他打开了那个信封，里面装的是他收集到的剪报和文件，他解开了那捆厚厚的报纸。

他说："你以前有机会去调查这起案子吗？"

“这就是我想的，先听听你的意见。”

她身体靠向椅背，十指交叉放在大腿上，肢体语言已经明显地告诉霍尔曼：别再卖关子了，有话就快点说吧。霍尔曼只希望她能摘掉眼前的太阳镜。

“好吧，让我们先从苏亚雷斯说起。你描述了你同玛丽亚·苏亚雷斯之间的对话，也表达了对苏亚雷斯在杀人后又自杀这一猜测的怀疑，对吧？”

“对。他是一个既有老婆又有孩子的人，他为什么要自杀？”

“如果让我猜的话，这也是我今天来这里能做的全部，我说苏亚雷斯是吓坏了，他整天生活在焦躁不安中，大概也只有靠吸毒来寻求解脱了。像他这样的人通常在扣动扳机之前，就已经在枪膛里压上了子弹。而毒品能够使人产生臆想，甚至有可能在某个瞬间变成精神病，这就可以解释他为什么自杀了。”

霍尔曼并非没有考虑过这点。

“尸检报告会把这些都记录在案吗？”

“是的……”

“你能拿到这份尸检报告吗？”

霍尔曼看她双唇紧闭。他暗自提醒自己不要再打断她了。

“不，我无法拿到这份尸检报告。我只是基于个人经验向你提供一种可能的解释。你不是纠缠于他的自杀么，所以我在向你解释它存在的可能性。”

“正如你所知道的，我向警方提出让我与验尸官，或者知情人谈谈，但他们拒绝了。”

她仍然牙关紧闭，缄口不谈，但是此刻她那交叉的十指却握得更紧了。

“警方在法律上具有诸如保护死者隐私的权利，如果他们公开了他们的信息，那他们就有可能受到指控。”

霍尔曼决定继续追问，他的手指在那些报纸中翻来翻去，直到找到他想要的东西。他把这份报纸摊开，让她能够清楚地看到。

“这份报纸图解了这起谋杀案的犯罪现场。看看他们是怎么绘制那些汽车和尸体的？我亲自去那里看过的……”

“你去过河床那里了？”

“当我还在偷车的时候——也就是在我开始打劫银行之前——我对那些地方了如指掌。而那里就是一块平地。河道的两侧都是宽阔的混凝土路，基本跟停车场一样。你能下到那里的唯一方式就是借助河道维修工人们使用的便道。”

波拉德将身体向前凑了凑，听他关于这张图纸的评论。

“好吧。那么你的观点是？”

“下到河堤的这条便道恰好正对着那些警察停车的位置，看到没有？枪手必须得通过这条便道下来，但是如果他是从这里下来，那么他们肯定能够看见他的。”

“别忘了，当时可是凌晨 1 点，天色是漆黑一片。此外，这幅图也不一定能够画出现场的全景。”

霍尔曼又取出一张地图，这是他自己绘制的。

“不，不是的，所以我自己又制作了这张。这条便道从桥底向上看，视野要比报纸上绘制的给人的思路更加开阔。此外，在这条车道的最上端还有一道门，看见没有？也就是说，要从这里穿过，你要么翻墙而过，要么切断铁锁。而无论怎样都会弄出很大的声响。”

霍尔曼盯着波拉德，她在对比着这两幅地图。她似乎正在就此展开思索，而思索无疑是一件好事。思索意味着她正不知不觉地投入进来。但最后她又坐了回去，摊开双臂耸了耸肩。

“在警察们开车下去的时候那道门就已经被打开了。”

“我问过警局的人，那道门在发现的时候是什么样的，可他们没有告诉我。我并不认为里奇和那几位警官下去后会让那道门继续敞开着。如果你让那道门敞着，那么就有可能会被夜间值勤的巡逻队看见，那你就麻烦了。我们当年通常都是关上大门，然后又把锁链恢复原状，我敢打赌里奇和他的同伴们也会那样做的。”

波拉德仍旧靠背坐着。

“你们都是在什么时候偷车的？”

霍尔曼正在抛出他的“诱饵”引她上钩，到目前为止，他认为一切都进行得很顺利。她正在按照他的逻辑向前跟进，尽管她不知道下一步要被带到哪里。他感觉很受鼓舞。

“你在说什么，霍尔曼？你认为苏亚雷斯并不是凶手？”

“我是说那些警官们听到什么都不重要。我认为他们认识凶手。”

现在波拉德抱起了双臂，这最后的信号表明她已彻底落入霍尔曼精心设下的迷局。霍尔曼知道她正在迷失自己，但是他还要继续布局，要么让她彻底上钩，要么前功尽弃。

他说：“你听说过那两个名叫马琴科和帕森斯的银行劫匪吗？”

霍尔曼看到她的身体一动不动，显然她已经彻底被自己的话题所吸引。现在，她已经不在乎什么优雅的姿态，更不会把这次会面当成难熬的时光，如堕迷雾的她已经忘记了之前考虑的这些，而这一切，唯有她跳出圈套，跑出这盘棋局方能结束。她摘掉了眼前的太阳镜。他看见她眼部周围的皮肤已经像纸一样泛白。自从他最后一次见她以来，她已改变了许多，但现在只有在她表情中的某种异样让他琢磨不透。

她说：“我听说过他们。怎么了？”

霍尔曼把里奇绘制的关于马琴科和帕森斯抢劫银行的地图放到她面前。

“这是我儿子绘制的。他的妻子莉丝让我复印了一份。”

“这是一张他们抢劫银行的地图。”

“在他死的那天夜里，里奇接到福勒打来的一个电话，然后他就从家里出去了。他出去是要和福勒见面，谈论马琴科和帕森斯的案情。”

“马琴科和帕森斯都已经死了。那案子 3 个月前就已经结了。”

霍尔曼把他在里奇办公桌上发现的那些文件和报告的复印件全都翻开，把它们都呈现在她眼前。

“里奇告诉过他妻子，他们正在研究这个案子。他家里的办公桌上堆满了这些东西。我询问过警方里奇最近都在做哪些工作。我尝试着去见一见负责马琴科和帕森斯案子的侦探，但没人愿意对我讲述这些。他们告诉我你刚刚说过的那些，这个案子已经结了，但里奇却告诉他的妻子他要去见福勒谈这个案子，然后他就死了。”

霍尔曼看着波拉德在大致翻看着这些材料。他看见她的嘴在动，就好像嘴唇里面正在咀嚼着什么。最后她抬起头，透过她的眼睛，他看到那里布满了纵横交错的纹路，这是只有在这样一位年轻女人的眼中才能看到的。

她说：“我还不知道你想从我这里得到什么。”

“我想知道为什么里奇正在调查一桩已完结的案子。我想知道苏亚雷斯是怎样与两个银行劫匪联系到一起的。我想知道为什么我儿子和他的朋友们会让杀手如此靠近，以至于能够杀死他们。我想知道到底是谁杀了他们。”

波拉德两眼盯着他，霍尔曼与她四目对视。他竭力控制不让自己的眼神表现出任何的恶意，或者愤怒。即使是有，他也把它们统统隐藏起来。她深呼一口气，然后舔了舔嘴唇。

她说：“我想我可以打几个电话。我很乐意去做这些事情。”

霍尔曼把他的报纸全都装回信封，然后把自己新的移动电话号码写在信封的封面上。

“这是我在图书馆里查到的关于马琴科和帕森斯的所有资料，报纸上关于里奇他们遇害案件的报道，以及从他家里找到的一些材料。我把它们都复印了下来。这是我新的移动电话号码。这些你都应该知道。”

她看了看信封，并没有立即去碰它。霍尔曼感觉到她仍在同自己已经作出的决定进行斗争。

他说：“我不指望你能免费去做这些，波拉德警官。我会付给你费用的。我没有太多钱，但我们可以制定一份报酬计划之类的东西。”

她再次舔了舔嘴唇，正当霍尔曼琢磨着她为何还在犹豫时，她却摇了摇头。

“那倒不必了。这可能会花上一些时间，但我能做的也仅仅是打几个电话而已。”

霍尔曼点点头。此刻他的心一直在怦怦直跳，但是他还是把这份兴奋连同恐惧和愤怒一道小心的隐藏了起来。

“谢谢，波拉德警官。我真的非常感谢你！”

“你或许不该称呼我为波拉德警官了。我现在已经不再是一名联邦调查局特别调查组的探员了。”

“那我该称呼您什么呢？”

“凯瑟琳。”

“好的，凯瑟琳。我是马克斯。”

霍尔曼伸出手，但波拉德并没有接受他的握手礼，而是拿起了那个信封。

“这并不意味着我已经成为你的朋友，马克斯。我所做的全部只是因为我认为你应该得到这种回报。”

霍尔曼放下手，他显然是受到了伤害，但他并不愿意表露出来。他不明白为何她已同意为此浪费时间，却又以这样一种方式对他。但他仍旧把这些感觉收藏了起来。他耸了耸肩。

“好吧，我明白。”

“在你接到我的电话以前可能要等上几天时间，但应该不会太久。”

“我明白。”

霍尔曼看着她走出星巴克咖啡店。她在从人群间穿过时加快了速度，然后很快消失在门口的步行街尽头。他仍旧望着她离去的方向，他在心里回味从她身上看到的与以往不同的那种感觉，现在他找到了答案。

波拉德似乎害怕了。10年前逮捕他的那位年轻的侦探从未在别人面前显出半点惧色，但是现在她变了。思索着这些事情使他进一步想知道自己也改变了多少，是否他还能有机会揭开这案子背后的重重迷雾？

霍尔曼站了起来，走出星巴克咖啡店，驶入到西坞区街头明媚的阳光中，一想到自己将不再孤军奋战，那感觉真是美妙之极。他已经喜欢上波拉德，尽管她似乎还有些犹豫。他希望她不要因此而受到伤害。

17

波拉德也不清楚为何自己会答应帮助霍尔曼，但她此时并不急着开车回到锡米谷的家中。一方面西坞区要凉爽上七八度（摄氏度），另一方面是她母亲将会替她照顾放学归来的孩子们，所以她现在的感觉就像是在度假一样。

她走到斯坦“多纳圈”饼屋，点了一份普通的在全美各地都很常见的中间带孔表面浇着糖浆的“多纳圈”，它的表面没有撒末、果冻、糖果、巧克力这些装饰，只浇了一层溶解的糖和牛油，放进嘴里有种丝绸般柔滑的感觉。但她自从离开联邦调查局就再未光顾过这家“多纳圈”饼屋。当年波拉德在西坞区分局工作期间，她和另一位侦探埃普丽尔·桑德斯每星期至少要偷偷跑到这家斯坦“多纳圈”饼屋两次。她们把这称作“‘多纳圈’休息时间”。

柜台后面的女人准备从货架上给她拿一个“多纳圈”，但新鲜的一批即将出锅，所以波拉德选择了等待。她在店外的一张餐桌边坐了下来，利用这段时间翻出了霍尔曼的那个信封。她突然发现自己的脑子里竟然一直都在想着霍尔曼。霍尔曼原来就是个大个子，但是她当初逮捕的那个霍尔曼比现在至少要轻30磅，一头蓬松杂乱的散发，晒成棕褐色的皮肤，而粗糙的皮肤表面还皱巴巴的。但他现在看起来不再像是个罪犯了。现在，他更像是个正走背运的中年男人。

波拉德猜测警方应该已经尽力回答霍尔曼的问题了，只是他自己不情愿接受这个事实而已。她当初在银行调查组工作期间，曾经与那些受害人家属有过接触，基本上他们全都如此，受害人的遇难地点始终是他们纠缠不休的问题，而结果显然是得不到令他们满意的答案的。事实上，在任何一桩罪案调查过程中，都可能会留下一些无法解答的问题，而大部分警察希望的，仅仅是能够给案子找到一个相对比较合理的解释就足够了。

波拉德最后还是打开了霍尔曼的那个信封，然后翻看起那堆材料来。安德烈·马琴科和乔纳森·帕森斯，两个人都是32岁，他们都被原来的公司解雇，两人在好莱坞西部的一家健身中心相遇。两个人均未结婚，也都没有同居对象。帕森斯出生在得克萨斯州，在他十几岁时流徙到洛杉矶。马琴科此前跟他的继母一起生活，那是个俄罗斯移民，根据她的个人记录，她既配合过警方的工作，也曾经威胁要控告她所在的市政府。在他们死的时候，马琴科和帕森斯两个人在好莱坞的滩林峡谷合租了一间比较小的平房公寓，警方事后在那里搜出了12把手枪，6 000多发子弹，大量军事作战方面的录像带，以及91万美金现钞。

在马琴科和帕森斯气焰嚣张、疯狂抢劫13家银行的那段时间，波拉德已经离职，但她却一直在关注他们的新闻，而现在对他们的兴致也愈发浓厚了起来。读着他们的银行抢劫记录，让波拉德感到津津有味，就如同当年她在联邦调查局调查组办案时的感觉一样。在时隔多年以后，波拉德头一次感觉到自己又能如此投入、如此真实地生活了，她发现自己仍在怀念着马蒂。自从他死后，她的生活就一直在不断增加的账单和独自抚养两个儿子的愿望中苦苦挣扎着。因为孩子们已经失去了他们的父亲，所以波拉德发誓一定不能再让他们失去母亲的关爱和照顾。然而，这个承诺在漫长的时光中给她带来的却是心力交瘁，前途茫然，特别是当孩子们渐渐长大，他们的开销也越来越多，只有当读着马琴科和帕森斯的案子时才能让自己产生一种复活的解脱感。

马琴科和帕森斯在9个月的时间内连续抢劫了13家银行，而使用的手法全都如出一辙：他们像一支军队一样冲进银行，强迫所有人趴在地上，然后将出纳柜台的现钞抽屉翻个底儿朝天。当他们中的一个对付出纳员们时，另一个就胁迫银行的经理打开保险库。

霍尔曼收集的这些复印材料，包括这两名劫匪戴着黑色头套挥舞来复枪的模糊照片，但目击证人对于两人的描述都是粗枝大叶，含糊不清的，而直到他们死后他们的身份才得以大白天下。另外，直至在他们第8次抢劫银行得逞以后，才有一位目击者描绘出他们逃跑时所驾驶的汽车，那是一辆浅蓝色的外国牌子的轿车。而直到他们第10次成功抢劫后，才有人再次描绘出那辆车，这一回终于可以确定那是一辆浅蓝色的丰田花冠轿车。波拉德看到此处时笑了笑，她知道当时在银行调查组内一定会群情激昂，击掌相庆。职业劫匪通常在每次抢劫中都使用不同的汽车，能够在数次抢劫中始终使用同一辆汽车而未被警方截获，只能说明他们是纯属运气不错的业余劫匪。而一旦你知道了他们只是凭借运气的帮助才屡屡得手，那么你也就不用担心他们什么时间会运气不好。

"'多纳圈'好了，小姐？您的'多纳圈'已经准备好了。"

波拉德闻声抬头。

"什么？"

"热乎的'多纳圈'给您准备好了。"

波拉德已完全投入到那堆材料中，不知不觉竟然忘记了时间。她走进去包好“多纳圈”，又点了一杯黑咖啡，然后回到刚才的桌子旁边继续看起来。

马琴科和帕森斯在第13次抢劫银行时终于得到了应有的惩罚。

当他们闯进卡尔弗城的中央银行，去实施他们第13次全副武装的抢劫行动时，他们没有料想到，此时一支由FBI的特工和洛杉矶警察局下属的抢劫案特别刑侦队联合组成的专案组，正在从洛杉矶城内通往圣莫尼卡东边的一条三英里长的交通要道上设下了关卡。当马琴科和帕森斯进入银行时，所有的5名出纳全都按下了静音警报器。尽管报纸上的新闻报道并未提到这些细节，但波拉德清楚地知道那一刻发生了什么：银行方面的安全负责人会立即通知洛杉矶警察局，然后警方再将这一情况迅速报告给这个专案组。专案组派出的数支小分队很快便会对这家银行实施层层监控，并在停车场里布下伏兵。马琴科首先走出银行。在大部分此类案件中，劫匪们通常会有3类典型的反应：投降、试图逃跑、退回银行挟持人质与警方谈判。而马琴科的选择与以上3者都不相同。他选择了开火。布防在这里的监控小分队配备的都是口径5.56毫米的步枪，他们立即进行了还击。就这样，马琴科和帕森斯在这场枪战中双双毙命。

波拉德读完了最后一份材料，这时候她才意识到她的“多纳圈”已经凉了。她咬了一口，那味道鲜美极了，尽管它已经变冷，但她丝毫没有去注意这些。

波拉德迅速浏览了一遍关于那4名警察被谋杀的材料，又发现一些似乎是从涉及马琴科和帕森斯的报道中摘取的一些洛杉矶警方的书面报告，以及马琴科和帕森斯的房东证词。这些材料都让波拉德的目光稍作停留。这些报告全都是来自洛杉矶警察局，因为理查德·霍尔曼的身份是这里的一名巡逻警。洛杉矶警察局的侦探通常会在办案过程中寻求巡逻警的帮助，在发生一起抢劫案之后让巡逻警察们逐街展开调查，但是这项工作并不需要这些报道和证人证词，而巡逻警察们也很少在案发的一两天后仍然参与对这些抢劫案的调查。如今，马琴科和帕森斯已经死了3个月，他们抢劫的财物也都已经完璧归赵。波拉德想知道，为何洛杉矶警察局在事隔3个月之后仍在对此案进行调查，为何调查人员中还包括有巡逻警？但她感觉自己很容易就能知道这些问题的答案。原因很简单，当年她在联邦特别调查组工作期间，曾经与很多洛杉矶警察局负责抢劫类案件的探员都很熟识。她决定去问他们。

不过，这些都已是8年前的事了。波拉德花了好几分钟逐一回想他们的名字，然后打电话给洛杉矶警察局信息办公室，查询他们当前所在的岗位。她打听的头两位侦探如今都已离休，但是第3位，比尔·菲利奇，目前正在抢劫案特别调查组工作，这是帕克中心的抢劫案精英组。

当她通过电话联络到菲利奇时，他问：“您是哪位？”

菲利奇已经不记得她了。

“凯瑟琳·波拉德。我曾在FBI的银行抢劫案调查组工作。我们几年前一起共事过。”

接着她便述说了几个他们当年一起参与破获的一系列劫匪团伙：The Major League Bandit, The Dolly Parton Bandit, The Munchkin Bandits。其实并非知道这些劫匪团伙的真实名字，而是在这些团伙未被破获前调查组赋予他们的临时代号，为的是便于内部讨论。之所以提到这些团伙，是因为它们都有着比较显著的特征：The Major League Bandit的成员都习惯带着一顶道利奇运动帽；the Dolly Parton Bandit，是波拉德经手调查过的唯一的由两名女子组成的银行劫匪团伙，其中的一名成员曾经是一名脱衣女郎，并且长着一双巨乳；至于the Munchkin Bandits，则是一个专门控制未成年人犯罪的团伙。

菲利奇说：“哦，是的，我记得你。我听说你辞职了。”

“是的。听着，我有一个关于马琴科和帕森斯的问题要问你。能耽误你几分钟时间吗？”

“他们都已经死了。”

“我知道。可是你们仍然没有结案对吧？”

菲利奇犹豫了一下，波拉德明白这不是一个好的征兆。按照规矩，调查组成员不能私自将这些信息泄露给一般公民、组外探员，以及任何没有法庭指令的人。

他然后问：“你回到调查组了？”

“没有。我正在做私人调查。”

“什么意思？私人调查？你在为谁工作？”

“我不为任何人工作，我只是在替一位朋友调查。我想知道在上周遇害的那4名警官中是否有人正在调查马琴科和帕森斯的案子。”

当这语气从电话的那端传来，波拉德几乎能够看到他的眼神。

“哦，我明白了，是霍尔曼的父亲。那家伙现在就像被火烧屁股一样。”

“他失去了儿子。”

“听着，他究竟是怎么把你扯进来的？”

“是我把他送进监狱的。”

菲利奇笑了，但随即他的笑声便止住，好像转换了个频道。

“我不知道霍尔曼对你都说了些什么，我不能回答你的问题，你现在只是个普通人。”

“霍尔曼的儿子告诉他妻子说自己正在调查什么事情。”

“马琴科和帕森斯都已经死了。别再给我打电话了，前探员波拉德。”

随即电话那端便响起嘟嘟的声音。

波拉德手中拿着电话和那包已经变冷的“多纳圈”，在脑中回想着他们的谈话。菲利奇反复告诉她马琴科和帕森斯已经死了，但他却一直没有否认关于这桩案子的调查仍在进行中。她想知道这是为什么，她想知道如何找到答案的方法。她再次拿起电话，给埃普丽尔·桑德斯拨了过去。

“我是联邦特别调查组探员桑德斯。”

“猜猜我在哪？”

桑德斯放低了嗓音。这已经成为桑德斯每次接电话时的一种习惯。自从马蒂死后，她们便再未通过话，现在波拉德见桑德斯并没有什么改变，心中不禁暗喜。

“哦，我的上帝！真的是你吗？”

“你在办公室吗？”

“是的，但很快就可以走了。你在哪？”

“我在斯坦‘多纳圈’饼屋呢，有一打‘多纳圈’想和你一起分享，所以就顺便给你打个电话。”

西坞区的联邦大楼是洛杉矶 1 100 名 FBI 探员和周边县区的总部。这是一座由钢铁和玻璃建起的大楼，门前是一片广阔的停车场，它也是美国最昂贵的房地产之一。探员们经常为此开玩笑说，如果把这栋大楼的办公室分户出售，则完全可以偿还美国的国家债务。

波拉德把车停在民用停车场，在楼门入口处，保安人员与埃普丽尔联系后准许她进入。然后，她乘电梯到达 14 层，那里是 FBI 的办公区。波拉德自从辞职以后，就再未踏入过她原来的办公室半步。但是，这里如同所有的政府机关一样，一切还保持着原貌。

银行调查组是一间面积不大的办公室，室内被分割成一个个格段，这便是探员们的工作间。屋子通透明丽，里面摆放着现代化的办公设施，站在玻璃幕墙跟前可以俯视整座城市。一个被嵌在墙内的巨型写字板上列出了洛杉矶地区所有银行劫匪的名字。当年波拉德还是这里的探员时，这块板上写满了 62 个不同的匪徒和匪帮的名字。当她看到这块板上仍是那么满时，不禁莞尔一笑。

在洛杉矶发生的银行劫案层出不穷，所以这里的探员大部分时间都在外出警。今天也不例外。当波拉德进屋时，她只看到 3 个人。比尔·塞西尔，是一位秃顶、淡黑皮肤的非裔美国人探员，正在与波拉德并不认识的一名年轻的探员交谈，当他看见波拉德时冲她笑了笑，而埃普丽尔·桑德斯则径直朝她跑了过来。

桑德斯看起来神色有点紧张，紧闭嘴唇以防有“唇语专家”正在盯着自己。桑德斯是一个深度的臆想狂。她相信自己的所有电话都受到监听，她的电子邮件都会被阅读，甚至连浴室也会被装上窃听装置。当然，她也相信男人们的浴室也会如此，但那与她无关。

她轻声说道："我本该提醒你，利兹在这儿。"

克里斯托弗·利兹是银行调查组的头儿，他以出色的领导才能，在这里指挥了将近20年的银行调查工作。

波拉德说："你不必那么小声，我和利兹的关系很好。"

"嘘！"

"没人听我们讲话，埃普丽尔。"

她们俩的视线转向一旁，发现塞西尔和他的同伴正假扮成偷听的样子。波拉德忍俊不禁笑了起来。

"快别逗了，大比尔。"

大比尔缓慢地站了起来。塞西尔的个子并不高，人们之所以叫他大比尔，是因为他横向很宽。他来银行调查组工作的时间比这里的任何人都要长，除了利兹以外。

"见到你真好，夫人，孩子们怎么样了？"

塞西尔一直都叫她夫人。在波拉德刚加入调查组之初，利兹对待下属的严厉就如同他的能力一样名声在外。塞西尔把波拉德视作自己的兄弟，无论在工作还是生活中他总是慷慨义气，甚至教她怎样才能避开利兹的坏脾气。总之，塞西尔是她所见过的最和善的人之一。

"他们都很好，比尔，谢谢你。你变胖了。"

塞西尔的眼睛盯着她手中的那盒"多纳圈"。

"我准备变得再胖点儿。我希望那些'多纳圈'上面有一个写着我的名字。"

波拉德把点心包递到塞西尔和他的同伴跟前，那人自我介绍说他叫凯文·德莱尼。

正在他们聊天的同时，利兹走出他的办公室。德莱尼立即回到自己的办公桌前，桑德斯也走回到她的工作间。塞西尔的资历最老，几乎已经成为调查组的"活化石"，甚至到了享受养老金的年龄，他微笑着把纸袋递到长官面前。

"嗨，克里斯，看看谁来了。"

利兹是个身材高挑、毫无幽默感的人，他那一身永远笔挺的装束气势凌人，与打击犯罪团伙的赫赫战绩刚好相得益彰。他们对抢劫团伙与杀人团伙同样对待，即一旦罪犯落网，便被采集成各种身份样本记录在案，这也就意味着无论今后他们在何时何地再次犯案的话，都将难逃法网。利兹是一位传利奇式的警界人物。银行是他的激情所在，调查组的探员都是他精心挑选出来的孩子。所有人都必须在他之前到达岗位，没有人敢在他下班之前擅自离开，而利兹也很少走开。他们每天面对的工作量都大得惊人，而洛城FBI银行调查组也是所有部门中任务最为艰巨的，利兹深知这点。因此，能在这个组里工作自然也成为一种荣誉。当初波拉德提出辞职时，利兹将其看作是对他个人的一种"背叛"。

从她清理办公桌的那天起，利兹再没跟她说过一句话。

此刻，他打量着波拉德，好像他仍然无法原谅她的“背叛”。但随之他还是点了点头。

“你好，凯瑟琳！”

“嗨，克里斯。我路过这里就顺便上来打声招呼，你最近怎么样？”

“很忙。”

他看了一眼坐在对面的桑德斯。

“我不是让你和杜根、席尔瓦一起去蒙特克莱了吗？他们需要一对一的帮助。你本该在10分钟前就离开这里。”

利兹所谓的“一对一”是指在银行外对所有可能的目击者进行面对面的质询。这些人员包括店主、员工以及街上路过的行人，对他们进行询问是希望能够得到对疑犯或他们所用车辆的一个大致描述。

桑德斯坐在她的工作间里抬头向利兹这边看了一眼。

“正准备出发呢，长官。”

利兹转身看看塞西尔，指了指自己手腕上的表。

“开会。我们走吧。”

塞西尔和德莱尼连忙朝门口走去，利兹又转身面向波拉德。

他说：“感谢你的卡片，谢谢！”

“当我听说那个消息，我深感遗憾！”

利兹的妻子在3年前去世了，那时距马蒂的死才不过两个月。当波拉德听到消息后，她便写了一封简短的慰问信，但利兹从未对此做出回应。

“很高兴见到你，凯瑟琳。我希望你现在仍然没有为当初的决定感到后悔。”

利兹没等她开口就转身走开了。他和塞西尔、德莱尼一起走出屋门，就像一队掘墓人正在赶往教堂的路上。

波拉德拿着那包“多纳圈”走向桑德斯的办公桌。

“伙计，有些事情是永远不会变的。”

桑德斯伸手接过那个纸袋。

“但愿我能像你一样，一身轻松地说出这句话。”

他们都笑了起来，享受着这一刻时光，但随即桑德斯就皱起了眉头。

“狗屎，你听到他说什么了。我很抱歉，凯特，我得走了。”

“听着，我不是只带着‘多纳圈’来的。我需要一些信息。”

桑德斯一脸疑惑，然后再次压低嗓音。

“我们吃吧。”

“好的，那我们就吃吧。”

她们夹出两个“多纳圈”。

波拉德开口说："马琴科和帕森斯的那个案子结了吗？"

桑德斯嘴里塞得满满的。

"他们都死了，伙计。那两个家伙现在都已经被冰冻了。你怎么现在又想起了问马琴科和帕森斯的案子？"

波拉德说："我接了一份工作。养活两个孩子的花费实在是太大了。"

桑德斯吃完了嘴里的"多纳圈"，又放进嘴里一块。

"那你现在在哪儿工作？"

"是一份私人差事，关于银行安全方面的。"

桑德斯点点头。离职后的探员经常会在一些保安公司，或者小银行里找到此类工作。

波拉德说："我得到消息说洛杉矶警察局还在调查这个案子。你了解这方面的情况吗？"

"不。他们为什么要那样做呢？"

"这就是我希望你能告诉我的。"

"那案子已经结了。"

"你确定吗？"

波拉德心中回想着她和霍尔曼之间的那段对话。

"马琴科和帕森斯与青蛙城的犯罪团伙有关吗？"

"没有。我从未听说过。"

"那是青蛙城之外的哪个犯罪团伙？"

桑德斯的拇指和食指夹着手里的"多纳圈"，用其余的指头掸去"多纳圈"上的碎末。

"他们肯定会把一部分钱用在这上面。你们只找回了 90 万美金。"

90 万美金并不是个小数目。但马琴科和帕森斯打劫了 12 家银行的保险库。波拉德在斯坦"多纳圈"饼屋看材料时，心里就一直在盘算着这个问题。出纳员的抽屉里最多也只能倒出个几千美金而已，而保险库柜里则可能装有二三十万美金，有时还会更多。如果马琴科和帕森斯在打劫的 12 家银行中，平均从每个保险库中获取 30 万美金，那总数就是 360 万美金，也就是说此案中有 250 万美金下落不明。波拉德此前之所以并没有太重视这一点，是因为她曾经抓获的一个贼，仅一个晚上在夜总会花在脱衣女郎和观看艳舞上的费用就达到 2 万美金，还有一个南部中心的团伙曾经在成功打劫 20 万美金后，乘着享有特许权的直升机飞到拉斯韦加斯去豪赌。波拉德猜测马琴科和帕森斯可能已经把这笔丢失的巨款挥霍一空了。

桑德斯吃完了她的"多纳圈"。

"不，他们没有把那笔钱花掉。他们把它藏了起来。我们查获那 90 万美金的地点也十分诡秘的，帕森斯把它们铺在了一张小床上，他喜欢睡觉时压着它们。"

"他们落网时总共抢劫了多少钱？"

"1 620 万美金，不算那 90 万美金。"

波拉德惊嘘一声。

"上帝啊，那么多。他们是怎么花的？"

桑德斯瞅着剩下的"多纳圈"，但最后还是盖上了盒子。

"我们未发现他们用这笔钱进行购物、存款、基金转移、礼物馈赠的证据，什么都没有；没有收据凭条，没有明显的消费记录。我们查询了他们整整一年的电话记录，调查了与他们通过电话的每个人——还是一无所获。我们调查了那个老女人——马琴科的母亲，那可真是个龌龊的老家伙，好像是个俄罗斯人？利兹原本确信她会知道一切，但你猜怎么着？在我们最后清理她家的那天，她甚至连药都买不起。我们不知道他们把那笔钱藏在什么地方了。"

"所以你们就这样结案了？"

"是的。我们已经把能做的都做了。"

银行调查组的工作就是逮住银行劫匪。一旦一个案子的犯罪者被捉拿归案，银行调查组就会联想到其余那五六十桩银行劫案。除非有新的证据出现，能够证明该案还有其他案犯。波拉德知道弥补那笔失踪巨款的任务就会转到了银行保险公司的头上。

波拉德说："或许洛杉矶警察局仍在调查这个案子。"

"不会的，我们双方的抢劫专案组是同步调查这个案子的，所以我们双方也会在同时结案。那个案子已经结了。这些银行或许会在私下里雇人调查，但这些我们就不知道了。如果你想知道的话我可以帮你探听消息。"

"那太好了。"

波拉德考虑着自己下一步该怎么办。如果桑德斯说案子已经结了，那么我就没什么好说的了，但霍尔曼的儿子又告诉他的妻子自己还在调查这件案子。波拉德想知道是否洛杉机警察局又指派专案调查那笔失踪的巨款。

"听着，你能帮我弄到洛杉矶警察局关于这个案子存档的复印件吗？"

"我试试。或许行吧。"

"我想看看他们的证人名单，我也想看看你们的。我或许要跟那些人谈谈。"

桑德斯犹豫了一下，然后突然站起来，以确保这件事不会走漏风声。她看了一眼自己腕上的表。

"利兹会要我命的，我必须走了。"

"那份名单怎么样呢？"

"你最好不要让利兹看到它，否则他会踢烂我的屁股。"

“你知道我不会的。”

“我会把复印件传真给你。”

波拉德和桑德斯一起离开了这栋大楼，然后朝她的车子走去。时间是中午1点45分。此时她母亲可能正在催促她的两个儿子清扫房间，天色为时尚早。波拉德想出了一个主意，知道该如何找到她想要的东西，但这需要霍尔曼的帮助。她打开那个大信封，找到他的电话号码并拨通了电话。

霍尔曼和波拉德分手后，便回到他的新车里，又打电话给佩里，让他知道那辆“水星”的真实情况。

“会有两个家伙把你停在路边的车送回去。”

“等等，你让其他浑蛋开了我的车？你怎么不去做这件事？”

“我还有一辆新车，佩里，我怎么才能把你的车送回去呢？”

“那浑蛋最好不要再让我的车被开罚单，否则的话我就要你去交罚款。”

“我还得到了一部移动电话，现在你记一下我的号码吧。”

“为什么？以防你那该死的朋友们偷了我的车，我好打电话给你？”

霍尔曼给了他号码后随即便挂断电话。佩里已经烦透了他。

霍尔曼走在西坞区的街头，打算找个地方吃午饭。他看到大部分餐馆都装饰得太过考究。霍尔曼自从和波拉德见过面之后，便开始有意识地注意自己的形象。尽管他已把自己打扮了一番，但他心里清楚它们看起来实在是有失体面，脚上的那双皮鞋同样如此。说起来，这些还是他的“囚服”，是他服刑期间用在监狱赚到的钱从二手店里买的，款式当然也是十多年前的。霍尔曼停在一家Gap品牌时装店门口，看到几个年轻人都背着Gap牌的大包走进走出。他大概是在想给自己也买条牛仔裤和两件衬衫，但花利奇的钱买衣服让他感觉很不舒服，于是他告诫自己离开这里。又走过一条街后，他花9美金给自己买了一副雷朋牌的太阳镜。他喜欢这种隔着眼镜看世界的方式，这感觉让他完全没有意识到它与自己当年抢劫银行时戴的眼镜竟是同一种款式，直到足足走过了两条街后他才猛然间想起。

霍尔曼在UCLA(加州大学洛杉矶分校)主校门对面的街上找到一家汉堡王快餐店，他要了一个牛肉汉堡和一些薯条，然后翻出他新手机的说明书。他打开手机的语音信箱，开始把那些一直保存在钱包里的电话号码逐个进行编录，这时电话铃声突然响了起来。霍尔曼最初还以为是自己按错了按键，但随即就反应过来这是一个来电。他稍微停顿了一下，回忆起是按“发送”键来接听电话的。

他按键接听：“喂？”

“霍尔曼，我是凯瑟琳·波拉德。我有个问题要问你。”

霍尔曼真怀疑是不是哪里搞错了。她在1个小时前刚刚离开。

“好的，当然可以。”

“你见过福勒的遗孀，或者和她通过电话吗？”

“哦。在开追悼会那天我见过她。”

“好。我们去见见她。”

“现在？”

“是的。我正好这会儿有空，所以现在就去。我希望你能回西坞区来找我。在韦本南边的布洛克斯顿有一家侦探作品书店，隔壁是一个停车场。你把车停在那里然后到书店外等我，我会开车去那里。”

“OK，但我们为什么要去找她呢？你发现什么了吗？”

“我问过两个人了，洛杉矶警察局是否还在调查那个案子，他们都予以了否认。不过我认为有些事情并非没有可能发生，她或许能够帮我们找到答案。”

“为什么你认为福勒的老婆知道这件事呢？”

“你儿子告诉了老婆，对吧？”

言简意赅的一句反问，让霍尔曼立即反应了过来。

“我们是否先给她打个电话呢？要是她不在家怎么办？”

“永远不要给他们打电话，霍尔曼。如果你打电话，他们会总是说不。我们得多想些办法。你要多久能回到西坞区？”

“我已经到了。”

“那我们5分钟之内见面。”

霍尔曼挂断电话，后悔自己刚才没在Gap店里买两套新衣服。

当霍尔曼走出那个停车场，波拉德已经在那家书店门前等他。她坐在自己那辆蓝色的斯巴鲁内，车窗关着，发动机仍在轰轰作响。这辆车已经有些年头，表面看上去也需要好好洗刷一下了。霍尔曼打开车门坐了进去，然后拉上车门。

他说：“喂，你回来得可真够迅速。”

“是的，谢谢。现在听着，我们要从这个女人那里弄清楚三件事：她丈夫是否参与了某项针对马琴科和帕森斯案子的调查任务？那天晚上他有没有告诉她为何要出门去见你儿子和其他警察，他们要干什么？以及，在这两次或任何其他谈话中，他是否提到过马琴科和帕森斯与青蛙城或任何其他帮派有关？听明白了吗？她的回答会告诉我们你想要知道的内容。”

霍尔曼看着她。

“当年你在银行调查组的时候也是这么干吗？”

“别提银行调查组的名字，霍尔曼。我可以提这个名字，但我不想从你嘴里听到对它的不敬。”

霍尔曼扭头看向窗外。他感觉自己就像个孩子因为说脏话被扇了一巴掌。

她说：“别生气。请不要生气，霍尔曼，我不想谈论这个问题，因为我们还有许多事情要做，我没有太多时间。是你来找我的，还记得吧？”

“是的，对不起！”

“好吧。她住在卡诺加公园，如果路上不堵车的话，我们大约20分钟就可以到那里。”

霍尔曼的确有些生气，但他没有理由不喜欢她出头帮自己所做的这一切，以及调查正在有条不紊地向前推进。在他看来，这正是波拉德表现出来的职业经验。

“既然你的朋友们说那个案子已经结了，那么为何你还会认为有些事情不真实呢？”

波拉德不停地转动着脑袋，活像个巡逻中的战斗机飞行员。然后她加大油门驶上405号公路，径直朝北开去。霍尔曼没有做声，想看看她是否会一直这样开下去。

她说：“他们一直没有找回那笔钱。”

“报纸上不是说他们已经从马琴科住的公寓里找到了90万美金吗？”

“那只是个零头。那两个家伙总共抢劫了超过1 600万美金的现金。这笔钱至今下落不明。”

霍尔曼盯着她。

“那可是一大笔钱啊。”

“是的。”

“哦！”

“是啊。”

“那笔钱哪儿去了？”

“没有人知道。”

他们驶离了西坞区，在405号公路上驰骋片刻后，驶入了塞普尔维达的地界。一座繁华的都市完全暴露在他们的眼前。霍尔曼透过车窗，注视着马路两侧城中央那片摩天大楼，车流不息的城市景象，以及他们前面的威尔希尔大道。整座城市在他的视野内匆匆远去。

他说：“那笔钱全都……不见了吗？”

“别在这个女人面前提那笔钱，好吗，霍尔曼？如果她提到了，那么我们就不用再问了，马上就能找到线索。但现在的问题是，我们要弄清楚她到底知道些什么。我们可不想把这些东西灌进她的脑袋里。这叫做证人污染物。”

霍尔曼脑子里仍然在想着那 1 600 万美金。他回想着自己当年做过的最大一单案子仅仅劫获了 3 127 美金，而他实施的全部 9 次抢劫的战利品加起来一共才 8 942 美金。

“你认为他们是在尽力找回那笔钱？”

“找这笔钱的下落不是洛杉矶警察局分内的工作。如果他们发现某人故意接收这笔劫款，或为马琴科和帕森斯保存，或非法将其占有，那么这就属于他们负责调查的范围了。”

他们一路向北驶过山区，穿过沿途的文图拉地区。在他们的前面，是横贯东西的圣费尔南多谷，向北是圣苏珊娜山，那是一片广阔而平坦的山谷，其间满是城市建筑和居民。霍尔曼的脑际始终萦绕着那笔钱，他无法将 1 600 万美金这个巨大的数字从脑海里清除出去，它几乎已经无处不在。

霍尔曼说：“他们正尽力去找到这笔钱。你不能让那么大一笔巨款就这样杳无踪迹。”

波拉德冲他笑了笑。

“霍尔曼，你不会相信我们到底失去了多少钱。不是每一个像你这样被我们抓获的家伙都能活着。即使抓住了，也是在他还有可能活的情况下才会选择投降，以尽量减轻罪刑。但是，对马琴科和帕森斯那样被击毙的亡命徒又能怎么办呢？今天 50 万，明天 100 万，全都这样流失了，没人找到过它们，至少没有人将其公之于众。”

霍尔曼看了一眼波拉德，她仍然面带微笑。她眼角周围的皱纹在笑容中逐渐变得舒展。

“太疯狂了！我从未想过这个问题。”

“没有银行会希望把这些蒙受损失的消息登上报纸，因为那只会鼓舞更多的劫匪上门打劫。不管怎样，听着，我的一位朋友正帮我去搞洛杉矶警察局调查这件案子的档案。只要我们一拿到它，就知道事情的真相，或者知道我们该找谁去问了，所以不用担心这个问题。另外，我们还要看看能从这个女人那里得到些什么。按照我们的想法，福勒应该是把所有情况都告诉了她。”

霍尔曼点了点头但没有言语。他看着窗外不断退去的山谷，疾行而过的高楼矮屋，它们覆盖的大地与天边的群山连为一体，偶尔又被出现的峡谷、裂缝和阴影拦腰截断。既然有人会为 1 600 万美金不择手段，那么谋杀 4 个警察又算得了什么。

福勒家就在开发区内一栋很普通的小户型房屋内，四面都是清一色的灰泥墙壁，复合型的屋顶，以及很小的院落，表明这是二战后的建筑。附近大多数院落里都装点着一株株古老的桔树，树老得连树干都发黑了，上面还长出一块块的树瘤。霍尔曼猜测这个开发区曾经是一片桔树林，因为这些树的年龄明显要老于这里的房屋。

来开门的女人是杰基·福勒，但她看起来比霍尔曼在追悼会那天见到的那个女人明显苍老了许多。她不施粉黛，那张阔脸显得有些衰老，上面还满是斑点，眼神十分生硬。她愣愣地看着他，显然是没有认出他来，这让霍尔曼感觉很不正常。他真后悔来前没有先打个电话。

"我是马克斯·霍尔曼，福勒夫人，我是理查德·霍尔曼的父亲。我们在追悼会上见过面。"

波拉德捧出一小束菊花。这是他们路过卡诺加公园时，她顺便去拉尔夫杂货店买的。

"我叫凯瑟琳·波拉德，福勒夫人。我对您的不幸深表遗憾！"

杰基·福勒不假思索地接过鲜花，然后看着霍尔曼。

"哦，对了。你失去了儿子。"

波拉德说："您介意我们进屋打扰您几分钟吗，福勒夫人？我们都心怀敬意，马克斯想跟您谈谈他儿子的事情，如果您有时间的话。"

霍尔曼真是打心眼里佩服波拉德。在他们下车走向门口的途中，这位方才还快言快语、情绪激动的司机摇身一变，成为一位成熟稳重、优雅得体的女士，她的声音变得那样柔和，眼神充满善意。霍尔曼心中暗自庆幸，她能如此默契地与自己配合。在此之前，他还从未想过见面后该从何说起。

福勒夫人把他们领进一间整洁、得体的客厅。霍尔曼看见在沙发旁边的一张小桌上放着一瓶已经打开的红酒，但是没有杯子。他给波拉德使了个眼色，但她仍旧在和福勒夫人谈论着。

波拉德说："现在的生活对你来说想必一定很困难。这些你都还能应付得来吧？需要什么帮助吗？"

"我有 4 个儿子，你是知道的。最大的整天都在谈论着将来要当个警察。我告诉他说，你疯了吗？"

"告诉他让他做个律师吧，律师能赚很多钱。"

"你有孩子吗？"

"两个儿子。"

"那你应该知道。这听起来有多么可怕，你知道我过去通常都怎么说吗？如果他非要死的话，那还是请上帝让他被某个腰缠万贯的电影明星酒后驾车撞死吧。至少我可以上法庭去告那浑蛋。但现实却不是，他被一个流落街头的'狗屎'给杀了。"

说到这里，她看了一眼霍尔曼。

“我们应该继续调查这件事，你、我，和其他受害者家属。人们都说，石头里抽不出血，但是事实怎么样，谁又知道呢？想来一杯酒吗？我正打算来一杯呢，今天的第一杯。”

“不，谢谢，您随意吧。”

波拉德说：“我想来一杯。”

福勒夫人招呼他们就座，然后去了餐厅。桌子上也放着一瓶酒。她倒了两杯，回到客厅，把其中的一杯递给波拉德。霍尔曼马上明白了她每天的第一杯都要喝上好一阵子，而现在看起来才刚刚开始。

杰基·福勒拿过一把椅子，问霍尔曼：“你认识迈克吗？你为什么来这里？”

“不，夫人。其实我连自己的儿子都不是很了解。这就是我来这儿的原因，为了我的儿子。我的儿媳，也就是里奇的老婆，她告诉我你丈夫是我儿子的培训警官。我猜他们应该是很好的朋友。”

“我不知道。我和他虽然同居一室，但却生活在两个世界里。你也是一个警察吗？”

“不，夫人。”

“你就是那个蹲监狱的人？在葬礼上有人说死者家属中有一个是罪犯。”

霍尔曼感觉自己的脸腾的一下红了起来，他把目光转向波拉德，但她却根本没有看他。

“是的，夫人。那个人就是我。霍尔曼警官的父亲。”

“上帝啊，那一定是出了什么事了。你做了什么？”

“抢劫银行。”

波拉德说：“我曾经是一名警察，福勒夫人。我并不认识你，但是这些杀人凶手留给马克斯许多疑问，比如他儿子为什么会在深夜走出家门。迈克跟你说过这方面的事吗？”

福勒夫人呷了一口酒，然后一脸轻蔑地摇了摇酒杯。

“迈克总是在该死的午夜出门。他几乎很少在家。”

波拉德打量着霍尔曼，点点头示意轮到他发问了。

“马克斯，为什么不告诉杰基你儿媳对你说的那些话？关于那天晚上他接到的那个电话。”

“我儿媳告诉我那天夜里你丈夫给里奇打过电话。里奇当时在家，但他在接到你丈夫的电话后就出门去见他们那群伙伴了。”

她从鼻子里哼了一声。

“哦，迈克没有给我打过电话。他那天晚上在执勤。地点就是这附近，他什么时候想起来就会回来。他从来就没给我打过电话表示他对这个家的牵挂。”

“我知道他们当时正在干什么。”

她又哼了一声，随即又喝下一大口酒。

“他们当时在喝酒，迈克可是个酒鬼。你认识另外的那两个吗？梅隆和阿什一直都是他们的上司。”

波拉德看着耸了耸肩的霍尔曼。

“我不认识。”

波拉德说：“为什么你不给她看看那份电话单？”

霍尔曼把里奇的电话单复印件展开。

福勒夫人问：“这是什么？”

“这是我儿子在过去两个月的电话单。你看到那些小红点了吗？”

“那是迈克的电话。”

“是的，夫人。阿什的电话是黄点，梅隆的是绿点。里奇每天都要给你的丈夫打两三次电话。他几乎很少给阿什和梅隆打电话，但和迈克却谈了很多。”

她盯着这份电话单，好像是在看着一辈子的账单，然后把单子一直拖拉到脚下。

“我想给你看点东西。在这儿稍等一下。你确定不要来点酒吗？”

“谢谢，福勒夫人，我已经有 10 年滴酒不沾了。我曾经也是个酒鬼。”

她再次哼了一声，然后走开，好像这些在她看来毫无意义，她只知道他是个蹲过监狱的人。

波拉德说：“你做得很好。”

“我不清楚这位培训警官的工作。”

“别着急，你表现一直很好！”

福勒夫人慢悠悠跨过那几页纸，坐回到沙发上。

“你查看你儿子的电话记录后感觉很奇怪是吧？我也是。我说的不是你儿子的，而是迈克的。”

波拉德放下手中的酒杯。霍尔曼看到她杯中的酒原封未动。

波拉德说：“迈克说过的什么话让你产生了怀疑吗？”

“是他什么也没说让我产生怀疑。他接了这么多电话，但却不是用我家里的电话接的，而是他的移动电话。他总是随身带着那该死的移动电话。那该死的铃声只要一响，他就会离家而去……”

“出门前他都说些什么？”

“他要出去了。那就是他说的全部，我要出去了。我该怎么想呢？任何人在这种情况下都会怎么想呢？”

波拉德微微地向前探着身。

“他正在处理一件事情。”

“我想是跟某个婊子上床吧，请原谅我这么说。于是我决定去看看他究竟是给谁打电话,又是谁在给他打电话。看看,这里。他移动电话的通话记录……”

她终于找到了她想找的，然后弯下腰把那些记录指给霍尔曼看。波拉德走了过来，坐在霍尔曼的身边也看着这些记录。霍尔曼看到了里奇家里的电话号码和移动电话的号码。

福勒夫人说道：“其他电话号码我都不认识，所以你知道我干了什么？”

波拉德说：“你把那些电话都打了一遍？”

“是的。因为我猜想他是打给了女人，但事实是你的儿子以及阿什和梅隆。我之前还真是没有想到会是这些家伙。我问他你究竟在跟这些家伙做什么？我问这句话其实没有任何想法,霍尔曼先生,我只是随口一问。你知道他说了什么？他告诉我管好我自己的事情就得了。”

霍尔曼根本没有理会她的这些“幕后旁白”。里奇每天都在给福勒打电话，但是福勒也在给里奇、阿什和梅隆打电话。很明显，他们所做的肯定不仅仅是组织啤酒聚会那么简单。

福勒夫人从刚才那一瞬间的怒气中渐渐平息下来，继续往下说。

“我不知道他们到底在做些什么。这令我很生气，但是我没再多说，每次他回来后我都要重新打扫房间，这回我实在忍无可忍了。他在半夜才回来，屋子里到处都是他带回来的泥土。我直到第二天清早起床才发现，这把我气疯了。他总是把家里搞得乱七八糟，自己却从不打扫。这说明他对这个家是多么的漠不关心。”

霍尔曼不知道她在说些什么，于是他从中插了一句，想知道是否有什么与里奇有关的事情。

福勒夫人又往前迈了一步，但是这次用了更大的气力。

“跟我来吧，我会告诉你的。”

他们俩跟着她穿过厨房来到屋顶的一个小天井上面。一个落满灰尘的烤肉架放在天井的边上，一双狼獾皮制的皮靴扔在一旁，上面沾满了污垢、干泥和杂草。她指着它们。

“这里，他在半夜带着这些东西从房间走过，踩得地板咯咯直响。我说，你丢魂了吗？我把它们丢到这里，告诉他自己来清洗。你们已经看到这堆脏兮兮的东西了。”

波拉德靠到跟前，更加仔细地打量着那双靴子。

“是哪天晚上的事情？”

她迟疑了一下，皱了皱眉头。

“我猜是在星期四，上周的星期四。”

也就是他们被谋杀的5天前。此刻，霍尔曼很想知道那天夜里是否里奇、梅隆和阿什也都出去了，而且也是这样带着一身泥回到家里。他心里想着这事儿得问问莉丝。

波拉德站在那里，当然也看出了他的心思。

“那天晚上他是和其他人一起出去的吗？”

“我没问他，我也不知道。我告诉他如果他不想呆在这个家，他可以滚出去。我已经受够了他的恶习。我对他的这种无礼已经忍无可忍，他总是像这样在我的房间里走来走去，事后从来不想着清理。我狠狠地教训了他一顿，对这些话我一个字儿都不后悔，就是现在他已经死了我仍然这么认为。”

波拉德接下来的问话让霍尔曼惊讶不已。

她问道：“迈克曾经提到过马琴科和帕森斯的名字吗？”

“没有，他们也是警察吗？”

波拉德看着她好像琢磨了一会儿，然后微微一笑。

“仅仅是迈克过去的熟人。我想他可能对你提到过他们。”

“迈克从来不跟我说这类事情，就好像我根本不存在。”

波拉德回头看看霍尔曼，然后朝屋子里点点头，她的这缕微笑多少缓和了一些原本伤感的气氛。

“我们该走了，马克斯。”

当他们走到门口时，杰基·福勒握住霍尔曼的手，这让他感觉很不舒服。

她说：“这世上的牢狱远不止一种，你知道。”

霍尔曼说：“是的，夫人。这种感觉我也体会到了。”

19

霍尔曼是带着一种愤怒和烦躁离开的。在他心里，一直以为他们找到的会是一个悲悲戚戚的寡妇，然后直接告诉他们他儿子的死因，但是现在在他头脑中浮现的迈克·福勒，却是一副掩着嘴巴去打秘密电话的样子。在他的脑海里，显出了福勒为了不被邻居发现，而在三更半夜从家里溜出去，然后又趁着茫茫的夜色归来的情景。你都在干些什么，亲爱的？什么也没干。那你去了哪里？哪儿也没去。霍尔曼前半生的大部分时间都在犯罪。无论福勒的家中发生了些什么，他都感觉像在进行着犯罪的勾当。

波拉德踩动油门，驾着她的斯巴鲁驶上高速公路，很快便汇入到如织的车流中。这样的归途似乎有些让人丧气，但当霍尔曼抬头看到波拉德的表情时，她的两眼却流露出熠熠的神采，好像在她的心中已经看到了一线曙光。

霍尔曼问她："你怎么想？"

"和你的儿媳去谈谈。问她上星期四晚上理查德是否也出去了，看她是否知道他们去了哪里，做了些什么。再问问跟青蛙城有没有关系，别忘了这个。"

但霍尔曼不想再在这个问题上纠缠不休了。

"我不打算再问那件事。你不是说过寻找丢失钱款的事情不关警察的事了么？"

她猛踩一脚油门，斯巴鲁从两辆拖车间穿过，向前疾驰而去。

"没错。"

"如果他们找到的话，会得到奖赏吗？一种合法的奖赏？"

"银行方面会支付一笔奖金，是的，但是警察做这种事情不太合适。"

"哦，如果他们是在业余时间做呢……"

她打断了他的这种假设。

“别自己胡乱猜测了。还是把目光放在已知的线索上吧，到现在为止我们所知道的就是福勒在上个星期四的晚上从外面带着一身泥土回家，并且对他的老婆没有任何解释。这就是我们知道的全部。”

“但是在她给我们看他的电话单时我查看了通话日期。所有电话都是在马琴科和帕森斯死后的第 8 天才开始的，这跟里奇的通话记录是完全一致的。福勒把电话打给里奇、梅隆和阿什，一个接着一个地打。他好像在说，嗨，兄弟们，让我们一起去找点钱吧。”

波拉德突然踩住刹车，车轮发出刺耳的声音。

“霍尔曼，听着，我们刚刚只是调查了一个有着不幸婚姻的女人。我们并不知道他们在做什么，为什么要那样做。”

“感觉他们好像在做着什么事，但这不是我脑子里考虑的问题。”

“哦，看在上帝的分上。”

霍尔曼看了她一眼，发现她紧皱着眉头。波拉德突然猛轰油门，迅速超过一辆私家车，里面坐着两个女人，然后把她们远远地甩在了后面。霍尔曼从未开过这么快，除了他喝醉酒的时候。

她说：“对于你认为发生在你儿子身上的任何异常，我们到现在还没有完全弄清楚，所以不要再妄下结论。你听到的只是这个沮丧的女人在埋怨丈夫离家而去，而你又不知道那笔钱丢失的情况，所以你就武断地得出了这个结论。也许他们出去仅仅是喜欢闲逛，也许他们对马琴科和帕森斯的事情仅仅是一种兴趣。”

霍尔曼可不相信这些话，他的感觉是波拉德在耍自己，这让他感到愤怒。

“那是扯淡。”

“你听说过《黑色大丽花》这部电影吗？那个悬而未决的凶杀案？”

“那跟我们有什么关系？”

“那个案子已经成为许多侦探的一种研究乐趣。所以许多洛杉矶的侦探也都调查那个案子，他们会聚在一起，组织一个俱乐部，专门讨论他们的理论。”

“我仍然认为那是扯淡。”

“好吧，就当我没说。但是仅仅因为他们在一起偷偷摸摸地做事，就能断定他们是在做违法的事情吗？如果仅凭这些就能定论的话，那我可以想出太多种方式，能够将他们正在做的与马琴科和帕森斯以及苏亚雷斯联系到一起。”

霍尔曼又看了一眼她，眼神中带着疑惑。

“怎么说？”

“你看过写给福勒、阿什和梅隆的讣告吗？”

“我只看过里奇的。”

“如果你看了福勒的，你会知道他曾经在撞击组工作过两年。那是一个专门打击街头流氓的行动队，洛杉矶警察局将它命名为反黑组。我将给一个过去领导过撞击组的朋友打电话。我要问问福勒当年与青蛙城之间的恩怨到底是怎么一回事。”

“福勒杀了苏亚雷斯的弟弟。苏亚雷斯和他的弟弟都是青蛙城团伙的成员。”

“没错，或许还有比这更深一层的关系。还记得我们曾经谈论过马琴科和帕森斯可能与黑帮有关系吗？”

“当然。”

“真正的大钱都放在保险库里，但是在一周内放在里面的钱的数目每天都不相同。人们进去，兑现他们的支票，然后把钱带走，对吧？”

“我知道。我过去也打劫过银行，你还记得吗？”

“所以银行每周都会收到一两次新的现钞，它们将满足消费者的需求。你说你不明白像马琴科和帕森斯这样的一对劫匪怎么会没有一个银行内部的同谋，但是这需要有人知道这些银行分支每次都在什么时候收到他们的新钞——一个银行秘书，她既是经理助理，同时也是青蛙城的太妹，曾经交代她的男朋友把这个消息传递给马琴科和帕森斯，让他们在这个时段实施抢劫。”

“但是他们每次抢劫的是不同的银行。”

“这只需要在内部找一个内线，而那时银行调查组和警察们都会在银行的周围。我只是试着建立一种推论，你不要急着得出结论。洛杉矶警察局了解青蛙城的组织网络，所以他们派出了解青蛙城的警察继续调查这个案子。那个人就是福勒。这还可以解释你儿子为何深夜离家和福勒讨论马琴科和帕森斯的案子，由此才引出了沃伦·苏亚雷斯。”

霍尔曼听着，感觉又闪现了一丝希望。

“你这样认为？”

“不，我不这样认为，但我希望你明白我们所掌握的情况是多么的少。当你问到你儿媳上个星期四晚上的那些事的时候，你顺便看到了你儿子桌上的那些案件报告，那是他从警局拿回去的。你只是把那些封页给了我，但我想看的是报告里都写了些什么。那将告诉我们真正令他感兴趣的内容。”

“好的。”

“等我明天再看看那些报告并和相关人士谈谈以后，我们就会知道更多的详情。我只需再打几个电话就基本清楚这件事的过程了。”

霍尔曼感到惊讶。

“你心里已经有数了？”

“不，但似乎有点眉目了。”

霍尔曼盯着她，然后笑了起来。

他们沿着塞普尔维达公路一路行驶，进入了这座夜色渐暗的城市。霍尔曼看着波拉德驾车一路狂奔。

他不解地问："你为什么要开得这么快呢？"

"我有两个小儿子正在家等着我呢。他们和我母亲在一起，两个可怜的孩子。"

"你的丈夫呢？"

"我们不谈私人问题好吧，马克斯？"

霍尔曼扭头望着窗外驶过的车辆。

"还有一件事。我知道你说过不要我付报酬，但是我当初的话仍然算数。我不想你平白无故地惹上这个麻烦。"

"如果我要你报酬的话，我怕你将不得不去抢劫另一家银行了。"

"我会找到其他办法。我不会再去抢劫银行了。"

波拉德看了一眼他，霍尔曼耸了耸肩。

她说："我可以问你个问题吗？"

"只要不是私人问题。"

波拉德笑了，但随即她便将笑容收起。

"我把你送进监狱里呆了10年。你怎么不想报复我呢？"

霍尔曼想了想。

"你给了我一次改过自新的机会。"

接下来他们在沉默中驾车前行，只有黑暗中闪烁的灯光不时地掠过他们毫无表情的面孔。

20

当霍尔曼走进大厅时，佩里仍坐在他的桌子后面。老头那皱皱巴巴的脸上突然抽搐颤抖了一下，霍尔曼知道又有什么不好的事情发生了。

佩里说："嗨，我想跟你谈谈。"

"你收回你的车了吧？"

佩里欠身向前，双手不停地拨弄着手指。他的眼中含泪，略显紧张。

"这里是我收的你的钱，一共是 60 美金，3 天租金。都在这儿呢。"

当霍尔曼走到他的桌旁，他看见那 3 张 20 美金就在面前，等着自己去拿。佩里张开手指，把 3 张钞票递向他。

霍尔曼说："这是什么？"

"你付我租车用的那 60 美金。你可以收回去。"

霍尔曼一头雾水，搞不清佩里到底在耍什么把戏，钞票上那 3 颗杰克逊的肖像直直地盯着自己。

"你要把钱还给我？"

"是的，给你。快把这该死的钱拿回去吧！"

霍尔曼仍然站着没动。他看着佩里。那老头看上去闷闷不乐，同时还有些愤怒。

霍尔曼说："你为什么要把钱还给我呢？"

"那几个该死的墨西哥人叫我把钱还给你，所以你告诉他们吧，我照做了。"

"把车送回来的那几个人？"

"他们走进来把钥匙交给我，那些浑蛋流氓。我是在帮你的忙，你这家伙，我把车租给你，我可不是故意要宰你。那些流氓要我把收你的钱还给你，否则的话他们饶不了我，所以钱在这里，你拿走吧。"

霍尔曼看着那些钱，但并没有去拿。

“我们做的是一笔公平交易，你收起来吧。”

“不，哦，你快把它拿走。我可不想在我的家里惹麻烦。”

“那是你的钱，佩里。我会摆平那些家伙的。”

他寻思着第二天上午得去和利奇谈谈。

“我可不想再有两个那样的流氓闯进来了。”

“这件事跟我没有关系。我们之间的交易很公平，是算数的。我不会为了60美金去找两个呆子回来砸你的店。”

“哦，总之我不喜欢这样。我只是要告诉你。如果你觉得我是在敲诈你，你应该直接说出来。”

霍尔曼知道这种伤害已经造成了。佩里不再相信他，甚至今后可能会一直担心他的报复。

“收起这些钱吧，佩里。我对这次的事情感到抱歉！”

霍尔曼把那60美金留在了佩里的桌上，径直上楼回到自己房间。生了锈的旧窗框就像积了一层厚厚的霜。他看着衣柜上摆放的里奇的照片，那还是个8岁大面带微笑的孩子。他的心里仍旧七上八下，他不知道波拉德临别时的那番话是否还会再生变故。

他关掉空调，然后又走下楼，希望还能在柜台那儿找到佩里。

佩里正在锁大门，但当看到霍尔曼时停了下来。

佩里冷冷地说：“那60美金仍旧在桌子上。”

“快把它放进你那该死的口袋里吧，我不会找你麻烦的。我儿子是个警察，如果我做了那种事情他会怎么想？”

“我猜他会想这真他妈的卑劣。”

“我猜他会这样想的，所以你还是把那60美金收起来吧。那是你的。”

霍尔曼回到楼上，爬上床，心中不停念叨着，里奇肯定会认为这是卑劣的行为，为了那该死的60美金而欺负一个老头。

但是念叨着这些话并没有起作用，他依然无法入睡。

第三部分

21

波拉德早上醒来时，感觉已经很久没有睡得这么舒服。在她所有能够搜罗到的记忆中，几个月或者几年以来，每个醒来后的早晨感觉都像被掏空了一样精疲力竭，从每天的一开始就饱受煎熬。以致她每次起床后，都要喝两杯黑咖啡，才能让自己重新感觉到生命的活力。

但是今天一早醒来，波拉德发现距自己设定的闹铃竟然还有 1 个小时，她直接走到与马蒂共用的那张小桌跟前。她昨天晚上差不多熬到两点，把福勒和小霍尔曼的电话记录上的号码和通话时间仔仔细细地对比了一遍，又上网搜索了一些关于马琴科和帕森斯的情况。她又把老霍尔曼给她的那些材料重新看过并整理一番，但还是没能得出一份完整的洛杉矶警察局的报告。她希望霍尔曼能够尽快从他儿媳那里得到这份材料。波拉德敬重霍尔曼身上表现出来的父子情义。她突然想起多年以前自己为霍尔曼向检察官求情的那段往事，她为自己当时的举动感到欣慰。利兹曾为这事足有 1 个月不痛快，身边还有一些同事总是冷嘲热讽地奚落她犯傻，但波拉德始终认为霍尔曼已经弃恶从善，而且现在这种感觉愈发强烈。

霍尔曼过去的确是一名职业罪犯，但所有的证据都表明他基本上还是个正派的人。

波拉德那天晚上临睡前又重新理了一遍自己的记录，然后拟定出一份第二天的工作计划。波拉德一爬起来就又投入到工作中，直到她的大儿子戴维推了她的胳膊。戴维今年 8 岁，看上去就像是马蒂的缩影。

“妈妈！我们上学要迟到了！”

波拉德看看手表，时间是早上 7 点 50 分。学校的班车在 8 点钟到达。她丝毫没有感觉到时间的流逝，甚至还没来得及去沏杯咖啡，她在不知不觉中已经工作了一个多小时。

“你弟弟穿好衣服了吗？”

“他还没走出浴室呢。”

她随便套上一条牛仔裤和一件T恤衫，然后匆匆吃了两个大香肠三明治。

“戴维，莱尔准备好了吗？”

“他还没有穿好衣服呢！”

莱尔今年6岁，朝他的哥哥嚷了起来。

“我讨厌学校！在学校上课的感觉就像针刺着我的屁股一样！”

波拉德把三明治装进两个儿子的午餐盒，这时她听见传真机的电话铃声响起。她跑回被她当成办公室的卧室里，看到第一页纸正从传真机里滑出来。当她看见页眉上面的FBI徽标时，脸上露出了笑容，这是埃普丽尔传给她的“礼物”。

波拉德跑回厨房，在两盒三明治上面撒上一些什锦水果，并拿了两袋“利奇多”薯片，以及两盒纸盒装橙汁。

戴维气喘吁吁地从客厅里跑进厨房。

“妈妈！我已经听见班车声音了！它就要开走了！”

这个早晨热闹得就像一场家庭喜剧。

波拉德先把戴维送出去叫住班车，然后强行往莱尔头上套了一件T恤衫。她催促着莱尔带着他们的午饭走出房门，这时班车也在隆隆的鸣声中驶入站点。

莱尔说：“我想爸爸了。”

波拉德低头看着他，小莱尔眼神伤感，眉头紧蹙，她蹲下来盯着儿子的眼睛。她抚摸着孩子的脸颊，柔软的感觉与他刚出生时几乎一样。戴维看起来像他父亲，而莱尔的面相则是像她。

“我知道你想爸爸，宝贝。”

“我梦见他被一个怪兽吃掉了。”

“那一定很可怕。你应该过来和妈妈一起睡。”

“你总是翻来覆去。”

班车司机摁响了喇叭。他要按时把孩子们送到学校。

波拉德说：“我也想他，小男子汉。那我们该怎么办呢？”

这是他们已经演练了多次的一个“剧本”。

“把他记在我们的心里？”

波拉德笑了，拍拍小儿子的胸脯。

“对。他就在你的心里。现在让我们上车吧。”

在波拉德领着莱尔上车的路上，车道上的碎石弄伤了她光着的脚。她吻了两个孩子，目送他们离开，然后急忙回到家里。她直接又投入到工作中，看那份传真。埃普丽尔已经给她传来了 16 页纸，包括一份证人名单，调查摘要，以及一份案件总结。证人名单中包括姓名、住址和电话号码，这些正是波拉德想要的。波拉德打算把这些号码和理查德 · 霍尔曼以及迈克 · 福勒的电话记录进行核对。如果小霍尔曼和福勒正在私下调查马琴科和帕森斯的案子的话，他们一定会给这些证人打电话。倘若真是这样的话，波拉德就会去询问那些证人，他们都谈了些什么，然后波拉德就会把一切都搞清楚了。

她首先给她母亲打了个电话，托付她在孩子们放学后过来替她照顾他们。

她母亲说："为什么你突然要花那么多时间呆在城里？你找到工作了？"

她对母亲的那些问题一直感到很烦。如今她已经 36 岁了，可母亲还是整天没完没了地问这问那。

"我有事要做。我很忙。"

"干什么？你要去和男人约会吗？"

"你会在中午 1 点钟到这儿，是吧？你会照顾孩子们，是吧？"

"我希望你是去见男人。你必须要考虑那些孩子们了。"

"再见，妈妈。"

"把握住机会，凯瑟琳。你的身份跟过去不一样了。"

波拉德挂断电话，回到办公桌旁。她突然想起还没有给自己冲杯咖啡，但是现在她已经没有时间再去做那些。她不需要咖啡了。

她拿着自己的调查计划书在桌前坐下，一页一页地把她昨天夜里反复看过的那些文件重新捋了一遍。她审视着霍尔曼绘制出的那张犯罪现场草图，然后把它跟报纸上绘制的模拟图进行对比。在银行调查组的经历教会她所有的调查都要从犯罪现场开始，所以她知道自己必须开车去一趟那里。她必须亲自去看看。波拉德一个人呆在锡米谷的小屋中，她的脸上露出了微笑。

她感觉自己又进入了角色。

从前的那个波拉德探员又回来了。

22

霍尔曼那天早晨下楼时，佩里并未出现在门口的桌子后。霍尔曼的神经放松下来。他想趁莉丝赶去学校上课之前去她家找到那些报告，他不想再次陷入到和佩里那令人恼火的争吵当中。

但是当霍尔曼出门走向他的车时，佩里正在用喷水管冲洗门口的人行道。

佩里说："昨天有个电话找你，我忘记告诉你了。我想是因为光顾着跟你那帮兄弟斗气，脑子里才忘记这件事儿的。"

"是谁打来的，佩里？"

"托尼·吉尔伯特，那家广告牌公司。他说他是你的老板，让你给他回个电话。"

"好的，谢谢。他什么时候来的电话？"

"昨天的某个时间，我想。我只记得他不是在那些流氓来捣乱时打来的，否则的话我也不会去接这个电话了。"

"佩里，听着，我并没有叫那帮家伙来捣乱。我只知道他们是把车给你送回来，再把钥匙交给你。仅此而已。我已经向你道过歉了。"

"吉尔伯特的声音听起来不太高兴，就是你问我的那个人。我就这样称呼他吧。既然你找到了工作，你或许该考虑花钱买个电话了。我的记忆可不像过去那么好了。"

霍尔曼本来想说什么，但随即又改变主意，绕过旅馆朝他的车走去。霍尔曼不想让新的一天从与吉尔伯特的谈话开始，但他已经一个星期没去工作了，他不想丢掉这份工作。霍尔曼坐进他的"巡洋舰"准备打电话，翻开电话马上就能看到吉尔伯特的号码，而不用再去逐个地查询电话本，这让他心情非常舒畅，感觉就像一步迈进了真正的生活。

刚一拨通，吉尔伯特就接起了电话，霍尔曼知道他的耐心已经接近极限。

他说："你到底还回不回来工作？我需要知道。"

"我会回来的。我只是有一点事情要处理。"

"马克斯，我对你已经够仁慈了，因为你的儿子和你的一切，但是你他妈的到底在做些什么？警察已经来过这里了。"

霍尔曼惊讶得忘记了回应。

"马克斯。"

"我在呢，警察去干什么？"

"你倒是一走了之，你这家伙，你要把那 10 年的污点都洗刷掉吗？"

"我没想洗掉那些污点。警察到底为什么去那儿？"

"他们想知道是否你已经来报到工作，你都跟些什么人有过联系等。他们问你是否在忙着别的什么事情。"

"我没做什么。你跟他们说了什么？"

"哦，他们问我知不知道你不工作靠什么养活自己。你认为我能怎么说？嗨，听着，我的朋友，我这儿正忙着生意，而你却消失了。我告诉他们我给了你几天假，因为你的儿子，但是现在我有点怀疑了。现在已经过了一个星期。"

"是谁向你打听我？"

"几个侦探。"

"是盖尔派他们去的吗？"

"他们不是监狱局的人。这些人是警察。现在你听着，你还回不回来工作？"

"我只是还需要几天……"

"啊哈。"

吉尔伯特挂断了电话。

霍尔曼合上电话，心里感觉一股难言的疼痛。他早就想过吉尔伯特可能会因为他的旷工而将他开除，但却从未想到警察会找上门来。他断定那些警察是尾随着他去玛丽亚·苏亚雷斯家的，但是他也担心有人会把自己和利奇联系到一起。他不想给利奇带去任何麻烦，而造成这种忧虑的最主要的原因，是他根本就不相信利奇现在的生意是合法的。

霍尔曼想打电话给盖尔·马内利，谈谈警察的事情，但他又怕因此而错过莉丝，于是他放下电话，直奔西坞区而去。他把车开出停车场，看见佩里仍旧站在路边看着自己。佩里直到霍尔曼开车从他身边驶过，才撇撇嘴走开。霍尔曼从后视镜里能看到一切。

霍尔曼快要到西坞区的时候，给莉丝打了个电话，说自己要来。

当她接起电话，霍尔曼说道："嗨，莉丝，我是马克斯。我需要去你那里打扰你几分钟。我能耽误你一杯咖啡的时间吗？"

“我正要出门呢。”

“这事儿非常重要，莉丝。是关于里奇的事情。”

她迟疑了一下，但当她再次说话的时候，声音变得冷漠。

“你为什么要做这件事？”

“做什么？我只是想……”

“我不想再看到你了。请不要再打扰我了。”

她挂断了电话。

霍尔曼举着断了线的电话呆坐在川流不息的车流中。他把电话再打过去，可是这次她的电话已经转至留言状态。

“莉丝？或许我不该这么早打来电话，是吗？我真没想到这样会失礼。莉丝？你在听我讲话吗？”

即使她在听，她也不会接了。所以马克斯只好挂断电话。此时他距维特伦林荫大道只隔着5条街了，于是他选择了继续往莉丝的公寓开去。他没费多少时间就找到了一处停车位，但他却把车停在了一片放置消防栓的红色区域。如果他被开罚单的话，他将只能掏自己的腰包来偿还利奇了。

这是一个寻常的早晨，学生们都走出家门去学校上课，这也就意味着霍尔曼没有多少时间可以等待，他必须尽快走进那栋楼里。他一口气走上二楼，但当靠近她的公寓门口时却放缓了脚步，他屏住呼吸敲了敲门。

“莉丝，请告诉我你怎么了。”

他再次轻轻地敲敲门。

“莉丝，这件事很重要。请开门吧，这事是关于里奇的。”

霍尔曼等待着。

“莉丝，我能进来吗，请开门好吗？”

她最终还是把门打开。她的脸紧绷着，已经穿戴好准备出门的衣服。她的眼神中透射出一种硬撑着的坚毅。

霍尔曼没动。他就那么垂肩而立，面对着她的冷眼，他一脸的疑惑。

他说：“我做错了什么吗？”

“不管你在做什么，我都不想跟你扯上关系。”

霍尔曼竭力控制着自己的情绪。

“你认为我在干什么？我什么都没做，莉丝。我只是想知道在我儿子身上到底发生了什么事情。”

“警察来过这里了。他们清理了理查德的桌子，拿走了他所有的东西并询问我有关你的事情。他们想知道你在做什么。”

“谁做的？利维？”

“不，不是利维，是兰登警官。他想知道你在找什么，他们要我应该对你多加小心。他们警告我不要让你进来。”

霍尔曼不知道该如何回应了。他向后退了一步，认真地说道。

“我已经和你面对面了，莉丝。你认为我会伤害你吗？你是我儿子的妻子。”

她坚硬的目光柔和了起来，她摇了摇头。

她说：“为什么他们会来这里？”

“还有别人和兰登一起来的？”

“我不记得他的名字了。是个黄头发。”

武科维奇。

她说：“他们为什么来？”

“我不知道。他们跟你说了什么？”

“他们什么也没告诉我，只是说他们在调查你。他们想知道……”

这时候隔壁房间的门开了，从里面走出两个年轻人。他们年龄都不大，都戴着眼镜，肩上挎着书包。霍尔曼和莉丝静静地站着，等着他们离开。

等这两个人离去，莉丝说：“我想你可以进来。我们现在这样子很傻。”

霍尔曼迈步走进房间，等着她关上门。

霍尔曼问道：“你还好吗？”

“他们问我，你是否说过什么听起来像卷入犯罪活动的话。我真不知道他们在讲什么。你会对我说什么呢？嘿，你知道有什么银行值得去打劫吗？”

霍尔曼想起了早上在与托尼·吉尔伯特的谈话中听到的那些，但他随即决定先不去管它。

“你说过他们从他的办公桌上拿走了一些东西？我能看看吗？”

她把他领进他们共用的工作室，霍尔曼看着里奇的办公桌。那叠剪报仍旧挂在写字板上，但霍尔曼能够看得出里奇桌上的物件已经被动过了。霍尔曼上次来时把桌上的每一件东西都看过一遍，他当然也还记得自己离开时它们摆放的样子。洛杉矶警察局的报告和那些文件不见了。

她说：“我不知道他们拿走了什么。”

“看起来像是一些报告。他们说明原因了吗？”

“他们只是说那很重要。他们想知道你是否来过这里。我如实告诉了他们。”

霍尔曼多么希望她没有暴露自己，但还是点了点头。

“很好，没关系。”

“他们为什么要检查他的东西？”

霍尔曼想换个话题。那些报告现在已经没有了，他真希望当初有机会的时候把它们都看一遍就好了。

他说：“在一周以前的那个星期四，里奇是和福勒一起出去了吗？那应该是在晚上，很晚的时候。”

她皱着眉头，竭力回忆着。

“我不敢肯定……星期四？我想里奇那个晚上是在工作。”

“他是带着一身泥回来的吗？福勒那天晚上出去了，回家时一身是泥。当时应该已经很晚了。”

她又想了想，然后慢慢地摇摇头。

“不，我……等等，是的，我是在星期五早晨用的车。在驾驶座位的脚下是有一些草和脏的东西，但不是泥，而是草和脏的东西。里奇星期四晚上是在执勤。他说他那天晚上曾经追赶过别人。”

她的眼神突然间又冷酷了起来。

“他们在做什么？”

“我不知道。里奇没有告诉过你吗？”

“他在值班。”

“里奇曾经说过马琴科和帕森斯跟任何拉丁帮有关的话吗？”

“我不知道，我不记得了。”

“青蛙城呢？”

她不停地摇着头。

“苏亚雷斯曾经是青蛙城帮的成员。”

“苏亚雷斯跟马琴科和帕森斯有什么关系吗？”

“我不知道，但我正在试着调查。”

“等一下。我想苏亚雷斯杀他们是因为迈克，因为迈克杀了他的弟弟。”

“那是警方的说法。”

她又着胳膊，霍尔曼相信她是急了。

她说：“你不相信？”

“我再问你件事。在他跟你说马琴科和帕森斯那个案子的整个过程中，他有没有具体告诉过你他当时在做些什么？”

“只是……他正在调查那个案子。”

“什么案子？他们都死了。”

一股失落和绝望的表情投射到她的眼神中，霍尔曼能够看出她想不起来了。她最后还是摇了摇头，双臂抱得更紧了。

“他只说是一项调查。我不知道。”

“也许是试图找到一个同谋？”

“我不知道。”

“他提到过失踪的钱款吗？”

“什么钱款？”

霍尔曼注视着她，犹豫着要不要向她解释，他想这或许能够帮助她激发某些记忆，但他知道自己已经找到了答案。他不想把她也卷入这件事中。他不想留给她一大堆的烦恼，不停地去想着那笔钱，想知道她的丈夫是否正以一名警察身份参与到一项调查中，或者是在以私人身份寻找着那笔失踪巨款的下落，抑或还有更糟糕的事情发生。

“没什么。听着，我不知道兰登都讲了些什么，以及那些警察在调查我的事。我没有做过任何违法的事情，我也不会去做，你明白吗？无论是对你，还是对里奇，我都不会那么做的。我不能。”

她盯着他看了一会儿，然后点了点头。

“我知道。我知道你正在做什么。”

“那么你也知道我所面对的困难有多大。”

她踮起脚尖吻了他的脸颊。

“你是在爱护着你的孩子。”

里奇的妻子给了他一个长久的拥抱，拥得很紧。霍尔曼为此而高兴，但他告诫自己不能再耽误时间了。

23

霍尔曼穿过街道，直奔他停车的位置，在他的心里充满了愤怒。兰登向莉丝询问的那些关于他的问题，暗示他已卷入了某种犯罪活动。霍尔曼此刻已经明白，那个给他和托尼·吉尔伯特之间带来麻烦的警察应该就是兰登，但更加令他感到恼火的是，兰登竟然要莉丝不要信任他。兰登现在已经威胁到他与里奇之间唯一仅存的亲缘关系。霍尔曼不知道他这样做是为什么，他不相信兰登只是因为怀疑他做了什么而来扰乱他的生活。霍尔曼想直接开车去帕克中心质问那个“卑鄙小人”，但是当他快走到“巡洋舰”的跟前时就已经冷静下来，他知道这不是个好主意。他必须在与兰登通话之前，就弄清楚兰登的脑子里现在在想些什么。

在度过这个糟糕透顶的早晨后，霍尔曼想知道此刻在“巡洋舰”的挡风玻璃前的雨刷器下面是否已经夹了一张罚款单，但令他有些意外的是，雨刷器下是干净的。他希望自己这一天的好运气不要被一张让人厌恶的停车罚款单全部用光。

霍尔曼弯腰钻进车门，打着发动机，又用了几分钟考虑好这一天余下时间要做的事情。他有太多的事情要去做，不能让兰登那样的浑蛋妨碍了自己的计划。霍尔曼想打电话给波拉德，但现在还有点早，他不知道她是否已经睡醒。她提过自己有孩子的事情，所以她的早晨估计是相当忙碌的。她要照看孩子起床、吃饭，给他们穿好衣服，准备好他们的一天。所有这些为人父母的活儿，霍尔曼在里奇身上全都错过了。这无可避免地给他留下了永久的遗憾，让霍尔曼时刻在恐惧和不安中度过，他担心自己在今后的人生中再犯下同样的错误。他还是决定先给利奇打个电话，跟他谈谈佩里的事。利奇大概还以为他在帮霍尔曼的忙，但霍尔曼并不需要那种帮助。现在他将不得不首先抚平佩里心里的怨恨。

霍尔曼在电话中找到利奇的号码，正当他听着利奇的电话待机铃声时，一辆蓝色轿车从他身边一闪而过，把他的车挡在了路边。利奇的声音刚刚响起，霍尔曼便看见那辆车的车门打开。

“喂？”

“等一下……”

“霍尔曼？”

就在霍尔曼往路边随便一瞥的瞬间，他看到兰登和他的司机从那辆蓝色轿车里走出来。武科维奇和另外一个人走下人行道，一个在前，一个在后。他们靠在大腿的手上都握着手枪。电话那端传来利奇细微的声音。

“霍尔曼，是你吗？”

“别挂断。警察正走过来……”

霍尔曼把电话丢到座位上，两只手放在方向盘上，一动不动，面无表情。利奇的声音变成了嘶嘶的电子音。

“霍尔曼？”

兰登拉开车门，一脚踏进。他的司机没有霍尔曼高，但横着看起来却足有一张床的宽度。他从后面猛地把霍尔曼拖出车门，把他的脸紧压在“巡洋舰”的车身上。

“别他妈的乱动。”

霍尔曼没有抵抗。在矮个子对霍尔曼从上到下搜了一遍的空当儿，兰登也进入车内。兰登把车熄火后，拿着霍尔曼的电话转身出来。他把电话贴近耳边，听着，然后挂断电话，把它扔回车里。

兰登说：“漂亮的手机。”

“你在干什么？你为什么这么做？”

“车也很漂亮。你从哪儿弄到这么一辆车的？你偷的？”

“我租的。”

矮个子把霍尔曼压得更紧。

“脸靠着别动。”

“太烫了。”

“真他妈胡说。”

兰登说：“武科，把车开走。你没有驾照和身份证，不能租车。我想他是偷的。”

霍尔曼说：“我有驾照了，该死。昨天拿到的。租车协议就放在储物箱里。”

武科维奇从副驾驶位一侧打开车门，检查里面的储物箱，这时矮个子掏出霍尔曼的钱包。

霍尔曼说："胡扯，你这是干什么？"

兰登将霍尔曼翻身拽到跟前，他们面对面看着对方，这时矮个子把霍尔曼的钱包拿到他的车里，打开他们的电脑查询起来。3 个学生站在路边观望着，但兰登似乎毫不在意。他的眼睛紧盯着霍尔曼。

"你不知道杰基·福勒受到的伤害已经够多了吗？"

"你在说什么？所以我去看望她了？所以什么？"

"她是一个带着 4 个孩子的寡妇，但你还是闯入了她的家庭。你为什么要去扰乱那么一个可怜女人的生活，霍尔曼？你想得到什么？"

"我在调查在我儿子身上到底发生了什么。"

"我已经告诉过你发生的事情，我还告诉过你，让我自己来做我的工作。"

"我可不觉得你现在是在做你该做的工作。我不知道你他妈的正在干些什么。你为什么去见我的老板？可恶的是，你问他是不是觉得我在贩毒品？"

"你是个瘾君子。"

"吸毒的人总是还想再吸，我想那就是为什么你要接近那些家庭。你在找值钱的东西，甚至不惜从你自己的儿媳那里找。"

霍尔曼被他的自以为是气坏了。

"那是我儿子的妻子，你这个狗娘养的。现在我告诉你，离她远点儿。你他妈让她安静一会儿。"

兰登又向前迈近一步，霍尔曼知道他被激怒了。此刻兰登连想绞死他的想法都有，他简直想把他撕碎。

"你没有权力跟我讲这些。你对你的儿子来说什么也不是，所以不要自作多情。你甚至直到上个星期才见到那个女人，所以别把她扯成你的家人来保护。"

霍尔曼感觉自己的每一根血管都要气炸了。他能看到自己的容忍已经到了极限。兰登就像个靶子一样在他眼前晃来晃去，但是霍尔曼强忍住，他告诫自己别犯错。为什么兰登如此在乎他的行为？为什么兰登这么不想让他参与此事？

霍尔曼说："你拿走的那些报告里写了些什么？"

兰登的下巴抽动了一下，但他没有回答，霍尔曼知道那些报告真的很重要。

"我的儿媳声称你从他的家里拿走了属于我儿子的东西。你们有搜查证吗？你们去他家是不是为了找那上面的东西，还是你在搜集那些你想要的东西？那听起来就像做贼，如果你没有搜查证的话。"

兰登仍旧盯着他，这时候武科维奇从车里出来，手中拿着那份租车合同。他把那份租车合同递给兰登看了看。

"他有一份签着他名字的租车协议，看起来是合法的。"

霍尔曼说："这是合法的，侦探，就像你的搜查证一样。快打电话查查吧。"

兰登检查着那堆材料。

“洛杉矶质量汽车公司。你听说过这个名字吗？”

当兰登叫着这个名字的时候，武科维奇耸了耸肩。

“特迪？你见过这个牌子吗？”

矮个子名叫特迪。特迪回来把霍尔曼的驾照和钱包递给兰登。

“汽车是在质量汽车公司注册的，没有任何批件、授权或引文。他的各项条目也都足够唬人。”

兰登瞥了一眼驾照，然后看着霍尔曼。

“你从哪儿搞到的这个？”

“机动车管理处。你从哪儿搞到的搜查证？”

兰登把驾照放回到霍尔曼的钱包里，但却没有还给霍尔曼，而是把它和租车合同放到了一起。兰登把问题回避了，现在霍尔曼知道那些报告的确很重要了。兰登之所以避而不答，是因为他不想霍尔曼紧咬着那些报告不放。

兰登说：“我希望你明白现在的形势，霍尔曼。我再问你一次，我再一次警告你，我不会让你再去找这些家庭的麻烦。离他们远点儿。”

“我就是那些家庭中的一员。”

兰登盯着他看了一会儿，然后他的唇角翘了一下，似乎是在笑。他靠近了一点，低声说道。

“哪个家庭？青蛙城？”

“苏亚雷斯才是青蛙城的。我不明白你在说什么。”

“你跟怀特·范斯家族很熟吧？”

霍尔曼的脸上仍然保持着那份镇定。

“你的朋友加里·莫雷诺——利奇怎么样了？”

“我已经有很多年没有见过他了，或许我该去看看他了。”

兰登把霍尔曼的钱包和租车协议一起丢进那辆“巡洋舰”里。

“你在耍我吧？霍尔曼，我不能容忍你这样，也不会再允许你乱来了。为了那4名死者，我不会允许；为了他们的亲人，我更不会允许。当然，我们都知道，你不属于他们之列。”

他们要做的事已经完成了，霍尔曼知道这点。

“我现在能走了吗？”

“你口口声声说你想找到答案，但是你的行为却使我的工作变得更加困难，我个人认为。”

“我想你知道答案的。”

“是答案中的大部分，霍尔曼，大部分。但是现在因为你，在我面前的一道重要的门已经关上了，我不知道我是否还能再次将它打开。”

“你在说什么？”

“胡安妮塔·苏亚雷斯不见了。她失踪了，浑蛋。她本来可以告诉我们沃伦是怎样一手策划这个案子的，但是现在她不见了，那都是因为你。所以，如果你想再次通过你的儿媳来搅乱我的工作的话，你会让这些家庭怀疑我们到底都在做些什么，为什么还不能抚平他们的悲痛，到时候你要向他们解释你是如何像个蠢货一样耽搁我们破案的。你听明白了吗？”

霍尔曼没有回应。

“别再考验我的耐性，小子。他妈的这不是游戏。”

霍尔曼仍旧默不出声。

兰登向他的车走回去。武科维奇和另外那个家伙消失在街头。那辆蓝色轿车开走了。路边的那 3 个孩子也走了。霍尔曼重新钻进他的“巡洋舰”里，拿起电话。他听了听，是已经挂断的忙音。他再次下车，走到车身的另外一侧，看一下座位底下是否被做了手脚。他把车内脚下垫板、储物箱以及车门上的凹槽部分都检查一遍，然后又把后座和后备箱的各个角落也都查看一遍，他担心他们在他的车上安装了跟踪器之类的东西。

霍尔曼不相信兰登对那些家属们的承诺，就象兰登怀疑他在盯着那笔失踪的巨款一样。霍尔曼现在是螳螂捕蝉，而尾随他的那些警察则是黄雀在后。他感觉这场戏是越来越复杂了。兰登千方百计想把他踢出局，但霍尔曼不知道他这样做是为什么。

24

波拉德正开车往城里去，她要去犯罪现场看看。她选择了走好莱坞高速公路，直接驶进这座城市的腹地。这时电话铃响了起来，是埃普丽尔·桑德斯。

桑德斯说："嗨，你收到传真了吗？"

"我正要打电话给你向你道谢呢，姐们儿。你干得太棒了！"

"希望在我把其他事情告诉你以后，你还能这么想。洛杉矶警察局给我吃了闭门羹。我要不出来他们的文件。"

"你在开玩笑吗？他们一定是有什么不可告人的秘密！"

波拉德很惊讶。FBI 的银行调查组和洛杉矶警察局下面的劫案调查组经常是一起办案，他们总是可以自由地分享信息。

埃普丽尔说："我不知道他们为什么不同意。我问过他们的档案员。你还记得乔治·海因斯吗？"

"不记得了。"

"哦，那大概他是在你走后才来的吧。不管怎样，我说，那是什么了不得的机密，我想我们一直是亲密的战友，难道是部门之间的合作出现问题了？"

"他怎么说？"

"他说他们已经没有这个案子的存档了。"

"他们怎么能不把案子存档？他们可是银行劫案调查组啊。"

波拉德在沉默中把车向前开了几秒钟，脑子里琢磨着这个问题。

"那他说这个案子已经结了吗？"

"那些是他的话。胡扯，又要忙了。利兹。"

随即电话被挂断，波拉德的耳边响起了嘟嘟的声音。如果洛杉矶警察局已经把马琴科和帕森斯的案子结案，那么理查德·霍尔曼和福勒以及另外的两个警察一起在工作之外私自调查这件案子的可能性就大大增加了。这对霍尔曼来说可不是个好消息，但波拉德已经有了将要与他一起分享坏消息的念头。埃普丽尔的那份证人名单上包括了一份 32 人的姓名和电话号码，这些证人都曾在马琴科和帕森斯的案子中被 FBI 调查过。马琴科的母亲，莱拉，也在他们当中。波拉德已将这 32 人的电话号码与出现在理查德·霍尔曼和迈克·福勒两个人电话记录中的拨出电话逐一对比过，结果全都吻合。福勒甚至给马琴科的母亲打过两次电话。这不太像是警方的调查人员在合法的理由下与证人之间进行的接触，所以波拉德现在基本上已经确信福勒是在私下里从事着某种欺诈式的调查。福勒的这种接触，预示着霍尔曼的儿子肯定卷入到某个不太合适，甚至非法的事件中。波拉德不想把这些情况告诉霍尔曼。她发现自己已经被他对儿子的那份信任感动了。

波拉德在阿拉米达（位于加州东湾的一个城市）下了好莱坞高速公路，然后沿着河边公路向南驶去。当到达第四大街时，她通过第四大街的垮河大桥穿越到河的东岸。河东密布着许多工厂的仓库和铁路线，往来奔忙着许多装有 18 个轮子的货运卡车。波拉德以前去过那条河两次，一次是去执行检查从伊朗运来的药品的任务，另一次是去追踪一个从墨西哥和泰国拐卖孩子的人贩子。波拉德在那次药品案中，是因为在这里发现了死者的尸体而来到了现场，但她在人贩子的那个案子中则没有那么幸运。当时，波拉德在一辆集装箱车里发现了 3 名小孩的尸体，一名男孩和两名女孩，在那次经历后的几个星期内，她在夜里都无法安然入睡。那段记忆波拉德至今仍然难以忘怀，如今她再次来到这里，还是因为死亡。这条洛杉矶河给她留下的感觉就像一条匍匐于此的爬行怪兽，让人望而生畏。或许这种不安此刻愈发变得强烈，因为她知道自己将要做的可能会违反某些法律。

波拉德是个警察，尽管她在 8 年前就已经离开了联邦调查局的银行调查组，但她始终认为自己还是这一执法队伍的成员。从她嫁给了一个警察起，她的大部分朋友就都是这个圈子里面的人。而且，她对自己认识的每一位警察都感到十分亲切，她不想与他们中的任何人发生摩擦。这条洛杉矶河被警方列为受限区域。跨越界限去调查犯罪现场将构成轻罪，但她知道自己只有亲自去那里看看，才能判断出霍尔曼绘制的那张犯罪现场草图是否准确。她必须要亲自去验证一下。

波拉德驾车驶在教会街上，沿着护栏一直向前直至找到可以进入那块“禁区”的大门，一路上过往的尽是卡车和工人。她把车停在护栏边上，锁好车门，然后步行进去。迎面吹来一阵干涩的东风，夹带着一股煤油的味道。为了这次行动，波拉德早上出门前还特意换上了一身便装，牛仔裤、耐克鞋，为了翻墙她还拿了一副手套，那是马蒂当年每次执行任务时都会随身携带的。门上不但落了锁，而且还套了一条铁链进行双倍看护，这些都在波拉德的意料之中。按照她的预料，在这些大门附近还应增加巡逻警察，但她左右张望了半天，也没看见一个人影。波拉德本来希望站在高处就能看到河边的犯罪现场，但她一到门口就知道她非得翻墙不可了。

河床是一片宽阔的水泥地面，将中间的河槽整齐地分割开来，边上的水泥堤岸上扯着一条条锁链和带刺的铁丝网。从门口处她能够看到第四大街上的桥，但却看不太清下方的那块犯罪现场。桥上有卡车不停地穿梭往返，而步行者则走在两侧的人行道上。这是个明媚的早晨，阳光在桥底投下一片整齐的阴影，河面上阴阳分明。在波拉德的心目中，现场的每一寸土地都弥漫着丑陋的工业气息，肮脏的水泥河道看上去缺乏生气，满是污泥的水洼看上去就像马路边的阴沟，即使从水泥缝隙里挤出来的那些杂草也是利奇形怪状的，毫无生机。总之，这里一看就像个令人厌恶的死亡之地，即使对于一名因擅闯禁地而行将被捕的前 FBI 特工而言，也没有比这更糟糕的地点了。

波拉德正往手上戴着手套时，一辆白色的货车从一处装运码头驶出，响起了喇叭声。这让波拉德着实吓了一跳，错把它当成了路过的巡逻车，直到卡车驶近，她才看清那是属于一个船舶公司的货车。司机在门口处刹车停了下来。那是个留着一头灰白短发、长着肉墩墩脖子的中年男人。

“嗨，知道吗，你不可以站在这里。”

“我知道。我是联邦调查局的人。”

“我就是告诉你而已。在这里曾经发生过一些谋杀案。”

“这就是我来这儿的原因。谢谢！”

“这附近有巡逻的警察。”

“谢谢！”

波拉德希望这个人能赶快带着他那车货离开这里，以便自己尽快行动，但这家伙却还是不走。

“你有什么证件吗？”

波拉德脱掉手套，走向卡车，死盯着那个家伙，就像她以往瞪着罪犯准备上前铐住对方一样。

“你有权过问这个吗？”

“哦，我就在那边工作，周围的巡警让我们盯着点儿这里。我没别的意思。”

波拉德掏出钱包，但却并没有将它打开。当年她在离开银行调查组时就已经把警徽和 FBI 的胸卡——探员们一般将它称作是自己的“身份证”上缴了回去，但这个钱包多年以来却始终伴随着她，因为那是马蒂送给她的礼物。当初他是在匡蒂科 (Quantico，FBI 所在地) 的 FBI 礼品店里买的这个钱包，因为它上面带有 FBI 图案的装饰。波拉德在冷眼看着那个司机的同时，用手轻轻拍拍她的钱包，不是要打开它，而是让他看清那上面红、白、蓝三色的标志。

“我们接到报告，听说有人在这下面的犯罪现场正领着游客游览。游客，我的天。你知道这些情况吗？”

“我从未听说过这样的事情。”

波拉德盯着他，似乎怀疑他跟这起犯罪有关。

“我们听说那个人是开着白色卡车的。”

他那肉墩墩的脖子颤动了一下，他连忙摇起了头。

“哦，我们这里遍地都是白色卡车。我不知道这件事。”

波拉德盯着他，好像正在做个事关生死的决定，然后把手里的钱包重新揣回牛仔裤兜里。

“如果你想留神什么事情的话，那就替我们盯着那辆白色卡车吧。”

“好的，夫人。”

“还有一件事。你们在晚间也下到河边去吗，还是只在白天？”

“白天。”

“好了，没事儿了。你这件事做得不错。现在可以走了，我要开始工作了。”

波拉德等他把车开走，然后转身回到门前。她没费什么力气就翻过那道门，然后沿着便道走下去。下到河床底部的过程感觉就像自己在一条深沟中渐渐隐没。身边的水泥墙越来越高，将整座城市从她的视线中隔绝开来，很快她视线所及的全部就只剩下市中心那几座摩天大楼的楼顶了。

又平又宽的河渠向两头无限延展，这里的空间显得一片死寂，纵使刚才空气中弥漫的那股煤油味也无法飘到这里。波拉德向南可以看到第六和第七大街的桥，向北能够看见比第四大街桥更远一点的第一大街桥。这部分河道上面护栏边的公路上不停跑着长达20英尺的大货车。这让波拉德感觉就像一个巨大的监狱，而它们的目的也是相同的。人们设计和修筑这堵护墙的目的是在雨季里疏导河流。每当雨季来临，平时几近干涸的水流便会迅速暴涨，奔涌的河水很快便会溢满河槽，进而像头发怒的猛兽一样越爬越高，将这里的每一寸土地吞噬掉。一旦波拉德离开堤坝上的安全区域，她知道两面的高墙立即会变成她的牢狱。如果这时有一股汹涌的激流咆哮而至，那么她将绝对无路可逃。而如果此刻有警车来到河边巡查，她知道自己也将无处藏身。

波拉德站在两块标牌之间，打量着这条河堤的斜坡。它的目测距离大约有80码左右，冲着她的方向径直倾斜下来。在波拉德的眼前，这段堤坝的全貌一览无余。但她知道这只是在没有汽车停在这块区域且日光充足的情况下才有的，而一旦到了漆黑的深夜，眼前的视线将会截然不同。

那天夜里，梅隆和阿什都是坐在阿什的通讯车后面，当时它停放的位置是在这个三角形坡面的最顶部。在车的后备箱里发现了一个6瓶装的啤酒箱，其中有4个瓶子不见了。福勒的车停在这个三角形的左侧底座；位置正好处于桥底，是离河最近的地方。他的尸体被发现时躺在右前方石墩的附近。理查德·霍尔曼的车则停在这个三角形的右侧底座，他的尸体位于他的车和福勒中间。据此，波拉德判断是梅隆和阿什先到达这里，这就是他们为何将车停在桥北的原因，因为他们要为其他人留下停车的空间。福勒大概是第2个到的，霍尔曼最后。

波拉德展开那份地形图，将它铺平。她看着地面上指示出4人遇难位置的圆点，那已经不再是画在纸上的4个点，而是四条消逝的生命。梅隆和阿什倒在一起，理查德·霍尔曼距离桥墩最近。波拉德现在就站在福勒倒下的旁边。她移开几步，尽量在脑子里勾勒出他们的汽车停放的位置，以及在被射杀的那一瞬间他们站立的姿势。如果4人当时正在谈话，那福勒和霍尔曼应该是背对着河堤。福勒大概一直站在他右前方的石墩处。霍尔曼可能是靠在他的车身上，但这一点波拉德不敢肯定。如果这样的话，他们俩都是背对着河堤，也就肯定看不到有人靠近他们。枪手就应该是从后面过来的。

波拉德走向梅隆和阿什的位置。她站在他们的汽车停放的地点。他们俩当时应该是向南面对着福勒的方向。波拉德想象着自己喝着啤酒靠着他们的汽车的样子。梅隆和阿什可以清楚地看到河堤上的一切。

波拉德走过去绕着这些桥墩转了两圈。她想看看是否北面还有其他的路，但这里的河堤坡面很陡，又有汽车堵住第四大街桥方向的来路。她正欲继续向北继续勘查时，突然听到大门发出的哗啦声，好像是那些铁链碰撞的声音。她连忙躲到桥墩后，看见霍尔曼正朝河堤下面走来。波拉德惊讶不已。她并没有告诉过他自己要来桥下，也从未想过他会出现在这里。她正奇怪他来这里要做什么的时候，突然反应过来刚才听到的大门声是怎么回事儿，她又听到霍尔曼的皮鞋踩在坚硬的水泥地面上的声音。霍尔曼走在离她足有半个足球场远的地方，但她仍然能够听到他走路的声音，随即她便明白了原因，从河堤上往下探步的声音就像趟在河水里的感觉一样。

波拉德看着霍尔曼走过来，但她却并未朝他示意，而是一直等他走到跟前，然后再提出她的专家观点。

"你是对的，霍尔曼。他们本该听到枪手过来，就像我能听到你走来的声音。他们应该认识杀害他们的那个人。"

霍尔曼回头看了看后面的河堤。

"一旦你来到这里，视野里就只能看见这一条路。而到了晚间这里只会比现在更加安静。"

波拉德双臂交叉，心中疑窦又生。令她迷惑不解的是，既然这里看不到还有其他路，那警方为何会宣称他们从别的方向看到了现场呢？

25

波拉德还在试图给这件事情找个理由，这时霍尔曼打断了她的思路。他看起来有点紧张。

“听着，我们不能在这里逗留太久了，那些货运码头的工人会报警的。”

“你怎么知道我会在这儿？”

“不知道。我刚才在桥上看见你来到这里。我看见你越过路边的护栏。”

“你正好碰巧在那儿的？”

“自从那事情发生后我已经来过这里许多次了。快点儿，我们上去吧。我正打算给你打电话呢。”

但波拉德并不想就这么回到大门之外，她想弄清楚在这件案子里警方为何会对如此明显的问题视而不见，她脑子里反复琢磨着霍尔曼曾经说过的一些事情。

“等等，霍尔曼。你在夜里来过这儿吗？”

霍尔曼刚好站在桥下阴影区的边缘，阳光下他的身影被一分为二。

“是的，来过两三次吧。”

“晚上这里的光线怎么样？”

“在他们遇害的那天晚上，天上挂着大半个月亮，还有少许的云，我查过天气预报。不过你不能在这下面看报纸。”

他又转身朝着门口的方向准备离去。

“我们最好离开。如果继续呆在这里，你会被逮捕的。”

“你也一样。”

“我以前可是进去过，你不会喜欢那种滋味的。”

“霍尔曼，如果你想在门口等的话，尽管去吧。我正在推断这里都发生了些什么。"

霍尔曼没有走，但波拉德看得出来，他对此十分不满。她绕着谋杀现场走了几圈，在脑中竭力勾勒出当晚他们被害时，那些车和警官的画面。她像时装店橱窗里的模特一样不停变换着他们的位置，每变换一次都要盯着上面的堤坝看上一会儿。她在脑海里把那些车重新摆放，考虑着自己是不是漏掉了某种显而易见的问题。

霍尔曼说："你在干什么？"

"我在想是否存在那么一条使他们看不到杀手的路。"

"他们看到了。你刚刚告诉过我，他们看见他了。"

波拉德又绕着通向堤坝的桥墩走了几圈，但不管怎么走，那堵坝墙始终都直直地立在她的视野里，唯一能够通到下面的路就是那条便道。波拉德走到河道边，低头看看下面的河沟。河道呈一个矩形，深浅有两英尺左右，只是在河底还有少量的流水。枪手可能会藏在这下面，或者那些桥墩的背后，但他必须事先知道什么时间、什么地点能够看到这 4 位警官，但这两种可能性看起来几乎都微乎其微，甚至荒谬。波拉德知道自己的思路已经渐渐明朗。在任何案件的调查中，最首要的原则都是：最简单的问题也就意味着在现实中最有可能发生。基于这样的常理，枪手预先埋伏在这里的可能性，就跟他像武士从桥上跳下一样，几乎是不存在的。

霍尔曼开口说道："你听见我的话了吗？"

"我正在想呢。"

"你先听我说。我今天早晨到莉丝家里去取星期二看到的那些报告了，但是警察先到一步。他们清理了里奇的办公桌，把那些报告拿走了。"

波拉德转身看着他，一脸惊讶。

"他们怎么知道她那儿有那些报告？"

"我不知道他们是否是奔那些报告去的，但他们知道了她一直在帮我。他们将此当做借口，似乎因为我到过那里，所以他们才要去搜查的，他们好像想看看我要干什么。或许就是在那时他们看到了那些报告。"

"谁？"

"就是我跟你说过的那个侦探，兰登。"

"兰登是负责调查凶杀案的侦探吗？"

"是的。当我离开莉丝家的时候，兰登和其他 3 个家伙突然在门口出现。他们告诉我玛丽亚·苏亚雷斯溜了，并为此把我大骂了一通，但我不认为那是他们堵住我的真正原因。他们知道了我们去看过迈克·福勒的老婆，看得出他们对这事儿不太高兴。他们没有提到你，但对我的一举一动却都很清楚。"

波拉德并没有对他们知不知道自己表示出厌恶，但她不明白为什么一个负责凶杀案的侦探会拿走马琴科和帕森斯的银行抢劫报告。也是同样的报告，埃普丽尔告诉她从抢劫案特别调查组里拿不出来了，因为它们已经被加封入库。

波拉德当然明白其中的道理，但她不知道这到底是出于什么原因。

“你跟梅隆和阿什的家人联系过吗？”

“我从莉丝家出来后给他们打过电话，但他们什么都不肯对我说。兰登已经见过他们。他们告诉我不要再打扰莉丝了，也就是里奇的老婆，他们警告我以后离她远点儿。”

波拉德吸了一口气，然后又绕着凶杀现场兜起圈子来，她不停地摇头，小心翼翼不去踩踏那些尸体跌落的地方。她很高兴霍尔曼没有再问她什么。

半天她才说：“我想看看那些报告上到底写了些什么。”

“已经被他们拿走了。”

“那正是我想看它们的原因。对于上个星期四晚上她说了些什么？”

波拉德又返回她刚才的起点，她见霍尔曼没有回答。

“你记得问她上个星期四的事儿了吗？”

“他汽车的底板上粘着一些脏东西和杂草，她说。”

“这说明理查德是和福勒一起出去的。不管他们去了哪儿，那肯定是个泥泞的地方。”

“我猜是这样的。你认为他们是到这儿来了？”

波拉德已经想到这条河，也一直没有忽视这一点。

“这里既没有草，也几乎没有泥，霍尔曼。即使他们跳进下面的水里和那周围的地方，他们也解释不了为什么我们从福勒的靴子上看到的那么多的泥来。”

波拉德又看了堤坝一眼，然后盯着霍尔曼。他站着的地方，正好被桥下的阴影一分为二,一半在阳光下，一半在阴影中。

“霍尔曼，你和我都不是夏洛克·福尔摩斯。我们现在站着的地方就在射杀区里，很显然，枪手要靠近这里不可能不被发现。他不是藏在下面，他不可能呆在这里等着伏击他们，他是走过那个堤坝，走过这里，然后向他们开的枪。这连最差劲的侦探都能看得出来。福勒、你的儿子、梅隆，以及阿什，他们允许他靠近到这里。”

“我知道。”

“这就是问题所在。你和我决不是唯一清楚这点的两个人，来过这里的警察也都会看明白这点。他们也会知道苏亚雷斯不可能预先埋伏在这里等着他们，但他们在新闻发布会上所有的案情陈述都讲了它是怎么发生的。所以要么是他们忽视了这个明显的疑点，要么是他们在故意撒谎，再者就是还有什么别的原因，但我想象不出那会是什么。”

霍尔曼退后一步，完全躲进阴影里，身体不再被光线分割开。

“我明白。”

波拉德不清楚他这个动作的意思。如果不存在其他原因的话，那么肯定是警方在这个案子上撒了谎。波拉德不想在亲眼看到那些报告前，让自己轻易相信这个结论。她仍然心存希望，希望从那份报告上找到点什么来证明这点。

她说：“好吧，这就是我们现在知道的一切。我看过了马琴科案子里的证人名单，我把它们和你儿子以及福勒拨打过的电话进行了核对。从中得出的一个坏消息就是，福勒曾经给马琴科的母亲打过两次电话。”

霍尔曼说：“这说明他们正在调查那起抢劫案。”

“这的确说明他们正在调查那起抢劫案。但他没有告诉我们他们是以官方许可的身份还是在为他们自己调查那个案子。我们应该和这个女人谈谈，看看福勒想从她那里找到些什么。”

霍尔曼似乎在思索这件事，然后将视线移开。

“明天吧，我今天不能做这件事情。”

波拉德看了看表，感觉有点被激怒了。她现在正牺牲自己和母亲的尊严去帮助霍尔曼，但他却好像将他自己置身事外。

她说：“你知道，我可没有多少时间放在这件事情上，霍尔曼。我今天是准备来帮你的，所以今天正合适去做这件事情。”

霍尔曼的嘴唇绷得紧紧的，面色憋得通红。他似乎想说什么，但在转过身来面向她之前又看了一眼堤坝。她看出他脸上的窘迫。

他说：“你说的的确没错，我很感激你。”

“那我们这就去找她吧。”

“我得去见我的老板。我已经一个星期没去工作了，那家伙今天要开除我了。他对我一直都不错，但兰登去找过他。我不能失去这份工作，波拉德侦探。我如果失去这份工作，我以后的生活就没法过了。”

波拉德看着霍尔曼嘴角嗫嚅着，感觉到自己给他造成了很大的压力。她又一次想知道为何兰登会对这样一个刚刚失去儿子的可怜虫如此落井下石。她又看了看表，然后感觉他就像是个被时钟锁住的奴隶一样。

“好吧，我们明天再去见马琴科的母亲。我认识一个人，他也许能够帮助我们拿到那些报告。我想我今天可以先去做这件事情。”

霍尔曼回头看看堤坝。

“我们得走了。我不想让你再卷入烦恼之中。”

他们在往回走的路上一声不吭，只有两人的脚步声在沉默中铿铿作响。每迈出沉闷的一步，波拉德就愈发深信对这起警察谋杀案的调查变得更加棘手，她想查明它的真相。

波拉德琢磨着这位兰登侦探。他在霍尔曼所有的信息源上都蒙上了一层阴影，这对一名警察来说从来不是个善意的举动。波拉德从前在办案过程中曾与许多新闻记者和过分敏感的受害者家属有过接触，她十分清楚要将他们与案子切断总是一件最坏的事情，他们会更加锲而不舍地去弄明真相。波拉德肯定兰登也会知道这点，也许正是如此迫切地想要保护什么东西，才促使他甘愿选择去冒这样的风险。

这可绝对是个拙劣的风险。波拉德想知道他到底要保护什么，她要不停地追查下去，直到找到答案。

26

波拉德与霍尔曼在河边分手后，并没有走多远。她开车穿回跨河大桥，然后沿着林荫大道向北进入中国城，来到一座高层的玻璃建筑下面，这里是西太平洋银行的企业总部。波拉德相信自己只有一种可能的方式看到兰登从理查德家查没收的那些报告，那就是通过西太平洋银行。

波拉德已经不记得他们的电话了，于是她先打电话到查号台，然后与西太平洋银行的一名接线员联系上。

波拉德问："彼得·威廉姆斯还在公司吗？"

那已经是 12 年前的事情了，她希望对方还记得自己。

"是的，夫人。您要接到他办公室吗？"

"是的，请帮我接通吧。"

电话那端又传来一个声音。

"这里是威廉姆斯先生的办公室。"

"他现在方便和凯瑟琳·波拉德说话吗？联邦调查局的波拉德特别探员。"

"请稍等，我帮您问问。"

波拉德在银行调查组期间最荣耀的时光是捣毁"前线帮"，那是一个由 4 个美国人组成的黑帮团伙，后经证实这些人的身份分别是莱尔和贾米森·贝寇，他们的表弟安德烈·贝寇，以及一名副手弗拉德·斯蒂潘库查。利兹按他们的身材分别给他们"贴上标签"：安德烈·贝寇，是他们中体重最轻的，重 264 磅；斯蒂潘库查 280 磅；莱尔和贾米森兄弟分别为 316 磅和 318 磅。"前线帮"在两个星期内打劫了西太平洋银行的 16 家分行，几乎让西太平洋银行彻底停业。

"前线帮"四人组是一个集体行动的银行抢劫团伙，他们一起进入银行，分别到各出纳窗口排队，并将其他顾客挤出队伍。他们利用自己的大块头形成一面肉墙将柜台窗口堵住，然后提出他们的要求。“前线帮”不像大多数集体作案的团伙那样打口哨或递纸条，他们大喊大叫、骂骂咧咧，常常抓住出纳员的胳膊对他们大打出手，他们显然不在乎在场的所有人都会知道银行正遭受打劫。每名匪徒只抢劫自己把持的那个出纳柜台的现钞，他们从不抢劫窗口里面的保险库。一旦他们抢劫得手，便会合成一队，对阻碍他们去路的顾客和银行职员拳打脚踢。“前线帮”在他们行动的第一天就抢劫了4家西太平洋银行的支行。3天后，他们又打劫了3家支行。这样的情况持续了两个星期，一时间当地每天晚间新闻的头条都成为西太平洋银行的一场公共噩梦课，因为仅在很小的一片区域内，该行就有42家分行。

自从这个地区发生第一起团伙抢劫案后，利兹就指派波拉德去调查此类案件，等到第2个抢劫团伙被打掉时，波拉德已经十分清楚该如何鉴别这类团伙并组织破案了。首先，“前线帮”的抢劫目标只是西太平洋银行下属的支行。这表明劫匪与西太平洋银行存在某种联系，最有可能的一种动机是出于怨愤，他们在打劫的过程中不仅仅是抢劫钱财，他们还在竭力损害西太平洋银行的声誉。第二，西太平洋银行的出纳们都受过如何使用“滑动爆炸染色包”的培训，即将这些染色包混杂着藏入成捆的钞票中。但“前线帮”的匪徒们总是能够成功地识破这些机关，在离开出纳窗口前将这些染色包挑出来丢掉。第三，一旦“前线帮”走到出纳柜台跟前开始行动，他们呆在银行内的时间从不超过两分钟。因此，波拉德确信在西太平洋银行内部有劫匪的帮凶，正是这个幕后的黑手教会了那些匪徒如何识别染色包以及“两分钟规则”。因为有了这种出于泄密的作案动因，波拉德开始盯上那些平素里对银行怀有怨愤的银行雇员。在“前线帮”成功实施完他们的第15、16次抢劫后的一个上午，波拉德和埃普丽尔·桑德斯对一个名叫坎卡·杜布罗夫的中年女子展开讯问，此人当时刚被西太平洋银行位于格伦代尔的一家支行开除不久，此前她担任着经理助理的职务。波拉德和桑德斯没有对她进行任何拷打或强行逼问，她们只是在她面前亮了一下证件，告诉杜布罗夫她们想向她了解最近银行抢劫案的情况，她就哭了起来。弗拉德·斯蒂潘库查是她的儿子。

那天的晚些时候，当斯蒂潘库查和他的助手们刚一到家，就遇到了波拉德、桑德斯、3名洛杉矶警察局的侦探和一支洛城特警队的战备队，这是一支专门负责协助缉拿罪犯归案的特警组织。当年，西太平洋银行的总经理和首席运营官，一个叫做彼得·威廉姆斯的男人，代表西太平洋银行为波拉德颁发了功勋奖章。

“我是彼得。凯瑟琳，是你吗？”

他以愉悦的心情接听了她的电话。

“对，就是我。我不知道您是否还记得我。”

“我可忘不了那些蠢笨的家伙差一点让我破产。你知道自从你逮到那些家伙之后我们都是怎样亲切地称呼你吗？巨人杀手凯特。”

波拉德想了想，这名字简直太完美了。

“彼得，我需要跟你谈5分钟。我现在在中国城，你能为我抽出点时间吗？”

“现在？”

“对。”

“我能问一下是关于什么事情吗？”

“马琴科和帕森斯的案子。我需要跟你谈谈，但是我希望能够面对面地跟你说。不会耽误你太久的。”

威廉姆斯稍微迟疑了一下，波拉德希望他是在调整日程表上的时间。

“好吧，凯瑟琳。我们可以见面，你什么时候能过来？”

“5分钟之内。”

波拉德把车停在这幢大楼旁边的一处停车场，然后乘电梯来到顶层。她感觉有点担心，也有点生气，因为她这一举动使威廉姆斯误以为自己还在FBI工作。波拉德不喜欢撒谎，但她更不愿意说明真相。如果威廉姆斯拒绝了她，那她就再没有一点希望能够看到兰登试图隐藏的那些报告了。

当波拉德走出大楼顶层的电梯时，她看到彼得已经提前在那里等候自己了。别在胸前的一块铮亮的标牌上面写着行长和首席执行官的头衔。波拉德思索着这次幸运的会面，既然她已经隐瞒了自己的身份，那么接下来还得对这位老板撒谎。

彼得·威廉姆斯看起来不到60岁，身体已经发福，他个头不高，脑袋上面已经秃顶，皮肤则是网球运动员一样的褐色。他看起来好像是真诚地欢迎她的到来，他把她领进自己的办公室，那可真是一个宽敞明亮的地方，隔着透明的玻璃窗，洛杉矶市的全貌尽在他们的眼底。彼得并没有坐回到自己的办公桌后。他指引她来到墙边参观墙上的相框和挂饰。他指了指上面的一幅照片，它高悬在右侧的墙角。

“你看到了吗？你在这里。”

这是一张12年前的老照片，上面是彼得向波拉德颁发西太平洋功勋奖章的场景。照片里的波拉德看起来比现在要年轻许多。身材也更纤瘦。

彼得请她在沙发上坐下，然后自己坐在一把皮椅上。

“好吧，侦探。这一次我能为巨人杀手凯特做些什么呢？”

“我已经不在FBI了。这就是为什么我需要你帮助的原因。”

彼得似乎一下子僵住了，于是波拉德给他献上最迷人的微笑。

“我不是来向你贷款的。我们要谈的与那种事儿无关。”

彼得笑了。

“即使贷款也很容易。我能为您做点什么呢？”

“我正以私家侦探的身份调查那个案子。马琴科和帕森斯是最近曝光率最高的抢劫团伙，所以我需要了解那两个家伙的一些内幕。”

彼得点点头，继而说道。

“他们打劫了我们两次。”

“对。他们分别在第 4 次和第 7 次抢劫中对你们下了手，是总计 13 次中的两次。”

“该死的家伙！”

“我需要这个案子的详细资料，但洛杉矶警察局不向普通公民公开他们的文件。”

“但你是联邦调查局的侦探。”

“从他们那里我是能够看到。但那必须经过一道道审批程序，银行调查组的身份只会更不利。而且利兹素来对他手下的侦探出去单干颇为反感。他把我们这种人视为叛逆者。但不管是不是叛逆者，我有两个孩子需要抚养，我需要这份工作，所以如果你能帮助我的话我将感激不尽！”

波拉德说到这里便停了下来。她感觉自己做得不错，这借口的后面暗示着，他的合作能够帮助她的孩子渡过难关，这借口很难让人拒绝。大部分银行和银行业相关部门都会设置自己的安全办公室，这个部门与警方进行密切合作，协同调查银行劫匪的身份、住址并将其缉拿归案，以及预防或阻止未来此类事件的发生。因此，银行方面和警方可以就最初发生的抢劫案在后续调查过程中共享信息；他们在第 2、第 6，或者第 9 起抢劫案中掌握的信息可能会对警方在第 12、第 16，或者第 27 起案件中抓捕犯罪团伙的工作大有帮助，反之警方的信息也可以帮助银行方面防止那些团伙将来再次作案。波拉德深知这点，因为她自己也曾是这个信息网络的一分子。所以，西太平洋银行下属的安全办公室很可能会掌握着洛杉矶警察局方面全部或部分最新的案件调查报告。他们也许不会掌握全部，但他们可能会有一些，即使只是警方通报给银行方面的公告。

彼得皱了下眉头，波拉德很清楚这事儿他肯定要考虑一番。

“你知道，我们和这些部门都有安全协议。”

“我知道。在我当年调查‘前线帮’的时候，你为我签过一些那样的表格，说明我可以与你分享我们的调查概要。”

“他们要求这些材料仅能为我们之间和我们自己使用。”

“如果你愿意，我可以在你们的安全办公室里看这些材料，那对我来说就已经很好了。他们也没有违背那份协议。”

波拉德盯着她看了一会儿，然后又将目光移向墙上照片中的那位巨人杀手凯特。她直直地看着他，时间一秒一秒地过去，直到他重新转过来看她。

“如果你想要我签一份保密协议的话，当然我很乐意去签。”

她仍旧盯着他，等待着他的回应。

“我不知道，凯瑟琳。”

波拉德感觉到自己全部的努力可能都要付之东流了，她突然很担心他可能会跟洛杉矶警察局打招呼，以征得他们的许可。他的安全办公室几乎每天都要与警局方面的抢劫案调查组以及联邦调查局的侦探进行沟通。而如果抢劫案特别调查组的警探发现她在已经离职的情况下，还在与他们玩这种猫捉老鼠的游戏，那她将会变得困难重重。

她转身又盯着墙上的那幅照片看了看，然后使出最后的一招。

“那些浑蛋再有两年就该出狱了。”

彼得无奈地耸耸肩，这事儿可不会令人鼓舞。

“告诉你什么？把你的联系方式留给我的助手吧。让我再考虑考虑，我会跟你联系的。”

彼得起身，波拉德跟他一起站了起来。她想不出还有什么可说的。对方已经下逐客令了。她留下自己的联系方式，然后一个人疾速走进电梯，感觉自己就像个刚刚在客户面前碰了钉子的灰溜溜的商人。

波拉德失去了她的信用凭证，能够证明她 FBI 侦探身份的那枚警徽和胸卡。这些证件能够给予她说话的分量和心理上的权威感，能够随意地发问并要求对方进行回答，她总是会毫不犹豫地敲响任何人的房门，直截了当地进行任何问话，并几乎总是能够得到她想要的答案。她感觉自己比一名被请出门的生意人更加没面子；她感觉自己就像个可怜的乞丐在向酒店里的食客乞讨一点残羹冷炙；到后来，她感觉自己已经什么都不是。

波拉德开车驶回锡米谷，去给她的孩子们准备晚餐。

27

霍尔曼看着波拉德驾车从河边离开，心中有种茫然的感觉。他并没有告诉她，他们在桥底相遇的真正原因。他其实是在赶往利奇店铺的路上。另外，他告诉波拉德他曾来桥边10多次，那也是撒谎，实际上他返回这里已经不下二三十次了。每一天他都会发现自己站在桥边许多次，每天夜里还会有两三次。有时候他发现自己在桥边，好像他趴在方向盘上睡着了，但车还照样开着。他时常翻越那道护栏。大部分时候，他只是漫无目的地在桥边开车巡视这一带的情况，有时也会停车下来走走，靠着护栏从每一个可能的角度眺望那些曾经血迹斑斑的凶案现场。霍尔曼没有告诉波拉德他曾无数次造访这里的真相，他知道这些事可能永远也不会对任何人说，一如那些撒在桥下刺眼的阳光给他带来的不安时刻。

霍尔曼把他与波拉德之间谈论的每一件事都在心里反复琢磨后，他决定不去利奇那里了。他仍旧需要和利奇谈谈，但他希望利奇从此不再跟这事沾上边。

他转身面向卡尔弗城，然后拨响了利奇的电话。

“霍尔曼！喂，兄弟？你对那辆车还满意吧？”

“我真希望你没有派你的弟兄们去找那个老头的麻烦。这让我很尴尬。”

“霍尔曼，请你住嘴！那个狗娘养的家伙害得你屁股后面跟了一堆警察，竟然还收你一天20美金，而且欺负的是你这样的人！他很清楚自己在干什么，兄弟，我不能容忍他那样胡作非为！”

“他只是个老头，利奇。我和他是在做交易。我知道自己在干什么。”

“你知道他那车有上路的许可证吗？”

“不知道，但那无关紧要。”

“那你想让我怎么做，给他送上鲜花？或是一张字条，上面写上对不起？”

“不，但是……”

霍尔曼知道他不想讨论这件事，他已经后悔提起这事儿了。他还有更重要的事情要和利奇谈。

“听着，我不是要你去做什么，我只是顺便提一下而已。我知道你是好意。”

“有我在你的身后，兄弟，永远不要忘记这个。”

“还有一件事，我听说玛丽亚·苏亚雷斯不见了。”

“她是从她表兄弟家离开了？”

“是的。警察已经发了通缉令，现在他们责怪是我让她跑掉了。你能打探到她的下落吗？”

“不管怎样，兄弟。我尽我所能吧。你还需要什么吗？”

霍尔曼的确需要一些东西，但不是从利奇那里。

他说：“还有一件事。我今天因为苏亚雷斯的事跟警察发生了冲突。他们没去找你谈话吧？”

“警察为什么要找我谈话？”

霍尔曼告诉他，兰登对他提到了利奇的名字。利奇沉默了一会儿，然后他声音低沉地说：

“我不喜欢这样，兄弟。”

“我也不喜欢。我不知道他们是否一直在跟踪我，或者他们查过我家里的电话，但是不要再用那个电话找我了。就用这个移动电话联系吧。”

霍尔曼挂断电话，一个人默默地开车穿过这座城市。他花了差不多 1 个小时从第四大街桥到达卡尔弗城。城里的交通在夜幕降临前总是变得异常拥挤，这个时候人们都在下班的路上。霍尔曼有些担心，恐怕自己到得太晚了，但他还是在下班时间到来前的几分钟赶到了广告牌公司。

霍尔曼没有把车开进停车场，他没打算去见托尼·吉尔伯特。他把车停在了马路对面的一块红色区，坐在车里等着，等待时钟指向下午 5 点钟。那是白天的下班时间。

霍尔曼看了一眼他父亲留下的手表，上面的指针仍旧静静地躺在那里。或许，这就是他为何一直戴着它的原因。时间对他来说已经没有任何意义。他对了一下车内仪表盘上的时钟，看着时间一分一秒地滴答走过。

时钟指向下午 5 点，一群群的男人和女人从印刷车间里涌出来，走到停车场去取他们的车。霍尔曼看着托尼·吉尔伯特走向一辆凯迪拉克，两个前台的女孩钻进一辆斯巴鲁。3 分钟之后，他看着皮切斯从大楼里出来，钻进一辆道利奇 Charger，其破烂程度和佩里的那辆“搅拌机”几乎没什么两样。

霍尔曼仍旧等着，直到皮切斯开车离开，然后霍尔曼也驾车驶入街上如织的车流中，隔着几辆车紧跟在皮切斯后面。霍尔曼跟着皮切斯的 Charger 走了差不多一英里路，直到他确信周围再没有印刷厂的其他人。他突然加快油门绕到那些车的前面，然后突然插进马路，正好跟在皮切斯的后面。

霍尔曼摁响喇叭，他看见皮切斯的眼睛往后视镜里看了看，但却没有停车的意思。

霍尔曼再次摁响喇叭，皮切斯这次回过头看看，霍尔曼向他打了个手势。

皮切斯明白了他的意思，然后把车开进一条安全车道的停车点。他在出口附近停了下来，但并没有下车。霍尔曼心里想着这个家伙大概是害怕了。

霍尔曼在他后面停下车，走下车然后向前走去。当霍尔曼走近时，皮切斯把车窗摇了下来。

霍尔曼说："你能帮我搞到一支枪吗？"

皮切斯笑了笑。

"我就知道还会再见到你的。"

"你能不能帮我搞到一支枪？"

"你有钱吗？"

"有。"

"那么我能搞到任何你想要的东西。上车吧。"

霍尔曼走到另外一侧，打开车门钻了进去。

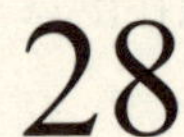

28

那天晚上当霍尔曼回到家发现佩里平常停车的位置空了出来。那辆“搅拌机”不见了。

霍尔曼避开从窗沿上滴落的水珠，像往常一样从前门穿过。时间已经差不多晚上 10 点了，但佩里仍旧坐在他的桌子前，脚搭在桌子上看着一本杂志。

霍尔曼不想跟他打招呼，快速走向楼梯，但佩里却一脸欢喜地放下手中的杂志。

“嗨，那几个家伙今天回来了。你真是不必那么严厉地教训他们，霍尔曼。谢谢你！”

“很好。我很高兴现在没事儿了。”

霍尔曼现在可没心思听他念叨这些。他只想早点上楼，于是他继续朝前走去，但佩里把脚从桌子上放下。

“嗨，等等。呆在那儿。那个袋子里装的是什么，你的晚餐吗？”

霍尔曼停住脚步，但他身边拎着的那个拉尔夫纸袋像是空着的。

“对。听着，佩里，它已经冷了。”

佩里放下杂志，咧嘴笑了起来。

“如果你愿意在吃晚餐时喝瓶啤酒的话，我那里有两瓶。我们可以一起吃顿晚饭什么的。”

霍尔曼犹豫了一下，他不想表现得不近人情，但又不希望和佩里搅到一起。他只想拎着他的袋子赶快上楼。

“这只是一点炒面。我已经吃得太多了。”

“哦，那我们还可以喝啤酒啊。”

“我戒酒了，你记得吧？”

“是的。听着，我只是尽量想对你所做的那些表示感谢。当那些家伙走进来时，我心里还想着，狗屎，他们又来捣乱了。”

现在霍尔曼倒奇怪起来。但他仍想着赶快把佩里打发掉，能早一点上楼。

“我不知道他们会回来。”

“哦，狗屎，你一定是对他们讲过什么了。你注意到那辆‘水星’不见了吗？”

“是的。”

“他们替我拿去修理了，作为一种道歉。卸掉那些零碎，并把那层铁锈清理干净，再给我装上车前灯，把那杂碎重新喷一遍漆。把它像新车一样给我送回来，他们说。”

“那可真不赖，佩里。”

“见鬼，霍尔曼，我真是感激不尽啊。谢谢，兄弟！”

“没关系。听着，我现在想要上楼了。”

“好吧，伙计，我只是想让你知道。你要是改变主意还想喝酒的话，只管回来敲我的门。”

“好的，佩里。谢谢！”

霍尔曼上楼回到他的房间，让门敞着。他把屋里的空调关掉，以切断吹风机发出的噪音，然后又返回门口。他听到佩里锁上前门，然后穿过楼下的门厅把灯关掉，最后向着自己的房间走去。霍尔曼一直等着听到佩里关上门，踢掉鞋子。然后他悄悄地爬下楼，钻进门厅尽头的公用储物室，那里是佩里存放拖把、肥皂以及清洁器具的地方。霍尔曼此前曾两次到那里翻找过清洁剂和下水塞。

除了那些清洁器具之外，霍尔曼还注意到在两根壁柱中间有一个长方形的凹槽，那是安放水阀的地方。霍尔曼把那个袋子放进凹槽，藏在水阀的下面。他不想把枪放在自己的房间或者车里。这种东西不能放在自己身边，警察随时会来搜查他的房间的。如果当天早上他们在搜车时找到这家伙的话，那他现在就得回到联邦政府的拘留所里了。

霍尔曼关上储物室的门，然后返回他的房间。他太累了，所以先要去冲个澡。重新把空调打开，爬到自己的床上。

当霍尔曼第一次听警察向他解释里奇的死因时，他就看出了许多问题，他相信这些警察根本就无法胜任这份工作。现在他更加肯定，只能靠自己来揭开这场谋杀的真相了。如果里奇和他的朋友们是在试图寻找那失踪的 1 600 万美金的话，那霍尔曼就非常肯定，他们绝不是唯一在找这笔钱的人。自从这笔失踪巨款成为一个秘密之后，唯一还了解这件事的人就是警察。

霍尔曼在脑子里竭力想象着 1 600 万美金摞起来的样子，但他想不出来。当初他在江湖上呼风唤雨的时候，战利品最多的一次也不过才 3 200 美金。他想知道自己是否能把那些钱举起来，他想知道是否能把那些钱全都装进他的车里。任何人都可能为了那笔巨款而做出疯狂的举动，他想知道是否里奇也是那样的人，但一想到这就让他的心里隐隐作痛，于是他强迫自己抛却这个念头。

霍尔曼又转念想起波拉德，想着他们在桥底的那段谈话。他喜欢这个人，所以又为自己将她拉进这个漩涡深感不安。他想着自己或许愿意对她了解得更深一点，但他真的对此不抱什么希望。现在他有了枪。他希望自己不到万不得已绝对不要去用它，那样的话就意味着他将会重返监狱。但只要他一找到杀他儿子的凶手，他就会毫不犹豫地拿起枪。

29

第二天早晨，波拉德打来电话，想同霍尔曼一起去找莱拉·马琴科。马琴科太太住在离中国城不远的林肯高地，所以波拉德可以到联合火车站接他，然后两个人一起出发。

波拉德说："就这么定了，霍尔曼。这个女人憎恨警察，所以我告诉她我们是记者。"

"可我对记者的事情一无所知。"

"你要知道什么呢？问题的关键就在于她憎恨警察，那就是我们假扮记者的原因。我告诉她，我们正在撰写一份警察是如何在调查她儿子的过程中对她施虐的报告。那就是她愿意跟我们谈的原因。"

"哦，好吧。"

"我为什么做这事儿时带着你？你没有理由跟我一起去。"

"不，不，我想去。"

霍尔曼不愿她免费为自己工作，他更不想让她觉得自己把这些事都丢给了她一个人去做。

霍尔曼迅速冲了个澡，然后就这么等着，直到他听见佩里到门口去给人行道路面洒水，然后才又回到储物室。昨天夜里他反复权衡，辗转反侧，后悔自己不该从皮切斯手里买枪。现在，皮切斯知道他有枪了，如果那家伙一旦遇到什么麻烦，那他肯定会毫不犹豫地抖落出他们的交易，出卖霍尔曼。霍尔曼非常清楚，皮切斯会遇到麻烦，因为像他那种人总是会麻烦不断。唯一的问题只是时间早晚而已。

霍尔曼想去查看一下他藏枪的地方在白天光线充足的情况下会怎么样。水阀和突出的水管挡在上面，还有一层很久没有清扫过的浮尘和蜘蛛网，所以看起来不管是佩里还是旁人都不大可能去那里翻东西。霍尔曼悬着的心放了下来。如果皮切斯出卖自己，他完全可以一推了之，警察找不到枪也奈何他不得。霍尔曼又把拖把和笤帚放到远离阀门的位置，然后才去见波拉德。

霍尔曼一直很喜欢联合火车站，尽管那里与监狱只有一条街区之隔。他喜欢那里旧式的西班牙风格的建筑，因为那些装饰上的灰泥、瓦片和门拱，能够让他回想起这座城市残留下来的旧时西部的痕迹。霍尔曼在童年时代，曾对电视上的西部影片迷恋不已，这也是他记忆中仅存的与他父亲有关的事情。老父亲曾带他去过繁华的奥佛拉大街几次，主要是因为走在那里的墨西哥人都穿着花花绿绿的老西部牛仔一样的服饰。他们先买完油条，然后穿过大街到联合火车站去看那里的火车。这些景致仿佛已浑然一体，奥佛拉大街、牛仔、联合火车站看起来就像个旧时的西班牙使馆，那里正是洛杉矶这座现代城市的诞生地。他的母亲也曾带他去过一次，但仅仅一次而已。她带着他走进有着高高的天花板的客运大楼（候车），他们坐在一条长长的木椅上，那里有很多人都在等着。她给他买了一瓶可乐和一瓶 Tootsie 汽水。霍尔曼当时大概有五六岁的样子。这样过了几分钟后她告诉他在那里等着，她要去公共卫生间里方便一下，然后她就走了。5 个小时后，他的父亲从车站的服务员那里找到了他，因为她再也没有回来。两年后她死了，老父亲最后告诉他，他妈妈一直试图抛弃他。她搭上了一列火车，但刚到欧克拿她就后悔了。按照他父亲的说法是“她肠子都悔青了”。不管怎么说，霍尔曼现在仍然喜欢联合火车站。因为这能让他想起旧时的西部，当年每当他和父亲在电视里看到那些片子，都总是感觉那么美。

霍尔曼在人行道的尽头把车靠边停下，然后步行穿过去，在主路口等候波拉德。几分钟后，他坐上波拉德的汽车，两人一起前往林肯高地。去那里只有几分钟的路程。

安德烈·马琴科的母亲住在居民中心和百老汇中间的一片低收入住宅区，距离中国城不远。这里的房屋都小门小户，大部分都装修得十分简陋，因为生活在这里的人都没有钱。而在这些小房子里，也大都是两三代人挤住在一起，有时甚至还不止一个家庭，总之在这些狭小的房屋里几乎每一寸空间都要充分地利用上。霍尔曼就是在这样的房子里长大的，只不过是在这座城市的另一端，他发现这里的街道上也是一样的充满着萧索之气。回想起当年霍尔曼遍街偷盗时，他从不会把手伸向那种地方，因为他最清楚生活在这里的人几乎都穷得一文不名。

波拉德说：“好吧，现在听着。她呆会儿肯定会向我们大吐苦水，痛骂那些警察是如何谋杀了她儿子的，所以我们只管听她说好了。让我来主导和她的谈话。”

“你是老板。”

波拉德转身从后座上拿出一个文件夹，她把它放到霍尔曼的腿上。

“拿着这个。我们已经到了，右边就是。尽量装得像个记者的样子。”

莱拉·马琴科个子不高，是个矮胖子，长着一张宽宽的斯拉夫人的脸，小眼睛，薄嘴唇。当她听见敲门声出来开门时，身上穿着一件厚重的黑色裙子，脚上套着绒毛拖鞋。一见面，霍尔曼就看出她对自己身份的疑惑。

“你就是那个报社的人？”

波拉德抢先说道：“是的，没错。你和我在电话里通过话。”

霍尔曼随声附和：“我们是记者。”

波拉德表情有点生硬，她清了清嗓子，但马琴科太太还是推开房门，让他们进去了。

马琴科太太的客厅比霍尔曼的公寓还要小一些，房间里那些污渍斑斑的家具显然也都是从露天市场和旧货商店里买的。她的房子里还没有装空调。3台桌式电风扇立在房间的四周，从不同的方向不停地吹风，以驱散室内的燥热之气。第四台电扇则静悄悄地呆在角落里，它表面的保护罩已经坏掉，扇叶悬在那里一动不动。除了这些风扇以外，这里的一切都让霍尔曼回想起自己的老房子，这感觉让他很不舒服。这个狭小而封闭的空间感觉就像个蜂窝。他想快点离开了。

马琴科太太一屁股坐在椅子上，就像一堆毫无生气的赘肉。波拉德在沙发上坐下来，霍尔曼坐到了她的旁边。

波拉德说：“好吧，马琴科太太，就象我在电话里跟您说的，我们打算策划一组报道，是披露警方如何不公正对待犯罪嫌疑人家属的。”

波拉德不需要再说更多了。马琴科太太立即变得面色通红，开始咆哮着发起她的牢骚。

“他们真是肮脏粗鲁。他们来到这里，把我这么一个孤苦伶仃的老太婆这儿搞得乱七八糟。他们打破了我卧室里的一盏台灯。他们砸烂了我的电扇。”

她朝着那台一动不动的风扇指了指。

“他们进来以后就在屋子里到处乱翻，我一个人在这里，真担心可能会被他们强暴。我不相信他们说的那些事情，我直到现在也绝不相信。安德烈没有犯过他们说的那些罪状，或许那最后一次是真的，但其他的都与他无关。他们诬蔑他，所以才会把所有罪责都归咎到他的身上。是他们谋害了他。电视上的那个人，说他们开枪射杀安德烈时，他正准备放弃抵抗。他们这是防卫过度，他说，他们动用了太多的武力，所以他们讲述了那些糟糕的谎言来掩人耳目。我要到市里去起诉他们。我要让他们赔偿。”

老太太的眼睛像她的脸色一样变得通红，霍尔曼发现自己一直在瞅着那个坏掉的风扇。这总比看着她痛苦更让人好受些。

“马克斯？”

“什么？”

“那个文件夹呢？请让我看下那个文件夹好吗？”

波拉德伸出手，等着他把文件夹递过去。霍尔曼递了过去。波拉德从中拿出一页纸，把它递给了马琴科太太。

“我想给您看看这些照片。您认识这其中的哪个人吗？”

“他们是谁？”

“警官。这些警官中有谁来见过你吗？”

波拉德从报纸上将里奇和福勒以及另几个人的照片裁了下来，用胶布把它们粘到这张纸上。霍尔曼心想这可真是个好主意，他估计自己大概想不出这样的办法来。

马琴科太太仔细辨认着照片，然后点了点福勒的照片。

“或许有他。他没穿警服，穿的是一身便装。”

霍尔曼看了一眼波拉德，但她没有作出回应。霍尔曼知道现在正是“讲述时刻”。福勒之所以穿上便装，是因为他试图把自己装扮成一名侦探。他隐藏了自己是一名制服警察的事实，恰恰说明他是另有所图。

波拉德说：“其他人呢？还有别人也和刚才那个人一起或者在其他时间来过这里吗？”

“没有了。还有另外一个人跟他一起来的，但你的照片上没有那个人。”

现在波拉德看了一眼霍尔曼，霍尔曼耸了耸肩。他心里琢磨着这个该死的“第五人”到底是谁，还是这个老太太自己搞错了。

霍尔曼说：“你确定那个人不在这张照片中吗？你干吗不再仔细看看呢？”

马琴科太太生气地撇了撇嘴。

“我不需要再看了。那是另外一个人，但不在这些人当中。”

波拉德清了清嗓子，然后插了一句。这让霍尔曼感到轻松。

“你还记得他的名字吗？”

“我可没时间搭理那帮浑蛋。我不知道。”

“他们大约是什么时候来的，你还记得吗？那是多久以前的事了？”

“没多久。两个星期吧，我想。你干吗总是问他们？他们并不是打碎我台灯的那个人。那是另外一个家伙干的。”

波拉德收起那些照片。

“你只管把他们做过的最卑劣的事都讲出来，但我们要关注这起事件中的每个人。”

霍尔曼真是对波拉德编造谎言的本领佩服得五体投地。这种技巧他从前就在警察身上见识过。他们常常比罪犯们更善于撒谎。

波拉德说："他们想干什么？"

"他们想知道艾利的情况。"

"艾利是谁？"

"安德烈的女朋友。"

霍尔曼突然眼前一亮，看得出来波拉德也同样惊讶不已。此前大大小小的报纸上都把马琴科和帕森斯描绘成一对性格孤僻独来独往的人，暗指这两人可能存在着同性恋的关系。波拉德低头盯着文件夹看了一会儿，然后才继续她的提问。

"安德烈有女朋友？"

老太太的脸色一下变得凝重，脚尖往前翘了翘。

"我不是在编造故事！我儿子安德烈不像那些讨厌的家伙说的那样是个娘娘腔的男人。许多年轻人都有分摊费用的同居伙伴。许多！"

"我相信，马琴科太太，尤其是像他那么英俊的小伙子。那么那些警察都想了解她什么呢？"

"只是提些问题，他们问安德烈经常跟她见面吗，她住哪儿之类的事情，但是我是不会去帮助这些谋杀了我儿子的人的。我装出一副我不认识她的样子。"

"所以，你并没有对他们讲她的事情？"

"我说我不认识什么叫艾利的姑娘。我是不会帮这些杀人犯的。"

"我们想为了这篇报道去跟她谈谈，马琴科太太。您能给我她的电话号码吗？"

"我不知道她的号码。"

"好吧。我们可以去查查。她姓什么？"

"我不是在撒谎。他每次在这看电视的时候都会给她打电话。她是一个很漂亮的姑娘，每次他给她打电话的时候，她都笑个不停。"

马琴科太太情绪又一次激动起来，霍尔曼看出她现在有多么的绝望，她需要他们去相信自己。自打她儿子死后她就一直困在这个小屋里，没有人倾听她的述说，而且已经足足有 3 个月没有人听她讲话了，她太孤独了。霍尔曼的心情也因此变得糟糕透顶，他甚至想跳起来马上跑掉，但是他的理智告诉自己不能，他面带微笑，竭力使自己的声音变得柔和。

"我们相信你，夫人。我们只是想跟那个女孩谈谈。你上一次跟她讲话是什么时候的事？"

"在他们杀害安德烈以前。已经很长时间了。安德烈每次来这儿，我们都会一起看电视。有时他会给她打电话，他把电话放在我的耳边，就在这里，'妈妈，跟我的女朋友说两句吧。'"

波拉德咕哝着嘴唇，琢磨着她的话，然后看了一眼放在马琴科太太的沙发扶手上的电话。

“或许如果您给我们看一下您过去的电话账单，我们就能找出哪个电话是属于艾利的了。那样我们就能知道是否福勒侦探也曾像对你那样粗鲁地对待她了。”

马琴科太太立刻欢欣起来。

“那会帮助我起诉他们吗？”

“是的，夫人，我想会的。”

马琴科太太从椅子上站了起来，蹒跚着走进了房间。

霍尔曼往波拉德身边凑了凑，低声问道。

“这第五个人是谁？”

“我不知道。”

“报纸上没提到过任何关于他女朋友的事啊。”

“我不知道。她也不在 FBI 的证人名单上。”

这时马琴科太太拿着一个纸壳箱回来，打断了他们的对话。

“我在交完款之后，把电话账单都放在这里了。它们都混到了一起。”

霍尔曼又靠回椅背，看着他们整理着那些单据。马琴科太太没打过多少电话，也没有多少不同的电话号码——她的房东、她的医生、几个作为朋友的老太太、她在克利夫兰的弟弟，以及她的儿子。波拉德每找到一个马琴科太太不认识的电话号码，她都用自己的手机拨打过去，但前 3 个电话分别是两个修理工和一家比萨店的。马琴科太太记得那两个修理工，但当波拉德把电话打到那家比萨店时，她皱了皱眉头。

“我从来没有要过比萨。那肯定是安德烈打的。”

不过，比萨店的电话已经是 5 个月前打的了。账单上接下来又是一个马琴科太太不认识的号码，但随后她便点了点头。

“那一定是艾利的。我现在想起那个比萨了，我告诉安德烈它有股让人恶心的味道。当时那个人把它送来，安德烈把电话递给我，他走过去开的门。”

波拉德看了霍尔曼一眼，脸上带着笑。

“那我们就打过去吧。让我们看看谁接电话。”

波拉德拨通了这个号码，霍尔曼看见她脸上的笑容消失了。她挂断了电话。

“已经停止服务了。”

马琴科太太问：“是坏了吗？”

“或许不是。但我敢肯定我们能用这个号码找到她。”

波拉德在她的笔记本上抄下这个号码，连带着拨打时间、日期以及通话时长，然后继续查找账单上剩余的号码，但发现这个号码又出现过一次，时间是

第一个电话的三周前。

波拉德瞅了一眼霍尔曼，然后对马琴科太太笑笑。

“我想我们已打扰您好长时间了，非常感谢您！”

马琴科太太的眼角耷拉下来，一脸的失望。

“你们不想跟我谈那个风扇和他们是怎么撒谎的了？”

波拉德起身，霍尔曼紧随她站起来。

“我想我们已经掌握了足够多的材料。我们还要看看艾利说些什么，我们还会回来找您的。走吧，霍尔曼。”

马琴科太太跟在他们身后蹒跚着走向门口。

“他们本不必杀了我的儿子。我不相信他们说的那些事。你会把这个写进你的文章中去吗？”

“再见，再次感谢您！”

波拉德出门后径直向她的车走去，但霍尔曼踌躇不前。他感觉就这么离开实在有些过意不去。

马琴科还在絮絮叨叨：“安德烈正在试图放弃，把这个加到你们的文章里，写写他们是怎么谋杀我的儿子的。”

波拉德向他招手，叫他快点过去，但身边是这样一位满眼尽是恳求的老太太，一心想着他们是在帮她，而他们就这样离她而去，什么都没有留下。霍尔曼为自己感到惭愧。他看看那个坏掉的风扇。

“你不会修吗？”

“我怎么会修它呢？安德烈死了。我怎么会修呢，我要起诉他们，得到那笔赔偿。”

波拉德已经在鸣喇叭了。霍尔曼看了一眼她，然后回到马琴科太太身边。

“让我看看吧。”

霍尔曼走回屋里，检查起那个风扇。保护罩估计是被一颗小螺丝固定在电机的背面，但是螺丝坏了。它大概是在警察敲打风扇时猛然折断的。螺丝头已经脱落，剩余的螺丝杆还留在洞眼中。必须把它钻出来，再找个螺丝把它们固定住。这总比重新买一个新的风扇要便宜得多。

“我修不了它，马琴科太太。我很抱歉！”

“真是可恶，他们对我儿子做了什么。我要去法院告他们！”

喇叭声还在响着。

霍尔曼走回门口，看见波拉德正在向他挥手，但霍尔曼仍然没有离开。眼前的这个女人，尽管她的儿子抢劫了 13 家银行，害了 3 条性命，另外还伤了 4 个人；她的儿子拿着改装后的半自动步枪，像玩具手枪一样对别人开火，打扮得像个疯子，然后又在街头与警察对射，但是此刻，她只是在尽自己最后的努力保护着她的儿子。

霍尔曼说："他是个好儿子吗？"

"他来到这里，我们一起看电视。"

"那么这就是你需要知道的全部了，夫人。你只需记得这点就行了。"

霍尔曼转身离去，和波拉德走到一起。

30

当霍尔曼把车门关上，波拉德加大油门返回联合火车站。

“你在干什么？你为什么又走回去？”

“去看看我能不能帮她修理一下风扇。”

“我们现在有很重要的事情要做，你竟然在这种事上浪费时间？”

“这个女人以为我们在帮助她。就这么离开我感觉不合适。”

直到此时，霍尔曼仍旧心绪难平，他没注意到波拉德已经沉默了下来。当他再抬起头来看她时，发现她的嘴唇绷成一条直线，眉头紧蹙，眉尖几乎挤成一个直角。

他不解地问：“怎么了？”

“这事不该责怪你，但我真的很不开心。我不喜欢对失去儿子的可怜女人撒谎，我不喜欢这种偷偷摸摸的卑劣方式。这种事情当年我在银行调查组时办起来是那么简单容易，可现在我不是侦探了，所以我们才不得不这么做。我不想你把我的心情变得更糟。”

霍尔曼看着她，心里更加难受。前一天夜里他辗转难眠，思前想后，后悔自己不该把她卷入这件事情里，现在他觉得自己就像个白痴。

“对不起，我不是那个意思。”

“不要再说了，我知道你不是。”

显然，她现在的情绪十分低落，霍尔曼不知道该说些什么。他越是想着她为自己做的这些事，就越是感觉自己像个白痴。

“我很抱歉！”

她的嘴唇仍旧紧闭，于是他决定不再说这些道歉的话。他决定换个话题。

“嗨，我知道这个艾利很重要。你能靠个联系不上的号码找到她吗？”

“我有个朋友在银行调查组是做这个的。他们通过数据库可以调出这个号码，会显示出原先使用它的用户，即使它现在已经不再被使用。”

“那要用多久呢？”

“那是计算机操作的，只需几毫秒就能找到。”

“为什么她没有出现在那份证人名单上呢？”

“因为他们不知道她的情况，霍尔曼。明白了吗，嗯？”

“对不起。”

“这就是她之所以重要的原因。他们不知道她，但福勒知道。那也就意味着他是从其他的途径了解到她的消息的。”

“福勒和那个新出现的家伙。”

波拉德与他对视了一下。

“是的，那个新出现的家伙。我希望能跟这个女孩谈谈，霍尔曼。我想知道她都告诉他们什么了。”

霍尔曼陷入沉思。他们驱车在主街上一路向西，直奔河边的方向驶去。他也在考虑着她会对他们说些什么呢？

“或许她告诉他们在桥底等她，然后把那笔钱交给他们。”

波拉德没有理会他。她沉默了一会儿，然后耸了耸肩。

“我们会知道的。我回去会查查他的电话清单，看看他们是否联系过，什么时候联系的，我要看看是否我们能够找到她。总之不管找到了什么，我都会在晚些时候给你打电话的。”

霍尔曼看着她开着车，想到她还要把整个下午都花在这件事上，心中的犯罪感更加强烈。

“听着，我想再一次感谢你，这件事给你添了太多的麻烦。我并没有置身事外的意思。”

“不用客气。别再说这些话了。”

“我知道你已经拒绝了，但我还是想报答你。至少是油钱吧，既然你不让我开车。”

“如果我们不得不加油的话，我会让你付账的。那样会让你感觉好些吗？”

“我只是不想让人痛恨。让你把这么多时间都搭进这里面，我心里实在过意不去。”

波拉德没有说话。

“你丈夫不介意你把所有时间都花在外面吗？”

“别提我丈夫。”

霍尔曼感觉自己又冒犯了她，于是他靠回了座椅，不再言语。他第一次在星巴克与她见面时，就注意到她手指上没戴戒指，但她已经提到她有孩子，所以他才冒冒失失地问了一句。现在他后悔不该提这件事了。

两个人一路上再没有说话。当他们从河上穿过的时候，霍尔曼尽量往第四大街桥看了看，但离得实在太远了。他很奇怪这时波拉德突然开口了。

“我没有丈夫。他死了。”

“对不起。我本不该提这件事。”

“事实上更糟。在此之前我们就已经分居了。我们双方正在考虑离婚。”

波拉德耸了耸肩，但仍然没有看他。

“你呢？你和你老婆之间怎么样呢？”

“里奇的妈妈？”

“对。”

“我们从未结过婚。”

“这不奇怪。”

“如果时光能够倒流，可以让我重新来选择的话，我会娶她的，但一切都已经太迟了。直到我进了监狱，才醒悟自己曾经的过错。”

“可是有些人永远都不知道悔改，霍尔曼。至少你已经明辨是非了。也许你只是在前面走了一些弯路。”

霍尔曼此前一直生活在无可避免的沮丧和惊惶中，越陷越深。但当他面向波拉德的那一瞬间，他看见她脸上的笑。

她说：“我真不敢相信你回去是要给她修理风扇。”

霍尔曼耸了耸肩膀。

“那太酷了，霍尔曼。真的非常非常酷！”

霍尔曼看见联合火车站已经进入他们的视野，他知道自己也笑了。

31

当波拉德把车停下，霍尔曼并没有马上离去。他一直等到她走了以后，才穿过奥佛拉大街。一队装扮着色彩缤纷羽毛的墨西哥舞蹈团正伴着有节奏的鼓点不停地跳着托尔特克人（10至12世纪在墨西哥占统治地位的印第安人）的舞蹈。鼓声是那种原始的感觉，鼓点的节奏在不断加快，舞蹈的人们脚步轻盈，彼此间不停换位穿梭，宛如翩翩起舞的穿花蝴蝶。

霍尔曼驻足观赏了一会儿，然后买了根油条穿过人群。来自世界各地的游客使这里的街道和商店变得拥挤不堪，几乎都是在买阔边帽和墨西哥人的手工艺品。霍尔曼在人海中随意走动。他呼吸着空气，感受着阳光，享受着美味的油条。霍尔曼在一排商店的街边漫步向前，偶尔在一家门口稍作停留，他是被它橱窗里精巧的货品所吸引，他就这样在街上自由自在地行走。他感觉自己已经好久没有这么轻松了。当长期服刑的犯人最初被释放时，他们常常会患上一种“广场恐惧症”，一种对开放空间的恐惧。监狱辅导员给这种类型的心理恐惧起了一个特殊的名字——生命的恐惧。自由给予一个人选择的机会，而选择可能会让人心生恐惧。每一次机会都是一个潜在的失败，每一次机会都可能成为返回监狱的另一步。即使像离开房间或询问方向这样简单的选择，都可能让一个人感觉羞耻，无所适从。但现在霍尔曼感觉到了轻松，他知道自己已经把那种茫然无措的恐慌感抛之身后了。他正重新获得自由，这种感觉让人无比愉悦。

他突然想起，他可以邀请波拉德一起共进午餐。既然波拉德不让自己为她付出的时间买单，那么请她吃个三明治总是应该的吧。他想象着他们俩在一家Phillippe店里吃着French dip三明治，或者在一家墨西哥餐馆里吃着一盘玉米面豆卷，但随即他便意识到自己是在做白日梦。她也许会对此产生误会，然后就再也不来见他。霍尔曼告诫自己，对待身边的每一件事都要慎之又慎。也许，他还不像自己想象中的那么自由。

霍尔曼感觉自己似乎不再饥饿了，于是他去取车然后直奔家里，这时候电话铃响了。他希望这是波拉德打来的，但屏幕上显示对方的身份是利奇。霍尔曼打开电话。

“嗨，兄弟。”

“你在哪儿呢，霍尔曼？”

利奇的声音低沉而平缓。

“在回家的路上。我刚离开联合火车站。”

“来见我吧，兄弟。顺便到我的店里来一趟。”

霍尔曼感觉利奇的声音有些不对劲。

“出什么事了？”

“没什么。只是过来见我，好吗？”

霍尔曼肯定这是出了什么事，他怀疑这事是不是与兰登有关。

“你没事吧？”

“我正等着你呢。”

利奇没等霍尔曼回答就挂断了电话。

霍尔曼上到高速公路，直奔南而去。他现在离利奇的商店并不很远，路上用不了多少时间。霍尔曼想把电话给利奇打回去，但他知道刚才在电话里如果他想说的话早就说了，这更加令他忧心。

当他到达利奇的商店，驾车进入停车位，还未把车停好奇就出来了。霍尔曼一看见他就知道自己的担心没有错。利奇的面色凝重，他没等霍尔曼把车停稳，就钻进车坐到霍尔曼的旁边。

“我们去兜风吧，兄弟。绕着那个街区走一走。”

“出什么事了？”

“先开车，兄弟。离开这个地方。”

当他们驶入车流，他就扭着脖子向左右看了又看，似乎在搜索周围的车辆。他调整了一下观后镜，以便能把身后的情况也看得清楚。

他这才说话：“是那些警察告诉你玛丽亚·苏亚雷斯逃跑了吗？”

“对。他们发出了通缉令。”

“那是胡扯，兄弟。他们在跟你扯蛋。”

“你们谈什么了？”

“她根本就没跑，兄弟。是那些该死的警察把她带走了。”

“他们说她逃跑了。他们发出了通缉令。”

“是在前天晚上？”

“对，应该是。没错，就是前天晚上。”

“去他妈的通辑令！他们在那天半夜把她从家中带走了。附近有一些人，他们都看见了。他们听见吵吵嚷嚷的声音，然后就见那两个狗娘养的警察把她推上了一辆车。”

“一辆警车？”

“一辆轿车。”

“他们怎么知道这是警察干的？”

“就是那个红头发的家伙。伙计，就是攻击你的那个家伙。这就是他们知道的全部。这些人就是告诉我你被抓走的那些人，伙计！他们说那个人跟抓你的是同一个家伙。”

霍尔曼开着车，沉默了一会儿。那个红头发的人是武科维奇，他是为兰登工作的。

“他们看见车牌了吗？”

“没有，兄弟，那可是夜里！”

“什么样的车？”

“深蓝色或者褐色的皇冠维多利亚。你告诉我除了警察还有什么人开皇冠维多利亚吗？”

霍尔曼沉默不语，利奇摇了摇头。

“那些警察他妈的到底在干什么，伙计？你卷进什么里了？”

霍尔曼仍旧开着车。他在想着。他必须赶快告诉波拉德。

32

波拉德把这称作血液沸腾。她驰骋在好莱坞高速公路上，兴奋地一会儿五指紧贴仪表板，一会儿握起拳头不住地敲打，指尖和双腿感受着车载电子仪器传出的嗡嗡声，这一切都源自于案情出现的重大突破，这怎能不令人热血沸腾?！现在她不打算再把时间花费在案子里原来的那些角色上，马琴科的这位女朋友可是一副新面孔。这让波拉德重新转变了思路，现在的调查令她感觉到前所未有的激情和冲动，一切都将掌控在她的手中。

车刚刚驶入好莱坞高速公路，爬上 Cahuenga 大道，她就拨通了埃普丽尔的电话。

“嗨，姐们儿，你在哪儿呢？”

埃普丽尔轻声细语地回了一句，波拉德几乎听不清她在说什么。

“办公室。你又有‘多纳圈’了？”

“我这里有一个已经停机的电话号码，我正在我的车上。你能帮我查一下它原来的用户吗？”

“好的，我想，稍等一下。”

波拉德笑了。她知道桑德斯又是在悄悄地从工作间里面站起来观察办公室的情况，以确保自己没有被监视的危险。

“好的，当然可以。说吧，号码是多少？”

波拉德把号码念了一遍。

“是 310 区的代码。”

“稍等。我发现是一个名为艾利森 · 怀特的人在 Verizon 通信公司注册的用户，账单地址看起来像是个好莱坞的信箱。你想要吗？”

“是的，继续。”

显示的地址是落日大道上的一个私人邮箱系统。

“是什么时候停止使用的？”

“上个星期……6天以前。”

波拉德想了一下这个时间。如果福勒是在那次去莱拉·马琴科家之后找到的她的号码，那他应该已经能跟她联系上了。或许正是福勒的电话导致她取消了这个号码。

“埃普丽尔，看看她是否又有了新号码。”

“嗯……稍等一会儿。不，没有了。用户名单上再没艾利森·怀特这个名字了。”

波拉德知道，对于没有找到她的新号码这件事既值得注意，但也不足为利奇。非正式注册的号码就不会出现在常规的数据库中，所以怀特的新号码很有可能是属于这一类。当然，还有其他可能，比如她使用了另外一个名字注册号码，或者跟别人共用了一部电话。总之，这是一个让人无法预料的结果，无论属于哪一种情况，都无法使波拉德找到她。

“听着，还有一件事。我本不愿这样麻烦你，但我还是得说，你能帮我在系统中查查这个女孩吗？”

“从哪个系统？国家犯罪信息中心？”

“随便什么吧。机动车辆管理处应该更好一些。我正在尽力找这个人。”

“我能知道这是怎么回事吗？”

“如果问题查清了，我会让你知道的。”

桑德斯迟疑了一下，波拉德猜她可能又在窥探办公室的情况呢。要调出一项政府数据库进行检查，在她的座位上解决不了。桑德斯拿起电话。

“现在不行。利兹在办公室，但是这会儿我看不见他。我不想让他问我在干什么。

“那你过会儿打给我吧。”

“好的。”

波拉德对于目前取得的进展还算满意。艾利森这个电话号码的停用时间与福勒去马琴科太太家里查询的时间是如此吻合，让人不能不相信二者之间确实存在着联系。尽管如此，但侦探出身的波拉德，如同所有警察一样，在找到确凿的证据之前，对这种巧合的态度还是质疑。她放下电话，焦急地准备核查福勒的电话记录，等候着桑德斯反馈回来消息。波拉德知道，如果桑德斯能够查出她的身份，那么就可以通过邮箱服务联系到她。波拉德也清楚，如果没有对方身份的话，将很难从邮局获得她的任何信息。但不管怎样，这至少给她留下了一条调查的线索，她能够感觉出自己的脸上又露出了笑容。

波拉德一直等到下班时间，电话也没有响，她知道今天可能等不到桑德斯的回话了。于是她去洗了一下车，然后去了拉尔夫杂货店。她给家里补充了一些食品和厕纸，又给两个孩子买了些小零食。他们现在就像两头饿狼，似乎每天都要吃很多的东西。她突然很想知道是否霍尔曼也曾给他的小儿子买过这些零食呢，她很怀疑。不，他肯定没有。这让她感觉有点悲凉。跟以往她印象中的那个人相比，现在的霍尔曼似乎是个很不错的人，但她也知道他在过去的大部分人生中是名堕落的罪犯。她逮捕过的每一名罪犯都有自己的故事——欠债、吸毒、虐待父母、本身是孤儿、缺乏教育、贫穷等。所有这些都不重要。唯一重要的是看你是否触犯了法律。如果你犯了罪，你就要付出时间的代价，霍尔曼已经为此偿还了 10 年人生。波拉德为他感到惋惜，因为他付出的除了那 10 年光阴，还永远地失去了儿子，留下一生的遗憾。

她从食杂店出来后，便直接回到家里，坐到客厅的沙发上迫不及待地翻起了福勒的电话清单。她从福勒去找马琴科太太那天开始算起，逐一核对后面的电话记录，她发现艾利森·怀特的电话号码在仅仅几天后就出现了。福勒在那个“神秘星期四”给她打过电话，也就是他和霍尔曼的儿子深夜出门又带着一身泥巴回家的那天。福勒给她打过电话，但马琴科太太却声称自己并没有向福勒透露过任何关于艾利的消息，这也就意味着福勒是从另外一个人那里找到了她的电话号码。波拉德仔细审视着福勒账单上余下的电话号码，但根据这张单子上的记录，星期四是他唯一一次拨打过这个电话号码。波拉德又把理查德·霍尔曼的电话账单查看一边，但还是一无所获。

波拉德百思不得其解，福勒到底是怎么知道艾利森·怀特这个人的。她反复核实 FBI 的证人名单。报告摘要中提到了马琴科的房东和几位邻居，但是并未将艾利森·怀特这个名字罗列在内。如果是某位邻居向警方举报出马琴科或帕森斯有女朋友，那么调查人员肯定会追踪这条线索，在证人名单上就会列出她的名字，但事实却完全不是这样，所有的邻居都众口一词，声称他们俩既无朋友，也无女伴，甚至他们住的地方就从未来过外人。但不知是什么原因，福勒在去马琴科太太家之前就知道了怀特的事情。或许那个“第五人”对此早有掌握。或许那个“第五人”的电话号码就在福勒的电话清单中。

波拉德还在思索着这些问题，这时门铃响了。现在还没到她母亲接孩子们回家的时间。她把眼前的这堆材料收起，朝门口走去，从门上的猫眼向外瞅了瞅。

利兹和比尔·塞西尔正站在门口。利兹阴沉着脸低头看着门外的街边。他看起来很不高兴。他皱着眉头看看表，摸摸下巴，然后再次摁响门铃。

虽然当年在马蒂和她感情融洽时，塞西尔曾经不止一次到她家来过，但利兹从来没有登过她家的门。自从她从银行调查组离开以后，她更是从没在他办公室以外的地方见过他。

他正欲再次摁响门铃的空当儿，波拉德把门打开。

“克里斯、比尔，你们这是——这可真让人意外啊。”

利兹一脸严峻地看着她，一身蓝色西装从他那微微隆起的背部上自然地垂下。他矗立在她的面前，看起来就像是一个细长的稻草人。塞西尔站在离他身后半步之遥的地方，面无表情。

利兹说：“或许我该这么想吧。我们可以进来吗？”

“当然。当然。”

她闪身让他们进屋，但却一时手足无措，不知该说些什么。利兹先走了进来。当塞西尔从波拉德身边走过时，向她挑了挑眉毛，示意她利兹这会儿的心情可不怎么好。波拉德连忙赶上前两步，走进客厅陪在利兹身边。

“我有点糊涂了。你们怎么会来这里？”

“不，我就是来找你的。你这里很不错啊，凯瑟琳。你有一个很漂亮的家。你的孩子们在家吗？”

“不在。他们上学去了。”

“太遗憾了。我本来想看看他们的。”

波拉德的心中隐隐产生一种感觉，感觉自己好像又成了一个面对父亲的孩子。利兹不停地打量着客厅的前后左右，似乎正在检查着她的房间，而塞西尔则只是远远地站在门边。利兹终于结束了对客厅的“眼睛旅行”，他的目光落在波拉德脸上，就像一艘沉没中的船触到了海底。

他说：“你脑子出什么毛病了吗？”

“我怎么了？”

“你究竟为什么要和一个有罪的犯人搅在一起？”

波拉德立刻感觉自己的脸热得发烫，心里跟打翻了五味瓶一样。她想张嘴申辩，但他摇了摇头，阻止了她。

“我知道你是在帮马克斯·霍尔曼。”

她本打算否认，但话到嘴边，她改变了主意。

“我不想否认。克里斯，他失去了儿子。他请我去向警方问问这件事。”

“我知道是关于他的儿子。凯瑟琳，这个人是个罪犯。这一点你应该很清楚。”

“那又怎么样呢？我不知道你为什么来我这里，克里斯。”

“因为你跟着我干了 3 年。是我亲手把你提拔起来的，我他妈的为失去了你难过。如果我眼睁睁地看着你蛮干而不提醒你，我将永远都不能原谅自己。”

“干什么？克里斯，我只是在尽量帮助这个人找出他儿子的死因。”

利兹摇着头，好像她是个幼稚透顶的新手，他可以毫不费力地看穿隐藏在她内心最深处的秘密。

他说：“你去了印第安了？”

波拉德感觉脸上又一股热潮袭来。这是一句旧时的行话。当一名警察被认为言行不够老实，或者跟一个骗子坠入爱河，就说他去了印第安。

“没有！”

“希望如此。”

“听着，这事真的跟你没关系。”

“克里斯？你知道什么？你该走了？”

塞西尔小声附和了一句：“或许我们现在该离开了，克里斯。”

“等我办完事再走。”

利兹站着没动。他盯着波拉德，波拉德突然想到放在沙发上的那些材料。她侧身往门口的方向走去，以转移利兹的视线。

“我没做错什么事。我没有违反任何法律，也没有做过任何会让我的孩子们感到羞耻的事。”

利兹双手合掌，像在祈祷一样，但指尖却对着波拉德。

“你真的知道这个人想干什么？”

“他想知道是谁杀死了他儿子。”

“但那就肯定是他的真实想法吗？我已经跟警方通过话，我知道他对警方说了什么，我确定他对你讲了同样的话，但你就那么确信吗？是你把他送进监狱关了10年。他为什么反而要寻求你的帮助呢？”

“或许是因为我曾帮他减刑吧。”

“也或许是他对你另有所图，因为他知道你心肠软。他想他能再次利用你。”

波拉德感觉胸中窜起一股怒火。当年在《时代》将霍尔曼描绘成“侠盗”时，利兹就曾被气得暴怒不止，而当她在联邦检查官面前为霍尔曼辩护时，更是把利兹气得脸色铁青。

“他没有利用我。我们从来没有谈论过这个话题，他并不想我介入此事。是他自己赢得的减刑。”

“他没有告诉你真相，凯瑟琳。你不能相信他。”

“他没有告诉我什么真相？”

“警方怀疑他和一名犯有重罪的团伙头目加里·莫雷诺掺和在一起，那家伙的外号叫做L' Chee。你还记得吗？”

“不。”

波拉德有点害怕了。她感觉到利兹正在诱导着他们的谈话。他在判断她的反应，试图洞悉她的内心，好像已经怀疑她在撒谎。

“问问他就知道了。他们俩在霍尔曼的犯罪生涯中一直是合伙人。警方相信莫雷诺已经资助了霍尔曼一笔钱，一辆汽车，以及他在实施这项犯罪计划中的其他行动。”

波拉德尽量保持自己呼吸均匀。刚刚出狱的霍尔曼的确是开着一款新车，拿着移动电话。霍尔曼告诉过她，那辆车是他的一个朋友借给他的。

“为什么？”

“你知道为什么？你能感觉到。这里……”

利兹把手放在自己的腹部，然后给了她答案。

“为了找到马琴科和帕森斯偷走的那1 600万美金。”

波拉德尽力使自己保持镇定。在有时间去思考这些之前，她什么都不想承认。如果不幸被利兹利用，那么她或许该去找个律师谈一谈了。

“我不相信。他根本就不知道那笔钱，直到……”

波拉德突然意识到自己已经说得太多，这时利兹冲她苦笑一下，一切都已不言自明。

“你告诉他的？”

她强迫自己深吸了一口气，但利兹似乎能够看出她心中的恐惧。

“一旦你把个人感情掺杂在内，就很难保持理智，你需要再好好想想，凯瑟琳。”

“我没有把个人感情掺杂进去。”

“你在10年前跟这个人有过瓜葛，现在你又再次让他走进你的生活中。别被这家伙迷惑了，凯瑟琳。你应该很清楚这点。”

“我现在只想让你离开。”

波拉德面无表情地看着利兹，这时电话响了。不是她住宅的电话，而是移动电话。响亮的电话铃声打破了房间里的沉静，像一个陌生人突然闯了进来。

利兹说：“接吧。”

波拉德没有走向电话。它就放在沙发上与霍尔曼有关的那堆材料的旁边，电话仍在响着。

“请离开这里。你已经给了我许多要考虑的问题。”

塞西尔一脸窘迫，走向门口。他打开门，意思是让利兹赶快出去。

“走吧，克里斯。你已经把想说的话都说了。”

电话仍在响着。利兹盯着它好像在考虑着自己要不要去接听，但他还是走向了门口，和塞西尔站到一起。他转身看看波拉德。

“桑德斯侦探不会再帮你了。”

利兹走了出去，但塞西尔犹豫了一下，一副愁眉苦脸的表情。

“我很抱歉，夫人。这个人——我不知道，他已经变了个人。他并没有恶意。”

“再见，比尔。”

波拉德看着塞西尔离开，然后走到门口把门锁上。

她走回去拿起电话。

是霍尔曼。

33

霍尔曼开车把利奇送到他商店附近的一条街边，然后调转车头向卡尔弗城驶去。他脑子里一遍又一遍地反复浮现出玛丽亚·苏亚雷斯失踪的消息，他竭力想弄清楚这到底是怎么一回事儿。他真想直接开车去她家，问问她的表兄弟们，但他担心现在那些警察还会守在那里。为什么他们把她绑走以后又放言说她失踪了呢？如果他们已经将她逮捕的话，为什么还要签发通缉令呢？甚至她出逃的消息和那张通缉令都已登上了报纸。

霍尔曼不愿再想下去。那些以为她出逃的警察是听信了谎言，而另一些警察显然知道“答案”。那些拿到通缉令的警察可能不知道，另一些警察其实早就清楚她的下落。在警局内部，一些警察对大多数人都隐瞒了这个秘密。据此推断，唯一可能的解释就是：那是一些坏警察。

霍尔曼驾车从利奇的商店驶出一英里后，拐进一个停车场。他拨响了波拉德的电话，听着电话那端的铃声响起。铃声似乎总是响个没完，过了很久她才终于接起电话。

“我现在不想跟你说话，别再打给我了。”

波拉德说话的声音好像变了个人。她的声音是那么微弱，那么沮丧，霍尔曼甚至怀疑他是不是拨错了电话号码。

“凯瑟琳？是波拉德侦探吗？”

“干什么？”

“你怎么了？”

“别再打给我了。”

她的声音有些骇人，但霍尔曼顾不了这么多，他相信这事儿很重要。

“玛丽亚·苏亚雷斯没有跑。是警察抓走了她。就是威胁过我的那个红头发警察——武科维奇。事实并不象警方说的那样。武科维奇和另一个警察在半夜里带走了她。”

霍尔曼一口气说完，然后便等着回音，但耳边却是一片沉默。

“你在吗？”

“你是怎么知道这件事的？”

“我一个朋友认识几个人，就住在她那条街上。他们看见了。就像他们当初看见那些家伙威胁我一样。”

“什么朋友？”

霍尔曼语塞。

“是谁？”

霍尔曼还是不知道该说什么。

“只是……一个朋友。”

“加里·莫雷诺？”

霍尔曼知道最好不要去问她怎么知道的，因为问就是辩解，而辩解则意味着有罪。

“是的，加里·莫雷诺。他是我的朋友。凯瑟琳，我们从小一起长大。”

“你们关系好到他可以送给你一辆车？”

“他开了一家店。他有许多车。”

“好到他可以给你那么多钱，让你不必工作？”

“他知道我的小儿子……”

“一个犯有数宗罪刑的重犯和黑帮成员，你不认为这也值得一提吗？”

“凯瑟琳……？”

“你究竟在干什么，霍尔曼？”

“什么也没干。”

“别再给我打电话了。”

电话随即挂断。

霍尔曼再次拨打她的电话，但已经转入了语音信箱。她把电话关机了。他一口气把要说的话讲完。

“凯瑟琳，听着，我说错什么话了吗？利奇是我的朋友，这是加里的小名。利奇，是的，他是一个有罪的人，可我也是。我的一生都将永远背着一个罪犯的名声，而我所认识的人也都是罪犯。”

留言到时，电话那端传来嘟嘟的响声，把他的话打断。霍尔曼骂了一句，继续拨打电话。

“现在他已经是个遵纪守法的人，就像我一样也正在努力，他是我的朋友，所以我去寻求他的帮助。我也不再认识其他人了。我也没有其他朋友。凯瑟琳，请给我回话好吗。我需要你。我需要你帮我解决这件事。波拉德侦探,求你了!”

留言再次断线,但这次霍尔曼放下了手中的电话。他就这么坐在停车场里,默默地等着。他不知道还能去做什么。他不知道她住在哪儿,不知道除了通过电话还有什么方式能找到她。她从一开始就是用这种方法来进行自我保护。霍尔曼坐在熄火的车里一动不动,一种浓烈的孤独感弥漫在他的周围,这感觉就像当初他在监狱里度过的第一个夜晚。他急于想见到她,但波拉德侦探却已经挂断电话。

34

波拉德的母亲在晚饭时打来电话，这是他们的惯例。她母亲会在孩子们放学后去接他们回家，然后把他们领到她在“峡谷村”的公寓，在那里孩子们可以在水池中嬉戏，而她母亲则会继续打她的网络扑克。

波拉德的心里仍是一团乱麻，她强打精神拿起电话。

“他们今晚能睡在你那里吗？”

“凯特，你那儿有男人？”

“我实在太累了，妈妈。我只是有点难受，仅此而已。我需要休息。”

“你为什么会累？你不是感冒了吧，对吗？”

“他们能呆在你那儿吗？”

“你没事儿吧，嗯？你是因为某个男人受伤了吗？你是需要个丈夫，但没理由要去做个放荡女人。”

波拉德把电话放低，看着话筒。她能够听到她母亲仍在喋喋不休，但已经听不清在说些什么了。

“妈妈？”

“干什么？”

“他们能留在你那儿吗？”

“我想可以吧，但上学怎么办？如果去不了学校，他们会伤心的。”

“耽误一天又不会杀了他们。他们讨厌上学。”

“我真不明白一个母亲怎么会因为需要休息，而把孩子们支走。我可从来没有因为想要休息，而把你们推到门外。”

“谢谢你，妈妈！”

波拉德放下电话，便盯着挂在水槽上的时钟。她在厨房里。房间里又恢复了宁静。她看着秒针不停地跳动，等待着分钟的滴答声。

就像在等待着一声枪响。

波拉德起身走回客厅，她不知道利兹是否是对的。但在过去的几天以及现在，她对霍尔曼产生了一种钦佩之情，因为他的勇气，因为他的率性，他怎样倒下又怎样把自己拉了起来。是的，她也的确被他吸引。波拉德不愿承认这种吸引。这让她感觉愚蠢。或许她真的“去了印第安”，而自己却浑然不知。或许这就是“去印第安”的方式。或许它在不经意间悄然而至，而当你觉察时已经挥之不去。

波拉德看着沙发上的那些材料，竟然对自己感到厌恶。她的“霍尔曼档案”。

她默默地咕哝一句：“上帝啊！”

1 600 万美金是一笔巨大的财富。这是一笔被埋藏起来的宝藏，一张从天而降的大奖彩票，那坛金子就在彩虹的那边。它是传说中的“迷失的荷兰人宝藏”和现实中的“宝石岭”。当年霍尔曼从 9 家银行抢到的钞票总数也还不到 4 万。他在监狱里被关了 10 年，然后孑然一身的出来，为什么他就不会想得到那笔钱呢？连波拉德自己都想过那笔钱。她也曾在梦中想要得到那笔钱，她在梦中看到自己，在一片肮脏之地推开一扇肮脏的车库门，所有的一切都覆盖着厚厚的尘垢；她推开门，找到那些钱，好大好大的一片，1 600 万美金。她的人生从此将平步青云，两个儿子将风光无限，他们的子孙仍将继承祖业，那些曾令她苦恼的所有问题都将迎刃而解。

但是，波拉德当然不会去偷这笔钱。要拿到这笔钱近乎是白日做梦，就像要找个白马王子一样。

而霍尔曼的一生都是个堕落罪犯，他偷过汽车，抢过商店，劫过 9 家银行，他几乎不用做什么考虑就会去偷那笔钱。

电话铃又响了起来。是家里的电话，而非移动电话。

波拉德把心揪了起来，因为她肯定这是母亲打来的。孩子们大概是在抱怨着要回家，现在母亲打电话过来叫她摆平他们了。

波拉德走回厨房。她本来不想接的，但最后还是接起来。她心里已经充满了愧疚感。

是埃普丽尔·桑德斯的声音：“你真是在帮那个‘侠盗’？”

波拉德闭上眼睛，肩头又背负起一种负罪感。

“对不起，埃普丽尔。你陷入麻烦了吧？”

“哦，可恶的利兹。这事儿真跟那个‘侠盗’有关？”

波拉德轻叹了一声。

“是的。”

“你正跟他勾搭在一起？”

"不！你怎么能问这样的问题？"

"我只会把他当成发泄的工具。"

"埃普丽尔，住嘴！"

"我是不会找这种人结婚的，我只会把他当做发泄的工具。"

"埃普丽尔。"

"我找到艾利森·怀特了。"

"你还打算帮我？"

"当然，我当然会帮你的，波拉德。你记一下她的地址吧。"

波拉德随手拿起一支笔。

"好的，埃普丽尔。我欠你的，姐们儿。她在哪儿？"

"停尸房。"

波拉德的笔一下子凝滞在半空，埃普丽尔的声音变得阴冷而无情。

"你到底陷进了什么里面，波拉德？为什么你要寻找一个死去的女孩？"

"她是马琴科的女朋友。"

"马琴科没有女朋友。"

"他跟她曾有过密切关系。马琴科的母亲至少跟她通过两次电话。"

"那个有气无力的老女人。她并没有提到过女孩啊，我专门问过她。"

"他只是把她当做一个妓女。他从来没有带她去过他家，所以也就不可能有邻居认识或者知道她了。"

"比尔和我都查过他的通话记录，凯特。如果我们找到一个有可能是他女朋友身份的人的话，我们早就追踪到她了。"

"我不知道该怎么解释。或许他从未在家里给她打过电话，也或许他只是在他母亲家时才给她打电话。"

桑德斯停顿了一下，波拉德知道她正在考虑这种可能性。

桑德斯说："随便什么吧。照片上显示她长着一对妓女的乳房，曾经入店行窃，还吸毒——是个惯犯。她还只是个孩子——22 岁——而现在她已经死了。"

波拉德再次感觉到了血液沸腾。

"她是被谋杀的？"

"发现尸体被丢在好莱坞 Yucca 附近的一处垃圾堆里。脖子上的勒痕说明她是被勒死的，但死因是由于失血过多导致的心搏停止。她胸部和腹部一共被捅了 12 刀。是的，我想可以把这叫做谋杀。"

"拘捕什么人了吗？"

"没有。"

"她是什么时候死的？"

"霍尔曼的儿子遇害的同一天晚上。"

两个人都沉默了片刻。波拉德心里在想着玛丽亚·苏亚雷斯。她不知道玛丽亚·苏亚雷斯是否也会突然死了。沉默最后，桑德斯问了一句。

“凯特？你知道在这个女孩身上发生什么事了吗？”

“不知道。”

“如果你知道的话你会告诉我吗？”

“是的，我会告诉你的。我当然会的。”

“好的。”

“死亡时间是什么时候？”

“当晚的 11 点至 11 点 30 之间。”

波拉德迟疑了一下，她不确定这意味着什么，或者应该说些什么，但她感激埃普丽尔告诉了自己这个事实。

“迈克·福勒正在找她。你知道福勒吧？”

“不知道，他是谁？”

“那天晚上和理查德·霍尔曼一起遇害的警察之一，他就是那个高级警官。”

波拉德知道桑德斯正拿笔记着。她现在说的每一句话都将成为桑德斯记录中的一部分。

“福勒在两三个星期以前曾经去找过马琴科的母亲。他向她打听一个叫艾利的女孩。他知道艾利和安德烈·马琴科有关系，他提的问题说明他正在找她。”

“马琴科太太都告诉他了？”

“她否认了自己认识那个女孩。”

“那她跟你说了什么？”

“她告诉了我们她的姓氏，让我们查看她的电话记录，去找那女孩的电话号码。”

“你是说你和那个‘侠盗’？”

波拉德再次闭上了眼睛。

“是的，我和霍尔曼。”

“哈！”

“行了你！”

“当晚那 4 名警察是什么时间遇害的？”

波拉德知道桑德斯将会去哪里，并且已经考虑到了这个问题。

“凌晨 1 点 32 分。一颗子弹击中了梅隆的手表，时间就被定格在凌晨 1 点 32 分，所以他们知道准确的时间。”

“所以福勒和他的几个同事存在先杀死那个女孩的可能。他们有时间先杀了她，然后再去河边。”

“也有另外一种可能是有人先杀了这个女孩，然后再到河边去杀了那 4 个警察。”

“当晚那位‘侠盗’在哪儿呢？”

波拉德也早就想过这个问题。

“他有名字，埃普丽尔。霍尔曼那时一直被关在监狱里呢。他直到这事儿发生后的第二天才被释放。”

“他运气真好！”

“听着，埃普丽尔，你能拿到艾利森·怀特的警方尸检报告吗？”

“已经拿到了。我回家后把复印件传真给你。我可不想在这里干这种事儿了。”

“谢谢你，宝贝儿！”

“你和那位侠盗。好家伙，可真让人不寒而栗！”

波拉德放下电话回到客厅。她的家里似乎变得不再安静，她知道打破这种沉寂的声音来自于她的心跳。她想着沙发上的那堆材料，想着也许要不了多久就能有更多材料补充进来。“霍尔曼档案”在不断增加。一个姑娘在他释放之前被谋杀了，现在霍尔曼怀疑警方在玛丽亚·苏亚雷斯的问题上撒谎。她开始怀疑下一个被杀的会不会是玛丽亚·苏亚雷斯，那个“第五人”是否与这些事情有关。

波拉德掐算着时间，她发现自己希望霍尔曼的儿子不要与杀害艾利森·怀特的事有关。此前她已经看到霍尔曼先是沉浸在对儿子的愧疚中，然后又参与到他儿子一起寻找那笔丢失巨款的非法策划的证据中而饱受折磨。而如果一旦他儿子再是个杀人凶手的话，霍尔曼将彻底崩溃。

波拉德必须给他打电话，但不是现在。她把电话放在沙发上，又穿过厨房走进车库。这里简直比地狱还要闷热，尽管太阳已经落山，夜幕已经降临。她绕过堆放在那里的孩子们的脚踏车、溜冰板，以及吸尘器，来到一个表面落满灰尘的残破的灰色文件柜跟前。她已经有很多年没有打开过那东西了。

她拉开顶层的抽屉，找到一个文件夹，里面装着过去她办过的那些案件的剪报。波拉德一直都把自己办过的案子、逮捕过的罪犯的报纸文章保留起来。在她的脑子里，几乎有100次闪过把它们丢掉的想法，但是现在她庆幸自己没有那么做。她想再去熟悉一遍它。她需要重新温习一下，为什么《时代》会把他称作“侠盗”，为什么他还可以再得到一次机会。

她找到了那张剪报，刚看到标题就忍不住笑了。利兹曾暴跳如雷地将报纸扔出房间，大骂了《时代》一个星期，但即使在那时波拉德也还是笑了。她读着标题：沙滩族英雄。

波拉德坐在餐桌旁看着那些剪报，回想着她与霍尔曼当年是怎样相识的……

沙滩族英雄

他前面的那个女人急躁地转过身，当他第4次看到他时厌恶地哼了一声。霍尔曼知道她正欲发脾气，于是便对她没有理睬。这样做毫无用处。她最终还是按捺不住，脱口而出。

“我讨厌这家银行。只有3个出纳，她们干起活来就像放羊。为什么他们有10个窗口却只安排3个出纳？难道他们不该雇用更多的人吗？他们就没看到这里排的长队？每次我来这里都是这样。”

霍尔曼低着头，帽沿遮住他的脸让监控器没法捕捉到。

那个女人声音越来越大，想让队伍里的其他人全都听见。

“我还有事要做。我不能整天都耗在这家银行里。”

她的行为引起了人们的注意。她的一举一动都惹人关注。她是个大个子女人，穿着一件光彩夺目的紫色穆穆袍，手上涂着橙色的指甲，留着一头夸张的大波浪式长发。霍尔曼交叉双臂没有回应，尽量逃离在所有人的视线之外。他穿着一件褪了色的汤米·巴哈马牌子的流浪汉衬衫，奶油色的阿玛尼裤子，休闲鞋，以及一顶拉得很低、遮住眼睛的圣莫尼卡码头海滩族帽子。他还戴着太阳镜，但是排队等待的人们中一半都是如此。这就是洛杉矶。

这个女人又哼了一声。

“哦，终于。总算等到了。”

一个穿着粉色衬衫、皮肤像被腌过一样的老头走到一个出纳窗口前。那个大个子的女人紧随其后，然后就是霍尔曼。他尽量让自己呼吸均匀，希望出纳员们看不到他不停冒汗的样子。

“先生，请到我这个窗口来吧。”

靠在最边上的那个出纳员是个活泼的女人，她五官紧凑，化着浓妆，双手的拇指上都戴着戒指。霍尔曼慢吞吞地走到那个窗口，紧贴着窗口站着。他拿着一张折成两半的纸，中间裹着一个棕色的小纸袋。他把那张字条和纸袋放在了她面前的柜台上。纸条上是他从杂志上剪下的单词拼成的一段话。他等着她去读它。

THIS IS A ROBBERY
PUT YOUR CASH IN
THE BAG
（这是一起抢劫，把你的现金放进纸袋。）

霍尔曼轻声地说着，以便他的声音不会传遍整个大厅。

“不要夹带染色包。只要把钱给我就可以，让一切都保持平静。”

她原本紧凑的五官变得更加生硬。她看着霍尔曼，霍尔曼也看着她，然后她抿了下嘴唇，拉开了现金抽屉。霍尔曼看了一眼她身后的时钟。他想她已经用脚触动了无声报警器，银行的保安公司已经接到警报。对此经验丰富的霍尔曼提醒自己只有两分钟时间拿着这笔钱逃离银行。两分钟并不长，但足以让他在此前成功了8次。

FBI特别侦探凯瑟琳·波拉德站在北好莱坞拉尔夫食品店的停车场，在午后的阳光曝晒下浑身是汗。比尔·塞西尔，他们坐在不带有任何标志的米色汽车副驾驶座位上，向车外的波拉德喊着。

“你会中暑的。”

“一直这么坐着会急死我。”

他们那天早晨8点30分就来到了这个停车场，也就是这个地区的银行开始营业前的1个半小时。波拉德坐在车里心急火燎，所以她每隔20分钟就下一次车，伸展一下筋骨。每当她下车，她都会把驾驶座旁边的窗子摇下，注视着放在她车座上的两部无线电对讲机，尽管塞西尔就坐在车里。塞西尔是高级侦探，但他只是顺手帮忙。海滩族劫匪是波拉德主办的案子。

波拉德俯身弯下腰，触到自己的脚尖。波拉德讨厌在公共场合下扭动她的大屁股，但她的屁股已经在拉尔夫食品店门前扭动了3天，她祈祷着海滩族劫匪再次露面。海滩族劫匪是利兹给这个家伙起的代号，因为他总是穿着便鞋和一件夏威夷衬衫，把蓬松的头发在脑后扎成一束马尾辫。

一个声音从车上的一部对讲机中传出。

“波拉德？”

塞西尔说道：“嗨，小姐，是咱们头儿。”

这是利兹在FBI的频道上。

波拉德坐进车里，抓起对讲机。

“嗨，头儿，我在呢。”

“洛杉矶警察局想把他们的人抽派到别处去。我同意了。我准备把这条线撤掉。”

波拉德看了一眼塞西尔，但他只是耸耸肩，又摇摇头。波拉德一直担心着这一刻的到来。42个臭名昭著的系列银行劫匪正在这座城市里兴风作浪。他们中许多人都使用暴力手段和枪械，他们中大多数抢劫的方式都要比海滩族来得更凶悍。

“头儿，他正要抢劫我辖区内的一家银行。他不会再耐着性子几天不上街了。我们只需再多等上一点时间。”

波拉德心中对洛杉矶地区的大部分系列银行劫匪的作案模式都了如指掌。

她相信海滩族的模式比大多数都更加明显。他打劫的那些银行全都位于主街的十字路口，这样会有两条方便逃跑的路线；这些银行都没有雇用保安，没有安装树脂玻璃墙，或者被称为“劫匪陷阱”的入口门；他所有的逃跑路线都是沿着洛杉矶高速公路系统，从案发地选择一条逆时针方向的路径逃跑。波拉德相信他的下一个目标将选在文图拉与好莱坞的交界处，那附近有6家银行可能会成为他的目标。现在她正在暗处“巡回监控”着这6家银行的情况。

利兹说：“他还不够重要。洛杉矶警察局让他们的人去调查持枪劫匪了，我也不能再让你和塞西尔继续等待下去了。摇滚明星今天打劫了托兰斯。”

波拉德感觉心里一沉。摇滚明星也是一个银行抢劫团伙，之所以给他们起这个名字，是因为在他们实施打劫的过程中，团伙中总有一个成员唱着歌。这乍听起来有点傻傻的感觉，但你很快就会知道这个歌手已经癫狂，他将拔出一支MAC-10机械手枪疯狂乱射。摇滚明星在16起银行抢劫案中已经杀了两个人。

塞西尔拿起对讲机。

“再给这姑娘一天时间吧，头儿。她对破这个案子有很强烈的愿望。”

“我很抱歉，但就这样吧，凯瑟琳。这条线已经撤除了。”

波拉德还在试图想出其他的理由来说服利兹，这时候另一个对讲机传来声音。这个对讲机连接的那端是杰伊·杜根，被指派对这个案子蹲点儿的洛杉矶警察局监控组的领导。

“A区B座的211报警器正在启动。有情况发生了。”

波拉德立即把FBI的那部对讲机丢到塞西尔的大腿上，抓过她的秒表。她触动计时器按钮，发动汽车，然后用对讲机向杜根回话。

“案发时间？”

“1分30秒加上10秒。我们正在路上。”

此时塞西尔已经把情况汇报给利兹。

“案子发生了，克里斯。我们正在奔赴现场的路上。快，小姐！马上赶过去！”

A区B座只隔着四条路，但交通却很拥堵。海滩族至少比他们快90秒，也许此刻已经走出银行了。

波拉德猛地加快速度，冲进车流中。

“时间到了，杰伊？”

“我们还有六条街的路程。已经很近了。”

波拉德一手把着方向盘在车流中穿梭，一手不停地按动喇叭。她朝着那家银行疾速驶去，心中祈祷着他们能及时赶到。

霍尔曼看着那个出纳员一个接一个掏空抽屉，把钱放进他的纸袋里。她正在拖延时间。

“快点儿。”

她又加快了速度。

霍尔曼看了一眼时钟，得意地笑着。秒针刚刚跑过 70 秒。他在两分钟之内就能离开这里。

那个出纳员把最后的一点钞票放进他的纸袋里。她正万分小心地不与其他出纳员进行目光接触。当最后一点钞票被放进纸袋，她停下来等待他的指令。

霍尔曼说："很好。把它推给我。不要喊也不要告诉任何人，直到我走出了这个门。"

她把那个纸袋推给他，完全如霍尔曼所愿，但恰在此时银行经理过来刷一张信用卡。那个经理看到了纸袋，也看到了出纳员的表情，这些已经让她明白了一切。她的表情一下子僵住。她没有喊，也没有试图阻止他，但霍尔曼能看得出她害怕了。

他说："别担心。一切都会很好。"

"拿着它走吧。请不要伤害任何人。"

那个穿着粉衬衫的老头已经办理完业务。他正从霍尔曼身后走过，这时刚好银行经理叫霍尔曼不要伤害任何人。那个老头转身看到了正在发生的一切，他像经理一样，意识到银行正在发生抢劫案。但他的反应却不像经理一样，他喊了起来。

"我们正在被打劫！"

他的脸色变得淡红，然后抓着自己的胸口，发出痛苦的咯咯声。

霍尔曼说："嘿！"

那老头向后倾斜，摔倒在地。当他撞到地面时，两只眼睛翻了翻，咯咯声变成了气息渐弱的喘气。

那个穿着穆穆袍的大嗓门女人尖叫一声："哦，我的上帝！"

霍尔曼抓起钱袋，朝门口跑去，但是没人走过去帮助那个老头。

那个大个子女人说："我想他已经死了！谁赶紧打 911 吧！"

霍尔曼向门口跑去，但随即又回头看看。那个老头的红脸现在已经变得紫黑，倒在地上一动不动。霍尔曼知道这老头是心脏病发作。

霍尔曼说："该死，你们就没有人懂得急救吗？谁快点去救救他！"

没有人去。

霍尔曼知道时间正在一秒一秒地流逝。他已经超出了两分钟的时限，而且越来越远地落在时间后面。他转过身朝向门口，但就是没法迈出脚步。没有人去帮助那老头。

霍尔曼跑回到老头身边，趴到地上，忙着救那老头的性命。霍尔曼还在为老头做着人工呼吸时，这时候一个拿着枪的女人冲进了银行，跟在她身后的是一个满脸凶相的、宽肩膀的秃头。这个女人亮出身份，称自己是一名 FBI 侦探，她告诉霍尔曼他被捕了。

仍趴在地上的霍尔曼在人工呼吸的间歇说："你想让我停下来？"

那个女人似乎考虑了一下，然后放下她的枪。

"不，"她回答道。"你做得很好！"

霍尔曼继续着他的急救，直到救护车赶到。他违背了两分钟法则，超出了3分46秒。

那个老头得救了。

第四部分

35

当敲门声传来时，霍尔曼还在床上做着俯卧撑。他只是想靠这种机械运动让自己把所有的烦恼统统忘掉，一个接着一个，他整个早晨大部分时间都在这样消耗着自己的体力，让自己没有精力再去痛苦地回忆。他头一天晚上又给波拉德的电话留下了两条留言，他反复央求她给自己回话。当他听到敲门声，他猜想肯定是佩里。除了他没有别人来敲过霍尔曼的房间。

"等一下。"

霍尔曼穿上裤子，打开房门，但站在门口的不是佩里，而是波拉德。他不知道是什么使波拉德出现在自己眼前，所以他呆呆地看着她，一脸的愕然。

她说："我们需要谈谈。"

她说话时脸上没有笑容，似乎有些生气。她手中拿着那个文件夹，里面装着霍尔曼给她的所有材料。霍尔曼突然意识到自己上身还是光着的，那已发福的、汗涔涔的白肚皮裸露无疑，他真后悔开门前没有套上一件衬衫。

"我没想到是你。"

"让我进去，霍尔曼。我们必须谈谈这件事。"

霍尔曼赶忙闪身让波拉德先进屋，顺便回头扫了一眼走廊。佩里的脑袋从远处的墙角后一闪而过。霍尔曼转身走进房间，但却还是让门开着。他此时的感觉只有窘迫，他确信自己的衣衫不整，房间邋里邋遢肯定会让波拉德对单独与他呆在屋里感到很不舒服。他拽出一件 T 恤衫套上遮挡住自己的上半身。

"你听到我的留言了？"

她走回门口把门关上，然后站在那里反手握着把手。

"是的，我想问你件事儿。你打算怎么处理那笔钱？"

"我不知道你在说什么？"

“如果我们找到了那 1 600 万美金。你想怎么办？”

霍尔曼看着她。她的表情十分严肃。她目不转睛地盯着他，紧紧地抿着嘴唇。她看起来好像是来分“这块蛋糕”的。

霍尔曼说：“你在开玩笑吗？”

“我没有开玩笑。”

霍尔曼盯着她看了一会儿，然后坐在了他的椅子边上。他穿上鞋，但这是为了让自己有事可做，尽管他真正需要的是去冲一个澡。

“我只是想弄清楚在我儿子身上到底发生了什么。如果能够找到那笔钱，你可以全部拿走。我不在乎你怎么处置它。”

霍尔曼不知道她听后是会失望还是会释然。但不管哪种结果，他都不会在乎，他关心的只是她是否还愿意帮助自己。

“听着，即使你想得到那笔钱，我也不会出卖你。但只有一条，我不想因为那笔钱而使我无法继续调查杀害里奇的凶手。如果只有一种选择的话，要么拿到那笔钱，要么搞清事情的真相，那就是把那笔钱物归原主。”

“你的朋友莫雷诺呢？”

“你听到我的留言了吗？是的，他借给我一辆车，可这件事跟他有什么关系？”

“也许他希望分到一笔呢。”

霍尔曼有点愤怒了。

“你干吗总是提莫雷诺？你是怎么听说他的？”

“你只要回答我的问题。”

“你他妈的竟然问这种问题。我从来没跟他提过那笔钱的事情，但是即使他拿了那笔钱，我也不会出卖他的。你以为我们在干什么，策划一起金融犯罪吗？”

“我想是警方已经把你和莫雷诺联系到了一起。他们是怎么得出这个结果的？”

“我曾经去找过他三四次，或许他们一直在监视他。”

“如果他真的重新做人的话，警察为什么还会盯着他？”

“也许是他们发现他在帮我找苏亚雷斯吧。”

“他跟苏亚雷斯有过接触吗？”

“我向他寻求过帮助。听着，我很抱歉没有告诉你是利奇把那辆车借给我的。我不是在找那笔钱，我是在找那个杀了我儿子的杂种。”

霍尔曼系好鞋带，然后直起腰看着她。她仍然在盯着霍尔曼，所以他选择了与她对视。他知道她是在阅读自己，但搞不清楚她这样做的原因。最后她似乎打定了主意，这才松开了把手。

“没人会拥有那笔钱。我们如果找到就把它上交。”

“好的。”

“你同意这么做吗？”

“我已经说过了，好的。”

“那你的朋友利奇呢？”

“他借给我那辆该死的车。据我所知他根本就不知道那笔钱的事。如果你想去见他的话，我们现在就走。你可以亲自问他。”

波拉德盯着他又看了一会儿，然后从文件夹里拿出几张纸。

“马琴科的女朋友名叫艾利森·怀特。她是个妓女。”

波拉德拿出单子递给了他。在波拉德说话的同时，霍尔曼已经大略看到了那张单子的抬头，那是洛杉矶警察局几份报告的复印件以及一个名叫艾利森·怀特的白人女性的身份鉴定。她身份登记用的那张黑白照片的复印件有些模糊不清，但看起来像是个孩子，一副美国中西部人的稚嫩面孔，长着浅沙色的头发。

“大约在你儿子和其余 3 个警官被杀害前的两个小时，怀特也被谋杀了。”

波拉德仍在继续说着，但霍尔曼已经不再听到她说的话了。一幅幅画面开始在他的脑海中浮现，一个个可怕的念头向他袭来，这些念头如潮水般将他淹没，留下的只有让他瑟瑟发抖的心悸：福勒和里奇走在一个昏暗的街上，他们的脸被他们枪膛里喷射出的火焰照亮。霍尔曼只听见自己脱口而出问了一句：

“是他们杀死她的？”

“我不知道。”

霍尔曼双目紧闭，然后睁开，他在竭力阻止那些画面的出现，但里奇的面孔只是越来越大，在他枪膛喷射出的无声火焰中被照得通明，这时波拉德又把她的话继续下去。

“福勒在那个带着满身泥回家的星期四给她打过电话。他们那天下午在电话里聊了 12 分钟。那天晚上就是福勒和理查德深夜外出并且回来时鞋上粘满泥土的那个夜晚。”

霍尔曼站起来，绕过床铺走到空调跟前，试图要从脑海里的那场噩梦中走出来。他的目光投在梳妆台上的那张里奇 8 岁时的照片上，那既不是偷钱的窃贼，也不是杀人的凶手。

“他们把她杀了。她告诉他们那笔钱放在了哪儿，或许她撒了谎，或许没有，然后他们就把她杀了。”

“先别胡思乱想，霍尔曼。警方目前将怀疑的目标锁定在那些嫖客和她可能接触过的其他顾客身上。卖淫只是她的兼职工作，她在落日大道上一个叫做‘玛雅人格子’的地方做服务员。”

“真是胡扯！这真是太巧合了，她竟然是在同一个晚上被杀死！”

“我也希望它是胡扯，但那些调查这个案子的人很可能不知道她跟马琴科的关系。不要忘了那个‘第五人’。我们现在知道了在福勒的这一组中一共有 5 个人，而只有其中的 4 个死了。第 5 个人可能就是凶手。”

霍尔曼的确已经忘记了那个“第五人”，而现在波拉德的这番话让他猛然间醒悟，像找到了生命的守护神一样在脑子里全力搜索着这个神秘人物。这个“第五人”也曾去找过艾利，而现在其他人都死了。他突然想起了玛丽亚·苏亚雷斯。

“你找到苏亚雷斯的老婆了吗？”

“我今天早晨跟一个朋友说了。洛杉矶警察局仍旧声称她潜逃了。”

“她没有逃，她是被抓走了。对我动手的那个家伙带走了她，武科维奇，他和兰登是一起的。”

“我的朋友正在追踪这件事。她正试着弄到玛丽亚给她丈夫录制的那盘录像带。我知道你告诉过我兰登说它是伪造的，但我们的人也能辨别出来它的真伪，我们拥有这个世界上最优秀的人才。”

我们的。就好像她仍是银行调查组的一分子。

霍尔曼说：“你还打算帮我吗？”

她迟疑了一下，然后把手中的文件背身向门。

“你最好不是在对我撒谎。”

“我没有撒谎。”

“你最好不是。赶紧去洗漱一下吧。我在楼下的车里等你。”

霍尔曼看着波拉德离开，然后急忙走进浴室。

36

“玛雅人格子”是费尔法克斯附近落日大道上的一家小餐馆，只提供早餐和午餐。但这里的生意却相当红火。门前过道上有不少人在排队等候，门口的餐桌边坐满了吃着薄烤饼和煎蛋卷的年轻人。霍尔曼一看到这幅景象就感到厌恶，他讨厌露天里的人群。他不太考虑时间的问题，只要一看到他们就觉得恶心。

在他们驱车前往“玛雅人格子”的路上，霍尔曼一声不吭。在波拉德不断跟他讲述艾利森·怀特的过程中，他一直装出在听的样子，但实际上大部分时间脑子里想的都是里奇。他开始怀疑人骨子里的犯罪倾向是否也会遗传，就像当初唐娜也曾担心过的那样，抑或一个糟糕的家庭环境也可能导致在这里生活的人走向犯罪。不管是哪一种原因造成的结果，从前曾萦绕在霍尔曼心头的那份父亲的失职感再次袭来。霍尔曼跟在波拉德身后穿过人群走进餐馆，而那股恼怒和愤懑一直缠绕着他。

餐馆里的人同样是满满当当。霍尔曼和波拉德的眼前是一面长长的人墙，他们全都是在等待座位。波拉德很难看到人墙里面的情况，而霍尔曼的身材比这里的大多数人都要高大，鹤立鸡群的视野当然不一样。这里的大多数小青年都是穿着宽大的牛仔裤和T恤衫，而大多数女孩则穿着露脐衬衫，裸露的低腰上还刺着纹身。这里的每个人似乎闲聊的兴趣都要甚于吃饭，因为大部分盘子里始终都是满的。霍尔曼判断这些人要么是都没有工作，要么是店主找他们来撑门面，抑或二者兼而有之。霍尔曼和利奇过去常常象这样在停车场周围闲逛，寻找下手的对象。

波拉德说：“警方曾经找过这里的一个女服务员，一个叫玛姬·科林的姑娘，她一直跟怀特走得很近。她就是我们想要见的人。”

“她要是不在怎么办呢？”

“我先打电话确认一下。我们必须先找她谈谈。不过要想在他们忙的时候见面是不容易的。”

波拉德叫霍尔曼等着，然后她向一个为等候的顾客预下订单的女领班走去。霍尔曼看见她们谈了起来，一个看起来像经理一样的人物也加入其中。那位经理指了指后面一个正在帮餐馆工清理餐桌的女服务员，然后摇了摇头。波拉德看起来不太高兴，然后就走了回来。

“他们现在有20位顾客在等候就座，他们的人手不够，他不想让她耽误时间。她要等一会儿才能来跟我们谈。你先去喝杯咖啡，等她忙完再回来好吗？”

霍尔曼不想就这么等着，也不想去其他任何地方。现在他可没心思像那群无所事事的好莱坞发烧友们那样，可以不顾眼前的食物大谈特谈他们最近收藏的音乐专辑。霍尔曼的心情变得更加烦躁不安。

“就是她吧，那家伙向后面指着的那个？”

“对，玛姬·科林。”

“来吧。”

霍尔曼双肩分开人群，走过那张餐桌，直奔刚才那个女领班。那个餐馆工刚刚把桌子擦干净，正往桌面上铺着新桌布。霍尔曼抓过一把椅子坐下，但波拉德犹豫着没动。那名女领班已经招呼两个客人就座，但是现在她看到霍尔曼捷足先登，气得狠狠地瞪着他。

波拉德说：“我们不能这样。你想让我们被赶出去吗？”

霍尔曼想了想，没有其他办法。

“放心吧，没事的。”

“我们需要他们的合作。”

“相信我。他们只是在演戏。”

玛姬·科林正拿着订单向霍尔曼身后的餐桌走去。她看起来愁眉苦脸，很不情愿，表情跟这里工作的其他每一个女服务员和餐馆工都一样。霍尔曼掏出利奇给他的钱，把它握成一团藏在桌下。他靠着椅背，拍拍玛姬的屁股。

“我呆会儿再过来，先生。”

“看看这个，玛姬。”

她看着他叫出自己的名字，以及递给她的一张叠着的百元美钞。他看着她的眼睛，知道她没有拒绝，然后把它放进她的围裙里。

“告诉那个女领班，我是你的一位朋友，是你让我们坐到这张座位上的。”

那女领班已经上报了经理，此刻他们正杀气腾腾地朝这张桌子扑过来，身后还跟着等候座位的那两个人。霍尔曼看着玛姬阻止了他们，他希望那两个想要这张餐桌的家伙赶紧滚蛋，他真想把他们踢出门外，丢进落日大道。

波拉德碰了碰他的胳膊。

“别这样。不要那样看着他们。上帝啊，干嘛要用这种不友善的方式呢？”

“我不知道你在说什么。”

“你想在餐桌边跟他们打架吗？你现在已经不是在监狱里了，霍尔曼。我们只是想跟这个女孩谈谈。”

霍尔曼意识到她说的没错。他正以在监狱中的眼神恶狠狠地瞪着他们。霍尔曼强迫自己收回那凶巴巴的目光。他扫了一眼周围的餐桌。正在就餐的大部分人都跟里奇的年龄相仿。霍尔曼明白了，这就是自己为何如此生气的原因。这些人在津津有味地品尝着薄烤饼，而里奇却被包裹在停尸间。

“你是对的。对不起！”

“尽量放松点儿。”

玛姬向经理解释了一番后，满面笑容地拿着两份菜谱回到他们的桌旁。

“没事儿了，先生。我以前招待过你吗？”

“不，与那没关系。我们想跟你谈谈艾利森·怀特的事情。我们知道你们是朋友。”

当霍尔曼提到艾利森的名字时，玛姬丝毫没有为之动容。她只是耸耸肩膀，拿着她手中的便笺簿，似乎在等着他们下单。

“哦，是的，有点熟。我们都是在这受苦的姐妹。听着，现在不是方便说话的时间。我还有很多客人要招呼。”

“那 100 美金已经包括了这些小费，甜心。”

玛姬再次耸耸肩，活动了一下身体。

“警方已经找我谈过。他们跟这里的每个人都谈了。我不知道还能说些什么。”

波拉德说：“我们不想知道她的死是不是跟前男友有关。你知道她做过妓女吗？”

玛姬紧张地嘿嘿笑着，然后瞅了瞅身边的餐桌，确定没有人在偷听，这才压低声音说。

“哦，是的，知道。警方对这里的每个人都说过了这事。那正是他们要向我们了解的内容。”

“她的履历中显示大约在一年前曾被捕过两次，但那以后就没有记录了。她还在做吗？”

“哦，是的。那女孩很疯狂，这在她的生活中已经习以为常。在她身上这种故事总是不断。”

霍尔曼眼睛不时盯着那位经理，那家伙仍旧是一脸的不乐意，酸溜溜地看着他们。霍尔曼有十足的把握，他肯定会再次过来，因为玛姬正在工作时间内跟他们交谈。

霍尔曼说："说说你知道的，玛姬。只管低头填写那两份订单，那样你的老板就不会过来捣乱了，然后再回来接着讲那些故事。我们还要看看菜单。"

等她走开后，波拉德探身向霍尔曼。

"你给了那女孩100美金？"

"怎么了？"

"我没打算跟你吵架，霍尔曼。"

"是的。100美金。"

"上帝啊。或许我该让你向我付费。"

"利奇的钱。你不会想沾上他的脏钱的。"

波拉德瞪眼看着他。霍尔曼觉得有些尴尬，连忙把视线移开。他此刻的情绪很不好，他必须要控制住自己。他看了看手中的菜单。

"你想吃点什么？既然我们已经坐在这儿了，我们就该好好吃一顿。"

"去你的！"

霍尔曼继续低头看着菜单，一直等到玛姬回来。玛姬告诉他们她只有一分钟时间，波拉德继续回到刚才的话题上，好像霍尔曼刚才的话并没有影响到她的情绪。

"她跟你讲过她的嫖客吗？"

"她有着许多关于那些嫖客的有趣故事。其中有些人还是名人。"

"我们正在寻找她四五个月前接触过的一个人。那人可能曾做过她的男朋友，但更有可能是个嫖客。他有一个很特别的名字，安德烈·马琴科。可能是个俄罗斯的花花公子？"

玛姬笑笑，立即想起这个名字。

"那是个强盗。马丁、马科，还是马什么来着？"

"马琴科。"

霍尔曼问："他为什么是个强盗？"

原本微笑着的她这时咯咯笑了起来。

"因为他干的那些事儿呗。艾利说他再怎么伪装也抹不掉他的强盗本性，你知道，总是哈哈哈的大笑，能喝下一瓶朗姆酒，他总是过着冒险的生活，并且把他抢来的所有财宝都藏了起来。"

霍尔曼看着波拉德，看见她的嘴角微微动了一下。随即她跟他对视了一下，点了点头。他们的心中已经有数。

霍尔曼扭头看着玛姬，脸上露出最友善的微笑。

"哦，不是开玩笑吧？他告诉她，他藏了财宝？"

"他说了许多荒唐的事情。他常常带她去好莱坞巨型标志牌那里。那就是他们交欢的地方。他从未把她带回过他住的地方，也不会在车里或者去汽车旅馆开房干那种事。他们总是要爬到好莱坞标志牌那里，为的是他能够滔滔不绝地发表这些演说，能够俯瞰他的王国。”

玛姬再次咯咯地笑了起来，但霍尔曼发现了一个问题。

他说：“艾利告诉你他们去过标志牌那里？”

“是啊。有四五次吧。”

“可是普通人到不了那里。如果越过界线，会被监控录像拍下来的。”

玛姬似乎有点惊讶，然后耸了耸肩，好像这跟她讲的没有关系。

“那是她告诉我的。她说那可真是让人痛苦，因为你必须跑很远的路，而且那个家伙还背着包。他一次就付她 1 000 美金，你知道，噢！她说为了那 1 000 美金她情愿整天都跟着他。”

旁边餐桌的客人向玛姬挥了挥手，又只留下霍尔曼和波拉德。霍尔曼开始怀疑艾利讲的这个好莱坞标志牌的故事。

他说：“我去过那里。你可以靠近，但绝对不能走到那些牌子的跟前。他们在那上面安装了监控录像，他们甚至还有移动探测器。”

“先等会儿，霍尔曼，这只是感觉而已。马琴科和帕森斯住在滩林峡谷。那些牌子就在他们的山顶。也许他们把那笔钱藏在了那里。”

“你不可能把 1 600 万美金埋在那些牌子的周围。1 600 万美金可不是个小数目。”

“等我们到那儿就知道了。我们去看看。”

霍尔曼仍在坚持着他的猜测，但这时玛姬又回来了，波拉德重新开始她的发问。

“我们想了解的已经差不多了，玛姬。再有一分钟我们就会离开这里了。”

“就像刚才他说的，100 美金包含了很多小费。”

“艾利知道他们为什么总是必须去那些牌子那里吗？”

“我不知道。可能仅仅是因为他喜欢去那里吧。”

“好吧，你刚才提到他演说了什么。他发表的是什么演说？”

玛姬挠了挠腮，在努力回忆着。

“不是真正的演说，也许——更像是演戏吧。比方说他是一个强盗，绑架了她，他会躺在他所偷来的全部财宝上跟她做爱。她必须要装成这真的使她非常兴奋，你知道，就好像只要他一出现就会躺在那些坚硬的金币上交欢一样。”

波拉德点点头，表示很满意。

“就象只要他一出现，他们就会躺在金钱上做爱？”

“我猜应该是的。”

波拉德又看了一眼霍尔曼，这次霍尔曼耸了耸肩。砰砰地撞在硬币上可能一直是马琴科的幻想，但霍尔曼还是无法想象将 1 600 万现钞埋藏在这样一片公共场地怎么可能？然后他突然想起了里奇和福勒那天夜里回家时粘着满身杂草和泥巴的情景。

霍尔曼说：“之前，那些警察来的时候，你告诉他们马琴科的事了吗？”

玛姬看上去一脸的惊讶。

“我说过吗？那已经是很久以前的事了。”

“没有。我连他们是否问过这事都不记得了。”

霍尔曼准备起身了，但波拉德没有看他。

波拉德说：“好的，最后一个问题了。你知道艾利是怎么和这个家伙勾搭上的吗？”

“不，哦……”

“她上头有鸨母吗？还是她只是上门服务？”

玛姬又挠了挠脸颊。

“是有个人给她把风，但他不是皮条客之类的。”

霍尔曼说：“那是什么意思，有人为她把风？”

“这听起来有点荒唐。她叫我不要告诉任何人。”

“现在艾利死了。这种口头协议已经失效了。”

玛姬看了一下邻桌，然后又把声音压低。

“好吧。艾利在为一个警察工作。她说她不用担心自己会惹上麻烦，因为她这个朋友能够帮她摆平一切。她甚至可以通过透露她那些客户的信息而得到报酬。”

等霍尔曼这次再看波拉德的脸，她已经脸色煞白。

“艾利森是个出卖情报的线人？”

玛姬尴尬地呲牙一笑，耸了耸肩膀。

“但她并没有变得富有。她告诉我他们上头可能还有个被称作‘帽子’之类的上级。每次她提取佣金时这个家伙都得去申请批准。”

霍尔曼问道：“她告诉你她为谁工作了吗？”

“嗯……”

霍尔曼回头看看波拉德，波拉德仍旧脸色苍白。霍尔曼碰碰她的胳膊。

“还有什么事吗？”

波拉德摇摇头。

霍尔曼又抽出 100 美金，放进玛姬手里。

37

据说，1932年曾经有一位女演员佩格·安泰丝托爬到好莱坞巨型标志牌“HOLLYWOOD”的上面，从“H”上纵身跃下香消玉殒。这些巨大的字母离地面有50英尺高，一直以来，这些巨大的牌子就屹立在好莱坞的山顶，横向绵延了450多英尺。在被荒废了多年以后，这里的好莱坞标志牌在20世纪70年代后期被重新竖起，但是一些蓄意破坏者和流氓经常对它们进行破坏，所以不久以后这座城市就向公众封闭了这块区域。他们用护栏将这些牌子保护起来，再装上闭路摄像机、红外线监控设施，以及移动探测器，就像他们保护诺克斯堡(Fort Knox，美国国家黄金储藏地)一样。当霍尔曼带着波拉德爬到滩林峡谷山顶时，这些巨大的标志牌在他们眼前一览无遗。霍尔曼打从孩提时代起，就时常爬到竖立那些牌子的山顶。

波拉德一脸的焦急。

“你知道怎么到那儿吗？”

“是的。我们就快到了。”

“我想我们还得穿过格里菲斯公园。”

“这条路更近一些。我们正在找一条我知道的小路。”

霍尔曼仍旧不相信他们会在那里有所发现，但他知道他们必须去看看。他们收获的每一个新发现都会把他们带回到警方那里，而现在他们知道了有一个警察也跟艾利森·怀特有联系。如果怀特告诉了她的联络官有关安德烈·马琴科的事，那么那些警察很可能已经掌握了好莱坞标志牌的这个“秘密”。将这些牌子和马琴科的幻想放到一起，一定会刺激他们在这一带展开搜查。里奇也许就是这支搜查队伍的成员之一。霍尔曼怀疑是否艾利森·怀特早已从报纸上看到过马琴科。这很有可能。她很可能已经意识到他是一名银行劫匪，并以此向她认识的警察邀功。这大概就是最终置她于死地的原因。

波拉德说："这些峡谷真是狗屎。我收不到移动电话的信号。"

"你想回去了？"

"不，我不想回去。我想去验证一下这个女孩是否真是个线人。"

"他们有个密报热线，你能打吗？"

"别逗我了，霍尔曼。"

他们开车行驶到一条位于散居住户旁边的街道上，驶进滩林峡谷。好莱坞标志牌的"HOLLYWOOD"几个大字逐渐从他们的头顶显现出来，时而可以从房屋和树木的枝杈之间露出全貌，时而又被凸出的山峦所遮蔽。当他们到达山脊顶部时，霍尔曼告诉她很快就要到了。

"可以减速了。我们马上就要到顶了。你可以把这些房子前面的景物看个清清楚楚。"

波拉德把车停下，他们走出车门。这条街在一道大门前戛然而止。门上落着锁，上面挂着一个巨大的警示牌，行人止步。这条路在门口处也到了尽头；门里的那端，路面是沙土铺就的。

波拉德看着警示牌，一脸疑惑。

"这就是你说的近道？路没了。"

"这是一条防火道。我们可以顺着它绕过山，到达那些牌子的后面。这条路比穿越格里菲斯公园要短好几英里。在我还是个孩子时就来过这里。"

波拉德敲敲那块"行人止步"牌子。

"不，这不是真的。"

"上帝啊。"

波拉德向大门左右环顾了一下。霍尔曼紧随她的身后，他们踏上了门里的路。它比霍尔曼记忆中的要更加陡峭，但也许是因为他老了，况且是在这样糟糕的心境中。没走多远他就已经气喘吁吁了，但波拉德倒似乎跟没事儿一样。他们在牌子下面跋涉了很远，但他们正在山脸上稳步地向上攀爬。这条沙土防火道慢慢变成风化的路面，他们走过一些纵横交错的小路，它们也分别被门挡住禁止通行。路变得越来越陡峭，弯弯曲曲地直通向山峰的背部。好莱坞标志牌从他们眼前消失了，但一个无线电发射塔逐渐显现出来。

霍尔曼说："在没有路的情况下，那些家伙怎么可以把那么多钱带到这上面来。那太远了。"

"马琴科把他的女朋友带上来了。"

"她能走。你会把 1 600 万现金放在这样一个地方吗？"

"我也不会抢 13 家银行，向警察开枪。"

他们继续沿着环行山路向前走，当他们接近山峰的时候突然整个洛杉矶呈现在他们的眼前，整座城市在霍尔曼面前几乎一览无余。薄雾环绕的卡特林娜岛浮在50英里外的地方。那个矮胖圆柱体便是标志着好莱坞的首都档案大楼，一簇簇的摩天大楼傲然耸立，宛如海洋中的岛屿一样点缀着眼前的这幅城市蓝图。

波拉德说："哦！"

霍尔曼此刻可没有赞美风景的心情。无线电发射塔矗立在路的尽头，架起的天线和微波接收器四周都被圈上了护栏。又一段10英尺长的围墙正盘桓在路边的斜坡上，透过这道围墙："HOLLYWOOD"几个字母的顶部跃然于他们的眼底。霍尔曼向眼前的这些大牌子挥了挥手。

"我们到了。你现在还认为他们会把那笔钱埋在这里吗？"

波拉德用手抓着护栏向下看着那些牌子。下面的斜坡实在是太陡了。那些字母的基座就在他们下面，但是看起来好像还有好远。

波拉德说："该死！你能到达那里吗？"

"除非你翻过护栏，但你需要担心的不是护栏。看到摄像头了吗？"

闭路摄像探头被装置在15英尺高的金属柱上，监视着所有通往天线的路线。这些摄像头全都对准了好莱坞标志牌。

霍尔曼说："这些摄像头一天24小时不停地监控着这些牌子。它们能够覆盖到所有牌子的全部长度，还有一些摄像头被装置在基座下面，使得他们能够捕捉到所有角度。他们还安装了红外线，这样即使在夜间他们也能把这里看得一清二楚，另外他们还有移动探测器。"

波拉德翘着脚站着，尽可能看到坡底更远的地方，然后向上瞥了一眼这条路最顶端的通信站。在那里也竖着一根天线。顺着这条路往上走是一段陡峭的斜坡，大概还要再爬上二三十英尺才能到山顶。波拉德看了一眼这段陡峭的斜坡，然后走到那些固定摄像头的柱子跟前。

"监控这些摄像头的人在什么地方？"

"园林服务站。护林员一天24小时都在对这里实施监控。"

波拉德又看了看坡顶。

"那上面呢？"

"杂草。那就是山顶了。"

波拉德朝通信站走去，霍尔曼跟在后面。她每走一段就会停下来，转身看看下面的那些大牌子。

她说："你能从底下的标志牌那里上来吗？"

"这就是为什么他们要装移动探测器的原因了。下面的摄像头只能覆盖山坡附近的区域。"

"该死，这里太陡了！在那些字母的基座那里路会变平吗？"

“稍微平一点儿吧，但不太多。这更像是个宽阔的狩猎场。可那牌子偏偏立在山边上。”

通信站的外面也围着一圈护栏，像一堵墙切断了前面的路。墙角堆着从山坡上清理下来的丢弃物。

霍尔曼说：“天线的另一端可能有个直升机停机坪，但我从来没看见过。一旦有人触动警报，那就是他们上来的方式。他们派直升机上来。”

波拉德盯着周围的摄像头，然后又回头看看他们上来的路。几乎每一处都被护栏围了起来，都处在监控状态中，保护得几乎无懈可击。她脸上露出了失望的表情。

“你说的没错，霍尔曼。这个地方就是一块圈地。”

霍尔曼在脑中设想着里奇、福勒还有另外两个警察在半夜里爬上来，结果只能是什么也看不见。如果他们怀疑马琴科把那笔钱藏在了那些牌子底下或者附近，可他们上哪儿去找呢？又怎么找呢？仅“HOLLYWOOD”这几个字母就足有450英尺长。它覆盖了如此广阔的地域，即便是警察，在没有护林员随行或监督的情况下也不能靠近这块标志。霍尔曼又想，他们可能通报过护林员，说他们正在执行警方的调查任务，但这种机率微乎其微。总之，他们这样做将是一种很糟糕的举动，如果在夜间实施搜查的话就更加离谱了。护林员会有很多问题等着他们，而深夜搜查的消息将肯定会传到园林外面。如果他们能够从护林员那里蒙混过关，也肯定是在白天实施他们的搜查，因为在夜晚出来也就表明了他们的搜查是秘密进行的。

波拉德说：“你知道我在想什么吗？”

“什么？”

“吹箫。”

霍尔曼听得脸红心跳。他连忙把目光转向一旁，清了清嗓子。

“你说什么？”

波拉德原地转了一小圈，伸展一下胳膊。

“既然马琴科把她带到这里来就是交欢的，那他还能干什么？就在这儿脱下裤子让她给自己口交吗？到处都是摄像头，还要担心别人可能从路边经过。这里根本就没有藏身之处，这真是个糟糕的欢场。”

霍尔曼对波拉德在这大谈性事感觉很别扭。他看了她一眼，但却不敢跟她的目光直接接触。她突然转过身来，盯着他们上面那个陡峭的山坡。

“这有一条通往山顶的路？”

“对，但是上面什么都没有。”

“那就是我想去看看的原因。”

霍尔曼意识到她的直觉是对的。山顶是唯一隐蔽的地方。

他们紧贴着山坡和通信站护栏中间的夹缝往前走，然后就上到一条狭窄的盘山小路上。这条路可比刚才的防火道难走多了。脚下的泥土十分松软，弯弯曲曲的小路异常陡峭。波拉德两次差点摔倒，但很快他们就爬到山顶，钻进一片被灌木丛遮蔽的空地里。波拉德原地转了个 360 度，看着他们的周围，笑了。

波拉德说对了。从这片旷地里，他们能够清楚地看到从防火道那边走上来的任何人。安装在那些护栏周围的摄像头在他们脚下，而山坡下面的摄像头只对着那些标志牌。没人能看到山顶。

但霍尔曼仍旧不信马琴科和帕森斯会把钱埋在这里。带着那么多的钞票长途跋涉，每前进一步都会增加一分被发现的危险。即使他们真那么愚蠢，把钱带到这里，也得需要挖一个能放进五六个手提箱的大坑，而要在这些遍布砂石的硬地上挖出这么大一个坑又谈何容易，任何爬到山顶来的人都很容易就能看出很大一片被挖掘过的泥土。

霍尔曼用脚后跟磕了磕地面，上面很清楚地留下了摩擦后的痕迹。

“也许他把那姑娘带到了这里，但是绝对没有办法把钱带到这里。你看到这些脚印了？徒步旅行的人经常会爬上这里。”

波拉德看了看脚印，然后绕着这块空地的边走了一圈。她似乎正在换个角度来分析这个问题。

她说：“这座小山并不高。这上面也没有多少空地。”

“这就是我的观点。”

波拉德看着下面的好莱坞标志牌。

“但是他为什么非得和那女孩爬到这里来呢？他到哪儿不能找个隐蔽的地方？”

霍尔曼耸了耸肩。

“那他又为什么打扮成突击队员的样子去抢了 13 家银行？那只能解释成他是个异想天开的疯子。”

霍尔曼不知道她是否在听。她仍旧低头看着山坡下面的好莱坞标志，沉思着。然后她摇了摇头。

“不，霍尔曼，来这里对他很重要。这一定有他的目的。即使是疯子也有他做事的意图。”

“你认为那笔钱就在这上面？”

她摇了摇头，眼睛仍旧盯着山下的峡谷。

“不。不，这一点你是对的。他们没有把那 1 600 万现金埋在这里，福勒和你儿子也肯定没有找到它，没有把它挖出来。否则那个坑会有弹坑那么大。”

“嗯。”

她指了指山下的这座城市。

“但是他就住在这下面的滩林峡谷里。你知道吧？每天当他走出公寓，他都会抬头看看这里，看到这块标志牌。也许他们没有把钱放在公寓里，或者藏在这里，但肯定这个地方会让他感到安全。那就是他为何要把那姑娘带到这上面来的原因了。”

“你什么时候都能看得到。也许这里给他的感觉就像呆在一座鸦巢里，就像站在一艘古老的航船上。”

波拉德仍旧没有看他。她还在盯着滩林峡谷，好像所有问题的答案都在那里等着她去发现。

“我不这么想，霍尔曼。还记得艾利森对玛姬说的话吗？每次都必须到这里。没有幻想，他就无法进行他的‘表演’，而那些幻想都是关于金钱的，在金币上做爱。金钱就等于力量，而力量就等于性。来到这里让他感觉更接近他的金钱，那些金钱给了他做爱的力量。”

她看着他。

“福勒和你儿子可能是从洛杉矶的其他旷野里带回去的那些草和泥。如果他们知道了艾利森知道那些的话，他们也会来这儿的。看看这周围，这并没有多大，看看。”

波拉德走进灌木丛，眼睛在地面上来回搜查着，好像在找丢了的车钥匙一样。霍尔曼觉得他们简直就是在浪费时间，于是他便背过身去。

山顶的唯一人造物是一个多年以前就被植入地表的铁笼。霍尔曼从前就看到过它。铁笼里装的显然是记录着美国地质标识最原始的科学仪器。霍尔曼猜测它可能是用来监测地震活动的，但并不敢肯定。里面的仪器和铁笼上的锁看起来好像都没有被碰过的迹象。

霍尔曼站在电信盒前面 10 英尺远的一片草丛上，这时他突然发现脚下的地面被翻动过。

“波拉德！波拉德侦探！”

就在他身前一英尺远的地方，地面上裸露出一块鸡蛋大小的洼地。中间被翻出来的新土明显要比周围的土壤黑一些。

波拉德走到他身边，倚在洼地旁察看起来。她用手指探了探被翻过的新土，又检查了一下旁边的陈土。她从土洼中掬起一捧松土，然后又抓了一把。她把掌心的松土逐渐拨落，只留下中间较为坚硬的土块。她继续过滤着余下的松土，然后蹲了下来。整个过程并没有花费多少时间。

霍尔曼说：“这是个什么？”

她看看他。

“一个坑……霍尔曼。看到被铲过的地方留下的硬边了吗？有人在这里挖过东西。你知道这个坑是怎么回事吗？有人从这里移出了什么东西，所以在他们填坑时，才没有足够的浮土来填满腾出的空间。所以，这个洼地……”

“任何人都有可能挖这个坑。”

“是的，任何人都有可能。但是又有多少人会爬到这里来挖坑呢？这里可能发生了什么，怎么会有人想从这里移走东西？”

“他们可是有1 600万美金。你怎么可能把1 600万现金放进这么一个小坑里呢？”

波拉德站起来，两个人全都低头看着那个坑。

“不，但是你能在这里藏上一件通过它能找到那1 600万美金的东西，全球定位系统的坐标、地址、钥匙……”

霍尔曼说：“一张藏宝图？”

“对。甚至是一张海盗的藏宝图。”

霍尔曼抬起头，但波拉德转身走开。他又低头看了看那个坑，心里空荡荡的。心中的这个空洞要远比地上的那个土坑大得多，他甚至觉得它比好莱坞标志牌下面的那个峡谷还要大。这是一位父亲的无尽失落，他没能养育好唯一的孩子，并让孩子最终死于非命。

里奇原来也不是一个好人。

里奇为了那笔钱费尽心机。

而现在，里奇已经付出了惨重的代价。

霍尔曼在这个将自己完全吞没的巨大空洞中听见了唐娜的声音，同样的一句话在他的耳边一遍一遍反复回响：

有其父必有其子。

38

波拉德拍拍手上的尘土，真希望能把手洗干净。污泥钻进她的指甲缝里，很难清理出去，但她并不在乎。波拉德有十足的信心相信这个坑与马琴科和帕森斯有关，与他们对那笔钱的搜查有关，但信心不等于证据。她打开电话，信号格显示她的手机网络状态良好，但她随即又把电话放下。一人一犬正从防火道那边朝山顶爬上来。那是一条白色的狗。她看着他们，然后猛然想起了装置在那些15英尺高的金属柱上的摄像头。她断定它们当中至少有一个是监控着防火道的。园林服务站几乎肯定会保存过往的录像材料，但波拉德知道大部分监控录像都会以数字模式存储到一张硬盘里，那里能够记录下所有被拍摄过的内容。按照她以往的经验，大部分监控画面在被删除以前至少会被保存48小时。她怀疑福勒和其他几名警察在半夜里从防火道上山的图像记录应该还在，如果这一切确实发生过的话。他们中可能会有一人或多人在白天提前来过这里，并且注意到那些摄像头，于是便想出这个办法来避开它们，正如他们当初策划如何调查、到哪儿搜查一样。

波拉德观察着周围的环境，想着自己的判断很可能就是事实。她和霍尔曼刚才正是经由这条防火道一路爬到山顶，是它把他们带到好莱坞标志牌最高处的通信设施存放地。那些摄像头很可能会监控这条路，尤其是在它靠近标志牌和天线的位置，但却没人盯着山背面的路。波拉德这样想着，随即走到峰顶研究起后山坡来。那也是一个陡峭的山坡，上面杂草丛生，但波拉德觉得它仍旧可走。在一个有露水的夜里，深一脚浅一脚地从这条斜坡爬上山，这或许能够解释福勒鞋子上粘着的那些泥土。他们或许是想避开摄像头的监视，但波拉德已经拿定主意，不管怎样也得先去查查监控记录。

波拉德再次打开电话，按下了通讯录中桑德斯的移动电话号码。波拉德相信桑德斯此刻一定不在办公室，因为她是以一种正常的声音接起的电话。

“让我先问你个问题，波拉德，你到底在和那个‘侠盗’在搞什么？”

波拉德扫了一眼空地那头的霍尔曼。他仍站在洼地边。她压低了嗓音。

“跟我们昨天、前天做的是同样一件事情。怎么了？”

“利兹从警方那里受到了严重的打击，这究竟是怎么了？帕克中心一直在给他打电话，利兹要去跟他们见面，这事儿他谁也不告诉，他现在简直都要气疯了。”

“他说过什么具体的关于我的话吗？”

“的确如此。他说如果你跟我们任何人联系的话，我们都要立即向他汇报。他还说如果我们任何人敢在工作时间利用职务之便去帮助一个普通市民，他说这句话时看了看我，都将以违纪论处，把我们送到阿拉斯加去。”

波拉德犹豫了一下，心里激烈地斗争着自己该说多少。

“你在哪儿呢？”

“马琳娜港。有几个街头上的流浪汉卸掉公告栏板，然后拿到马路对面的那个公园，躺在上面睡大觉。”

“你会把我的电话向利兹报告吗？”

“你是在犯法吗？”

“看在上帝的分上，我没有，我不是在干犯法的事。”

“那就让利兹见鬼去吧。我只是想知道到底发生什么了。”

“我会告诉你的，但是让我先问你一件事，你搞到苏亚雷斯那盘录像带了吗？”

桑德斯没有立即作答，但随即说话的声音开始显得谨慎。

“他们告诉我那盘带子已经被抹掉了。他们称这是一次令人遗憾的事故。”

“等一下，苏亚雷斯的录像带被毁掉了？”

“他们这么说的。”

波拉德倒吸一口气。先是玛丽亚·苏亚雷斯莫名其妙地失踪，现在她的带子又被毁掉，这可是玛丽亚声称最能证明他丈夫清白的带子。波拉德笑了，笑得那么无奈。一缕热风从地上卷起，但扑在脸上的是温暖的感觉。她喜欢这样立于山巅。

她说：“我现在告诉你一些事。但有些细节我还不是十分清楚，所以先别说出去。”

“好吧。谁在给利兹打电话？”

“我不知道。那些电话都是从帕克中心打来的，利兹什么也不告诉我们。他已经两天没在办公室了。”

“好的。我想我们正在调查一桩警察局内部，由马琴科和帕森斯的抢劫案引发的犯罪阴谋。这起阴谋中包括那个在第四大街桥底杀害霍尔曼儿子和另外3名警察的凶手。”

“你在耍我吗？”

波拉德的听筒传出嘟嘟声，有一个打入的电话。

桑德斯问：“什么声音？”

“打进的电话。”

这是一个陌生的号码，所以波拉德让它继续响下去，自动转入语音信箱。她和桑德斯继续她们的谈话。

“我们相信那4名死去的警察，以及至少还有一名警察在私下调查寻找那笔丢失的1 600万美金。”

“他们找到了吗？”

“我相信他们找到了，或者找到了藏钱的地点。我现在的推测是，他们刚一找到那笔钱，就至少有一名这起阴谋中的成员决定将其独吞。虽然我暂时还未找到足够的证据,但我敢肯定这是一起阴谋。我相信这个第五人与艾利森·怀特有关。”

“怀特怎么也卷进来了？”

“艾利森·怀特声称自己是警方的线人。如果情况属实的话，她很可能告诉过负责与她联络的警察，她从马琴科那里听到的事。而那个警察很有可能就是这起阴谋中的一个成员。”

桑德斯沉默了一下。

“你想让我找出她的联络官。”

“如果她在警方那里登记过的话，她就会出现在线人名单上，而她上级主管的名字也会同样在列。”

“这事会很难办。我跟你说过了他们正在盯着我们。”

“帕克中心是在盯着你们。但是怀特的谋杀案已经超出了好莱坞警察分局的权限范畴。你或许仍然能够得到他们的某些合作。”

“好吧。是的，我可以看看我能做些什么。你真的认为这是一起警察之间的谋杀案吗？”

“这是它目前给我留下的印象。”

“你不能再这样由着性子蛮干下去了，看在上帝的分上。你只是一个普通市民。你正在谈论着一桩谋杀案。”

“只要我一找到能站得住脚的证据，我就会把它交给你。你可以把它送交FBI处理。现在还有一件事……”

“上帝啊，还有？”

“我需要你帮我查找一份记录。迈克·福勒在他家后院的天井上留下了一双脏兮兮的靴子。从他的靴子上应该能采集到泥土和植被的样本，你把它们跟好莱坞标志牌后面山顶上的土壤和植被进行一下对比。”

“好莱坞标志牌？为什么是那该死的标志牌？”

“我现在就在这儿呢。马琴科和帕森斯把跟他们的抢劫有关的什么东西藏在了这里。我相信福勒和理查德·霍尔曼来这里搜查过它，我也相信他们找到了那东西。如果你最后接手这件案子,你会想看看这些土壤样本的检验结果的。”

“好吧。我马上就着手去做。你考虑一下我的建议，好吗？保持联系。”

“怀特的案子一有眉目马上通知我。”

波拉德挂断电话，然后接听电话留言。留言者是彼得·威廉姆斯的助手，从西太平洋银行打来的电话。

“威廉姆斯先生已经准备好您要的那些文件。但是您必需按照规定在正常的办公时间内在我们这里查阅。请与我，或者我们的首席安全官阿尔玛·渡边贞夫联系，以便为您安排。”

波拉德放下电话，感觉双拳充满了力量。威廉姆斯已经愿意提货帮助，现在一切都将水落石出。波拉德感觉到他们的调查正在接近一个突破口，此刻她迫切地想去看看西太平洋银行的那些文件。

她转身面向霍尔曼，看见他正蹲在那个土坑边。她赶紧跑了过去。

她问：“你在干什么？”

“把这些浮土填回去。可能会有人发现的。”

霍尔曼正在有条不紊地慢慢把浮土填回坑里。

“好了，别玩那些土了，我们走吧。西太平洋银行有一份警方案情调查报告的副本。这对我们有用，霍尔曼。如果我们能把你的那些材料跟警方的报告对应上的话，我们就知道兰登到底从你儿子的桌子上拿走了什么。”

霍尔曼一动不动地站在那里，好像身上灌了铅一样，然后返身朝山下走去。波拉德向他讲述着她刚刚听到的玛丽亚·苏亚雷斯的录像带的事情。她认为这说明案情在继续发展，但霍尔曼却始终不言不语，一声不吭，这让她很不高兴。

她问：“你在听我说话吗？”

“是。”

“我们正在揭开真相，霍尔曼。有了这些报告，有了怀特是线人的证据，我们就会取得突破，一切都将水落石出。那正是你想要的，不是吗？”

可是霍尔曼仍旧沉默不语，波拉德这回真的生气了。她正准备继续说点什么时，霍尔曼终于开口了。

他说：“我猜是他们干的。”

波拉德意识到是什么正在困惑着他，但她不知道该说点什么。霍尔曼大概此前一直还抱有一丝幻想，他的儿子不是个坏警察，但是现在这个希望破灭了。

“我们仍然得去找到事情的真相。”

“我知道。”

“我很遗憾，马克斯。”

霍尔曼继续走着。

当他们走到车前时，霍尔曼一言不发地坐进车里，但波拉德仍在尽量给他打气。她调转车头，沿着好莱坞腹地的峡谷径直驶去，她一路上不停地对他讲着在他们到达西太平洋银行后她希望找到的东西。

霍尔曼沉默半晌后终于再次开口：“听着，我不想去中国城了。我想你先把我送回家去吧。”

波拉德当时气血翻涌。她对霍尔曼一连串的反应感到失望，但是此刻他正杵着两只大胳膊撑满车中的另一侧，活像个极度失落的笨蛋，甚至都不看她一眼。这让她想起了她自己，想起了她坐在厨房里盯着挂钟的那一刻。

她说：“我们不会在银行那里逗留太久的。”

“我还有事情要做。只管先把我送回家就好。”

他们正在高尔大街向南通往高速公路的途中，现在停在一处红绿灯路口。波拉德本打算直接驶上 101 高速公路，那会更方便进到中国城。

“霍尔曼，听着，我们已经很近了，好吗？我们真的就要把这个案子弄个水落石出了。”

霍尔曼没有看她。

“我们可以再晚一点揭晓答案。”

“浑蛋，我们已经在通往中国城的路上了。如果我把你送到卡尔弗城的话，那真是绕太远了！”

“别说了。我去坐公共汽车好了。”

没打任何招呼，霍尔曼推开车门，下车走进了车流中。这让波拉德猝不及防，但她连忙踩住刹车。

“霍尔曼！”

霍尔曼一路小跑着穿过车流，此起彼伏的喇叭声从他身后响起，

“霍尔曼！你还回来吗？你在干什么？”

霍尔曼头也不回地继续走着。

“回到车里来！”

他在高尔大街上向南朝好莱坞的方向走去。波拉德后面汽车的鸣笛声接连响起，她只好重新启动，汽车缓慢地向前行驶着。她看着霍尔曼走在街上，想知道他到底想要干什么。他走在街上不再像个僵尸，不再那么失魂落魄。波拉德心头一震，看样子他正处在暴怒中。她此前在这个男人身上已经见过这种表情，这令她感到害怕。霍尔曼看起来像要杀人似的。

波拉德没有驶上高速公路。她任由后面的车从身旁驶过，然后沿着路边徐徐前行，始终让霍尔曼处在自己的视线中。

霍尔曼没有撒谎，他的确走到公交站牌前。波拉德看着他在好莱坞林荫大道旁登上一辆西行的公共汽车。接下来是一段痛苦的经历，因为每走到一个路口，她都要停下来。每次停车她都不得不把她的斯巴鲁靠近路边，即使当时根本无处可停，然后再伸直脖子隔着川流不息的行人和车辆拼命瞅着，生怕霍尔曼从眼前消失。

当车到达费尔法克斯，霍尔曼走下车，又乘上一辆向南行驶的公共汽车。他乘着这辆公交坐到皮科，然后再次换乘向西的公共汽车。波拉德这回相信霍尔曼的确是如他所言正在往家走，但她还是不能放心，不想让他从眼前消失，于是她仍旧跟在后面，心中懊恼不已，让这么多时间白白浪费。

霍尔曼在他住的汽车旅馆前面的两条街区下了车。波拉德担心他可能会看到自己，但他始终都没转身看过一次。波拉德发现他行为有些怪异，似乎对身边的环境全然不觉，抑或是他对这些已经不再关心。

等他来到旅馆门口，她料想他会走进去，但他却没有。他继续绕到一旁，坐进他的车里，然后她便再次跟在他的身后。

霍尔曼驶上赛普维达大道，穿过这座城市向南而去。波拉德始终跟他保持着五六辆车的距离，稳稳地跟在他身后，接下来，霍尔曼的举动令她目瞪口呆。他在一条下高速公路的匝道旁停下车，从一个在马路中间乱串的流动商贩手里买了一束鲜花。

波拉德大惑不解，他到底在干什么？

又走了几条街之后，她发现霍尔曼来到一片公墓。

39

正午的骄阳烤得人喘不过气来，这时霍尔曼把车驶入了公墓区。被磨光的墓碑在阳光的照耀下闪闪发亮，就像掉进草丛中的硬币一样。修剪完美起伏的草坪显得是那么的明丽，这让霍尔曼隐藏在太阳镜后的双眼也不得不避开它们的光芒。显示在车内仪表盘上的室外温度已经达到98华氏度（约合37摄氏度），时针指向上午11点19分。霍尔曼不经意间看了一眼镜子里面的自己，他惊呆了——在那一瞬间，他从那副老款的雷朋太阳镜看到穿了过鬓角的散发，那俨然就是年轻时的自己。那时的霍尔曼和利奇一起在街头狂野，吸食麻醉药品，偷盗名款轿车，直到他最终身陷囹圄。霍尔曼摘掉雷朋太阳镜。他暗骂自己真是愚蠢，怎么买了一副和当初一模一样的太阳镜。

由于这时正是上午，且既不是周末也不是一周的开始，再加上炎热的天气，所以只有寥寥几位访客分散在墓地中。在墓地的远端，正在举行一个葬礼，一小群送葬者聚集在一块墓碑的跟前。

霍尔曼沿着车道直奔唐娜的墓地而去，他准确地把车停在上次来时的停车位。当他推开车门，一股热浪扑面而来，烤得他不得不退缩回去。他伸手去拿刚刚摘掉的那副太阳镜，但随即想了一下，不，他不想在唐娜面前让她回想起自己过去的样子。

霍尔曼拿着那束鲜花向唐娜的墓地走去。他上次带来的花束仍然摆放在墓石上，虽然现在它们早已凋零殆尽。霍尔曼把这些花束收起来，把墓石上的落叶残花打扫干净。他把这堆枯枝败叶丢到路边的一个垃圾筒，然后把那束鲜花端端正正地摆放在她的墓石上面。

霍尔曼后悔自己没有带个花瓶来。在这种暴晒下，如果没有水分的沁润，这些花很快就会枯萎，日落前将会凋零。

霍尔曼对自己愈发感觉恼火，他怀疑自己也许是个只会把身边的每件事情都搞得一团糟的家伙。

他俯身蹲下，用手抚着唐娜的墓石。炽热的金属烫着他的手掌，但霍尔曼反而把手压得更紧，任由这种灼热炙烤着自己。

他轻声说道："对不起。"

"霍尔曼！"

当他听见耳边的召唤并没感到一丝惊讶。他转过肩膀看见波拉德正朝自己走来。他站起来，但却没有对她的突然现身想太多。

"你以为我要去干什么，抢银行？"

波拉德站在他身边，目光落在眼前的墓石上。

"理查德的母亲？"

"对。唐娜。我本来应该娶这个姑娘的，可是……你知道。"

霍尔曼的眼泪滴落下来。波拉德抬起头，若有所思地看着他。

"你没事吧？"

"不太好。"

霍尔曼看着墓石上面唐娜的名字。唐娜·巴尼克。它本应是唐娜·霍尔曼。

"她以他为荣，我也是，但我想那孩子却从未真正有过这样的机会，我的过去没有一样值得他自豪。"

"马克斯，别这样！"

波拉德拍了拍他的肩膀，但霍尔曼几乎感觉不到，这样一个手势的分量几乎与过路车辆带过的一阵气流没什么区别。他看着波拉德，他相信这位肯定是一位快乐而很有教养的母亲。

"我在监狱的时候，试着去相信上帝。那是赢得谦卑的12个步骤之一，凡谦卑者，必升为高。他们说谦卑者不必为神，但是，呵，他们在开玩笑？我倒真希望能够有天堂，朋友、天堂、天使、坐在王位上的神。"

霍尔曼耸耸肩，然后回头看着碑石上的名字——唐娜·巴尼克。他在想着她对自己的改变是否无动于衷？他可以攒钱，重新再为她买一座墓碑，唐娜·霍尔曼。然后他的眼中一下子又饱含了深情，不，她如果看到这一幕也会感到害羞的。

霍尔曼擦着眼泪。

"我拿到这封信，唐娜在里奇从警校毕业时写的。她说她有多么自豪，因为里奇没有像我一样，他成为了一名警察，没有一点像我。现在，你可能认为她有些太过冷酷了，但她不是那样的人。我对她只有感激。唐娜把我们的孩子照顾得很好，而且她是一个人把他拉扯大的。我他妈的连一样东西都没给过他们，我什么都没给他们留下。现在我希望这世上没有他妈的天堂。我不想她在那里看到这一切。我不想让她知道他最后还是像我一样。”

霍尔曼为自己所说的这些而感到羞愧。波拉德像一尊塑像一样面无表情。她的嘴唇紧紧地绷着，面色凝重而冷峻。当霍尔曼抬起头，看见一滴眼泪从她的太阳镜后默默滑落，流过她的脸颊。

当霍尔曼看见这滴泪水，再也抑制不住自己，颤动着肩膀抽泣起来。他尽量不让自己失声，但一阵喘息过后，大滴大滴的眼泪还是汩汩地流淌下来，在那一瞬间他能感觉到的只是心里的痛楚。

他感觉到波拉德的双臂。她小声地安慰着自己，但他什么都听不见。她紧紧地拥着他，他也拥抱着她，但他能感觉到的只有泪眼迷离的啜泣。他不知道自己哭了多久。过了好长一段时间，霍尔曼终于渐渐平息下来，但他仍拥着她。他们只是静静地站在那里，彼此相拥。然后，霍尔曼突然意识到自己正在拥抱着她。他向后退了半步。

“对不起！”

波拉德的手仍然搭在他的肩上，但她什么也没说。他想她也许会说些什么，但她转过身去拭去脸上的泪水。

霍尔曼清了清嗓子。他仍然需要向唐娜倾诉，可是他不想让波拉德听到。

“听着，我想继续在这里呆一会儿。我没事。”

“好吧。我明白。”

“我们今天干嘛不告假一天呢？”

“不。不，我想去看那份报告。我可以一个人去。”

“你不介意吧？”

“当然不。”

波拉德又拍拍他的胳膊，他伸手拍拍她的手，然后她转身离去。霍尔曼看着她在袅袅升腾的热气中向她的车走去，看着她开车从自己的视野中消失，然后转身看着唐娜的墓石。

霍尔曼的眼中再次噙满泪水，现在唯一让他感觉欣慰的是波拉德已经离去。他重新屈身蹲下，整理了一下那些鲜花。此刻它们已经开始枯萎了。

“不管他是好是坏，他都是我们的儿子。我会继续做我该做的。”

霍尔曼笑了，他知道她可能会不愿这样，但他对命运已不作苛求。你不能抗拒命运。

“有其子必有其父。”

霍尔曼听见身后传来汽车的关门声，阳光下他抬头看去。迎面两个人向他走来，这时又听到有人叫他的名字。

“马克斯·霍尔曼。”

还有两个人正从葬礼的方向走来，其中的一个有着淡红色的头发。

40

武科维奇和福恩特斯正从一边走来，另两个人则从另外一边靠近。霍尔曼无法接近他的车。他们分散着走过来，好像他们怕他逃跑，而他们已经做好抓捕的准备。霍尔曼不动声色地站着，他的心里怦怦作响。无助地守在墓地中的这片空白，让他像一只餐碟边的苍蝇一样暴露在外，无处藏身，无路可逃。

武科维奇说："放松点。"

霍尔曼准备向门口走去，福恩特斯和他身后的一个人并行过来。

武科维奇说："别傻了。"

霍尔曼突然加快脚步，4个家伙随即跑了上来。霍尔曼向那边参加葬礼的人群放声大喊。

"救命！救我啊！"

霍尔曼转身又向自己的车跑去，尽管他知道这几乎是不可能，但他还是要试试。

"在这里！快救我啊！"

当远处的那群送葬者转过身来，跑在前面的两个警察已经堵住了他。霍尔曼在最后一瞬间端起肩膀，结结实实地跟个子稍矮的那个撞了个满怀，然后原地打了个转，朝他的车拼命跑去，这时武科维奇喊声又起。

"把他放倒！"

"救命啊！救命！"

一个人从霍尔曼背后猛击一拳，但他仍没有止步，他转了个弯，但这时福恩特斯从侧面赶到截住了他，武科维奇还在喊着。

"停下，该死，算了吧。"

他的眼前一片模糊，拳头向雨点一样击打着自己的身体和胳膊。霍尔曼拼命摇摆着，一把抓住福恩特斯的耳朵，然后一个人勾住他的双腿，他瞬间跌到。双膝重重地跪下，两只胳膊被从身后扭住。

“救命！救命！”

“闭嘴，你这白痴。你想让那些人做什么？”

“作证！人们都看到了，你们这群流氓！”

“冷静点儿，霍尔曼。你在演戏吗？”

霍尔曼仍旧没有停止挣扎，直到他感觉到一副塑料手铐箍住他的手腕。武科维奇抓住他的头发将他仰面揪起，把他扭身以便于他们能够彼此看见。

“放松点。你不会有事的。”

“你们这是干什么？”

“把你带回去。放松。”

“我他妈什么也没做！”

“你干预了我们的事情，霍尔曼。我们尽量对你客气一些，但你能老实交代吗？你他妈的干预了我们的事。”

当他们将他架起，霍尔曼看到参加葬礼的所有人都在盯着他们看。有两个护送灵车的摩托警正走过来，但福恩特斯快步迎上前去。

霍尔曼说：“他们是证人，该死。他们会记得这个的。”

“他们全部的记忆就是某个白痴被拘捕了。别犯傻了。”

“你要把我带到哪儿去？”

“回去。”

“为什么？”

“放松点儿，伙计。你会没事的。”

霍尔曼听着武科维奇说他会没事的方式感觉很刺耳。这听起来更像是你在被谋杀前会听到的话。

他们把他带到他们的车边，把他浑身上下搜了个遍。他们把他的钱包、钥匙、移动电话全都拿走，然后又搜查了他的鞋帮里、裤腰间和皮带头底下。福恩特斯走了回来，那两个摩托警转身返回葬礼的队伍。霍尔曼看着他们走开，就好像救生员在湍流中越漂越远。

武科维奇说：“好吧，上车吧。”

霍尔曼说：“我的车怎么办？”

“我们会把它弄走的。你坐我们的豪华轿车吧。”

“人们都知道，该死。人们都知道我在干什么。”

“不，霍尔曼，没人知道任何事。现在闭上你的嘴吧。”

福恩特斯开走了霍尔曼的巡洋舰，而那两个新面孔把他推进他们车上的后座。其中的那个大个子也坐到后座，坐在霍尔曼身边，而他的同伴则坐上了驾驶座。他们关上车门就迅速开车离去。

霍尔曼知道他们会杀了自己。因为那两个警察彼此互不做声，也不看他，所以霍尔曼心里才这样认定。他们坐在一辆典型的皇冠维多利亚警车中。如同所有的警车一样，后座和车窗都是从前面上锁。因此，霍尔曼即便能够挣脱手铐，也无法打开车门。他只能这样等待着，直到下车，但那时可能已经为时太晚。他活动了一下手腕。那副塑料手铐没有弹性，也无法从手腕上滑落。他曾在监狱里听一个囚犯说过这种新型的塑料手铐比钢铁还要坚硬，但霍尔曼此前从来没有戴过。他想知道它们是否可以软化。

霍尔曼看着那两个警察。他们都是 30 多岁的年龄，长着强壮的身体，一副油光的脸庞，好像经常在户外工作。他们的确既健硕，又年轻，但没有一个有霍尔曼那样结实的臂膀和体重。坐在霍尔曼旁边的那个人还带着结婚戒指。

霍尔曼说："你们俩有谁认识我儿子吗？"

司机从镜子里瞅了他一眼，但是没有做声。

"是你们中的一个浑蛋开枪打死他的吗？"

司机又瞄了他一眼，准备开口说话，但后面的那个人打断了他。

"还是让兰登告诉他吧。"

霍尔曼推测兰登很可能就是那第五个人，但现在武科维奇、福恩特斯以及这两个家伙也都参与了行动。加上福勒、里奇和另外两个警察，一共是 9 个人。霍尔曼想知道是否还有人参与其中。1 600 万美金可是一大笔钱，就算均分，他们仍旧可能为之大干一场。霍尔曼心里想着他们对波拉德了解多少。他们很可能是从他的寓所就跟上了他，那么他们一定已经在公墓看见了她。他们大概不会喜欢被 FBI 搅和进来，但他们肯定也不愿铤而走险。在他们干掉他之后，还会去除掉她的。

他们开车大约走了 15 分钟。霍尔曼心想他们可能会把他带到一片荒郊野外，或者一间仓库，但是他们从 Centinela 大道下来后却驶进了位于马维斯达的中产阶级聚居地的喧闹街头。街道两旁是一排排密集的小房子，中间被树篱和灌木丛分开。福恩特斯已经在他们前头到了。霍尔曼看见他的巡洋舰停在前面路边。福恩特斯不在车里，附近也没站着人。霍尔曼的心开始怦怦直跳，他的手掌心变得冰凉。他正在一步步靠近，他必须尽快采取行动。这就像闯进一家银行或者看准一辆时髦的保时捷。他现在已经到了命悬一线的关头。

他们把车停在一座黄色小屋的对面。一条狭窄的车道穿过屋外一座拱形车棚，通到屋后面的一个车库，一辆蓝色轿车就停在拱棚底下。霍尔曼没有见过这辆车。福恩特斯可能已经在屋里，但他不知道武科维奇和兰登此刻在哪儿。整座房子里可能到处都潜伏着人。

司机把车熄灭火，打开后面的车门。司机首先下车，但后座的那个人没动。

司机打开霍尔曼的门，然后站在跟前，似乎他想要堵住霍尔曼的路。

“好吧，老兄。下车，但是不要离车太远。等你走下车，站直然后面对着车。你明白我说的话吧？”

“我想我能做到。”

他们不想让周围的人看到霍尔曼的手被从背后绑着。

“下车然后转身。”

霍尔曼下车然后转身。司机立即迈步紧跟他的身后，死死地抓住他的手腕。

“好了，约翰。”

约翰就是坐在后座的那个人。他走下车，然后朝前面那辆车走去，等着霍尔曼和司机从后面跟来。

霍尔曼观察了一下周围的房屋。院子前面摆放的自行车和挂在树上打结的绳子告诉他这是一户邻居。一艘外部装有推进器的摩托艇停在两座房子外的车道上，可以看到在灌木丛中有条低矮的锁链墙隔着两边。外面没有人，但是人们可能会在屋里吹空调，大部分妇女一天当中的这个时候都会带着小孩呆在家里。他可以奋力疾呼，但没人会听得到。如果他跑，他就必须翻过那道锁篱。他希望这些人没在那里拴着一条比特犬。

霍尔曼说：“你最好告诉我你们想让我做什么。”

“我们要绕到那辆车的前面。”

“我们要走到前面那个门？”

“顺着这条道一直走到那个车库。”

霍尔曼早就猜到他们会用那个车库。前门是开着的，但是拱门下面的厨房大概也开着。那扇门可能在暗处。霍尔曼不准备让他们把自己带进那个房子。他心里盘算着自己很可能会死在那个库房里。即使是死，他也要死在外面，因为那里可能会有人看见，霍尔曼可不准备这么轻易就断送性命。他又看了一眼那艘摩托艇，然后看看他的巡洋舰。

霍尔曼从车身旁向前迈出脚步。司机在后面关上车门，然后用肘推着他向前走去。霍尔曼拖着脚慢慢走着。约翰在前面的道上等着他们，然后又往前走了几步，眼看就要到门口了。

司机说：“上帝啊，你能走得快一点吗？”

“你们打伤我的脚了。为什么你不往后退一步，给我点空间呢，看在上帝的分上。你要推倒我了。”

“住嘴！”

司机又往前靠了靠，紧贴在霍尔曼身后，这正是他想要的的效果。他希望司机在经过房子和蓝色轿车之间狭窄的空当时，尽可能离自己近一些。

约翰在房子和车之间的拱门下继续朝门口走去。他等着霍尔曼和后面的司机，然后打开门帘。就在门帘被打开的那一瞬间，约翰在它的一侧，霍尔曼和那个司机在它的另一侧，而他们刚好夹在房子和蓝色轿车的中间。

霍尔曼不等门打开，他高高地提起右脚踹向屋墙，同时凭着这股转瞬之间的劲道用力把后面的司机撞向那辆轿车。他紧接着猛收左脚和右脚并到一起，双腿死死地压住后面，力度之大压得那辆轿车不住地摇晃起来。他用头猛击后面，剧烈的骨头与骨头之间的碰撞使得他眼冒金星。他又向后猛撞一下，用他粗壮的脖子和肩膀作为武器，他感觉到那司机瘫软在地，这时约翰才意识到发生了什么。

"狗娘养的，嘿！"

约翰手忙脚乱地关上门，但霍尔曼已经跑了。他没有回头看。他没有跑到街道对面，也没有跑出这座黄房子的院里。他径直穿过前院，然后又转弯，向后院跑去。他想尽可能快地逃离他们的视线。他一头扎进矮树丛和灌木丛，越过一道篱墙。他听见屋里有人在喊，但他根本不会止步。当他跑到这座房子的背后，他又翻越过另一道篱墙进入邻家的后院，继续向前跑着。树枝、树杈以及所有触及到的硬东西撕扯着他的皮肉，但他已经几乎感觉不到这些痛苦。他飞奔着穿过邻家的院落，一头又撞进另一堵灌木墙中，他像头野兽一样踢开前面的障碍翻过另一堵墙。他落在了一辆洒水车的头上。他挣扎着爬起来接着跑，在穿过院子时又撞上一辆三轮车。屋里，一只小狗透过窗子在向他狂叫乱吠。他听到隔着两栋房子以外的叫嚷声，知道他们很快就会赶到，但他仍然贴着屋边向街道方向移动，因为那是他看见摩托艇的地方。那艘艇停在车道上。

霍尔曼爬到房子的拐角处。武科维奇和约翰正站在他们的车边，武科维奇拿着无线电通话设备。

霍尔曼向那艘艇爬去，船身外侧挂着一个大个的水星螺旋推进器。他从背后把手腕上的塑料手铐放到推进器的齿轮上面，尽可能用力地锯着，他希望那个囚犯说过的这东西比钢铁还要硬的话是错的。

他使出浑身的力气，来回锯着那副手铐。他是如此用力，把铐子都勒进了皮肉里，但这种疼痛只会使他更加用力，然后手铐"砰"的一声断开了，他的双手重获自由。

福恩特斯和约翰此刻正朝他相反的方向走去，但武科维奇则走在向他这边来的半路上。

霍尔曼借着摩托艇的掩护向后退去，然后从他来时的方向溜进后院。他们正挨家挨户地搜查，绝对不会想到他会再次返回（这是他少年时代第一次准备入室行窃时学会的一招老把戏）。他从篱墙上翻回去，进到隔壁的院子里，看见一堆砖头。他拾起一块，心想或许需要用它以防不测。他继续穿过院子，但不是像刚才那样疾速地奔跑，而是静悄悄地一边挪动，一边听着周围的声响。

他轻松地翻过篱墙，再次回到那座黄房子的后面。后院里空无一人，悄无声息。他贴着墙壁向街道方向一步一步挪动着，停停，走走，然后再听听。他不能浪费太多时间，因为当武科维奇和另外几个人找不到他后，还会回来的。

霍尔曼贴着这栋黄房子的墙壁挪动着，始终猫腰躲在窗子下面。他能够看见巡洋舰仍旧停在街上。如果他就这样走出去，很可能会被他们看到；但如果他足够幸运的话，他们或许离他还有一段距离，那样就根本来不及逮住他。他贴着墙壁走得更近了，这时他听到一个女人的声音从屋里传出。

这声音如此熟悉。他慢慢抬起头，刚好能够看到屋里。

玛丽亚·苏亚雷斯和兰登正在里面。

霍尔曼不应该露头。尽管他多年破门入室和偷车的经验告诉他不要去看，但他还是犯下了错误。兰登觉察到了他的这个举动。兰登的眼睛瞪得好大，立即走向门口。霍尔曼哪里还敢再等，撒腿就跑，冲进灌木丛中。他本来只有几秒钟的时间，现在这寥寥的几秒可能也不够用了。

他全力向巡洋舰跑去，耳边听见身后的前门被打开。武科维奇已经在回来的路上，也开始跑起来。霍尔曼用手中的砖头击碎巡洋舰客座一侧的车窗玻璃，然后伸手进去打开门锁，兰登在他身后大声喊着。

“他在这儿！武科！约翰！”

霍尔曼钻进车门。利奇当初给了他两把钥匙，霍尔曼把备用的一把留在了仪表板内。他拉开仪表板盖门，勾出钥匙，然后一屁股坐到驾驶位上。

霍尔曼驾车从路边一溜烟地跑掉，直到跑得无影无踪，他没回头看上一眼。

41

霍尔曼心里只想着尽可能让巡洋舰快一点再快一点。他很快来到第一个十字路口，猛的一个急转弯，然后沿着大道继续飞奔。他告诫自己到了下一个路口时不要再转弯，因为不断的转弯和之字形路线肯定是摆脱追逐的常用办法。业余偷车贼和喝醉的酒鬼们在逃脱警察的追捕时，总是想着他们能利用飘忽不定的路线来摆脱警察，但霍尔曼知道他们这样做的结果往往是聪明反被聪明误。道理很简单，每一次转弯都要减缓速度，都要耗费时间，这便给了警察缩小追捕范围的机会。这个时候，速度就是生命，距离才是确保安全的根本，所以霍尔曼狠狠地踩着油门，不断向前开。

霍尔曼知道他必须驶离这片居民区，把车开进一片交通拥堵的商业地带。他一路飞驰来到棕榈大街，然后转向朝高速公路驶去，在拥挤的车流中行驶了一段路途后，他终于看到一家最大的购物中心，一个露天的怪兽标志立在艾伯森超级市场的门口。

巡洋舰车身太大，又是黑色，很容易暴露目标，所以霍尔曼不想把它留在超市门口的主停车场内。他把车拐进大大小小的超市和商店后面的便道，再把车一直开到购物中心的背后。他停下车，熄灭发动机，然后才仔细打量了一下自己。他的脸和手臂都被擦破，正在流血，他身上的衬衫也已被撕成两片。衣服上满是一条条污渍和血痕。霍尔曼用手拍了拍，尽量把身上整理干净，然后把衬衫碎片撕下，包扎一下伤口，但他怎么看还是像刚从地狱里出来。他想从巡洋舰上下来，但被锯断的塑料手铐仍旧挂在他的左腕上。霍尔曼刚才是用摩托艇的推进器齿轮锯断了右手的锁套，而现在那截断开的锁套就像两根意大利面条一样在他左腕上悬挂着。他琢磨着这副手铐的结构。扣合的那段就像一截腰带，只是带扣只向一面锁着，带舌可以在扣眼中滑动，但细小的齿轮紧紧地咬合在一起，根本无法抽动。现在，这副塑料手铐必须得割断，而霍尔曼身边却连个刀片都没有。

霍尔曼重新启动发动机，把空调调至最大，然后把打火机放在空调口。他尽量不去想自己这样做会怎样，因为他知道自己肯定会受伤。当打火机的火苗“砰”的一声窜起，他拽着手铐尽可能让它远离自己的皮肤，把火焰芯压在塑料手铐上。霍尔曼攥紧拳头，紧紧地握着，但仍然被烤得呲牙咧嘴。他不得不这样反复把打火机点燃三次，最终才把那截塑料软化。

武科维奇拿走了他的所有——钥匙、钱包、钞票，还有移动电话。霍尔曼把底板和仪表板下面搜了个遍，总共才找到 72 美分。仅此而已，这就是他现在拥有的全部。

霍尔曼锁上巡洋舰，头也不回地走了出去。他穿过一家宠物店，身边到处都是叽叽喳喳的鸟儿，最后在艾伯森超市的门口找到一个电话亭。他想给波拉德发出警报，他需要她的帮助，但是走到电话跟前，他却想不起她的电话号码。霍尔曼手握电话站在那里，大脑一片空白。他把波拉德的电话号码输进了他的移动电话通讯录里，但是现在他的电话没有了，他已经记不得她的号码。

霍尔曼浑身开始颤抖。他把电话砰地一下摔到托架上，失声大叫起来。

正在走进超市的三个人盯着他看。

霍尔曼意识到自己的失态，他告诉自己要冷静下来。更多的人在看他。他的伤口又流血了，他擦擦胳膊，但擦过的地方全都是血迹。霍尔曼看了一眼停车场，一切都很正常。没有巡逻车或者陌生的皇冠维多利亚从商店门口经过。经过几分钟的喘息，霍尔曼逐渐冷静了下来，他决定给利奇打电话。可是他也不记得利奇的号码了，但是他店里的号码在号码簿上能够查到。

霍尔曼把硬币投进去，然后等着信息台的接线员连线。

利奇的电话响了。霍尔曼希望在铃响两声后就有人接起电话，但铃声一直在响。霍尔曼心里暗骂真是晦气，寻思着是不是接线员给连错了线，但紧接着电话那头就传来一个年轻女人试探的声音。

“喂？”

“我要找利奇。”

“对不起，我们已经关门了。”

霍尔曼愣住了。现在是工作日的正午时间，利奇的店不应该这么早就关门了的。

“玛丽莎？你是玛丽莎吗？”

她回答的声音变得更加迷惑。

“嗯？”

“我是马克斯·霍尔曼，你父亲的朋友。我需要跟他谈谈。”

霍尔曼等着，但是玛丽莎没有反应。然后他意识到她在哭泣。

“玛丽莎？”

“他们把他带走了。他们来……”

她不停地哭着，抽抽啼啼的声音一下子变成了彻底的哽咽，霍尔曼内心的恐惧骤然直刺心头。

“玛丽莎？”

霍尔曼听见她的身后一个男人在说着什么，玛丽莎试着平静地回答，然后那个人便接过电话，他的声音同样充满着戒备。

“你是谁？”

“马克斯·霍尔曼。她在说什么？你们那儿发生什么事了？”

“我是劳尔，兄弟。你还记得吧？”

劳尔就是那个给霍尔曼填写驾照的小伙子。

“是的。她刚才说什么？利奇上哪儿去了？”

“他们一直在盯着他，兄弟。今天上午……”

“那些该死的警察逮捕了他。”

霍尔曼的心再次怦怦狂跳起来，他又看了一眼停车场。

“到底发生什么事了？他们为什么要逮捕他？”

劳尔压低嗓音，好像不想让玛丽莎听到，但他的声音还是显出了紧张。

“我不知道到底发生了什么事。他们今天上午过来的，拿着逮捕令，牵着狗，有几个该死的白痴还提着冲锋枪——”

“警察？”

“LAPD(洛杉矶警察局)、FBI(联邦调查局)、SWAT(洛城特警队)，甚至还有该死的 ATF(联邦烟酒枪械管理局)——如果要列个字母表的话，它们都包括在内。他们把这里砸得乱七八糟，然后把他抓走了。”

霍尔曼早就口干舌燥，但电话却差点从紧攥的手中滑落。他盯着停车场，强迫自己调匀呼吸。

“他受伤了吗？他没事吧？”

“我不知道。”

霍尔曼几乎喊了起来。

“你为什么不知道？这他妈的是一个很简单的问题。”

“你以为他们会让我们围在旁边看吗，那些狗娘养的？！我被他们踢出了房间！他们把我们关在这间办公室里！”

“好吧，好吧——别激动。关于什么的逮捕令？他们在找什么吗？”

“具有攻击性的来复枪和爆炸物。”

“上帝啊，利奇在干什么？”

“什么都没干，兄弟！利奇在这里什么都没干过，去他妈的爆炸物！他的女儿就在这里工作。你认为他会在这儿储藏爆炸物吗？利奇甚至都不让我们去偷汽车气囊。”

“但是他们还是逮捕了他？”

“该死，是的。他们就在他女儿面前把他推进车里。”

“那他们一定已经找到了什么。”

“我不知道他们到底找到了什么。他们把一些东西装进了一辆卡车。他们还把防爆小组派到这里，霍尔曼！他们让那些该死的狗把每一个角落都嗅了个遍，但我们这儿根本什么都没有。”

一段机控语音从电话中传来，告诉霍尔曼他只剩下一分钟通话时间了。霍尔曼转身走出格子，他的时间就要用尽了。

霍尔曼说：“我得走了，但是还有个事。他们问过我的事没有？他们是打着我的幌子跟利奇联系的吗？”

霍尔曼还在等着回答，但电话那头传来了忙音。劳尔已经挂断电话。

霍尔曼放下电话，瞅着停车场。他相信利奇已经被警方逮捕了，但不知道是出于什么原因。利奇并不知道关于霍尔曼的任何有价值的事情，他不可能从盖尔·马内利、威利或者哈丁广告牌公司的托尼·吉尔伯特那里了解到这些情况。霍尔曼甚至从未告诉过利奇关于那笔 1 600 万美金巨款失踪的事，他也没有向利奇透露过自己对警察局阴谋的不断增加的怀疑。但也许有人认为他知道了这些，也许有人认为利奇知道的比他做过的更多，这就是他们想跟他谈谈的原因。想着这些让霍尔曼头痛不已。乱糟糟的毫无头绪，所以霍尔曼索性不再去想。他现在有着更加重要的问题。没人会来把他接走，给他送钱送车。霍尔曼现在是无依无靠，走投无路，他只希望能马上找到波拉德。找到波拉德可能也是他唯一的希望。

霍尔曼深吸一口气，然后回头走进艾伯森超市。他走出货架区，然后径直朝商店后面走去。在美国，所有市场的每一个货架区都在后面有个旋转门，售货店员可以推着装满水果和蔬菜的推车从这里通过。在门后通常都有一个冷藏室，把容易腐烂的食物储存在那里，同时这类贮藏室还会有更多的门，它们总是向装货通道敞开的。

霍尔曼走出超市，再次来到购物中心的背后。他走回到巡洋舰那里，打开后备箱门，拽出车底板脚垫，后面露出一个应急工具箱，其中包括一柄螺丝刀、一把钳子，以及一个千斤顶手柄。霍尔曼已经有十多年没偷过车了，但那套活计仍装在他的脑子里。

霍尔曼向停车场走回去。

42

波拉德从公墓离开以后，思绪纷乱地上了高速公路，直奔中国城驶去。她心潮翻涌，最近发生的一幕幕在脑海中不断浮现。她在茫然中前行，对身边过往的车辆几乎不去理会。

波拉德不清楚自己一路跟随着霍尔曼从好莱坞走来是为了什么，但他刚才的举动让自己又一次感到惊讶。这就是霍尔曼，一个堕落的罪犯，因为抢劫银行而锒铛入狱，这对于一个老人来说跟死没什么分别；这就是霍尔曼，向他死去的女友痛哭着道歉，因为他们的儿子走上了无法挽回的不归路。波拉德其实不想离开。她本想守着霍尔曼，紧紧地握住他的手，抚慰他的悲伤。感伤和悲悯已经完全占据了她的心灵。

在霍尔曼失声痛哭的那一刻，波拉德的心都碎了，不仅是为他，也是为自己。这就是霍尔曼，这个令人惊异的堕落罪犯，她知道自己可能爱上了他。现在，她在无奈中离开，她对自己的举动感到怀疑，她在矛盾中不断挣扎。

马克斯·霍尔曼是个堕落的职业罪犯，从前还是个吸毒成性的瘾君子，没受过教育，没有职业技术，而且绝对没有一丁点儿的合法财产，只有一份需要没完没了地工作才能赚点微薄收入的工作。他对白纸黑字的法律根本不懂得尊重，他的朋友都是和他一样的不法之徒。在可以预见的未来里，他几乎肯定还要在牢狱里度过他的余生。而我有两个儿子。在他们面前，他会树立什么样的榜样？我的母亲会怎么说？我身边的每个人都会说些什么？要是他对我没什么兴趣又该如何？

45 分钟后，波拉德到达中国城中的西太平洋银行大楼。阿尔玛·渡边贞夫，这位西太平洋银行的首席执行官，把她领到三楼一间没有窗户的会议室。两个存档用的蓝色盒子正静静地躺在桌上。

渡边贞夫向她解释，洛杉矶警察局的办案报告被分成不同的两类。一类是洛杉矶警局下面各个分支辖区内的银行抢劫类文件，比如劫案组侦探对发生在牛顿分局辖区内的银行抢劫案的调查。另一类文件是抢劫案特别调查组的文件汇编，他们是在综合了各地方分局报告的基础上形成的更大规模、更大范围的调查。波拉德根据以往的经验知道，这是一种资源的综合利用。尽管劫案特别调查组已经负责全城范围的调查，但他们也会调用支局的劫案组侦探来打击他们自己辖区的抢劫犯罪。然后各个地方分局的侦探便会把他们的报告上交给劫案特别调查组，他们负责各个分区之间的交界带，并统一协调指挥全城的此类罪案调查。

渡边贞夫再次提醒她不要拿走或复印这里的任何材料，然后让波拉德自己开始工作。

波拉德打开她自己带来的文件，找出霍尔曼在兰登收走那些报告前拿到的7张复印的封页材料。它们只是一些大致的内容，上面除了案件本身和一些证人编号之外几乎再无其他，而那些证人编号也只是列出证人的排序，而未署明他们的真正身份：

案件 # 11-621
证人 # 318
马琴科 / 帕森斯
调查报告

波拉德希望通过这份证人名单能够确定这些证人的真正身份，然后看看他们都说了些什么。她不知道这些封页的出处是什么地方，所以她决定先从装着各地分局报告的文件盒开始看起。她把盒子倒空，然后按照顺序逐一查看着证人名单。她找到了三份名单，但很快她就发现这些分局的数字排序方式明显与那些封页上的不一致。她把这些分局文件放到一边，转而去看帕克中心的报告。

刚一打开第二个盒子，就立即激起了她的兴趣。第一页纸是劫案特别调查组组长和两名负责调查此案的领衔侦探签名的一份案件介绍材料。而第二位领衔侦探就是沃尔特·兰登。

波拉德看着这个名字。她知道兰登参与了那4名警察谋杀案的调查。她早就料想到他是一名负责凶杀案的侦探，而现在却负责了一项银行抢劫案的调查。同一起抢劫案现在让凶手之间产生了重叠。

波拉德一页一页翻看着这些报告，直到她找到那份证人名单。这是一份包括37页纸的档案，上面从第一个证人开始逐一开列出一份长达346人的名单，排在第一号的是马琴科和帕森斯打劫过的第一家银行的一位出纳员。而排在最底下的一个，也就是波拉德那份封页上显示的 #318，后面接下来是 319、320、321、327 和 334 号。所有这些证人都先后在这起案件中登过场。

波拉德开始将这些编号和她封页上的名字进行对比，立即就看出了个梗概。

第 318 号的署名是劳伦斯·特雷霍恩，他在马琴科和帕森斯居住的滩林峡谷地区经营着四个单元的公寓楼。

接下来的三个证人是他们的邻居。

第 327 号是马琴科曾经光顾过的西好莱坞健身俱乐部的一名服务员。

而第 334 号则是安德烈·马琴科的母亲。

波拉德找到他们的个人简介，但却并没有立即阅读。她核对了一遍负责审查证人的侦探姓名。兰登负责特雷霍恩和马琴科太太，武科维奇负责他们的一位邻居。武科维奇是和兰登一起出现在霍尔曼的儿媳家楼下，对霍尔曼进行威胁的成员之一，而另一名参与调查那起谋杀案的侦探，也出现在调查马琴科和帕森斯案子的探员名单中。

波拉德想起了福勒和那个跟他一起去找马琴科太太的第五人。她想知道福勒是否也去见了其他的这 5 个证人。

波拉德记下他们的姓名和这 5 个新名字的联系方式，然后开始看起他们的材料。她怀疑他们当中至少有一人可能提到了艾利森·怀特、好莱坞标志牌，或者“玛雅人格子”，但是在报告中除了一份与马琴科和帕森斯认识的证人名单外，对这些情况却只字未提。波拉德断定这就是关键所在。这些证人材料中没有一个是与某一起具体的抢劫案有关的，但却全都与马琴科和帕森斯隐藏那笔钱的事情存在着潜在的联系。这也就是理查德·霍尔曼为何保留它们的原因，但仍然留下许多问题：他是如何得到它们的？为什么兰登要把它们从理查德家收走？看起来似乎是兰登不想让任何人掌握福勒和他的调查小组曾经尝试寻找那笔钱的证据。

波拉德一口气把这些看完，然后把这些证人材料按照原来的顺序放回到文件中，然后又把所有文件放进各自的盒子里。她脑子里始终想着兰登拿走那些文件的事。波拉德考虑着理查德从兰登那里得到它们的可能性会比较大，但有些事情让她困惑不解。兰登清楚这些材料中介绍的都有什么。如果他与理查德、福勒是同谋的话，他本可以告诉他们自己所知道的——否则的话，他也不必把这些文件交给他们。

波拉德把这些盒子留在桌上，然后谢过阿尔玛·渡边贞夫，他把她送到电梯口。波拉德在下楼的过程中，查看了一下移动电话上的信息，桑德斯还没有给她打来电话。她脸上掠过一丝失落，但随即便意识到她已经获得了几乎同样重要的线索——马琴科太太。如果兰登是那个第五人，波拉德就根本不必再去看那份证人名单了，马琴科太太将肯定能认出他来，这也就等于把兰登和福勒放在了一起。到那时，找不找得到艾利森的联络官就变得像糕点上的酥皮一样无足轻重。

波拉德决定给霍尔曼打电话。她想告诉他自己的新发现，然后就去找马琴科太太。她正拨着他的号码，这时候电梯门开了。

霍尔曼站在大厅里，身上衣衫破烂，污迹斑斑，还带着一道道血痕。

43

霍尔曼还记得波拉德要去西太平洋银行大楼，只是不知她是否还在那里，以及如何找到她，他身上也再没有钱可以打个电话查问了。其实他并不想去那栋大楼。如果有人从公墓出来就一直跟踪波拉德的话，那么他这样贸然前去无异于自投罗网，但他此时实在已想不出别的办法了。霍尔曼在大楼外面转了几圈，最后还是担心将因此而错过她，于是他就像一条神经紧张的流浪狗一样退缩在大厅的角落里。正当他打算离开时，这时候电梯门开了，波拉德从里面走出来。在两个人目光交汇的那一瞬，波拉德的脸惊得煞白。

“发生什么事了？你怎么这副样子，发生什么了？”

霍尔曼仍在不停颤抖着。他把她从电梯口叫出来。大厅里的保安已经问过他两次，霍尔曼现在只想赶快离开这里。

“我们快离开这里。武科维奇和那些家伙，他们又在抓我。”

波拉德看了一眼保安，压低了声音说。

“你在流血。”

“他们可能一直在跟踪你。我到外面再跟你说。”

霍尔曼急切地想离开这里。

“是谁？”

“警察。你走后他们在公墓绑架了我。”

他颤抖得更厉害。霍尔曼尽力带她往门外走，但她却把他拉向另一边。

“走这条路，跟我来。”

“我们必须得走。他们正在到处找我。”

“你身上太脏太乱了，马克斯。你站到边上。进来。”

波拉德把霍尔曼拉进了女盥洗室。她把他领进一个洗手间，然后从自动卷纸机上扯下一张纸巾，把它在洗手池中浸湿。霍尔曼想跑，但他的身体已经不听使唤，盥洗室就像个监狱一样，只能坐以待毙。

“嘘，你在发抖。快冷静下来。”

“我们必须离开这里，凯瑟琳。”

她把他身上的血迹从脸上到胳膊擦了个遍。他只想赶紧把心里的话说出来，哪里还顾得上声音的颤抖。然后他想到自己的电话不见了，当他找不到她的时候那种可怕而又无助的感觉。

“我需要个写字的东西，一支笔。你有笔吗？我想给你打电话，但我却想不起你的号码。我他妈的想不起来了。”

他颤抖得越来越厉害，直到霍尔曼感觉自己抖得快要散架了。他正在失去对自己的控制，但他似乎仍无法停止。

波拉德把那些带血的纸巾扔掉，然后抓住了他的胳膊。

“马克斯。”

她用目光凝视着他，以此来让他平静下来。她紧盯着他的双眼，霍尔曼的视线随之收回。她的手指深深嵌进他的胳膊，但她的眼神却透出冷静，声音舒缓而柔和。

“马克斯，你现在就和我在一起。”

“我吓坏了。他们抓走了玛丽亚·苏亚雷斯。”

霍尔曼无法让自己停止盯着她的眼睛，她用手指轻轻抚摩着他的胳膊。

“你安全了。你现在和我在一起，你安全了。”

“上帝啊，我他妈的被吓坏了。”

霍尔曼仍看着她的眼睛，但她的嘴角微微地向上挑了挑，这终于让他慢慢平静下来，就像一支铁锚将一叶在风雨中飘摇不定的小舟稳定下来。

他的颤抖逐渐减缓下来。

“你没事吧？”

“是的。是的，我很好。”

“好。我希望你没事。”

波拉德在她的口袋里找到一支笔，然后抓过他的胳膊。她把她的移动电话号码写在他的前臂内侧，然后抬起头，以更加柔和的目光注视着他。

“现在你有我的号码了。你看到了吧，马克斯？你可不能再弄丢它了。”

霍尔曼能够感觉到，现在有些事情变得不一样了。她向他又靠近一点，然后将双臂放到他的身后，把头贴在他的胸口。霍尔曼呆呆地站着，像橱窗里的服装模特一样。他不敢相信自己的眼睛，他也不忍心冒犯眼前的这个女人。她在他的胸前轻声地说：

“就一会儿。”

霍尔曼有些迟疑地抚摸了一下她的背。她没有跑，也没有跳开。他把双臂搭在她的背上，把下巴放在她的头上。慢慢地，他放心地搂住她，他能够感受到她的呼吸，感觉所有的厄运都被驱散了。过了一会儿，霍尔曼感觉她动了一下，然后他们俩同时迈步分开。波拉德脸上带着微笑。

“现在我们可以走了。你可以在我的车里告诉我发生了什么。”

波拉德把车停在了大楼的地下停车场里。霍尔曼向她描述着他们是怎样把自己从公墓抓走，他又是怎样死里逃生，以及他亲眼看到的一切。她边听边皱着眉头，但却始终一言不发，既不评价也不提问，甚至当他提到偷了一辆车时也还是不作任何反应，直到他一口气把话说完。她直到他把话讲完才开口，但即便此时，看起来仍然还十分镇定。

“好吧，是武科维奇和另外三个人，一个叫福恩特斯，一个叫约翰，他们在公墓逮捕了你？”

“他们没有逮捕我。他们是在诱捕我，但是他们没有带我去警察局，他们把我带到了一座房子里。这他妈的可不是什么逮捕！”

“他们想要干什么？”

“我不知道他们想干什么。我只知道我逃出了那里。”

“他们什么也没说吗？”

“没说。”

然后，霍尔曼想起了当时的情景。

“在公墓那里，武科维奇说我干预了他们的事情，他们是如何尽量对我保持容忍，但我正在干预他们的事。他告诉我他们要把我带回去，可事实上他们却把我带去了一间屋子。我看到了那座房子，他们别想让我进去，别想！”

波拉德的眉头皱得更紧了，似乎她正要尽量弄清楚这件事情，但却不能。

“好吧，那么兰登在那个屋子里？”

“是的，他和玛丽亚·苏亚雷斯一起。利奇说警察带走了她，他说的没错。现在他们又把利奇抓走了。他们今天上午逮捕了他。”

波拉德没有回应。她似乎眼前仍然迷雾重重，最后她摇了摇头。

“我还是不知道发生了什么。他们抓去玛丽亚·苏亚雷斯，现在他们又要抓你。他们要干什么，把你关进监狱吗？他们希望从中获得什么呢？”

霍尔曼觉得答案显而易见。

“他们正在除掉妨碍兰登嫁祸给沃伦·苏亚雷斯的所有人。想想吧。兰登将谋杀案的凶手罪名转嫁到沃伦·苏亚雷斯的头上，并以此结案，但玛丽亚给沃伦辩护说他是无辜的，所以他们就把她抓走。我也不相信他们的谎言，他们就想把我撵开，然而当这一招不能奏效时，他们就绑架我。现在他们又对利奇下了手。”

“兰登逮捕了他？”

“一支武装部队今天上午袭击了他的店。利奇手下的一个兄弟，他告诉我他们要搜查枪支和爆炸物。那纯粹是扯淡。我从小就认识利奇，我告诉你那是胡扯。这些浑蛋一定是在陷害他。”

波拉德似乎对此仍有疑惑。

“可是为何把利奇卷进去呢？”

“也许他们以为我告诉了他那笔钱的事。也许因为他一直在帮我。我不知道。”

“你还能找到那所房子吗，他们把你带去的那个地方？”

“当然。我现在就可以带你去那儿。”

“我们现在不去。”

“我们必须去。既然我已经知道他们把她藏到了哪里，他们肯定会清除窝点的。他们会把那个女人带走。”

“马克斯，听我说，你说的没错。你一跑掉他们立即就会转移，如果他们是在强行拘押玛丽亚·苏亚雷斯的话，他们一定会把她带走的。如果我们现在回去，我们只能找到一座空房子。如果我们去警察局报警，我们又能告诉他们什么呢？说你被 4 名不清楚是否具有犯罪意图的洛杉矶警察局的警官绑架？”

霍尔曼知道她是对的。他从前是一名罪犯，他没有证据，也没法让别人去相信他。

“那我们能做什么呢？”

“我们必须找到那个第五人。如果我们能证明兰登就是那个第五人的话，我们就能把他和福勒归成一伙的，来佐证我们的案子。”

波拉德翻开她的文件夹，从里面抽出一张关于里奇谋杀案的剪报。剪报上有一张照片，是两个警察正在帕克中心发表讲话，而其中的一个就是兰登。

“我想把这张照片拿给马琴科太太看。如果她认定兰登就是那个第五人，我就可以把我们掌握的这些情况告诉我在 FBI 的朋友。有了这个我们就可以立案，马克斯。”

霍尔曼看了一眼兰登那张疙疙瘩瘩的脸，然后冲波拉德点点头。再一次，他知道她的决定是对的。她清楚这案子的特质，她是专业人士。

霍尔曼伸出手，轻轻地抚摩着她的脸颊。她没有闪开。

“事情可真够荒唐的！”

“是啊。”

霍尔曼转身打开车门。

“我会去那儿见你。”

在他准备转身之前，波拉德抓住他的胳膊。

"嘿！你要和我一起去！你不能再开着一辆偷来的车到处乱跑。你还想因为你那光彩的偷车壮举而被抓起来吗？"

波拉德这一次说得也没错，但霍尔曼知道他从另外一条道走是正确的选择。兰登和武科维奇既然已经来找他，那他们就还会再次来的。在他看来，全城的每一名警察都正在找他，他们会像陷害利奇一样来陷害他。

霍尔曼轻轻地托起她的手。

"我可能必须得跑了，凯瑟琳。我不想坐在你的车里跑。我不想你跟我一起被他们抓到。"

霍尔曼紧握了一下她的手。

"我会到她住的地方找你。"

霍尔曼没有给她反应的机会。他跳下她的车，然后迅速离开。

44

霍尔曼离开了西太平洋银行大楼的地下停车场，就好像刚刚实施完抢劫从银行中逃走一样。他仍然担心有人从公墓出来就一直在跟踪波拉德，于是他谨慎地观察了一圈大楼外面的车辆和行人，但并没有发现什么可疑的人。他在偷来的车里一直等到波拉德的车驶入车流，然后跟在她的车后，前往马琴科太太家。

霍尔曼现在感觉好了一些，因为他已经把想说的话都告诉了波拉德。他感觉他们正在接近找到谋杀里奇的凶手，他怀疑这就是兰登为何三番五次找他麻烦的原因。兰登在马琴科的案子里一直扮演着一位主要角色，现在他又操控着对这起警察谋杀案的调查。这是多么的方便啊。兰登可能早就知道那笔失踪的1 600万美金巨款，可能是他组织了一支队伍去寻找那笔钱，这支队伍中包括福勒、里奇和其他几个人。霍尔曼痛苦地回忆着兰登是如何描述他们的——问题警察；一群嗜饮如命的酒徒。兰登想把杀人凶手的标签别在沃伦·苏亚雷斯身上，而玛丽亚·苏亚雷斯证明了她丈夫不是那个凶手，所以证据便会消失，所以玛丽亚·苏亚雷斯也随之消失。里奇一直掌握着兰登撰写的报告，又是兰登使这些报告消失的。霍尔曼向他们提了太多的问题，所以他们先是切断了他与其他家庭的联系，然后又企图把他吓跑，最后无奈之下，又想故技重施让他从人间蒸发。这就是霍尔曼能够看到的将所有环节联系到一起的唯一解释。他仍旧不明白利奇是怎么卷进来的，但他敢肯定他们已经找到了足够多的理由。索套正越收越紧，兰登正在拼尽全力想要挣脱，他要除掉那个凶手。当霍尔曼意识到自己就是那个令兰登寝食难安的凶手时，脸上又浮出了笑容。那一定是兰登，他想成为亲手杀死兰登的那个人。

当他们到达马琴科太太家时，霍尔曼把车停在了马路对面。当霍尔曼刚走到路边和波拉德汇合时，马琴科太太就打开了门。

波拉德说："我在车里给她打了电话。"

马琴科太太看到他们似乎有点不太高兴。霍尔曼感觉这个老太太那张拉长的脸看起来有点可疑。

"我一直在找那篇文章。我没看见它。"

波拉德微微地笑了笑。

"快了。我们今天来就是要跟你落实最后几个细节。我有一张照片想给你看看。"

霍尔曼跟在波拉德和马琴科太太的身后走进她的客厅。他注意到那个坏掉的风扇还没有修好。

马琴科太太坐到她平常的座位上。

"什么照片？"

"还记得我们上次给你看的那些照片吧？你能辨认出曾经来找过你的那个警官吗？"

"是的。"

"我会给你看另外一张照片。我想知道他是不是那个人。"

波拉德从文件夹中拿出那份剪报，把它举在身前。马琴科太太仔细地看了看，然后点点头。

"哦，我认识他，但那是以前。"

波拉德点了点头，一副鼓励的表情。

"对。他是在安德烈被杀害以后来找你做过调查笔录。"

"对，是的。"

"他和另外一个人回来找过你吗？"

马琴科太太靠回了椅背。

"不，那个人不是他。"

霍尔曼心头燃起了阵阵恼火。他们正接近终点，他们就要拨开蒙在这桩阴谋表面的氤氲雾霭，可是现在，这个老太太却成了一道路障。

"你为什么不再看看呢？"

"我不需要再看了。跟那个人一起来的不是他。他，我以前就认识。他是那群来打碎我家的灯的人当中的一个。"

看着老太太得意的样子，霍尔曼相信她正在耍他们。

"看在上帝的分上，夫人。"

波拉德举起一只手，示意霍尔曼不要着急。

"那么回忆一下那个人吧，马琴科太太。看看还能否记起他的样子。他不像这个人吗？"

“不。”

“你能描绘一下他长什么样吗？”

“他看起来像个男的。我不知道。穿着一身深色西装吧，我想。”

霍尔曼突然想到，那个第五人会不会是武科维奇呢。

“他是红头发吗？”

“他戴着帽子，我不知道。我告诉你，我没注意。”

霍尔曼的心当然还在为兰登撕扯着，这感觉就好像刚从梦中被闹钟惊醒。霍尔曼仍在逃亡，利奇仍被囚禁，玛丽亚·苏亚雷斯还在他们的手中。霍尔曼从波拉德手中抓过剪报，大步走到马琴科太太的跟前。她本能地向后一仰，好像她以为他会打她，但霍尔曼已经顾不得这些。他指着兰登的照片。

“你确信不是他吗？”

“不是他。”

“马克斯，别这样。”

“如果我告诉你他就是那个枪杀了你儿子的杂种你会怎么样？那还不像他吗？”

波拉德从沙发上一弹而起，直挺挺地站在那里，一脸怒气。

“够了，马克斯。够了。”

马琴科太太那张长脸变得生硬。

“是他？他就是那个杀死安德烈的人？”

波拉德扯回剪报，推着霍尔曼朝门口走去。

“不，马琴科太太。我很抱歉。他跟安德烈的死没有任何关系。”

“那他为什么那么说？那他为什么说出那种话来？”

霍尔曼走出房子，一步不停地走到街上。他感觉自己就像个白痴。他再一次对自己感到愤怒，感到恼火，感到羞耻。这时候波拉德也走出来，脸上怒气冲冲。

“住嘴。站住。好了，那个第五人不是兰登，也不是武科维奇。我们知道他不是你儿子，也不是梅隆或阿什，但他一定是另外一个人。”

“兰登在那座房子里还有三四个帮手，或许是他们当中的一个人，或许兰登已经支派警局的所有部门在为他工作。”

“我们还有艾利森·怀特。”

她已经掏出她的电话，正在快速拨着一个号码。

“如果兰登是她的联络官的话，我们仍旧能够……”

她伸出一只手，打断了他的话。她拨叫的那个人接通了电话。

“对，是我。艾利森·怀特的事你查得怎么样了？”

霍尔曼在一旁等待着，他看着波拉德的表情凝重。霍尔曼甚至在波拉德放下电话前就知道这不是个好消息。她沉下肩膀的方式已经把结果告诉了他。波拉德盯着他看了一会儿，然后摇了摇头。

“艾利森·怀特不是洛杉矶警察局的线人。”

“那我们怎么办？”

波拉德没有立即回答。他知道她正在想办法。他也正在想。他应该预料到这点。他知道不要指望一切都顺着他的愿望实现。

波拉德终于做出了回答。

“在我家里有她的拘留记录。我可以查查当初逮捕她的警察是谁。也许我们本身认为她是个线人的想法就是错误的。也许她只是私下里为某个人提供情报，我一定要把这个人揪出来。”

霍尔曼笑了，不过这次又不是因为她，而是因为自己在笑。他看着她脸上微笑时绽放的眼角纹，她头发轻轻垂落的妩媚样子。他再次想起了他第一次见到她时的情形，在银行里用一支枪指着他。

“很抱歉我把你误导了。”

霍尔曼点点头，但是他感到的只有失落。他已经尽量以正确的方式调查这件事情，一种当你生活在法律下面以为奏效的方式，但正确的方式却没能解决问题。

“你是个很特别的人，波拉德侦探。”

她的脸绷了下来，她又成了那个年轻时候的侦探。

“我的名字叫凯瑟琳。用我的名字称呼我。”

霍尔曼本来想再一次告诉她，他想紧紧地拥抱她亲吻她，但现在他如果这样做的话只会错上加错。

“别再帮我了，凯瑟琳。你会受伤的。”

霍尔曼朝他的车走去，现在轮到波拉德跟在他后面。

“等等。你要去干什么？”

“去找新线索，挣脱牢笼。他们既然已经抓过我一次，就还会再来找我的。我不能坐以待毙。”

他坐进车里，但她还在敞开的门边站着，不让他把车门关上。霍尔曼装出不去理会她。他把螺丝刀插进被毁坏的点火装置，转动两下开启了发动机。波拉德仍旧没有让开路。

“你要去干什么，弄钱去吗？”

“利奇给过我一些钱。我必须走了，凯瑟琳。请让开吧。”

“霍尔曼！”

霍尔曼抬头看着她。波拉德向后退去，然后关上了门。她俯身把头探进窗子，用嘴唇轻触了一下他的嘴唇。霍尔曼闭上了眼睛，他多想这个吻能够永远继续下去，但他知道，就如同他生命中经历过的每一段良辰美景一样，它不会变成永恒。当他睁开眼睛，发现她正凝望着自己。

她说："我不会放弃的。"

霍尔曼踩动油门，疾驰而去。他告诉自己不要回头。他早已学会了这种强硬的方式，回头也就是你陷入麻烦的时候，所以他告诉自己不要看。但无论如何，他还是从后视镜中看到立于街心的她，她一直在看着他，这个女人几乎已经成了他生命中的一部分，而他却感觉自己的心已变得冰冷。

霍尔曼擦掉眼泪。

他两眼凝视着前方。

他走了。

他们原本不可能走到一起，但这似乎已经不再重要了。霍尔曼不想因为这些而将里奇的死一抹而去。

45

波拉德懊恼不已。这个第五人一直在折磨着她，当桑德斯告诉她艾利森·怀特不是洛杉矶警察局的线人的那一瞬间，她急得差点尿了裤子。玛姬在描述怀特告诉她自己是个线人的过程中，全都使用了准确的术语——注册、帽子、批准；普通市民是不会知道这些行话的，除非他们有过亲身经历。所以波拉德仍然相信怀特说的是实情。

波拉德又给桑德斯回拨了一个电话，此时她正驰骋在开往好莱坞的高速公路上。她不想当着霍尔曼的面在这个问题上纠缠不休，但是现在她想知道细节。

“嗨，是我。你还能接着说吗？”

“怎么了？”

“这个女孩是个线人。我想让你再核查一下。”

“嘿，慢着。我是在帮你的忙，你还记得吧？如果让利兹发现了这事儿，他会踢爆我屁股的。”

“我肯定这女孩没有撒谎。我相信她。”

“我知道你相信她。我在电话里就能听出你的信任，但是她不在名单上。听着，也许是某个警察自己掏腰包雇用她的。这种事情经常发生。”

“如果是有人私下雇用她的话，那么她又怎么会知道要靠‘帽子’领取报酬以及还得申请批准呢？想想吧，埃普丽尔——她是一个真正的线人，在她的背后一定有个警察。”

“听我说，她不在名单上。我很抱歉。”

“也许她用的是化名。查查她的拘留记录。”

“你犯什么傻啊。如果是用化名，没有人能够领到酬金。”

波拉德在继续开着车，绝望的情绪让她心烦意乱。

“是的，我猜你说的没错。”

“你知道我是对的。你打算怎么办呢，姐们儿？”

“我心里有数。”

“她是个妓女。妓女是不会说实话的。那是她们一贯的做法，你是我的最爱，你让我感觉真爽。对吧，凯特？她这样说只是为了让她的顾客听着开心，因为她能把任何事说得听起来很美。那就是她们的本事。”

波拉德为自己感到羞耻。也许她的目的就是霍尔曼，也许她之所以会犯这样拙劣的错误都是为了霍尔曼，她已经失去了理智。

“对不起，我在你面前失态了。”

“给我再带来些‘多纳圈’就好了。我正准备减肥呢。你知道我想要保持身材。”

波拉德甚至连一张笑脸都挤不出来。她挂断电话，一路上沉思着把车开回了家。她始终在失望和惊诧之间来回转换，失望的是艾利森·怀特谎称自己是线人，惊诧的是马琴科太太没有指认兰登就是那个第五人。

此外，波拉德对玛丽亚·苏亚雷斯仍持有一个疑问。在她失踪以后，兰登签发了对她的通缉令，但利奇却宣称是警方把她从家中带走的。现在，霍尔曼又亲眼看到玛丽亚·苏亚雷斯被兰登拘禁着。如果真是兰登操控了这起针对4名警察的谋杀案，那为何他又只是将玛丽亚·苏亚雷斯监禁起来，而不杀了她呢？因为有了上次亲临谋杀现场的经历，所以波拉德相信那4名警察是有意让那名凶手接近他们的。如果凶手是苏亚雷斯的话，如果那些警察那天夜里是在桥底搜寻那笔钱的话，那么苏亚雷斯肯定与马琴科有过联系。也许玛丽亚·苏亚雷斯知道她丈夫掌握的秘密，兰登需要她帮助去找到那笔钱。这可以解释为什么她还活着，但波拉德对这种解释并不满意。她在不停地猜想，而这种猜想在任何调查中都是一项需要不断尝试的游戏。

波拉德在疾速行驶中尽量理顺着自己的思路，为什么已经掌握了这么多材料还不能得出一个结果。她冒着地狱般的酷热下车，一路小跑着进了家门。她一走进正门，刚才对艾利森·怀特的一肚子闷气便立即被另一件事取代，她在为打给母亲的电话而担心。直到走进屋门时，她仍沉浸在一片纷乱的思绪中，想着自己努力的调查竟然一无所获。这时她猛然发现一个红头发的男人正等在屋里，在她身后把门“砰”的一声关上。

“欢迎回家。”

波拉德被吓坏了，她急忙往后退了两步。这时从客厅里又走出一个男人，这个人手上拿着一个印有警徽的证件。

“沃尔特·兰登。我们是警察。”

46

波拉德扑向武科维奇，用肘猛击他的肋骨。武科维奇嚎叫一声，猛窜向一旁。

“嘿。”

波拉德随即扑向相反的方向，想着自己必须先到厨房，然后从后门跑出去，但兰登已经挡住了她的去路。

波拉德的心怦怦直跳，兰登已经站在她与厨房之间，使她无法靠近。他高举着双手，证件在头顶晃来晃去，而武科维奇则没再动弹。波拉德靠在墙边，使得自己能够同时看见这两个家伙。

兰登说：“别紧张，放松点。如果我们想伤害你的话，你还会像这样站在这里吗？”

兰登放下手，但并没有向前移动。这是个示好的动作，但波拉德仍然靠在墙边，眼睛在他们俩之间来回游动，直后悔自己把手枪放在了储物室的箱子里，想着自己怎么这么愚蠢呢？想着或许能够抄一把厨刀当做武器，可她憎恶拿着刀子跟这些杂种拼命的感觉。

“你们想干什么？”

兰登盯着她看了很长一段时间，然后放下手中的证件。

“你们的合作。你和霍尔曼已经给我们添了很多乱子，夫人。你能给我个解释的机会吗？”

“这就是你抓他的原因吗，为了解释？”

“我本不愿来这里，我来这里就是要告诉你我的来意，如果你没有伤害我的助手的话。”

武科维奇正靠墙站着，眼睛紧盯着她，但眼神却有点古怪，一副放松的姿态。兰登似乎被激怒了，但他的眼神中显出疲倦，身上的西装皱皱巴巴。无疑，他们的肢体语言表明没什么威胁。波拉德这才开始放松，但仍旧保持着警觉。

她说：“我有问题要问你。”

兰登摊开双臂，说道。

“只管问吧。”

“谁杀的那些人？”

“沃伦·苏亚雷斯。”

“扯淡，兰登。我不相信你，我不相信他们仅仅是碰巧出现在桥底。他们在找马琴科的那笔钱。”

兰登再次摊开双臂，耸了耸肩，耸肩说明他可能是承认也可能是置之不理，不管她对他是否相信。

“是的，他们正在寻找那笔钱，但苏亚雷斯是凶手。他是受雇于别人要杀他们的。我们正在全力找出雇用他的那个人。”

“别再骗我了。霍尔曼看见玛丽亚·苏亚雷斯和你一起在那座房子里。”

“这不是谎言。那所房子是个安全的藏身之所。她是在我们的建议下自愿去那里的。”

“为什么？”

“苏亚雷斯并不是自杀身亡的。雇用他的那个人谋杀了他。我们之所以说他是受人雇佣的，是因为他与福勒之间的关系，雇他的那个人从一开始就打算杀他了。我们一直担心这个人可能也会杀了他的妻子。我们之所以把霍尔曼带到那所房子，是为了能让玛丽亚亲口告诉他事情的真相。如果不那样的话，我就不指望他能相信我。”

在他说话的过程中，波拉德始终盯着他，她相信他讲的是实情。他说的每件事情都合乎情理。她反复想了一遍，最后点点头。

“好吧。我相信你，但是你们为什么要逮捕利奇？我不明白这点。”

兰登皱了皱眉头，然后看了一眼武科维奇，最后才把目光转回波拉德。他摇了摇头。

“我不明白你在讲什么。”

“霍尔曼的朋友，利奇——加里·莫雷诺。他今天上午遭到搜捕，被抓进拘留所里去了。我们认为那是你干的。”

“对此我一无所知。”

“我们正在谈什么，兰登？你想让我相信这件事纯属巧合？”

兰登看上去面无表情，但他又看了一眼武科维奇。

“武科，看看你知道点什么。”

武科维奇掏出移动电话，走到厨房外侧的用餐间。波拉德能够听到他在小声低语着什么，但他的眼睛始终看着兰登。

“既然你知道有另一个人跟苏亚雷斯是同谋，那你为什么还要结案？”

“杀他的那个人把这起谋杀伪装成自杀的样子。我想他是想让我们信以为真。所以我也想让他相信我们并不知道他的存在，那样的话他才会感觉更安全。”

“为什么？”

“我们相信这个人是一个高级警官。”

兰登面色从容地说出这句话，没有表现出丝毫的犹豫。这的确是波拉德和霍尔曼此前一直的想法，只是他们怀疑的那个人是兰登。波拉德突然意识到在两个兰登之间竟让人感觉如此的不同，在他身上竟然所有的矛盾都能找到一致。

“那个第五人。”

“什么第五人？”

“我们知道还有一个人卷了进来。我们将他称作第五人。我们猜想那个人是你。”

“很抱歉让你失望了。”

“你一直在操控着一项调查之内的调查，一个是公开的，另一个是秘密的，一项秘密调查。”

“没有比这更好的解释了。唯一知道我们目前行动的人就是我的小组：一个主管，一个主管助理。这项调查在这些人遇害之前的数周前就开始了。我接到情报，说有一群警官正在暗中搜寻那笔钱的下落。我们确认了他们当中大部分人的身份，但是有个熟知马琴科和帕森斯案子内幕的人把消息暗中透露给了福勒，福勒像保护宠物狗一样保护着那个杂种。福勒是唯一认识那家伙的人，只有他跟那人通过话或者见过面，那个人就是我们正在查找的对象。”

“然后那起枪击案就发生了。”

兰登的脸绷得紧紧的。

“是的。然后枪击案就发生了，你和霍尔曼已经把这事搞得惊天动地，甚至连各分局的警察都开始注意你们。我想叫你停下来，波拉德。如果这家伙嗅到了危险的气味，我们将很难再把他揪出来。”

现在波拉德明白了利兹接到的从帕克中心打来的那些电话是怎么回事，是那里的主管官员一直在调查她做些什么，并向利兹施压叫她放手。

“你对福勒做过的和没做过的了解多少？你怎么知道福勒是唯一认识那家伙的人？”

兰登犹豫了一下。这是他第一次在回答她的问题时显得犹豫。波拉德的心里登时打了一个结。

“你在他们内部有眼线。”

“理查德·霍尔曼是在为我工作。”

冰凉的空调这时已渐渐温热起来。房间里一片静谧，感觉就像从厨房里溢出的阵阵清香。霍尔曼曾对她讲过他和兰登之间的每一句对话在波拉德脑子里瞬间闪现。

“你这个浑蛋。你早就应该告诉他。”

“告诉他会危及到这次调查。”

“你让这个男人误以为他儿子是有罪的。你想过这对他造成的伤害有多深吗？你是在扯淡吗？”

兰登的眼睛立刻紧绷了起来，他舔舔嘴唇。

“当福勒拉里奇·霍尔曼入伙的时候，他马上跟我取得了联系。里奇一开始拒绝了，但我劝说他给福勒回话。我把他安插在他们中间，波拉德小姐，所以，是的，我是在扯淡。”

波拉德向她的沙发走过去。她不再关注兰登，她无话可说。她在想着霍尔曼。她用力地闭上眼睛，因为她的眼泪已经溢满眼圈，她不想让兰登看见自己流泪：里奇不是个坏人，里奇是个好警察。霍尔曼将不必再向她的妻子道歉了。

兰登说：“你知道为什么非得用这种方式吗？”

“如果你是想为自己开脱，那就别说了。也许确实非得用这种方式不可，兰登，但你不是个东西。这个男人失去了他的儿子。你需要做的就是把实情告诉他，而不是像个垃圾一样惹人生厌，这一切本不该发生。”

“你可以给他打个电话吗？我想让你们一起参与进来，希望现在还不算太晚。”

波拉德笑了。

“哦，是吗？我倒是想，但我无能为力。你们的人在公墓的时候拿走了他的移动电话。我没办法找到他。”

兰登钳着下巴，没有反应。武科维奇从用餐间出来，说有人会给他回电话，但波拉德对这些并不在意。她心里正在怀疑，是否她与霍尔曼所做的每一件事现在都变得毫无意义。那个第五人或许已经销声匿迹。

“哦，他们找到那笔钱了吗？我猜他们肯定是找到了，也许你们正在寻找的这个嫌疑犯并没有杀那些人。”

“我们目前也无法确定。如果那笔钱被找到的话，那它也是在谋杀案发生之后的事情。”

“他们肯定已经找到了那笔钱，兰登。他们在好莱坞标志牌那里找到了什么？”

兰登顿时惊讶万分。

“你怎么知道那件事的？”

“还打草惊蛇呢，你这白痴。他们在星期四晚上，也就是他们被谋杀前的

4天，找到了某样东西。他们找到的那东西被埋在一个大约12英寸宽、18英寸深的坑里。那是个什么东西？”

“钥匙。他们在一个蓝色金属热水瓶中发现了14把钥匙。”

“只是钥匙？什么样的钥匙？”

“里奇也没看见过。是福勒打开的那个热水瓶。他把这事告诉了其他人，但把东西放在了他自己那里。”

“就没提到过怎样找到那些锁吗？”

“只有钥匙。在第二天，福勒就告诉其他人，他的同伙感觉他或许能够搞清这些钥匙打开的东西。我们相信这就是他们在那天夜里接到电话后出去见面，然后被谋杀的原因。我从里奇那儿接到的最后一个报告，他说每个人都以为是要去了解那笔钱的事。”

波拉德想着那些钥匙，她突然意识到兰登掌握的每一个细节几乎都是来自里奇·霍尔曼。如果福勒把那笔钱分给大家，那么里奇肯定会把情况报告给兰登，但福勒像保护宠物狗一样地保护着他的同伙。他保守着有关于他同伙的所有秘密。波拉德突然怀疑，自己对这案子的了解并不比兰登少。

“你知道马琴科为什么把那些钥匙藏在好莱坞标志牌那里吗？”

波拉德从他的表情中能够看出他对此一无所知。他只是在猜。

“那里比较偏僻，而且离他住的地方不远。”

“艾利森·怀特呢？”

兰登一脸茫然。

“艾利森·怀特是个妓女。马琴科过去经常跟她在标志牌那里做爱。你不知道这事儿？”

武科维奇摇了摇头。

“霍尔曼和我从马琴科的母亲那里知道的这事儿。兰登，听着，大约在谋杀案发生的两周前，福勒和另一个男人去找过马琴科的母亲。他们是专门去打听艾利森·怀特的事情。那天和福勒一起去的那个男人不是里奇，也不是梅隆或者阿什。他一定就是福勒的同伙。她不知道他的名字，但你可以找个专家从她嘴里套出这个人。”

兰登迅速扫了武科维奇一眼。

“打电话给福恩特斯。找个专家一起去。”

武科维奇再次拿着他的移动电话走开，然后兰登回身继续面对波拉德。

“怀特是怎么回事儿？”

“等等。既然怀特已经死了，你是怎么知道这些的？”

波拉德把玛姬·泰勒和马雅人格子的事情，把艾利森·怀特讲述的马琴科的故事，以及她是线人的情况统统给他讲了一遍。兰登拿出一个本子，一项一项地做着记录。等她讲完以后，兰登看着本子上做的记录。

“我会把她查出来的。”

“你什么也查不出来。我让一个银行调查组的朋友从帕克中心的线人名录上查过她的名字，但她不在你们的名单上。”

兰登冷笑一下。

“谢谢你的朋友，但我自己会查。”

兰登掏出电话，走到窗前拔通了他的电话。正当他接电话的时候，武科维奇返回到波拉德身边。

“捎句话给你的朋友利奇。这是一次正当的搜捕行动。防爆小组从银行调查组那里得到密报，对全城都进行了搜查。他们在他的店里搜出了 6 磅塑料炸弹和雷管紧口器。”

波拉德瞪着武科维奇，然后又看看兰登，但他仍在打着电话。

“FBI 把他们联系到了这件事上？”

“他们的人是这么说的。他说这是一项秘密调查的一部分，所以他们才在全城到处搜查。”

“这个电话是什么时候打给你们的？”

“今天上午。早些时候。这很重要吗？”

波拉德摇摇头，她感觉自己的双腿像桩子一样麻木了。

“你确定是银行调查组？”

“那个人说的。”

麻木迅速扩散到她的全身。

兰登打完电话，然后从口袋里拿出一张名片，把它递给波拉德。

“霍尔曼会找我谈的。那好吧。一旦你见到他，给我打电话，但是你得让他明白你们必须收手。这是命令。你不可以把我说的这些话告诉任何人，霍尔曼也不能告诉他的儿媳。你知道我们为什么要这样做吗？希望上帝保佑，现在还不算太晚。”

波拉德点点头，但她并不是在想兰登会用什么办法调查下去。

波拉德呆呆地靠在门口，直到他们走远，然后她回身看着空荡荡的屋子。波拉德不相信这是一种巧合。他们在匡蒂科时就被传授了这些，在后来的数百起调查中她也不止一次地验证了这点，巧合并不存在。

波拉德走进卧室，拉着一把椅子走进储物室。她从高层搁板上拽出一个箱子，它放在最高的一层，那是孩子们根本够不到的地方，她从里面取出一支手枪。

波拉德知道自己可能会犯下十分严重的错误。玛姬告诉过他们，怀特是个线人，上头有个警察罩着她，但是“警察”这个词不一定就是指真正意义上的警察，洛杉矶警察局也不是唯一使用线人的执法部门。州治安官、军情处、司法官、联邦烟酒枪械管理局都有可能被当成是警察，这些机构都会雇用线人。

艾利森・怀特完全可能是一个为FBI工作的线人。而如果她……

那个第五人是一名FBI的侦探。

波拉德急忙顶着酷暑走出家门，驾车向西坞区驶去。

47

线人通常是为了调查刑事犯罪和获取指控的证据，而被派去与犯罪分子进行接触的。他们提供的情报和他们获取情报的途径都会作为合法记录，保存在调查报告、正式批文、逮捕令、大陪审团起诉书、判决申请、庭审陈述以及终审判决书中，但这些材料中线人的真实姓名永远不会出现在公共记录中。在所有这些文件中，线人的名字都是用一个数字来代替的。这个数字就是线人的代号，而这些数字在调查报告中将被用来证明线人的可靠性，而当要向线人支付提供情报的费用时，须开具凭证，但这些都是秘密完成的，为的是保护线人的身份。这份名单保存的地点和方式为了安全都经过了其联络侦探的修改，但是没人清楚最核心的代码设置情况，普通侦探要想获取线人的身份必须向他的上司索要解码。

波拉德在银行调查组的 8 年时间里只动用过 3 次线人。每次她都是向利兹索要的线人名单，看着他打开一个锁着的文件箱，那里面就储存着这些文件。每一次，他都是从办公桌右上方抽屉中的一个小盒里取出一把铜钥匙。波拉德不知道时隔多年之后，那个箱子，那把钥匙，以及那本文件是否还放在原处，但桑德斯会知道。

西坞区的天空是如此湛蓝，波拉德将车开进了停车场。此刻的时间是下午 2 点 8 分。黑色的大楼在蓝天的映射下泛着微微的光；这是太阳耍的一个视觉骗局。

波拉德抬头望着大楼。她心中默念着告诉自己，这就是那几率只有百万分之一的巧合，但她不会相信。艾利森・怀特的名字将会出现在利兹办公室的名单上，而这份名单上将会写有怀特的联络官的姓名。这名侦探几乎肯定就是杀害那 6 人性命的幕后元凶。他可能会是任何人。

波拉德最后拨响了桑德斯的电话。她需要一份进入这栋大楼的通行证，但桑德斯没有接听。在铃声响过第一遍后，直接进入了电话的语音信箱，这说明桑德斯可能正在犯罪现场为新的受害人作笔录。

波拉德暗骂一句糟糕的运气，但她不愿等待。她拨响了调查组的办公室电话，听着它的铃声。当调查组成员全部出勤时，一般都会在办公室留有一名值班探员接听打进的电话，处理日常的文案工作。而当初波拉德每次留守值班时，通常都不会理这些电话。

“银行调查组。德莱尼侦探。”

波拉德当然还记得见到比尔·塞西尔时的这位年轻侦探。新来的年轻人总是会接起电话，因为他们还没有感觉到厌倦。

“我是凯瑟琳·波拉德。我拿‘多纳圈’去办公室那次见过你，还记得吗？”

“哦，当然。嗨！”

“我现在在楼下。埃普丽尔在吗？”

波拉德知道桑德斯不在办公室，但询问桑德斯是一个铺垫，她真正要打探的是利兹。她必须查清利兹在不在他的办公室，因为利兹掌管着那份名单。波拉德希望他这会儿不要在。

德莱尼说：“我没见到她，就我自己在呢。所有人都出勤了。”

“那利兹呢？”

“嗯，他刚才在这里。不，我没看见他。今天很忙。”

波拉德悬着的心放了下来，但尽量装出一副失望的样子。

“该死。凯文，听着，我有些事情要找利兹，我想顺便捎一盒‘多纳圈’给组里。你可以给楼下打个电话放我进去吗？”

“好的，没问题。”

“太好了，我马上就到。”

为了给自己造访办公室找个合适的理由，波拉德来时顺路去斯坦饼屋买了一盒“多纳圈”。她把手枪塞进坐垫底下，然后拿起“多纳圈”和她的文件走进大楼。她带着文件是为了能找个借口进入利兹的办公室。波拉德在门口取上通行证，通过安全检查，然后乘电梯前往14楼。

波拉德走进银行调查组办公室，打量着屋里的情况。德莱尼坐在临门附近的工作间里，还有一名她不认识的侦探坐在靠墙的工作间里。他们俩都抬起了头。

波拉德向靠墙坐着的侦探点点头，然后笑着走向德莱尼。

德莱尼从盒子里夹出一个“多纳圈”，但似乎不知道该把它放在哪里，也可能拿着它是出于礼貌。他的办公桌上堆满了文件。

波拉德说：“你想让我把整盒都留给你吗？”

德莱尼扫了一眼他的办公桌，注意到没有地方可放。

“你干吗不把它放在咖啡间呢？”

“听你的。我要把这些东西放进利兹的办公室里，然后我就走了。”

她指了一下文件，以便能让他看到，然后转身走开。波拉德尽量让自己的步子显得优雅从容，就好像她的一举一动都在常理之中。她把“多纳圈”放到咖啡间，然后再返回办公室的时候偷偷瞄了一眼那两名侦探。他们都低着头，谁也没有注意她。

波拉德走向利兹的办公室。她毫不犹豫地打开门，踏入“龙穴”。自从当年从这里辞职而去，波拉德就再未进过利兹的办公室，但今天的这次却是迫不得已。墙上装裱着利兹与尼克松总统时代以来历任总统的合影，以及一幅J·埃德加·胡佛（原美国联邦调查局局长，是一个创造了美国历史和FBI神话的传利奇人物，他在联邦调查局的局长位置上坐了近半个世纪。）的肖像画，那是深受利兹敬仰的一位美国人心目中的英雄。在那些总统照片中间挂着一幅真实的约翰·迪林杰（美国20世纪最著名的银行劫匪，曾制造多起轰动一时的银行抢劫案，因手法残暴被称为一号公敌。）的通缉海报，那是里根总统赠给利兹的礼物。

波拉德走进办公室，选择一个合适的方位，随后便看到那个文件夹仍旧放在角落里，利兹的办公桌也没有变化。她快步走近办公桌，拉开右上方的抽屉。有几把钥匙正放在那个盒子里，波拉德马上就认出了那把铜钥匙。她走到文件柜跟前，担心德莱尼可能怀疑自己怎么拖延这么长时间。她打开安全档案上的锁，拉开抽屉，飞快地浏览着里面的文件夹，它们是按照字母先后顺序分开排列着。她找到上面标着W的那个，打开文件夹，然后开始迅速查找。每个文件都标注着线人的姓名和代码。

她心里默默地希望着那百万分之一的巧合此时能够出现，这时候她眼前一亮：艾利森·卡丽·怀特。

波拉德打开文件的封页，里面列着艾利森·怀特的身份信息。她往下看去，搜索着那个第五人的名氏。

波拉德突然听到一声咳嗽，她猛地抬头一看。利兹堵在门口，他的脸上写满怒气。

波拉德慢慢站着，但她没有放下手中的文件。德莱尼站在利兹的身后。她看着他们。他们俩任何一个人的名字都可能出现在这张单子上，但她不相信那人会是德莱尼。他太年轻了。

波拉德定了定神。她高傲地站在那里，冷眼看着利兹。

“这个办公室的一名侦探卷入了第四大街桥下4名警察的谋杀案。”

当她说出这句话的时候心里甚至在想：利兹。可能是利兹。

他向前迈出步子，走进办公室，谨慎地走着每一步。

"放下文件，凯瑟琳。你现在是在犯罪。"

"谋杀 4 名警察才是犯罪。谋杀一个名叫艾利森・怀特的线人同样如此。"

波拉德拿出了文件。

"她是你的线人吗，克里斯？"

利兹看了一眼德莱尼，然后迟疑了一下。德莱尼是她的证人。波拉德继续说着。

"她就在你的文件中，艾利森・怀特。她是马琴科的一个朋友。这个办公室里的一名侦探清楚这点，因为他认识她。该名侦探还伙同迈克・福勒以及另外几名警察试图找到那 1 600 万美金。"

利兹又看了一眼德莱尼，但是此刻波拉德从他的迟疑中发现了一种不同的神情。他眼神中似乎并未露出半点惧色。现在，他是好奇。

"你掌握什么证据了？"

她朝着那叠混杂着霍尔曼的材料的文件点了一下头。

"全部都在那里。你可以给洛杉矶警察局的兰登侦探打电话。他可以为我证明。艾利森・怀特在那 4 名警察遇害的同一天夜里也遭谋杀。她是被出现在她文件中的那个人杀害的。"

利兹盯着她。

"你认为这个人是我，凯瑟琳？"

"我认为有可能。"

利兹点了点头，然后慢慢露出了笑脸。

"看吧。"

波拉德的目光迅速跳到单子上最后几行，直到她找到那个名字。

艾利森・怀特的招募警官是特别侦探威廉・J・塞西尔。

比尔・塞西尔。

她曾经最亲密的伙伴之一。

48

霍尔曼转了三条商业街的停车场，终于发现一辆跟他之前偷的那辆很相近的红色切诺基吉普。在同类牌子、款式以及颜色的车之间改换车牌是霍尔曼当年偷车时学会的拿手好戏。现在如果有警察来查霍尔曼的车牌，汽车报告中也不会显示出霍尔曼的吉普是偷来的。

霍尔曼把两个车牌更换了之后，便直奔卡尔弗城而去。他不想回到他的公寓，但是他需要钱和枪。他身上甚至连给佩里打个电话问问有没有人去找过他的零钱都没有。霍尔曼对自己很是恼火，他后悔当时没有向波拉德借几块钱，但这事儿他直到后来才想起来。这辆偷来的吉普很干净。他搜遍底板、座位、仪表板以及坐垫，结果一无所获，甚至连点垃圾都找不到。

当霍尔曼到达太平洋花园时，已经到了午休的时间。他开车在这条街区转悠着，小心翼翼地观察着街上闲逛的行人和停在路边的车。波拉德对于兰登的行动真相已经了然于心，但不管他们的目的何在，霍尔曼肯定他们还会再来找他。他绕着这条街区转悠了许久，然后才把车停靠在路边，坐在车里盯着其他车辆几乎 20 多分钟才鼓足勇气走下车。

霍尔曼顺着汽车旅馆的街边离开那辆吉普，然后经过佩里的房间向楼里走去。他在楼梯底下停了下来，没有听见也没有看到任何异常。佩里不在他的柜台后。

霍尔曼转身走回佩里的房间，轻轻敲了敲门。房间里，佩里答应了一声：

“谁啊？”

霍尔曼压低了声音。

“是我。开门。”

霍尔曼听见佩里在屋里嘟囔着，门迅速从里面被完全拉开，使得他能够完全看清外面。他的裤子在腰间随便一系。只有佩里才会用这种方式开门。

“我他妈的正在上厕所呢。怎么了？”

“有人来这里找过我吗？”

“比如谁？”

“任何人。我想有些人可能来过这里。”

“那个女人？”

“不，不是她。”

“整个上午我都呆在外面，直到我开始闹肚子。我一个人都没看见。”

“好吧，佩里。谢谢！”

霍尔曼回到大厅，然后爬上楼梯。当他走到二楼时，他又观察了一下两边的楼道，但楼道里空空荡荡的。霍尔曼没停留在他的房间门口，他径直走向储物室，轻轻地推开门。霍尔曼移开拖把，走到墙边，伸手向水阀下面摸去。那包现钞和那把枪仍旧放在水管后面，霍尔曼把它们拿了出来，这时突然伸出一支硬邦邦的枪口顶在他的左耳后。

“把那东西放下，小子。你最好不要动，除了你的手。”

霍尔曼一动不动。他甚至都不能转身看看，只有他靠近墙边的手握得更紧。

“慢慢把那只手伸出来，放下东西。”

霍尔曼把手伸出来，张开手指让那人能够看清。

“很好。现在站在那里别动，我要过来搜身。”

那个人摸了摸霍尔曼的腰、胯和后裤兜，然后向下顺着双腿内侧一直摸到踝部。

“好了。你和我之间有一点小问题，但我们会把它解决掉的。现在你慢慢转过来吧。”

霍尔曼转身的同时，那人也后退了两步，给自己留下足够的空间以防霍尔曼的反击。这是一个身宽体胖的肤色稍浅的黑人，一头蓬松的乱发，疲态毕露的眼睛，穿着一身蓝色西装。他把手枪插进大衣口袋，但仍然握在手里，防备着霍尔曼的袭击。霍尔曼盯着他足足瞅了一分钟，然后认出了这个人。

“我认识你。”

“没错。我曾经把你送进了监狱。”

霍尔曼仍然记得，FBI的特别侦探塞西尔那天是和波拉德一起在银行里逮捕的自己。霍尔曼怀疑是否是波拉德叫他来的，但塞西尔手中拎着的枪告诉他来者不是朋友。

“你是要逮捕我吗？”

“这正是我们要做的，我们待会儿一起下楼，就好像我们俩是世上最好的朋友一样。如果楼下的那老头儿问这问那，或者要想叫住我们的话，你就告诉他过一会儿再去找他，然后继续向前走。我们走出大门，你会看到一辆深绿色的福特车停在前面。你坐进去。你要敢轻举妄动的话，那么我告诉你，我会在大街上就把你干掉。”

塞西尔走了出去，霍尔曼也随着下楼，坐进了那辆福特车里，他想看看会发生些什么。他看见塞西尔从车前绕过，然后坐进驾驶位上。塞西尔从口袋里掏出手枪，左手握着它搭在大腿上，然后将车从路边开走。霍尔曼注视着他。塞西尔的呼吸浅短急促，脸上透着汗珠。他瞪着一双大眼，在车流中不断穿梭。此时的霍尔曼好像在提防着毒蛇，而塞西尔则像一个刚刚偷车得手的贼，正在一路狂奔。

霍尔曼说：“你他妈的在干什么？”

“去取我们那 1 600 万美金。”

霍尔曼尽力装做无动于衷，但他的右眼还是泛出了泪光。塞西尔就是那个第五人，是塞西尔杀了里奇。霍尔曼看着他手中的枪。当霍尔曼抬起头，塞西尔正看着他。

“哦，是的。是的，是的，我是和他们一伙儿的，但是我没有参与那些凶杀案中的任何一件。那些都是那个愚蠢的杂种苏亚雷斯干的。一直到苏亚雷斯失去理智之前，我和你儿子都是伙伴。那杂种突然发狂，把所有人都杀死，我猜他是为了能够独吞那笔钱。这就是我为什么除掉他的原因。我除掉他是因为他杀了那些人。”

霍尔曼知道塞西尔在撒谎。他从与塞西尔的目光中就能够看得出来，但他还是瞪圆了眼睛，不住地点头假装信以为真。这种把戏霍尔曼早就在赃物黑市和贩卖毒品的那些人身上领教过 100 次了。塞西尔正在试图要他，但霍尔曼却不明白他这样做是为什么。一定是什么事逼迫着塞西尔不得不冒险暴露自己的身份，而这家伙现在显然已经把霍尔曼纳入了自己的计划中。

一幅塞西尔在桥下的影像图在霍尔曼的脑海中一闪而过，就像黑夜中的一支猎枪。塞西尔在一片暗影苍茫中叩响扳机，一团白金色的火焰喷出，里奇应声倒下……

霍尔曼又看了一眼那把枪，心里盘算着自己能不能把它夺下，或者丢出车外。霍尔曼想着这个杂种，自从在社区矫正中心的那个早晨从威利·菲格的嘴里听到里奇的死讯以来，他为了找到这个凶犯所做的每一件事情。只要霍尔曼能够保住性命，他就一定会让这家伙脑袋开花，但是然后他该何去何从呢？他必须保证将塞西尔一击致命，否则的话警察就会赶来，塞西尔将亮出他的证件。到那时，警察会相信谁呢？结果只会是塞西尔逃之夭夭，而霍尔曼则被关在警车里竭力替自己辩解。

霍尔曼暗想，在塞西尔开枪之前，他或许能够从车里跳出去。他们刚刚驶上威尔希尔大道，拥挤的交通状况使得他们的车减缓了速度。

“你不必跳车。我们已经到了要去的地方了，我会让你下车的。”

“我没那么想。”

塞西尔撇嘴一笑。

“霍尔曼，我已经跟你这样的家伙打了几乎 30 年交道。甚至在你开始想之前，我就知道你会打什么主意了。”

“那你知道我现在在想什么？”

“是的，但我还是想先听你说说。”

“我在想既然你已经有了 1 600 万美金，干嘛还他妈的要呆在这里？”

“知道它藏的地方，只是还没找到。这就是让你来的原因。”

塞西尔从仪表板上拿起移动电话，把它扔到霍尔曼的大腿上。

“拿着。给你的兄弟利奇打个电话，看看正发生什么事情。”

霍尔曼拿着电话，但什么也没做。他看着塞西尔，现在他感到一种异样的担心，这种担心与里奇无关。

“利奇被逮捕了。”

“你已经知道了？哦，那太好了，省了我们一个电话。利奇藏有 6 磅 C-4 型炸弹（一种高效的易爆炸药，达到了制造军用武器的级别。）和一个雷管启动设备，它们是从潘德尔顿营偷来的。在从这个傻瓜的店里搜出的证据中，有两个电话号码的机主被怀疑是亲基地分子，他们谋划用前面提到的那个雷管制造一个不定时爆炸装置。你知道我在这件事中扮演着什么样的角色吗？”

“是你陷害他的。”

“宝贝。只有我知道是谁把那玩意儿放进的他的店里，如果你不帮我找到这笔钱的话，你的兄弟就完蛋了。”

话音未落，赛西尔就一脚踩住了刹车。随着一声刺耳的刹车，霍尔曼的身体猛地向前一个趔趄。随即在他们身后喇叭声、刹车声此起彼伏地传来，但塞西尔毫不理会。他的双眼死死地盯在霍尔曼身上。

“你拿到那幅图了？”

更多的喇叭声和咒骂声在身后响起，但塞西尔的目光根本不为所动。霍尔曼怀疑他是不是疯了。

“尽管拿到那笔钱走人。我对这事儿能有什么作用？”

“告诉你，仅凭我自己拿不到那笔钱。”

“为什么拿不到？它在哪儿？”

“就在那边。”

霍尔曼不解地看到塞西尔努努嘴。他的目光投向大加利福尼亚银行的比弗利山分行。

49

塞西尔把车驶出车流靠向路边，眼睛始终盯着那家银行，就好像它是世界第八大奇迹一样。

“马琴科和帕森斯把那笔钱藏在了一家该死的银行。”

“你想让我去抢银行？”

“他们没把那笔该死的钱存起来，蠢驴。钱是被存进了22个保险柜里，大号的那种，可不是那些不起眼的小柜子。”

塞西尔把手伸进座位底下，拿出一只软包，里面传出叮当的响声。他把小包扔到霍尔曼的大腿上，顺手把移动电话拿了回去。

“拿着这些钥匙，一共22把。”

霍尔曼把钥匙拿到手里。钥匙包的一面刻着莫斯勒这个名字以及一个7位数字。另一面刻着一个4位数字。

“这就是他们藏在标志牌那里的东西。”

“我猜他可能是想如果自己被逮捕的话，那些钥匙也会安全地藏在那里。没有什么能表明他们把钱藏到了哪家银行，但是，制造商留下了一个记录。一个电话，我手中掌握着这个。”

霍尔曼低头看着手中的那些钥匙。他像摆弄硬币一样反复地转动着它们。1 600万美金。

塞西尔说：“所以，你现在一定在想，既然他拿到了钥匙，又知道钱放在那儿，为什么他不直接去取那笔钱呢？”

霍尔曼已经猜到了答案。洛杉矶每家银行的经理都认识塞西尔和他们见过的其他银行调查组的探员。若想取出这么大一笔钱，必须要有一位银行员工带着主钥匙陪同他一起进入保险库，因为里面的保险柜总是需要两把钥匙，客户的和银行的，此外他还必须在他们的账本上签上姓名。1 600 万美金被分散装到 22 个保险柜内，这需要你在一家银行中里里外外跑上许多个来回，你很容易就会被那些员工认出，每个人都知道你不是一名普通的储户，在该所银行也没有租用过任何保险柜。塞西尔将肯定会受到银行方面的询问，他的到来和离去也将会被摄像头记录下来。倘若如此，他必将难逃法网。

“我知道你为什么没去取那笔钱。我想知道 1 600 万美金到底有多重。”

“我可以准确地告诉你。银行被打劫后，他们向我们汇报了每一笔损失的数目。把那些累加起来，你知道有多少包钞票，每包钞票重 454 克，仅仅做这道算术题就可以了。这 1 600 万美金加起来总共重 1 142 磅。”

霍尔曼又看了看银行，然后将目光转向塞西尔。这家伙仍在盯着那家银行。霍尔曼可以发誓他的眼睛甚至闪烁着绿光。

“你进去看过吗？”

“进去过一次。打开了 3701 号柜子。取出了 1.3 万美金，此后再没回去过。太可怕了！”

塞西尔紧蹙眉头，对自己的畏怯心生厌恶。

“甚至还他妈的化了一番妆。”

塞西尔害上了“黄金热”。赌场里的人过去常这么讲，意在为他们错误的决定找个浪漫的托词，将自己比作当年西部的掘金者，这些沉溺在发财梦中的人们往往会害了自己。他们整日对它浮想联翩，直到对其他任何事都没了心思；他们已完全为它神魂颠倒，直到生命被它消耗殆尽，除此之外再无所有；他们为了它可以不顾一切，直到绝望让他们丧心病狂。这个白痴眼睁睁地任由 6 桩一级谋杀案发生，他看到的只有金钱。霍尔曼看到他已经穷途末路。他笑了。

塞西尔说：“你笑什么？”

“我想你知道我在想什么，甚至在我想它之前。”

“我知道。你在想，到底为什么这个可怜的杂种要选择我？”

“或许你说得没错。”

塞西尔湿红的眼睛气鼓鼓地瞪着。

“你想让我找谁去取，我老婆？你以为这是我喜欢的行动计划吗？浑蛋，相信我，我就要大功告成了，那笔钱就放在那里！我本来有的是时间，但你和那婊子把我逼进了死角。一个星期前我还可以随便地等下去，而现在，我只有 15 分钟，所以我他妈的到底该找谁去？给我在丹佛的兄弟打电话？还是找我的高尔夫球童？说什么，来帮我偷些钱？这屎事只有你来做！我是不会离开这 1 600 万美金的。我不走！所以我们来了。之所以是你，是因为我找不到其他任何人来做，除了你的朋友利奇。我已经掌控了那小子。随便你怎么诅咒我，我向万能的上帝发誓，那小子将付出代价。”

塞西尔向后靠回座位，好像泄了气的皮球，但放在他大腿上的枪却始终没有离手。

霍尔曼凝视着那把枪。

“你要离开了。你能为利奇做点什么？”

“你把这笔钱带出来，我会把安置炸弹的那个家伙交给你。告诉你他什么时候得到的那些材料，在哪儿，通过何种方式。你所想要的能够洗刷那小子清白的东西。”

霍尔曼点点头，好像他正在考虑此事，然后往银行那边看了看。他不想让塞西尔看懂自己的脸。塞西尔手里握有两种选择：他可以现在就把霍尔曼一枪干掉，也可以等到霍尔曼把钱带出来后再动手，但无论怎样塞西尔都会要了他的性命，所谓的关于利奇的交易纯粹是扯淡。霍尔曼当然明白这点，塞西尔很可能也知道他心里清楚，但塞西尔是如此疯狂地想得到那笔钱，以致他在心里对自己说相信这一招能哄住霍尔曼，正如他心里也一直对自己说的他与杀害那4名警察无关一样。霍尔曼此时想着先假装照他说的去做，唯有如此才能有机会脱身，但如果那样的话塞西尔就有可能逃掉了。霍尔曼要让这个杂种为杀害他的儿子付出代价。他突然灵机一动，想到了一个办法。

“你怎么安排的这次行动？”

“去见银行的客户服务经理。直接告诉他们你要往返许多个来回，你带了存在保险柜的那笔钱的缴税记录和法律文件。说这些时跟他们开个玩笑，就好像你希望他们要忙上好一阵子，连喝杯咖啡的时间都没有了。你知道怎么撒谎。”

“当然。”

“放在那些保险柜里的钱仍旧打着包。你要准备一次开4个柜。我估计每个柜子里的一包大约重50磅，每个肩膀上可以扛两包，也就是200磅，像你这样的大块头应该能够扛得动。”

霍尔曼这时根本没听他讲话。他在想着当初他们相信兰登是那个第五人时，波拉德对他讲过的一句话，如果能够把兰登和福勒“绑”在一起的话，他们就可以逮捕他。霍尔曼心里想着，如果他能把塞西尔和那笔钱“绑”到一起的话，那么塞西尔也就无法逃脱法律的制裁了。

霍尔曼说：“22个保险柜一次开4个柜，那就是一共6次，每次我搬出200磅的钱。你认为他们会对我顺利放行吗？”

“我认为做总比不做强。不管中间出了什么差错，只管走开。你现在不是要他妈的打劫银行，霍尔曼。只管走开。”

“要是他们想看看那些保险柜里的东西怎么办？”

“走你的。我们只要我们手里拿到的东西。”

霍尔曼已经有了一个主意。他心想只要自己有足够的时间，就可以拖延。

干什么事都得需要足够的时间。

“这得花上一段时间，伙计。我讨厌在银行里面待太久。我脑子里可是有着一段糟糕的记忆。”

“去你妈的记忆。你只要想着利奇就好了。”

霍尔曼看着塞西尔，就好像他是这世上最愚蠢的家伙。他心想塞西尔一定是被唾手可得的那笔钱搞晕了头脑，他想塞西尔已经忘情地沉醉其中了。

“去他妈的利奇。我干嘛要为他冒这份险。我能从中得到什么？”

塞西尔看着他，霍尔曼往前凑了凑。

“我想分一半。”

塞西尔眨眨眼睛看着他，又看看银行，用舌尖舔舔嘴唇，然后把目光转回到霍尔曼身上。

“你他妈的在跟我开玩笑？”

“我没有。我想是你欠我的，浑蛋！你知道什么原因。如果你不乐意，就他妈的自己去取那笔钱好了。”

塞西尔又舔舔嘴唇，霍尔曼知道他已经中计。

塞西尔说：“前四包归我。那之后的，每四包里你可以拿走一包。”

“两包。”

“先一包，然后再两包。”

“我要指望着那笔钱生活。等我带着那笔钱回来你要在这里等着，否则的话我就把你的事捅到警察局去。”

霍尔曼下了车，朝银行走去。他的心里七上八下的，好像要呕吐一样，但霍尔曼告诉自己他能够让自己的计划成功，只要塞西尔给他足够的时间。所有的事情都要依靠塞西尔给他的时间。

霍尔曼拉开门，一位年轻女子正从银行里面走出来。他冲她轻松一笑，然后走了进去，观察了一下周围的情况。在午餐时间银行里通常都会很忙，但是现在已经差不多快下午4点了。5位客户正排队站在两个出纳窗口前。两名复核员坐在出纳柜台身后的办公桌旁，一个可能是客户服务代表的小伙子坐在大厅里的服务台后面。霍尔曼看出来这家银行是个不错的抢劫对象。出口处没有旋转门，出纳窗口也没装树脂玻璃防护墙，没有任何安全防卫措施。这不是等着抢劫案的发生吗！

霍尔曼走到那排客户队伍的前头，看了看那些客户，然后转身面向窗口内的出纳员，提高了嗓门。

“这是他妈的打劫！掏空你们的抽屉。把钱给我！”

霍尔曼看了一下墙上的时钟，现在是下午3点56分。

时针在滴答滴答地跑着。

50

罗拉·迈耶，26岁，此时是她在新护卫技术的安全调度中心下班前的最后一小时，这时她的电脑屏幕突然一闪，表明正收到从威尔希尔大道上的大加利福尼亚银行比弗利山分行的211报警器发来的安全警报。此时抢劫还没有得手，屏幕上显示的时间是3:56:27。

新护卫公司为11家地区银行系统、261家便利店、4家连锁超市以及数百家大型商场和库房提供着电子安全服务。在任何的一个工作日，都有一半传来的警报是错误的，要么是由于电波冲力的触动，要么是计算机的脉冲干扰，或者是电子或电路故障，再者是人工错误。每星期都有两次，每星期都会如此，某位大洛杉矶地区的银行出纳意外触动了报警器。人毕竟是人，这种事时有发生。

罗拉按照程序一步步操作。

她在屏幕上调出大加利福尼亚银行比弗利山分行的电子页面。这张页面上列着经理姓名和各项常规数据（员工数量、出纳窗口数量、以往曾否出现安全问题、出口位置等等）。更重要的是，这张页面使她能够专门针对这家银行进行系统诊断。这项诊断能够检查出可能误发警报的系统问题。

罗拉打开诊断窗口，然后点击标有“CONFIRM”（确认）的按钮。警报系统自动重启，对可能引发问题的电源、硬件故障、软件故障全面搜索。如果是一位出纳员意外触碰到报警器的话，他们有时会在银行对它重启，警报便会自动取消。

诊断大约用了10秒钟。

罗拉盯着屏幕，等着诊断结果的出现。

大加利福尼亚银行比弗利山分行的两名出纳员同时都触动了她们的无声报

警器。

罗拉从自己的转椅上转身招呼她的值班主管。

“嘿，巴里。我们接到一个警报。”

值班主管走过来，看着确认信息。

“打电话报警。”

罗拉旋即按下她控制台上的一个按钮，拨通了比弗利山警察局的紧急服务热线。

罗拉耐心地等着电话铃响了 4 声。

“比弗利山警察局紧急服务。”

“我是新护卫公司 441 号操作员。我们这里显示了一个从你们辖区内的威尔希尔大道上的大加利福尼亚银行发来的警报。”

“稍等。”

罗拉知道紧急服务热线的接线员将马上确认自己所报的消息是否属实。在此之前，警方不会派车前往银行，罗拉要提供所有关于那家银行的必要信息。

她瞅了一眼时钟。

3:58:05。

51

霍尔曼感觉一切进展得非常顺利。没人尖叫，没人夺路而逃，也没人像上次遇到的那样因心脏病突发而跌倒。出纳员们安静地掏空她们的抽屉。那几位客户仍然排队站在那里，注视着他的一举一动，好像等他发号施令他们才敢动。总之，他们都是受害者。

霍尔曼说："所有的一切都很好。我三四分钟后就会离开这里。"

霍尔曼从兜里掏出那串钥匙，走向站在客户服务台的那个小伙子。霍尔曼向他摇了摇装着钥匙的小包。

"你叫什么名字？"

"请不要伤害我。"

"我不会伤害你的。你叫什么名字？"

"戴维·弗瑞洛。我结婚了，有一个两岁大的孩子。"

"恭喜。戴维，这些是保险柜的钥匙，每个保险柜的钥匙上都有编号，就像往常一样。带着你的主柜钥匙去打开它们当中的 4 个柜子，随便哪 4 个都行，没关系。现在马上就去做。"

戴维看了一眼柜台后面那些站在办公桌旁边的女人。她们当中的一个可能是他的老板。霍尔曼拍拍戴维的下巴，让他把目光从那些女人身上收回来。

"别再看她了，戴维。照我说的去做吧。"

戴维打开他的办公桌，去拿保险柜主柜的钥匙，然后急忙朝保险库走去。

霍尔曼迅速穿过大厅向前门走去。他贴着门边，小心翼翼地不暴露自己，并向门外窥视。塞西尔仍旧在车里。霍尔曼转身回到那些客户跟前。

"谁带移动电话了？快点，我需要打个电话。这很重要。"

他们仍然惊魂未定，不知所措，直到一个年轻女子踌躇不决地从包里掏出一个电话。

“你可以用我的，我想。”

“谢谢，宝贝儿。所有人都保持冷静。你们放松点儿。”

霍尔曼看了一下时间，然后打开电话。他已经在银行里呆了2分半钟。他已经超出了安全时限。

霍尔曼疾步走回门口，观察一下塞西尔，然后举起胳膊看着前臂内侧的那个号码。

他拨响了波拉德的电话。

52

利兹警告波拉德，塞西尔虽然跟艾利森·怀特有关系，但并不能据此就指控其犯罪，所以他们正筹划着看看是否马琴科太太能够从照片上指认出塞西尔。这期间利兹跟兰登通了电话，波拉德也打电话到霍尔曼的汽车旅馆试图找到他。当电话接通后，她询问了佩里·威尔克斯，他告诉她霍尔曼曾经回来过，但随即又离开了。威尔克斯能告诉她的也只有这么多。

艾利森·怀特的线人注册表表明，塞西尔在3年前招募了她，把她发展为一名线人。塞西尔在调查一名曾经是歌手的二流影星涉嫌参与一帮中南美商人的毒品交易时认识的怀特。在因卖淫和非法藏毒而被拘捕后，怀特同意以后向他提供那名歌手与走私毒品的黑帮成员的联络情报。塞西尔称，怀特经常向他提供准确的情报，这些情报帮助了他们的检举指控。

此刻，波拉德正坐在利兹办公室外的一个工作间里，这时她的电话响了。她希望是霍尔曼或者桑德斯打来的，但当她查看来电号码时，却发现并不认识。她本想把它转到语音信箱中，但随即还是改变了主意。

霍尔曼说：“是我。”

“谢天谢地！你在哪儿呢？”

“我正在抢劫一家银行。”

“等等。”

波拉德去喊利兹。

“我找到霍尔曼了！他正在电话里……”

利兹离开离开办公桌，波拉德继续回话。他站在门口，轻声对着电话说着什么，眼睛盯着波拉德。

波拉德说：“那个第五人是一名叫做比尔·塞西尔的FBI侦探。他……”

霍尔曼打断了她。

“我知道。他此刻正坐在银行外面的一辆蓝色福特 Taurus 里。他正等着我。”

现在轮到波拉德打断了他。

“哦，等等。我想你是在开玩笑。”

“我现在正在比弗利山上威尔希尔大道上的大加利福尼亚银行。马琴科把钱分散地存放在这里的保险柜里。塞西尔拿着钥匙，这就是他们在标志牌那里找到的东西。”

利兹皱了皱眉头。

“他在干什么？”

波拉德挥手示意他安静，这时德莱尼也走过来看。

霍尔曼仍在说着：“你知道怎么样才能让警察更快地赶到吗？我们得把他逮住，凯瑟琳，塞西尔拿着钥匙，但他不敢去取那笔钱。我已经在银行里呆了三分半钟了。警察很快就要到了。”

波拉德用手罩住电话，看了看利兹和德莱尼。

“比弗利山上威尔希尔大道上的大加利福尼亚银行。查查他们是否正在启动 211 报警。”

她继续与霍尔曼通话，而德莱尼则开始拨打另一个电话。

“有人伤到了吗？”

“事情不是你想象的那样。我想叫你告诉警察事情的真相。我猜他们不会听我解释。”

“我想让警察能抓他个人赃俱获。他不敢进来，所以我得拿着那笔钱去交给他。”

“塞西尔现在在哪儿？”

“他把车停在门外。他正等着拿到那笔钱。”

“蓝色的福特 Taurus？”

“对。”

波拉德罩住电话，又对利兹说。

“塞西尔在银行门前的一辆蓝色福特 Taurus 里。”

利兹马上把这个消息用电话转告给兰登，这时德莱尼一脸兴奋地跑回来。

“比弗利山警察局确实接到一个 211 报警。出警的警队正在途中。”

波拉德把电话放回嘴边。

“霍尔曼，听着，塞西尔很危险。他已经杀了 6 个人。”

“他不该杀了我儿子。”

“呆在银行里，好吗？别走出去。这很危险，我说的不只是塞西尔，正在作出反应的警察也不知道你是个好人。他们不会知道。”

“你知道。”

霍尔曼挂断了电话。

在电话挂断的那一瞬间，一股压力骤然袭遍波拉德的周身，就好像她正被一股自内而外的力挤压着，但她还是挣扎着摆脱它的束缚。

“我要去银行那里。”

“让比弗利山警察局去解决好了。你时间不够。”

波拉德不顾一切地向外飞奔而去。

53

比尔·塞西尔紧盯着银行，一只脚紧张地敲打着车底板。车虽然停下了，但始终没有熄火，空调不停地释放着冷气。塞西尔浑身是汗，想象着银行里正在发生的事情。

首先，霍尔曼必须要跟客户服务经理闲扯上一会儿。如果那油头粉面的家伙碰巧正接待着一位客户，那霍尔曼还必须等待。塞西尔心想霍尔曼应该出来到门口挥挥手之类的，让他知道是否有什么情况发生，但他却始终没有露面。塞西尔把这看成一个好的征兆，但这却并没有使他的等待变得轻松。

接下来，客户经理会把霍尔曼带进保险库里，他可能是银行里最懒散的一个家伙，他可能慢吞吞地走进去。

一旦他们到了里面，霍尔曼将必须在银行账本上签字，这时候那位经理会把 4 个保险柜的主柜锁逐一打开。那些保险柜里面还有一个小保险柜，你可以把它搬进搬出，把你内心的保险、愿望和那些财产放到一起，而不是那些大柜子里。那些大保险柜只是个体积庞大的空箱子而已。霍尔曼会用他的钥匙把里面每个小箱上的锁打开，但他不会立即拉开箱门，直到那位经理走出去。

到了那时，他就可以把那包钱拖出来，合上箱子，重新上锁，然后缓步从银行走出来。他大概还要跟那位经理礼貌地说上两句，但距离门口也就只有 10 秒钟了。

塞西尔心里盘算着，又开始想如果不用等待其他客户的话，那整个过程应该需要 6 分钟。霍尔曼已经进到银行 4 分钟了，或许是 4 分半钟。现在还没必要着急。

塞西尔用手枪轻轻敲打着方向盘靠向下方的边缘，想着自己再过个 10 几秒是不是就应该到银行门口看看。

54

霍尔曼挂断电话，然后又向门外瞅了瞅，焦急地等待着警察快点到来。对于警方来说，几乎不可能在两分钟内赶到，但每过一秒钟都会留给他们更多的时间赶到现场。霍尔曼现在在银行里逗留的时间已经比他以往任何一次抢劫都多出了两分钟，除了他被捕的那次以外。他想是不是该往回走了。波拉德用了几乎不到6分钟就赶到了附近，他们一直在滚动监视，等待着准备行动。霍尔曼还有几秒钟时间。

他走回到客户那边，把那女孩的电话还了回去。

“所有人都没事吧？每个人都还冷静吧？”

一个40多岁戴着镶边眼镜的中年男子问道：“我们是人质吗？”

“没有人是人质。只是你们要冷静地呆一会儿。我一分钟内就会离开。”

霍尔曼朝保险库里喊道。

“嘿，戴维！你们那边怎么样了？”

戴维的声音从里面传来。

“它们打开了。”

“你们这些人站在原地别动。警察正在路上。”

霍尔曼穿过大厅朝保险库走去。戴维已经把4个巨大的保险柜打开，将4个尼龙袋拖到地面上。3个蓝的，1个黑的。

戴维说：“这些袋子里是什么？”

“某个人的噩梦。你呆在这里，伙计。你在这儿会安全的。”

霍尔曼一个接着一个把这些袋子举起来，感觉比50磅还要重。

戴维说：“其他这些钥匙怎么办？”

“你收起来吧。”

霍尔曼摇摇晃晃地走出保险库，立刻注意到两个客户不见了。

刚才借给他电话的那个女孩指了指门。

“他们跑了。”

霍尔曼心中暗骂：哦，真糟糕！

55

塞西尔告诉自己再给霍尔曼10秒钟时间。他想要那笔该死的钱，但他不想为了它送掉性命或者入狱，而霍尔曼每在银行里面多呆上一秒钟，就会增加这二者的几率。塞西尔最后还是决定去看看到底是什么事耽搁了这么久。如果他们抓住了霍尔曼，那他得尽快逃离这里。

塞西尔关掉发动机，这时看见一男一女从银行里跑出来。那女人从门口出来时还绊倒了，紧跟在后面的男子差点踩到她。他把她从地上拽起，然后撒腿就跑。

塞西尔立即启动发动机，准备驾车逃跑，但发现门口却再无其他人露面。

银行里鸦雀无声。

塞西尔又把发动机关掉，把手枪插进枪套里，然后走下车，想知道为什么那些人要跑。再没有其他人跑了，是不是发生了什么事呢？塞西尔准备到银行跟前去看看，但随即便改变了主意，他想他还是应该回到车里，然后赶紧离开。

他向威尔希尔大道前前后后张望了一下，但是既没看到信号灯也没看到警车。看起来一切都平静如常。他回头看看银行，此刻霍尔曼出现在银行的玻璃门里侧，肩上悬着几个大尼龙袋子，只是站在那里。塞西尔向他挥挥手，想着赶快出来啊，你还在等什么？

霍尔曼没有离开银行。他放下两个袋子，然后打手势叫塞西尔自己来取。

塞西尔可不喜欢这样，他脑子里仍在想着跑掉的那两个人。他掏出移动电话，摁下他事先设置好的一个单键拨号。霍尔曼又挥了挥手，于是塞西尔举起了一个手指，告诉他等着。

“比弗利山警察局。”

“FBI特别侦探威廉·塞西尔，编号6674。在威尔希尔的大加利福尼亚银行有可疑活动。请指示。”

“已经知道了。我们已经接到了那个地方的 211 报警。警队正在路上。”

塞西尔感觉自己的胸腔里燃烧着一团火球。他的眼睛闪烁着光芒。他所想要的一切距离他只有 60 英尺远,但现在全都化为了泡影。1 600 万美金——没了。

“啊,那我再确认一下 211 报警。疑犯是一名白人男子,身高 6 英尺 2 英寸,体重 230 磅。他身上带有武器。我再说一遍，他身上带着武器。银行里的顾客似乎都受伤了。”

“明白,你是 FBI 的 6674。不要走近。警方马上就到。感谢你提供的信息。”

塞西尔盯着霍尔曼,然后眼角的余光看见了警灯。红蓝相间的灯不停闪烁,出现在威尔希尔第三街区的大道上。

塞西尔转身，向他的车跑回去。

56

霍尔曼眼看着塞西尔，心中隐隐感到一丝不妙。让他想不明白的是，为何那家伙距离1 600万已近在咫尺，却又把时间浪费在电话上。他又招了招手叫塞西尔过来取钱，但塞西尔却仍在对着电话不停地讲。霍尔曼浑身像针刺一样，他知道什么地方出错了，然后塞西尔就转身往回朝他的车跑去。一阵心跳之后，红蓝相间的警灯在这座玻璃大楼的马路对面亮起，霍尔曼知道自己的时间已经用光了。

他猛地推开门，装满钞票的沉重袋子像铅锤一样在他身后晃动着。两条街之外，所有的车都把路让开，警车一路飞驰过来。他们几秒钟之后就将赶到这里。

霍尔曼倾尽全身的力气奔向塞西尔，背上的两个铅锤荡来荡去。塞西尔已经走到他的Taurus跟前，拉开车门，正准备爬进车里，这时候霍尔曼从身后抓住了他。霍尔曼向后奋力一拽，两个人全都跌倒。

塞西尔一边挣扎着要爬回车里，一边嘀咕着："你他妈的在干什么？伙计！快离开这里！"

霍尔曼没有回答，大概是没听到。他趴在地上抱着塞西尔的腿，用拳头拼命捶打着这个家伙。

塞西尔咆哮起来："滚开，该死！让我走！"

霍尔曼本应更害怕才是。他本应在这个过程中想到塞西尔是个训练有素的FBI侦探，他受过30年的专业培训，有着极其丰富的格斗经验。但霍尔曼在那一瞬间眼里所能看到的，是里奇在跟着他的车奔跑，满脸通红，不停地哭，喊着他"混子"；他所知道的，就是照片上的那个还豁牙露齿的8岁大的男孩将继续随着照片褪尽颜色；他所能感觉到的，是恨之入骨的愤怒，他要让这家伙付出代价。

霍尔曼没看到那把枪。塞西尔一定是从霍尔曼后面捶他的背，而自己爬向车里时拔出的枪。霍尔曼仍在不断猛击着他的身体，仍在不顾一切地试图把塞西尔拽到街上，这时塞西尔回过身来。爆炸后的白光闪了三次，惊雷炸裂般的巨响在威尔希尔大街的上空久久回荡。

霍尔曼的世界停止了。他只听见心脏受到撞击的声音。

他看着塞西尔，等待着疼痛的到来。塞西尔回头看看，他的嘴此刻就像鱼一样一张一合着。在他们身后，出巡的警车已经停住，一支警用扩音器在向他们喊话，但霍尔曼已经什么都听不到。

塞西尔说："该死的杂种！"

霍尔曼向下看去。那几个钱袋挤在他的胸前，被火舌烧焦的三个窟窿底下，是钻进钱袋里的三颗子弹。

塞西尔把枪穿过那些钞票塞到霍尔曼的胸膛上，但这次他没有开枪。他把枪丢进霍尔曼的怀里，然后转身站起，手中高举着他的FBI证件，高喊着：

"FBI！ FBI侦探！"

塞西尔转过身，向上扬着手，边喊边指着霍尔曼。

"枪！他有枪！我中弹了！"

霍尔曼看了一眼那把枪，然后看着远处的那些警车。4名身穿警服的警察正凭靠在他们的车后。那些年轻人都与里奇的年龄相仿。他们正举枪向这边瞄着。

扩音器隆隆的声音再次震荡着威尔希尔山谷，而现在在后面又传来了警笛声。

"把武器放下！把武器扔掉，不要动！"

霍尔曼并没握着那把枪。它只是被扔在鼻子下面的钱袋上。他没有动。他吓坏了，根本不敢动。

人们从银行里涌出来。他们指着霍尔曼，向那些警察喊道。

"就是他！就是他！"

塞西尔蹒跚着脚步，一步一步地向前挪着，手中挥舞着他的证件。

霍尔曼看到那些年轻人把枪放回了身后。他闭上眼睛，让自己彻底的安静。

——什么都没发生过。

霍尔曼睁开眼睛，现在那4名警察在他的头顶举着枪，他被荷枪实弹的警察包围了。端着来复枪和散弹枪的比弗利山警察局作战警察跑向塞西尔，向他喊着趴到地上。他们将他用力扭倒，让他平趴在地上，然后其中的两个警察向霍尔曼看过去。

霍尔曼仍旧一动不动。

其中的一名警察端着枪原地站着，枪口对准他，时刻准备扣动扳机，另外一名走上前来。

霍尔曼说："我是好人。"

"别他妈的乱动！"

近处的这个警察捡起塞西尔的手枪，但他并没有碰霍尔曼，或者将他平伏在地上。一旦他拿到枪，似乎便放松了许多。

这个警察说："你是霍尔曼？"

"他杀了我儿子。"

"那是他们告诉我的，兄弟。你逮到了他。"

第二名警察也走上前来。

"目击者称听到了枪声。你中枪了吗？"

"我想不是。"

"躺下。我们找医生来了。"

波拉德和利兹从陆续赶到这里的警察中走进来。当霍尔曼看见波拉德，他想支撑着身体起来，但她示意他不要动，他便仍然躺在那里。霍尔曼心想自己是不是已经走在黄泉路上，没什么机会了。

利兹向比尔·塞西尔走去，而波拉德则径直走向霍尔曼，正如她来时那样一路小跑着奔向霍尔曼。她身上穿着一件蓝色的FBI风衣，就像他第一次见到她时的那样。当波拉德赶到时，她低头凝视着霍尔曼，不停地喘着粗气，但脸上却带着笑容，然后伸出了手。

"我现在在这儿了。你安全了。"

霍尔曼从钱袋中伸出手，握着她的手，让她帮自己坐起来。他看见了塞西尔仍旧平趴在大街上。他看见那些警察从背后扭着他的胳膊绑起他的手腕。他看见了利兹，他的脸色铁青，青筋暴起，气得狠命地踢着塞西尔的腿，周围的比弗利山警察赶紧把利兹拉开。霍尔曼转身面向波拉德。他想告诉她这里的每件事情是怎么发生的，导致这样的后果完全是他的错，但是他的嘴里干涩，他用力地眨着眼睛。

她紧紧地握着他的手。

"不会有事的。"

霍尔曼摇着头，用脚尖踢了踢那些袋子。他的感觉不好，而且可能再也好不了了。

他说："马琴科的钱。这就是里奇想要的。"

她轻轻地拍拍他的脸，支着他的身体。

"不，亲爱的。哦，不，马克斯，不会那样的。"

她双手抚摸着他的脸颊。

"里奇没干我们想的那些事。听着……"

波拉德向他讲述了他的儿子是因何而死的，对霍尔曼来说更重要的是，里奇活着时是怎样的一个人。霍尔曼听到这里，再也控制不住自己的感情，在威尔希尔大道上失声痛哭，但波拉德只是紧紧地拥着他，让他尽情地宣泄，让他感觉到安全。

第五部分

当霍尔曼走下楼梯，佩里正坐在桌子后面。佩里通常在早上 7 点的时候都会窝在房间里看电视剧《危险》的，但现在他在这里坐着。霍尔曼猜想佩里一定是在等自己。

佩里抽了抽鼻子。

“上帝啊，你身上闻起来就像妓院里的味道。你到底喷什么了，香水？”

“我什么也没喷。”

“我那玩意儿可能没有过去那么好使了，但我的鼻子可没有任何问题。你身上的气味就像个讨厌的女人。”

霍尔曼知道佩里会一直这样跟他纠缠不休，于是他决定索性趁早坦白。

“我买了一个新牌子的香波。可能闻起来有点热带花园的味道吧。”

佩里这才靠回椅背，咯咯地笑起来。

“我一猜就是。那会是什么花呢——三色紫罗兰（美国俚语，暗指脂粉气男子或同性恋男子）？”

佩里仍在挖苦着他，哈哈地大笑着。

霍尔曼向门口张望着，希望能看见波拉德的车，但路边仍是空空荡荡。

佩里仍在自娱自乐，说：“瞧瞧你这一身油头粉面的，我猜咱们是不是有个约会啊。”

“不是约会。我们只是朋友。”

“那个女人？”

“不要再叫她‘那个女人’。否则小心我踢你的屁股。”

“哦，她看起来可真漂亮。我要是你的话，我早就满世界宣扬这是个约会了。”

“哦，可惜你不是我，所以给我闭嘴。不然我要让利奇再把那些小子派来，拆散你那辆不伦不类的‘变种车’。”

佩里马上止住笑，对他瞪起眼睛。在他们之间只要一提到任何有关利奇的事情，话题就立马变得严肃起来，尤其是对佩里那辆旧“搅拌机”被利奇的兄弟们翻新的事，他们彼此象约定好一样只字不提。佩里一直对那件质朴的复古杰作骄傲不已。甚至曾经有个开着陆虎揽胜的家伙要出 5 000 美金来买下它。

佩里又把身子从他的桌后凑到霍尔曼跟前。

“我想问你个事儿。我现在是认真的。”

“你难道没有一种危机感吗？”

“现在……等等——你觉得你和这个女人有未来吗？”

霍尔曼走回门口，但波拉德仍旧没有到。他看了一眼父亲的手表。他最后还是把它修好了，现在它已经非常准时。但波拉德却迟到了。

“佩里，听着，我现在有一大堆问题要面对。凯瑟琳是个 FBI 侦探，她有两个小男孩。她不会与我这样的人沾上任何关系。”

自从塞西尔落网以后，利兹就把银行调查组留下的一个空缺给了波拉德。让一个已经离职的侦探重新回来，并且占据这样一个炙手可热的岗位是多么的非同寻常，但利兹最终还是拍板，让这件事得以实现。波拉德将能够申请恢复她先前的资历待遇和最终的退休津贴。霍尔曼感觉这是个不错的待遇，鼓励她接受这份工作。

佩里说：“哦，上帝啊，那新出的三色紫罗兰香波一定是让你变傻了。那女人如果不想跟你有任何关系的话，她就不会再来这里了。”

霍尔曼决定到门口的路边继续等待。他走出去，但仅过了 30 秒之后，佩里就又跟着出现在门口。霍尔曼举起双掌。

“请进去吧，我求你了——让我消停一会儿。”

“我只是想告诉你点事儿。在你眼里，我就是这家邋遢的汽车旅馆里一个性格怪癖的老头子。哦，其实我并不总是象你想象的那样。我也曾经年轻过，在我的人生中也曾有过运气，有过机遇。我作出了选择，然后就沦落到今天这一步。如果我有机会重来一遍的话，我他妈的肯定会作出不一样的选择。你好好考虑考虑吧。”

佩里迈着沉重的脚步走回了空荡荡的汽车旅馆。

霍尔曼看着他的身影，然后听到了喇叭声。他抬头向街头望去。波拉德就在街对面，而且她已经看见他了。霍尔曼举起手，他看到了波拉德的灿烂笑容。

霍尔曼想着佩里说的话，但佩里并不明白，霍尔曼心里其实很害怕。凯瑟琳·波拉德完全可以找个比自己更优秀的男人。霍尔曼尽管已经尽力比当初的那个自己做得更好，但他终究还有很长的一段路要走。他想赢得凯瑟琳的芳心，他想让自己配得上她。他也相信，他迟早会等到那一天。

最受欢迎的商业博客之一
站在时代前沿的商业妙想

〔美〕赛斯·高汀 著
刘祥亚 译
重庆出版社
定 价：35.00元
出版日期：2007年7月

本书首次将赛斯•高汀近十年来最优秀的博客文章、杂志专栏和电子书内容结集出版，这些内容都是最富爆炸性、最有启发性、最具传播性和操作性的商业思想。

在书的每一页，你都能找到发人深省的观点和故事，它们足以改变你的工作方式、购买行为及观察世界的角度。

简单梳理一下，你会发现赛斯的这些思想可以分为几个群落：

第一个群落是网络。赛斯对于网络的思考在15年前就已经开始！他在2003年关于网络发展的诸多预言如今正在被一一兑现。

第二个群落是营销。赛斯谈到，营销的本质是一场对话，而传统的广告业却因为在这场对话中的失信而逐渐失语。他相信，未来最有力的营销途径是口碑，而在网络世界里建立口碑的方式将与传统社会截然不同。

第三个群落是未来。赛斯把我们拉上了时光快车道，用最令人瞠目结舌的方式跟我们分享了他眼中的未来。

第四个群落是中国。这部分无疑会对中国读者具有特殊的意义。赛斯从另外一个角度提出了中国社会当前所面临的机遇。

毫无疑问，本书当中任何一条商业妙想都足以改变你的事业和人生！

站在美国商业界著名思想家、领导力研究权威赛斯·高汀的肩膀上，读懂并运用这些妙想，你就能革新思维方式，洞悉一切商业表象下的奥秘，把握各种潜在的商机，并获得许多最前沿、最具价值的发现！

★ 一味寻求安全就是最大的冒险。
★ 能制造新规则的人是真正的人才。
★ 没有所谓的负效果，只有效果。三分钟热度也无所谓。
★ 只有那些引起争议的产品和服务，才会引起人们的关注。
★ 小就是新的大，因为大已经从一种巨大的优势转变为一种劣势。
★ 真实、值得信赖的故事容易流传开来，但谎言的散布往往更快。
★ 无论是对个人还是对组织来说，迅速改变的能力都是一项最为重要的资产。
★ 新经济的一个最大谎言就是，哪怕你并不拥有一家企业，也可以过上企业家的生活。

赛斯·高汀

前雅虎副总裁
当代最有影响力的商业思想家之一
他的博客是当今世界上点击率和链接率最高的

短信查询正版图书及中奖办法

A．手机短信查询方法（移动收费0.2元/次，联通收费0.3元/次）

1．手机界面，编辑短信息；
2．揭开防伪标签，露出标签下20位密码，输入标识物上的20位密码，确认发送；
3．输入防伪短信息接入号（或：发送至）958879(8)08，得到版权信息。

B．互联网查询方法

1．揭开防伪标签，露出标签下20位密码；
2．登陆www.Nb315.com；
3．进入“查询服务”“双码防伪标防伪查询”；
4．输入20位密码，得到版权信息。

中奖者请将20位密码以及中奖人姓名、身份证号码、电话、收件人地址、邮编，E-mail至：my007@126.com，或传真至0755-25970309

一等奖：168.00人民币现金；
二等奖：图书一册；
三等奖：本公司图书6折优惠邮购资格。
再次谢谢您惠顾本公司产品。本活动解释权归本公司所有。

读者服务信箱

感谢的话

谢谢您购买本书！顺便提醒您如何使用ihappy书系：

- 全书先看一遍，对全书的内容留下概念 。
- 再看第二遍，用寻宝的方式，选择您关心的章节仔细地阅读，将“法宝”谨记于心。
- 将书中的方法与您现有的工作、生活作比较，再融合您的经验，理出您最适用的方法。
- 新方法的导入使用要有决心，事前做好计划及准备。
- 经常查阅本书，并与您的生活工作相结合，自然有机会成为一个“成功者”。

<table>
<tr><td rowspan="9">优惠订购</td><td>订阅人</td><td></td><td>部门</td><td></td><td>单位名称</td><td></td></tr>
<tr><td>地址</td><td colspan="5"></td></tr>
<tr><td>电话</td><td colspan="3"></td><td>传真</td><td></td></tr>
<tr><td>电子邮箱</td><td></td><td>公司网址</td><td></td><td>邮编</td><td></td></tr>
<tr><td>订购书目</td><td colspan="5"></td></tr>
<tr><td rowspan="3">付款方式</td><td>邮局汇款</td><td colspan="4">中资海派商务管理（深圳）有限公司
中国深圳银湖路中国脑库A栋四楼　　邮编：518029</td></tr>
<tr><td>银行电汇或转账</td><td colspan="4">户　名：中资海派商务管理（深圳）有限公司
开户行：招行深圳市银湖支行
账　号：5781 4257 1000 1</td></tr>
<tr><td></td><td colspan="4">交行太平洋卡户名：桂林　　卡号：6014 2836 3110 4770 8</td></tr>
<tr><td>附注</td><td colspan="5">1. 请将订阅单连同汇款单影印件传真或邮寄，以凭办理。
2. 订阅单请用正楷填写清楚，以便以最快方式送达。
3. 咨询热线：0755-25970306转158、168　　传　真：0755-25970309
E-mail: my007@126.com</td></tr>
</table>

→利用本订购单订购一律享受9折特价优惠。

→团购30本以上8.5折优惠。